RUE DU JAPON,
PARIS

Du même auteur

Aux mêmes éditions

Siam
roman, 1982 et « Points » n° P296

La Dérive des continents
roman, 1984

Je t'aime, je te tue
coll. « Point-Virgule », 1985

Comédie obscène d'une nuit d'été parisienne
sotie, 1986

L'Appât
coll. « L'Épreuve des faits », 1990
et « Points » n° P16

Ombres siamoises
essai, 1994

Pour la plus grande gloire de Dieu
roman, 1995 et « Points » n° P76

Tonkinoise
roman, 1997 et « Points » n° P328

Lu
roman, 1997

Chez d'autres éditeurs

Le Souverain Poncif
roman, Balland, 1987

Outremer
roman, Grasset, 1989
Le Livre de poche, 1991

MORGAN SPORTÈS

RUE DU JAPON, PARIS

roman

ÉDITIONS DU SEUIL
*27, rue Jacob, Paris VIe*

AVERTISSEMENT

Les personnages de ce roman sont fictifs. Toute ressemblance avec des personnes existant ou ayant existé est donc pure coïncidence.

ISBN 2-02-030293-4

1

Les fleurs de cerisier
En tombant m'ont égaré
Et fait oublier le chemin de la maison.
(Période de Heian, anonyme.)

Printemps, 24 avril...

Moins d'un an plus tard nous revenions sur nos pas, piétinant les ombres mauves et fragiles des marronniers du Luxembourg. Nous dépassions l'édifice de l'Orangerie – devant lequel une dizaine de vieux messieurs, torse nu, se faisaient bronzer (« ...Des petits vieux, des petits vieux, s'exclama-t-elle, c'est pour moi ! »), nous laissions derrière nous le Sénat.

A hauteur de la fontaine Médicis nous fîmes halte.

C'est là, affirma-t-elle, que je lui avais dit, pour la première fois : « Je voudrais voir Paris à travers vos yeux. » Je répliquai que c'était « un peu avant », à mon souvenir, en entrant dans le jardin ou peut-être même sur le boulevard Saint-Michel que nous avions redescendu après un déjeuner à la Closerie des Lilas.

Elle campa sur ses positions, c'était là et pas ailleurs !

Ainsi, telles ces figures fantomatiques de Verlaine évoquant dans « un parc solitaire et glacé » les ombres de leurs « amours anciennes », ressuscitions-nous, dans le tiède soleil du printemps, les prémisses de nos amours nouvelles : les passant en revue, avec une minutie maniaque, les analysant comme un policier pèse chaque virgule du procès-verbal qu'il doit remettre au juge, comme un moribond pourpense chacun des termes de son testament avant de plonger au néant.

Les arbres avaient retrouvé leur feuillage, les pelouses leurs fleurs ; le monstrueux cyclope de bronze vert ornementant la fontaine continuait de guetter, du haut de son roc moussu, le couple d'amants en marbre blanc qui, nus, s'étreignent infiniment à ses pieds : le berger Acis donnait un dernier baiser à la nymphe Galatée avant d'être écrasé par le géant Polyphème.

Je m'étais fait plus pressant, dis-je, vous demandant si vous viendriez bientôt chez moi ; vous m'avez répondu, embarrassée : « Je suis avec quelqu'un » ; je me suis exclamé, ironique : « Mais ça ne fait rien... et puis je suis très discret » ; à quoi vous avez rétorqué, faussement outragée : « Oh vous, les Français... Moi ça me fait quelque chose ! »

Paris et le jardin du Luxembourg ressemblaient à un décor de théâtre où une jolie Japonaise, aux cheveux très courts plaqués en arrière, comme par de la cire, et tout luisants de reflets bleutés, donnait la réplique à un faune français plus que quadragénaire qui avait revêtu, sans doute pour dissimuler ses pattes de bouc et ses poils, mon pantalon de flanelle grise et ma veste à chevrons.

– J'étais accoudé comme ça, dis-je, posant mon avant-bras droit sur le rebord d'une énorme vasque en pierre dressée sur le devant du bassin rectangulaire de la fontaine. Je vous ai fait remarquer – signe prémonitoire peut-être ? – cet étrange trompe-l'œil architectural qui donnait l'illusion que la surface de l'eau allait en s'inclinant doucement de la vasque jusqu'au pied des sculptures (alors que c'étaient les murets longeant chaque côté du bassin qui, imperceptiblement, s'élevaient dans la même direction)... Je portais un costume de toile beige. Il faisait très chaud, c'était presque l'été. Le 15 juin je crois...

– Non, le 14 !

– Je vérifierai dans mes carnets... Pour avoir les mains libres et mieux vous enlacer (c'est à peine si vous m'aviez laissé vous voler un baiser au cou), j'avais relégué dans la vasque une revue achetée le matin même : un exemplaire de *Communisme* consacré à l'histoire du Komintern. Vous portiez une veste mauve et un chemisier fendu sur le devant. Pendant tout le déjeuner, à la Closerie, j'avais épié cette fente, y dérobant, par instants, la vision furtive et tronquée d'un sein. C'était de la provoc ?

Nous avançâmes le long du bassin en direction des sculptures.

– Il y a des amoureux déjà, dit-elle, montrant un jeune couple qui – faisant écho à Acis et Galatée – s'embrassait sur des chaises de fer.

Je la pris en photo, de profil, se silhouettant devant les amants de marbre : son nez, légèrement recourbé vers le bas, ses grosses oreilles, sa bouche épanouie, rose, le coin interne de ses yeux, pointu et crochu, l'assimilaient, par-delà le temps et les modes, aux canons immuables de la beauté classique nipponne fixée par les estampes.

C'était un Hokusai en ciré noir Yves Saint-Laurent.

La fontaine Médicis n'avait été qu'une escale, la plus nostalgique peut-être, dans ce pèlerinage amoureux commencé une heure plus tôt, au bar de l'hôtel Lutétia – là même où, un an auparavant jour pour jour, nous avions eu notre premier rendez-vous. Ne fallait-il pas en célébrer *in situ* l'anniversaire ?

L'idée venait d'elle, je crois. Elle m'avait téléphoné la veille, de retour d'un voyage à Tokyo, pour m'en faire la proposition. Entrant dans le jeu, et afin de donner plus de magique ressemblance à la scène, je proposai qu'on s'habille comme alors, elle avec son tailleur marron Kenzo, moi avec ma veste en tweed vert. Mais il faisait trop chaud pour le tweed et son Kenzo était au pressing.

– On prendra en tout cas les mêmes consommations, dis-je, moi un Perrier et vous un crème.

– Le Perrier c'est moi qui l'ai pris, lança sa voix dans l'écouteur, c'est écrit dans mon journal intime. Vous, vous avez bu du vin.

– Impossible, protestai-je (et je digressai sur l'extrême fragilité des témoignages humains). D'ailleurs j'ai conservé dans mes *archives* le ticket de caisse en date du 24 avril 1996 : *Bar du Lutétia, un crème, un Perrier, 102 francs, service compris.* C'est une irréfutable pièce à conviction.

– J'apporterai mon journal, rétorqua son imperturbable voix.

Le premier rendez-vous avait eu lieu à 17 heures. Nous dûmes fixer sa *commémoration* à 15 heures : elle n'était pas libre en fin d'après-midi. Toujours dans mon souci de précise reconstitution historique, je comptais arriver un peu en retard afin, comme alors, de la trouver déjà installée à une table du bar… Aussi est-ce vers 15 heures 10 que je poussai la porte à tambour vitrée de l'hôtel. Je tombai immédiatement sur elle, dans le hall, avec ses immanquables cheveux gominés, son ciré noir, ses bottes noires et d'inénarrables bas résille, noirs eux aussi. (« Parce que ça fait pute, me dirait-elle plus tard, en ce moment, au Japon, toutes les filles en portent ! »)

Elle semblait émue de me voir. Quant à moi, je mimai la mine renfrognée d'un metteur en scène dont les caprices de l'actrice principale contrarient sans cesse les plans.

– Pourquoi avoir attendu dans le hall ? C'est au bar que vous deviez vous trouver…

Nous nous y rendîmes, par une galerie marchande ornée de vitrines où étaient exposés des produits de marque, parfums et foulards Dior, Chanel et autres. En entrant dans le bar nous fûmes un instant perplexes : à quelle table s'était-elle installée l'an passé ? Nous avions le choix, la salle était quasi vide. Elle opta pour une table d'angle et s'assit sur un fauteuil en velours roux genre 1925, juste en dessous d'une applique qui diffusait une lumière tiède et tamisée. Dans cet environnement très *avant guerre*, tout en clair-obscur, en boiseries, en velours, avec sa coiffure, pareille à un casque de cuir, qui me rappelait une photo fameuse de Man Ray (on y voit un visage de femme blanche, aux cheveux brillantinés, s'accoler à la face ébène d'un masque nègre) elle faisait comme partie des meubles – du décor dont elle semblait une secrète harmonieuse émanation.

Je l'abandonnai à sa table, sans donner la moindre explication, et, tel un acteur scrupuleux qui, au cours d'une répétition, reprend depuis le début un jeu de scène mal interprété, je ressortis du bar par la porte de la galerie marchande, afin d'y pénétrer à nouveau, via le hall, par la porte du grand salon.

L'air faussement nonchalant, je posai le pied sur le seuil du bar. Avant d'y faire mon entrée, mon *authentique* entrée, je jetai à l'intérieur un regard circulaire… Comme la première fois une seule Asiatique s'y trouvait, et c'était avec une Asiatique, dont j'ignorais tout alors (à peine nous étions-nous parlé trois minutes au téléphone après avoir été mis en contact par une amie) que j'avais pris ce rendez-vous. Aussi ne m'avait-il pas été difficile de l'identifier. Seuls surgissaient de l'obscure encoignure où elle s'était exilée son buste bien droit, élancé (elle était assez grande) et le masque de son visage que mordoraient les lumières douces du bar. Je l'avais dès l'abord trouvée belle. Et – comme si la nostalgique comédie à laquelle nous nous livrâmes un an plus tard me l'eût rendue à nouveau étrangère – je fus frappé derechef, avec plus d'intensité même, par sa beauté et l'élégance de son port. J'avais esquissé deux pas vers sa table. J'en esquissai deux. Pour l'aborder j'avais dit, et je dis :

– Mademoiselle...

M'interrompant et se levant de son siège, elle m'avait dit et me dit :

– Monsieur...

Nous avions prononcé nos noms. Nous nous serrâmes cérémonieusement la main, comme nous nous l'étions serrée, et, mettant un terme à cette première phase de notre marivaudage, nous éclatâmes de rire.

– Un an déjà, dit-elle tendrement, c'est bien. Il faudrait qu'on se retrouve ici chaque année.

Je la regardai un instant avec tendresse puis, me grimant d'un petit air sadique, je lançai :

– Pas question. Notre histoire commencée au printemps doit s'achever au printemps ! Le contrat a été rempli. Nous sommes au dernier chapitre. Il ne nous reste plus, pour conclure, qu'à passer, comme prévu, une ultime nuit à l'hôtel Terminus ! Après, hop, on n'en parle plus, je vous licencie !

...

Troquant sa voix habituellement grave contre un petit ton flûté d'écolière larmoyante à qui a été promise une terrible punition, elle implora :

– Oh, non non, pas l'hôtel Terminus, pas le Terminus, je vous en prie, ou bien ce sera simplement pour marquer la fin du premier tome, non, du premier chapitre, non... de la préface !

– On fera le second tome si le premier est un best-seller, rétorquai-je impératif. C'est moi alors qui viendrai à quatre pattes vous chercher. De toute façon il doit y avoir une bonne dizaine de Terminus à Paris. J'en connais au moins deux, le Terminus gare de Lyon et le Terminus Est. On peut toujours en utiliser un ! Il n'en manquera pas s'il nous faut achever d'autres volumes ! Et puis de quoi vous plaignez-vous ; Vous aurez trente pour cent de droits d'auteur… sur la version en langue japonaise.

– Vous aviez dit cinquante pour cent, répliqua-t-elle avec une soudaine pragmatique sécheresse.

– C'est bon, cinquante pour cent, concédai-je.

Et, maquignon, j'ajoutai :

– Mais vous assumerez les frais de représentation.

Je souris. Elle sourit. Le jeu reprenait – s'il avait jamais cessé.

Je sortis d'une poche de ma veste à chevrons un carnet rouge qui contenait les pages de mon journal intime concernant le début de notre liaison. Je le plaçai sur la table, ouvert au premier feuillet. Aussitôt, comme on dégaine une arme parce qu'on l'a vu faire à son adversaire, elle tira de son sac (Hermès) son propre carnet qu'elle posa devant elle, ouvert lui aussi, à côté du mien, et non loin de la bouteille de Perrier qu'elle avait commandée.

– Parce que c'est bien du Perrier que j'ai bu l'an passé, dit-elle, pas un crème comme vous l'avez affirmé au téléphone.

Je hélai le garçon et commandai moi-même un Perrier.

– Et pas un verre de vin, dis-je ! Le vin, c'est aux Deux-Magots que j'en ai bu, lors de notre seconde rencontre.

Elle haussa vaguement les épaules.

Et ce fut chose étrange et belle que de contempler ces carnets, de taille similaire, côte à côte, *tête-bêche* si l'on peut dire, le sien, que je voyais à l'envers, tout couvert d'idéogrammes noirs joliment calligraphiés ; le mien, placé à l'endroit, zébré de gribouillis bleus, et rouges parfois, en caractères latins. On eût dit deux projections de nous-mêmes, deux amants de papier et de signes qui, inconscients de l'obscénité de leurs ébats, s'accouplaient là, en public, sur une table de bar.

C'est ce même 24 avril qu'elle commença de me traduire ses carnets et que je lui fis lecture des miens (elle parlait ma langue, j'ignorais la sienne). Elle dictait en français sa version de telle ou telle scène que je notais, quand je ne l'enregistrais pas sur un Dictaphone portable ; puis, prenant le relais, je lui lisais ma version de la même scène, de sorte que nous pouvions confronter nos témoignages. Cet exercice, qui s'étendrait sur plusieurs semaines, n'était pas linéaire. Régulièrement, nous nous interrompions pour avoir plus de détails, d'explications. Nous glosions sur une anecdote, argumentions sur une zone d'ombre, nous lançant ici dans un brusque flash-back, là dans d'intempestives anticipations. Une violente querelle, soudain, pouvait éclater, quand se montraient au grand jour certains aspects jusque-là restés cachés de notre liaison. Car, en théorie du moins, il était interdit de *mentir*... Ainsi cette expérience littéraire faillit-elle s'interrompre, définitivement, par une rupture de sa part, quand elle me découvrit une aventure qu'elle n'avait pas soupçonnée.

Notre *travail* commença au Lutétia, le 24 avril donc, se poursuivit à la Closerie des Lilas le 30 avril... Puis, de café en café, d'un quartier l'autre, de restaurant en bistrot, d'hôtel en caboulot, assis parfois au soleil sur la pelouse d'un square, parfois sur les quais de la Seine, les pieds pendant au-dessus de l'eau, souvent dans mon appartement du boulevard Richard-Lenoir, entre deux étreintes, nous continuâmes cette relation à deux voix de nos amours, y ajoutant toujours – fatidiquement – de nouveaux épisodes, puisque la journée même que nous consacrions à évoquer et traduire les péripéties d'une journée passée donnerait matière, par ses péripéties supplémentaires, à de subséquentes notes qu'il nous faudrait traduire encore et commenter, et cela dans un incessant processus de boule de neige, une composition en abyme, un jeu de poupées russes ou de boîtes gigognes, auprès duquel *Les Mille et Une Nuits* et *Le Dit du Genji* paraîtront aux connaisseurs un jeu d'enfant.

A cette histoire de fous où vie et littérature se télescopent et s'entre-dévorent (« J'arrête, me dit-elle un soir au téléphone, j'en peux plus, ça fait des heures que j'écris ! »), ne fallait-il pas prudemment mettre un Terme, un définitif Terminus : en emprisonnant ces récits foisonnant sans cesse en récits adventices (comme la branche engendre de nouvelles branches) dans quelque solide geôle de papier, dans un livre, un roman sur la dernière page duquel figurerait, pour l'éternité et par-delà notre mort même, l'infini du mot FIN ?

2

Au printemps
Chantent les oiseaux
Toutes choses se renouvellent
Moi seul vieillis.
(Période de Heian, anonyme.)

Fin avril

Lorsque je la rencontrai, cela faisait plus de six mois que je travaillais – particulièrement à la Bibliothèque nationale de la rue de Richelieu – sur les années trente, comptant rédiger un jour un roman retraçant les activités des agents chargés par Staline de manipuler les intellectuels européens… C'est ce qui m'incitait d'ailleurs à fréquenter les bars des grands hôtels et les brasseries de Montparnasse. Mes pas y croisaient ceux, effacés, de Gide, Malraux, Aragon, de Schoenberg en exil, de Klaus Mann, Kurt Weil, Brecht et tant d'autres…

Compulsant les archives et accumulant notes sur notes, j'avais l'impression de m'enliser toujours un peu plus en une tâche ingrate, sans fin, alors que, tentateur, le printemps déjà éclaboussait Paris refleuri d'une lumière neuve, savoureuse. Dans la somptueuse salle des périodiques de la BN (Bibliothèque nationale), sous ses colonnades élancées, ses coupoles, ses verrières, et comme protégé du monde extérieur et du Temps par ses murailles tapissées d'antiques ouvrages à la reliure de cuir usé, je laissais défiler sur un petit écran blanc dressé devant moi les images projetées des microfilms du *Figaro*, de *L'Humanité* ou de *L'Action française* d'avant guerre : le conflit sino-japonais, les grandes purges en Union soviétique s'égrenaient sous mes yeux… Telle une Parque, mais une moderne Parque, une Parque de l'ère technologique, je débitais ainsi, jour après jour, mois après mois, année après année, le fil du temps passé – avec son cortège de titres sensationnels, qui souvent ne faisaient plus sens pour moi, et de photographies jaunies – tandis que, sous mes pieds, sans que j'en prisse tout à fait conscience, se dérobait simultanément, seconde après seconde, le temps présent...

J'avais quarante-huit ans.

Désabusé, dévoré de doutes, je sortais de la Bibliothèque nationale, « pour prendre l'air », achetais, dans un mouvement mécanique et inconscient, dont je ne percevais pas l'ironie, le journal *Le Monde*, y jetais un œil (il y était question d'un virus inconnu, qui frappait les bovins nourris industriellement, dit maladie de la vache folle : quel chercheur, dans cent ans, tournerait les feuillets jaunis de ce journal ?), et je remontais l'antique rue de Richelieu, me demandant, au spectacle de ses façades multicentenaires, si j'évoluais dans le Paris de 1936, dont je me saturais la cervelle, ou dans celui, irréel, de 1996 ?

Au bar à vin La Vigne, accoudé au zinc, mon index artistiquement posé sur la tempe, je commandais un verre de bourgogne et – m'égarant dans son âpre saveur tout en étudiant le magique ballet de la serveuse blonde à l'irradiante peau diaphane à peine teintée aux joues, comme par le subreptice pinceau d'un Boucher, d'une touche rose – je rêvais d'un autre livre, d'un livre auquel j'avais souvent pensé, sans avoir su en réaliser même l'esquisse, où il ne serait question (foin de politique et d'histoire) que d'amour et de *Beauté*.

La beauté, elle était partout : derrière ce bar en la personne de cette tournoyante blonde serveuse, dans les rues de Paris, repeintes de soleil. Et n'était-ce pas de la beauté de Paris d'abord, d'un Paris non encore tout à fait détruit par la spéculation, que j'avais envie de parler ? Jadis, Hemingway l'avait fait dans *Paris est une fête*, et Scott Fitzgerald, et Rilke, et Walter Benjamin, et tant d'autres étrangers que j'avais relus dans ma vaine quête des années trente. Mais ne fallait-il pas, justement – pour mieux extraire la quintessence de la beauté de Paris et de la France –

être, ou se faire, étranger ? Voir et se voir « du dehors » ! J'y avais souvent songé, et qu'en l'occurrence l'étranger idéal, le plus étrange des étrangers (mais qui devait appartenir à une culture aussi raffinée que la nôtre), c'était le Japonais. Connaisseur de l'Asie du Sud-Est, j'ignorais tout du Japon, fors sa littérature (et encore !), n'ayant jamais voulu y séjourner trop brièvement par crainte de le « gâcher ». Je me le réservais, pourrait-on dire, comme on dépose en cave une bonne bouteille, remettant l'instant de la boire au jour où l'affinement du temps l'aurait portée à son optimum de saveur. Mais n'était-ce pas le moment justement de décacheter ce capiteux carafon ?

Je rêvais de faire cocus Staline, Hitler et Franco (je ne les avais jamais autant méprisés, ces trois-là !) grâce à une jolie Japonaise au bras de laquelle, quittant avec les bancs de la BN les tranchées de la guerre d'Espagne, je dériverais, touriste et esthète à la fois, dans le Paris d'aujourd'hui, du Trocadéro de l'expo de... 1937 au bâtiment en construction de la nouvelle Bibliothèque nationale, vers la gare d'Austerlitz ; des médiévales tours de Notre-Dame aux ex-quartiers ouvriers de Belleville et Ménilmontant. Paris – vu à travers les yeux d'une Japonaise et, de ce fait, comme remis à neuf, dépoussiéré, distancié, théâtralisé – redeviendrait *une fête* !

Mais où la trouverais-je, cette Jap, cette nouvelle Laure, cette Béatrice aux yeux bridés ? Passerais-je une petite annonce : romancier à court d'imagination cherche inspiratrice nipponne de préférence sexy ? J'avais souvent parlé autour de moi de ce projet. A une amie dijonnaise entre autres (une artiste : *« sculpteuse »*, comme elle se définissait elle-même) qui servirait de déclic en cette affairc. C'est à l'instigation d'un de ses proches en effet qu'un bel après-midi d'avril 1936... euh, non, 1996, je recevrais d'une inconnue japonaise, se présentant comme une traductrice, un coup de téléphone. Sa voix était assez froide, très professionnelle. J'expliquai que je ne cherchais pas de traducteur mais simplement des Japonais qui, parlant bien français et s'intéressant à la littérature, voudraient échanger avec moi quelques idées. Elle voulut cependant me voir.

Peut-on m'accuser comme, amusée ou sérieuse, elle le ferait plus tard, de *préméditation* ?

– Vous vous servez de moi pour écrire votre livre et puis vous me jetterez au caniveau !

Pour l'instant, installé face à elle au bar du Lutétia, c'était moi, chien pelé, qui avais l'impression d'y être, « au caniveau », d'où il m'était donné de regarder, assise le tronc bien droit, les gestes des mains lents, élégants, une princesse nipponne. Je causais, je causais, de la France, du Japon, des années trente, de Fujita, du traducteur de Malraux, Komatsu, de Richard Sorge, l'espion de Staline posté à Tokyo, et puis de Paris, et puis de tout ce qui faisait la quintessence de la beauté française condamnée à plus ou moins court terme, comme toute ancienne culture d'ailleurs, au mondial laminage marchand. Crébillon, Fragonard, Watteau, Boucher étaient les noms qui, le plus souvent, revenaient dans ma bouche (dans ses carnets, dont elle me ferait lecture un an plus tard, elle écrirait laconiquement qu'elle m'avait trouvé alors *très bavard*). Je chantai aussi la gloire du vin dont il faudrait parvenir à parler « aussi subtilement que Kawabata d'un vase ancien ou Proust de l'étincellement de la lumière du jour sur un porte-fourchette en cristal ». Elle n'avait pas lu Proust, son français était insuffisant pour qu'elle en prît connaissance dans le texte original. Quant aux versions japonaises, « elles sentaient trop la traduction », c'était « forcé », ça ne « passait pas »...
– Je me réserverai de le lire dans mes vieux jours quand je connaîtrai mieux votre langue, me dit-elle.

Cette conversation, un peu guindée – mon interlocutrice était assez distante : il semblait qu'elle portât un masque, un beau masque de cuivre sur la face –, fut interrompue par un critique littéraire avec lequel j'avais rendez-vous. Elle me quitta. J'avais promis de lui envoyer par courrier un de mes livres. Sur sa carte, qu'elle m'avait donnée en partant (morceau de précieux papier blanc aux contours volontairement irréguliers, comme déchirés à la main), son nom était inscrit, en idéogrammes japonais au recto, en caractères latins au verso : TAMAKO. Au-dessous, un nom français précédé d'un prénom masculin et suivi d'une adresse indiquait qu'elle était « avec quelqu'un » (comme elle dirait devant la fontaine Médicis) et que ce quelqu'un, chez qui elle vivait, habitait les beaux quartiers, le XVIe arrondissement, rue Raffet.

Un livre de moi devait prochainement paraître. J'avais encore pas mal d'argent, des arriérés de droits cinématographiques, et une avance sur un roman futur.

Mais quel roman ?

Rentré dans mon trois pièces à moquette râpée du boulevard Richard-Lenoir (cela faisait cinq ans que je me disais qu'il faudrait soit changer de moquette, soit de domicile), je donnai de rageurs coups de pied à une chaise innocente, la renversant les quatre fers en l'air ; à une autre chaise tout aussi innocente ; et, empilé au sol, à un échafaudage d'essais historiques et de romans concernant les années trente, point innocents, eux, car bourrés de volontaires mensonges. Je jetai un œil aux photocopies de photographies collées dans un poétique désordre au-dessus de ma table de travail : y figuraient des portraits de Isaac Babel, Ossip Mandelstam, Marina Tsvetaïeva, Boris Pilniak, Meyerhold, Koltsov, Trotski, Toukhatchevski, Andrès Nin… autant de victimes du Guépéou, artistes, intellectuels, militaires, membres du Komintern… Comme je fixais leurs mines défaites, désespérées (certains de ces clichés avaient été pris après des séances de torture) avec un regard ennuyé, blasé, méprisant peut-être même, si ce n'est coupable, j'eus la tragique et inconfortable impression qu'ainsi plaqués, le *dos au mur* – scotchés, épinglés, bâillonnés – ils attendaient en silence, un silence lourd de reproches à mon égard, qu'on les exécutât une seconde fois. Allais-je les trahir pour une « petite Japonaise » ? Moi qui voulais, par-delà la plaque bétonnée de mensonges recouvrant leurs cadavres, faire retentir leurs voix ?

Je lançai un œil au plafond de ma chambre dont la peinture, par larges plaques, s'écaillait ; aux meubles joliment veloutés d'une poussière bleutée ; aux carreaux opacifiés par des mois d'incurie ancillaire qui les avaient rendus semblables, quand y jouait la lumière, à quelque fenêtre « cubiste » multicolore peinte par Robert Delaunay. Est-ce qu'une princesse nipponne viendrait jamais mettre ses petons dans pareil foutoir ?

Je n'irais pas le lendemain, contrairement à mon habitude, consulter les microfilms de la BN. Je resterais chez moi où je me plongerais dans la contemplation de livres d'estampes d'Hokusai, Eisen et Utamaro, achetés le matin même... J'y effeuillais les visages de courtisanes et geishas, croyant à chaque page reconnaître, mais revêtue de la somptuosité d'antiques kimonos : Tamako, Tamako, Tamako.

Des Japonais, Oscar Wilde disait qu'ils n'*existent* pas : ils seraient la pure invention des peintres d'estampes. Les rencontrer, n'était-ce pas se vouer à la déception ? On les trouverait, prétend-il, aussi banals que des Anglais ou des Français – car seul l'art exprime la quintessence d'une civilisation. *C'est la vie qui imite l'art*, conclut Wilde, bouclant son paradoxe.

Regardais-je Tamako comme une sorte d'œuvre d'art ?

Le soir, je ne pus m'empêcher de lui envoyer un de mes livres. Et je passai la nuit à relire, de Tanizaki, *La Confession impudique*. Ainsi le Soleil levant commença-t-il d'établir en moi son empire, sa sphère de coprospérité comme disaient naguère ses idéologues fascisants. Tamako était-elle quelque métaphysique agent secret chargé de me subjuguer ? Pour le compte de qui ? Et dans quel but ?

3

Êtes-vous venu vers moi ?
Serais-je allée vers vous ?
Je ne me le rappelle plus.
Était-ce un rêve ou la réalité ?
Étais-je endormie ou éveillée ?
(Ariwara No Narihira, IXe siècle.)

Mai, juin...

Longtemps, pendant près d'un an, les deux projets romanesques se sont affrontés en moi. Sans doute faut-il voir, dans ce conflit alors naissant, la raison pour laquelle je ne cherchai pas à précipiter une nouvelle rencontre avec Tamako.

Je continuais d'aller à la BN. Je fis connaissance, lors d'une soirée, d'une jolie Chinoise de Shanghai parlant bien français, avec qui je me promis d'évoquer les années trente dans son pays (mais peut-être l'idée de déclencher quelque nouveau conflit sino-japonais, sentimental celui-là, m'avait-elle effleuré aussi ?)... Je me souviens encore d'avoir assisté, un brin de muguet fatigué à la boutonnière, et pas mal aviné, à un défilé du premier mai. J'y vis des trotskistes, sortis d'un film d'avant guerre, flanquer des marxistes-léninistes, ceylanais il est vrai, des communistes et des socialistes. Les slogans dénonçaient le triomphe du capitalisme (« Non à la mondialisation ! »), l'expulsion des immigrés et la multiplication des SDF : « Tout le monde a droit/ d'avoir un toit/ de rentrer chez soi... » clamaient les porte-voix.

Pour me remercier de l'envoi de mon livre, Tamako m'avait adressé une carte postale où figurait, en noir et blanc, la photo, dont je ne comprendrais que plus tard le symbolisme tout japonais, d'une plante séchée. Ses feuilles, à demi recroquevillées sur elles-mêmes, formaient de raffinées volutes semblables à celles d'un motif d'argenterie. Je lui répondis par une carte.

Ne fallait-il pas conserver entre nous cette précieuse distance que les mots écrits – mieux que ceux, directs, proférés au téléphone – facilitaient ? Je voulais la maintenir dans cette sorte de pénombre où je l'avais aperçue, la première fois, au bar du Lutétia, éviter toute brusquerie, tout éclairage trop vif, laisser, dirais-je, « mûrir » les choses, l'attirer, lentement, dans mon monde, l'y capter, l'y assimiler, et la faire si bien mienne dans son étrangeté, qu'à travers elle, grâce à elle, je parviendrais – et c'était là l'idée artistique qui me poursuivait – à renouveler ma jouissance des choses.

Je la rencontrai, la seconde fois, aux Deux-Magots, à Saint-Germain, avec un de ses amis, Edmond (un vieux monsieur au demeurant fort vert et cultivé) qui n'était pas celui dont le nom et l'adresse figuraient sur sa carte de visite (lequel n'était pas jeune non plus, à ce qu'elle m'apprendrait). Il semblait, étrangement, qu'elle collectionnât ce qu'elle appelait des « petits vieux ». Je commandai du saint-émilion...

Depuis ma rencontre avec Tamako je m'étais remis à boire... du bon vin toujours. Et ce changement d'attitude – mes recherches historiques nécessitaient au contraire que j'eusse la tête claire et j'avais « marché » jusque-là au régime sec, Perrier et café – indiquait déjà un infléchissement en moi de la direction de mon travail : le vin m'arrachait aux froids et poussiéreux documents, me ramenant à la vie, à la chair, à l'amour, à l'éblouissement du monde environnant : Paris. J'en compulsais les différents crus, meursault, pommard, saint-estèphe, comme de capiteux dossiers où mon esprit, à sa guise, divaguait. Paradoxalement, l'ivresse par laquelle je cherchais à m'éloigner du monde des années trente m'y ramenait, suscitant, ce soir-là par exemple, entre les tables et les banquettes du café les Deux-Magots, devenu aujourd'hui un lieu si stéréotypé, les bruits, les éclats de voix, de rire, les tintements de verres, le va-et-vient de personnages bizarres, loufoques, loqueteux, mystérieux, d'une époque ensevelie où, bien avant que l'existentialisme ne le mît à la mode, il était le rendez-vous des pauvres hères d'exilés allemands fuyant le nazisme. J'évoquai leurs fantômes.

Son ami nous quitta. Je proposai alors à Tamako de m'accompagner à un cocktail donné par un magazine féminin. Au Lutétia encore.

Remontant la rue de Rennes elle m'avait dit, laissant fondre un peu la froide attitude qui ne l'avait encore jamais quittée :

– C'est une chose folle que d'être ainsi à cheval entre deux pays, deux cultures, cela fait huit ans que je vis à Paris. Je ne sais plus qui je suis. Où je suis.

– C'est le plaisir aussi, dis-je, cette possibilité d'être autre, de regarder le monde environnant en étranger.

– Le plaisir... et la folie.

C'est alors que je lui avais conseillé d'écrire ses carnets. Quel livre alléchant ce serait !... Les souvenirs parisiens d'une jolie Japonaise fin de siècle. Nous bûmes, du moins je bus (elle ne buvait pas, pas encore) quelques coupes de champagne dans le salon surpeuplé du Lutétia où se tenait le cocktail. C'était chose pathétique que de voir trois ou quatre derniers Mohicans d'écrivains de qualité errer là, âmes en peine, dans la bruissante basse-cour de ces étranges euphoriques prolétaires de demi-luxe que l'industrialisation de la culture, grande dévoreuse d'imaginaire, s'est asservis : scénaristes à gages, rewriters en tous genres, journalistes, présentateurs télé, « marchands de caquet » eût dit saint Augustin de ces nouveaux sophistes qu'avec on ne sait quelle haine et quelle envie à la fois les « vrais » écrivains, dont prétentieusement j'imaginais faire partie, regardaient, de ce même regard de pauvre, d'humilié, de raté, que l'épicier failli, debout sur le seuil de sa boutique à la vitrine barrée diagonalement de l'infamante inscription « bail à céder », jette sur l'arrogant supermarché bâti juste en face. J'étais écrasé.

A Tamako, je soufflai :

– Je suis vieux.

– Non vous êtes jeune, répondit-elle.

Elle me quitta peu après (elle avait une permission de 20 heures, avant de rejoindre sans doute ce « quelqu'un » avec qui elle était). Un peu maladroit, timidement, je lui lançai :

– On se revoit ?

Je vidai quelques coupes, cherchant, auprès d'autres ratés scribouillards de mon espèce, on ne sait quelle chaleur animale humide, humble et complice (une journaliste télé me lança : « Où est-elle passée, ta Chinoise ? »)… et je rentrai chez moi.

Dédaignant cette fois mes livres d'estampes, je me plongeai, par dépit, dans les mémoire de Trotski.

Vous m'avez paru alors très mal à l'aise… bizarre, emprunté. Comme un adolescent qui ne sait rien des femmes, me dirait Tamako un an plus tard.

Je lui envoyai une carte postale représentant un Lénine, ou plutôt Leh Nin, statufié, le poing prolétarien brandi vers le ciel, tel qu'il se dresse encore, sur un énorme socle, au milieu du parc principal de Hanoi. Entre-temps j'étais retourné, comme le bagnard à son boulet, à mes microfilms de la BN, entrecoupant de plus en plus mon travail de chaleureuses agapes au bar La Vigne où, émerveillé chaque fois davantage par la beauté de la serveuse blonde et de sa peau si blanche, je songeais combien plus un Japonais, qui n'eût jamais aimé de femme occidentale, devait l'admirer, et d'autant mieux si, homme de culture, il appréciait l'œuvre de Fragonard et Boucher qui, à travers leur grille, lui eussent permis de la regarder avec plus d'acuité, de s'arrêter sur l'image de son visage, le détail de ses joues nacrées ou de ses oreilles brodées d'un ourlet de corail rose et transparent. Quelques jours plus tard, me retrouvant face à Tamako (qui m'avait téléphoné pour me remercier de l'envoi de ma carte) de part et d'autre d'une petite table de la Closerie des Lilas (« C'est bon que je m'éloigne du XVIe arrondissement en ce moment », m'avait-elle dit au bout du fil), c'était à mon tour d'être « le Japonais », j'entends par là l'étranger, l'Occidental, qui pouvait « du dehors » se délecter de son étrange exotique beauté. Ce qui me fascinait le plus, c'était ses yeux – ceux-là mêmes dont, quelques quarts d'heure plus tard, face à la fontaine Médicis, je lui dirais qu'à travers eux je voudrais voir Paris. Ils m'apparaissaient comme d'incompréhensibles signes. Qu'est-ce qui les rendait si différents des yeux des Occidentales ? Point leur taille, les siens étaient grands, marron, assez largement fendus. On ne pouvait dire vraiment qu'ils fussent bridés. Ses cils ? Sans doute. Assez courts et peu fournis, ils donnaient l'impression que ses paupières étaient « nues » ! Mais il y avait autre chose aussi que, mauvais observateur, puisque j'avais vécu longtemps en Asie du Sud-Est sans avoir résolu le problème, je n'avais pas su tout simplement VOIR.

Elle était arrivée au déjeuner avec un quart d'heure de retard, en pantalon et veste mauves, comme je l'ai dit, et portant un chemisier très fendu qui laissait de temps à autre apparaître ses seins mis bien en évidence par un soutien-gorge blanc, pigeonnant. Elle sortait, me dit-elle, du cinéma. Elle venait de voir en matinée un film d'Éric Rohmer, tout récent, *Conte d'été.* C'était de saison : nous allions prochainement quitter le printemps. Elle aimait l'ironique réalisme de Rohmer : « Ah les Français vivent comme ça, ils prennent le RER ! » C'est la première réflexion qu'elle s'était faite, quinze ans auparavant, quand elle avait vu à Tokyo un premier film de lui. Comme on voudrait se persuader que les Japonais se vêtent encore de kimonos, l'adolescente qu'elle avait été nous rêvait roulant carrosse, et habitant châteaux... Je lui dis que Rohmer était à la fois le Marivaux et le Musset de la classe moyenne française dont, avec une tendre ironie, il avait su saisir les petites misères, les égarements, l'aliénation, les conversations pathétiquement banales. Je me demandais cependant si le public nippon pouvait percevoir son humour si français. Elle me dit qu'il avait des amateurs chez les Japonais francophones.

Trois mois plus tard, quand je commencerais plus sérieusement à essayer de comprendre ce que Tamako avait dans la tête – et dans la tête précisément ce jour-là – j'irais voir, ethnologue scrupuleux, *Conte d'été.* Le sujet du film touchait d'assez près ses préoccupations d'alors. Il s'agissait d'un jeune homme qui, parti en vacances à Dinard, hésitait entre trois flirts de plage et, du fait de son hésitation même, ne parvenait à en séduire aucun...

Elle-même, m'expliqua-t-elle – après n'avoir fait que tremper ses lèvres dans son verre de chinon tandis que je buvais abondamment – « était » en ce moment avec « un vieux »... J'attribuai, chez une jeune femme apparemment si raffinée, cette expression « un vieux », relevant plutôt du vocabulaire de la pute parlant de son micheton, à son imparfaite connaissance des nuances de la langue française. Par ailleurs elle avait au Japon « un jeune », qu'elle appelait « son Prétendant », qui voulait l'épouser. Elle comptait quitter « le vieux » mais ne savait pas si elle irait avec « le jeune » qui était japonais. Le jeune devait venir à Paris en juillet. Il voulait qu'ils fassent alors un « test » : vivre ensemble quelques jours pour voir s'ils pouvaient s'entendre.

– Un test, m'étonnai-je, comme pour une automobile ? On procède comme ça au Japon ?

– Non, mais c'est un Japonais un peu spécial.

Le « jeune » en question travaillait dans la publicité, il avait une agence ; le « vieux » était administrateur (de diverses sociétés immobilières). Tous deux semblaient fortunés.

Tel le héros de Rohmer en quête d'une femme, Tamako, donc, cherchait un homme. Et, sans doute, assise en face de moi à la Closerie des Lilas, me « testait »-elle à sa façon. Elle avait d'ailleurs « testé » ainsi la veille, ce que je n'apprendrais que longtemps plus tard quand elle me traduirait ses carnets, un autre « vieux », businessman, avec qui elle avait déjeuné, mais cette relation, dont elle nierait qu'elle eût été consommée, se briserait rapidement du fait de la maîtresse dudit « vieux » ; et elle devait « tester » le lendemain un « jeune », « travaillant dans les assurances », avec qui elle déjeunerait et qu'elle trouverait trop insipide pour rien poursuivre avec lui…

J'étais donc en position intermédiaire dans cette série de « tests ». Au demeurant, ces considérations psychologiques étaient loin d'être les miennes alors, et je ne prêtais que peu d'attention à des réflexions de sa part comme « c'est bizarre en ce moment on me fait des propositions », tout fasciné que j'étais par le spectacle de ses dents blanches (qui comportaient un petit défaut, une canine étant plantée un peu en retrait par rapport aux autres) croquant dans une part de tarte aux myrtilles, ou de ses lèvres charnues, épanouies, et d'égale grandeur chacune, dont je remarquai qu'à un rythme croissant elles venaient baiser les bords de son verre de vin (quand elle disait ne pas aimer boire). Y avait-il chose plus intéressante que de contempler cet Utamaro porter fragonardiennement un verre de vin rouge à ses lèvres roses ? Elle travaillait dans une « société de traduction », me dit-elle. Parallèlement elle préparait en Sorbonne un mémoire sur l'ombre, particulièrement chez le Caravage, inspiré de l'essai de Tanizaki, *Éloge de l'ombre*, où l'écrivain japonais explique que le monde occidental – et plus particulièrement le monde occidental moderne – a l'ombre en horreur et qu'il attache tout son zèle, voir ses salles de bains, ses grandes surfaces, ses hôpitaux, ses métros, etc., à l'exterminer, quand l'ombre ferait intrinsèquement partie du monde architectural nippon… traditionnel bien entendu. Je lui dis qu'il fallait qu'elle vienne à bout de son mémoire, qu'on essaierait de le publier, qu'elle devrait même tenter d'écrire de façon plus générale sur l'Occident. Elle baissa le nez et dit :

– Je ne suis pas artiste, je suis trop *normale*.

– Normale ? Vous qui vous êtes déracinée depuis huit ans, ça n'est pas normal, ça !

Remontant quelques minutes plus tard les escaliers des toilettes de la Closerie (aux toilettes Tanizaki s'intéresse aussi beaucoup dans son livre : en l'occurrence, datant du début du siècle, elles étaient éclairées de façon discrète, tamisée), je me disais que c'était le moment ou jamais de tenter quelque chose.

Comme je me rasseyais devant elle, je posai ma main sur sa main. Sans aucune résistance de sa part, nos doigts s'entremêlèrent. Aussitôt ses joues, déjà rosies par le vin, s'empourprèrent. Bien mieux, elles virèrent à une couleur vineuse touchant au violet qui évoquait le noir d'ébène des cerises bigarreaux.

Le masque de bronze qui, depuis le premier moment que je la rencontrai, n'avait jamais quitté son visage, était soudain tombé. Elle s'humanisait. Son cou fin et long, son décolleté, dont la couleur naturelle touchait à l'ocre de Gauguin, avaient aussi rougi.

J'essayai de lui voler un baiser, par-dessus la table. Elle détourna la bouche. Nous sortîmes bientôt, dans la belle chaleur et la lumière des approches de l'été, descendîmes le boulevard Saint-Michel – moi l'enlaçant à la taille qu'elle avait infiniment fine et souple, un immatériel roseau qui semblait se dérober à mes doigts – jusqu'à la fontaine Médicis, au Luxembourg.

Après la *proposition embarrassante* que je lui avais faite, devant la fontaine, nous sortîmes du jardin par la porte jouxtant le Sénat et longeâmes le théâtre de l'Odéon jusqu'à la rue du même nom. Je m'exaltai devant la beauté de l'enfilade en perspective fuyante, des fenêtres, des toits, des arcades.

– C'est beau, dis-je.

– C'est rigoureux, répondit-elle, roide, ayant repris son masque de sérieux.

Elle avait une façon brusque, presque militaire, de se *reboutonner.*

Descendant la rue de l'Odéon elle me confessa, poussée par je ne sais quelle nécessité psychologique dont le vin avait facilité sans doute le processus, une aventure plutôt sordide qui lui était arrivée sept ans auparavant à Istanbul (elle avait alors vingt-trois ans). Elle était allée dîner avec une de ses amies et deux Turcs, dans un restaurant. Au retour, son amie était montée dans la voiture de l'un d'eux, chez qui elle voulait passer la nuit. Quant à elle, elle avait pris la voiture de l'autre (« gras et poisseux ») qui, pendant le trajet, voulut la prendre par force.

– Laisse-moi faire ci et ça, me dit-elle qu'il lui dit, et je te raccompagne à ton hôtel. Je l'ai laissé faire « ci » puis « ça ». Il en a voulu plus. Alors j'ai ouvert la portière, on ne roulait pas très vite, et je me suis jetée dehors. Je suis rentrée à pied...

Elle m'avait aussi narré brièvement à la Closerie l'histoire d'un « escroc », rencontré en France, qui se faisait passer pour photographe de presse. Elle était partie avec lui en Malaisie, pour les vacances. Il lui avait piqué son argent et sa carte de crédit.

Et cette idée, de plus en plus clairement, se dessinait en moi, qu'elle – et nombre de jeunes femmes japonaises débarquant de leur île en Occident – y atterrissaient en quelque sorte comme des Martiennes, ignorantes de nous, autant que nous l'étions d'elles, et incapables de décrypter les codes sociaux du monde qui les entourait. Donc de deviner, face à un inconnu, à qui elles avaient affaire. Ainsi, apprendrais-je plus tard assez amusé, l'ambassade nipponne à Paris avait eu souvent à régler des problèmes concernant des jeunes femmes qui, engagées dans une liaison avec le conducteur même du taxi qui les avait piquées à l'aéroport, s'étaient retrouvées rapidement délestées de leur argent et abandonnées. Beaucoup d'entre elles aussi cherchaient, à peine avaient-elles quitté l'univers sans doute encore contraignant de leur pays, du moins pour les femmes, à jeter leur bonnet, ou leur kimono de geisha, par-dessus les moulins, en se jetant à l'eau, c'est-à-dire dans les bras du premier venu qui ne fût pas japonais. J'avais eu moi-même, ce que je racontai alors à Tamako, une brève liaison de trois jours avec une apprentie journaliste japonaise, rencontrée quinze ans auparavant sur un ferry France-Angleterre, qui était devenue ma maîtresse une heure tout juste après notre première rencontre.

– On vit enfermées dans une île. Quand on en sort, c'est la folie !

Tamako parlait bien français, mais je doutais qu'elle connût nos codes et fût capable de deviner que, derrière l'image sociale apparemment séduisante de l'« écrivain » (on voyait mon nom dans les journaux !) je n'étais rien, économiquement du moins, ou presque. Il est vrai, j'avais quelques relations... Mais il y avait aussi chez elle ce goût de la culture et, chose inconnue des classes montantes de la plupart des autres nations asiatiques tournées vers la « modernité », cette toute japonaise nostalgie des choses passées.

Comme nous arrivions au carrefour où la rue de l'Odéon débouche sur le boulevard Saint-Germain, j'eus, à cause du vin sans doute, mais aussi entraîné par le film de notre conversation, une sorte d'hallucination : je vis le visage d'une vieille femme, turgescent, ridé, grimaçant, et comme surgi de l'impitoyable pinceau d'un Otto Dix, s'encadrer puis disparaître aussi vite, magiquement, dans mon champ de vision : un *memento mori* ?

Je laissai Tamako dans un bus, le 27, sur la place Saint-Germain-des-Prés (« J'aimerais vous revoir », m'avait-elle dit, un peu émue, en y grimpant) et je remontai vers la rue du Four prendre le mien, le 96. J'attendais à côté d'une femme enceinte, à la station. Un clochard ivre m'interpella : « Eh, toi, faudra perdre ton ventre, faudra maigrir. » Je me tâtai le ventre, il ballonnait un peu, certes ! « C'est à vous qu'il parle ? » me demanda la femme enceinte. Je regardai, perplexe, son ventre proéminent. « Oui c'est à moi », dis-je. Et, en riant, j'ajoutai : « Je suis si moche que ça ? » Elle de rétorquer : « Pour votre âge, vous êtes très bien. »

De retour chez moi, je lançai un œil caressant au bouquet de pivoines acheté le matin même au marché Richard-Lenoir dans l'idée que Tamako viendrait peut-être.

Je me mis à mon bureau et, sous le regard désespéré de Trotski, Koltsov et autres, scotchés au mur, je commençai d'écrire le récit de cette journée – dont s'achève ici le récit.

4

Paris devint pour moi un beau jeu de constructions...
(Aragon, *Anicet ou le Panorama*, 1920.)

18 juin...

Allongé sur mon canapé 1925 en velours râpé et patiné par les ans, les pieds posés sur un accoudoir, je continuais de feuilleter mon livre d'estampes : l'une d'elles, datant des années trente, représentait une jeune Nipponne, les cheveux courts, coiffés à la garçonne, vêtue d'une robe occidentale et fumant, l'air désabusé, les coudes posés sur une table, devant un verre à cocktail où marinait une prune. Sa pose rappelait certaines scènes réalistes de Manet ou Toulouse-Lautrec. L'idée vaguement m'effleura que je pourrais faire une synthèse des deux romans qui continuaient en moi de se combattre, en inventant quelque héroïne japonaise « moderne » (un agent secret ?) venue à Paris pour l'Exposition universelle de 1937. Idée, vaseuse sans doute, qui s'en irait en fumée comme la cigarette de la fille figurant sur l'estampe. Parmi toutes les images de mon livre, il y en avait une sur laquelle je revenais régulièrement, de Hashiguchi Goyo : une jeune femme mince et nue, accroupie au sol, mais de façon que sa cuisse gauche cachait son ventre et sa toison (seul un sein menu était visible) et penchée, l'air absent, sur une bassine de bois où, de ses deux mains, elle tordait une sorte de mouchoir mouillé blanc et bleu dont on pouvait supposer, mais la chose n'était que suggérée, qu'elle venait de s'éponger le sexe – les draps défaits d'un lit traditionnel japonais, qu'on apercevait en arrière-plan, laissant entendre qu'elle y avait fait l'amour. J'imaginais à Tamako le même corps élancé et effilé, les mêmes hanches un peu larges, les mêmes pieds si fins, et je lui trouvais un regard similaire, froid ou éteint, mal déchiffrable en tout cas.

Le téléphone sonna. C'était elle. Elle me demanda si j'allais « ce soir » au concert dont je lui avais parlé à la Closerie. Je lui dis que je m'étais trompé de date, c'était le lendemain qu'il avait lieu. Mais n'irais-je pas « aujourd'hui », insista-t-elle, assister à ce « vieux film » que j'avais aussi évoqué, *Ninotchka* ? J'essayais en effet de voir ou revoir la plupart des films des années trente passant à Paris. Pouvais-je manquer le chef-d'œuvre de Greta Garbo ? De sa voix, toujours étonnamment « pro » et autoritaire au téléphone (sans doute, tout captivé que j'étais par la beauté du visage de Tamako quand je l'avais en face de moi, ne portais-je pas attention à ses intonations si réfrigérantes), elle m'apprit que le film passait « A-14-heures-au-Grand-Action-rue-des-Écoles-dans-le-V^{e}-arrondissement ». Manifestement elle avait sous les yeux l'*Officiel des spectacles*, qu'elle me récitait. C'était, à première vue, quelqu'un de très organisé. J'acceptai moins son invite que je n'obtempérai à son ordre. « C'est métro Maubert-Mutualité », précisa-t-elle, à la manière d'un tour operator cornaquant son client avec une ferme dextérité.

N'avais-je pas tout mon temps ? Tout mon temps à lui consacrer ! Et si elle le voulait, guide à mon tour, je la cornaquerais à travers le Paris d'avant guerre, où j'évoluais beaucoup plus, par l'esprit du moins, que dans celui de cette fin du XXe siècle. J'étais libre, absolument libre. Ne me payait-on pas – à condition bien sûr que de tout cela sortît un livre ! – pour rêver ? Chose combien immorale ! Quel sorte d'étrange privilégié étais-je ? D'autres avaient de l'argent, moi je n'avais que du temps. D'autres perdaient leur temps à gagner de l'argent, je dépensais mon argent à perdre mon temps. J'avais misé sur le rêve.

Investissement risqué, sans doute.

Il était 11 heures du matin. J'allai flâner sur le boulevard Richard-Lenoir où était installé le marché en plein air, tout regorgeant de couleurs avivées par le soleil : des montagnes de cerises, noires, certaines, aussi noires que les joues de Tamako quand elle avait bu, s'élevaient sur les étals, des oranges or ou ocre comme sa peau. Les crevettes rosées formaient des pyramides sur des lits d'algues et de glace pilée. Saumons d'argent à la tranche écarlate, daurades dorées, rougets et rascasses rubis, anguilles émeraude. On eût dit la vitrine d'un grand bijoutier de la place Vendôme. Mes pivoines étant fatiguées, j'achetai un bouquet d'œillets blancs, petits, des « œillets de poète ». Le bouquet glissé sous mon bras, à la façon d'un journal, je dérivai encore quelque temps entre les stands… Je traversai le boulevard Voltaire, achetai chez Nicolas quelques bouteilles de champagne, au cas où ce serait le « bon jour ». Mais j'étais décidé à ne rien précipiter.

Je m'en allai ensuite boire un verre au café Au Métro, en terrasse, sous un parasol jaune. Le soleil rutilait. L'œil vague, je regardais défiler devant moi les employés de bureau, caissiers de banque, secrétaires, dactylos, téléphonistes qui se pressaient d'aller déjeuner. Passa une jeune femme en minijupe rose à ras le bonbon, avec de longues jambes superbes. Je me fis la réflexion que je n'avais jamais vu Tamako qu'en jupe longue ou en pantalon. Elle n'était pas petite, ses jambes semblaient grandes, mais peut-être étaient-elles mal faites ? Je rentrai chez moi, mis le champagne au frigo, me fis deux œufs coque où je trempai des biscottes. Je n'avais pas faim. France-Musique débitait un air de Monteverdi. Je passai un costume beige en toile molle et un polo noir. Je sortis bientôt pour aller à mon rendez-vous…

Devant le Grand Action, rue des Écoles, je montai la garde. Sur l'affiche du film, un portrait de Greta Garbo. En dessous une bande publicitaire annonçait : GARBO RIT. C'était la première fois en effet que l'actrice suédoise, à réputation de froideur, interprétait un rôle comique, expliquaient les reproductions de coupures de presse d'époque collées aux murs du cinéma, à côté de la caisse. J'eus tout loisir de les lire, car Tamako arriva avec dix minutes de retard : en pantalon noir de satin chinois et chemise blanche encore très échancrée. Au visage toujours le même petit air froid, point suédois celui-là.

– Il ne fallait pas m'attendre, dit-elle, pourquoi n'êtes-vous pas entré ?

– J'aurais attendu ici toute ma vie, rétorquai-je, galant.

Je payai les billets. Dans l'ombre platonicienne de la salle obscure, défiant le cours inéluctable du temps, s'agitaient de vivantes images vieilles presque de soixante ans. Des morts tout frais, ressuscités par le miracle mécanique de l'appareil de projection, parlaient, riaient, chantaient, buvaient, mangeaient, s'aimaient sur l'écran dont la luminosité réfractée venait gouacher d'argent le bout du nez, les pommettes et la pointe du menton de Tamako que j'apercevais à mes côtés, de profil, ombre claire se détourant sur l'ombre plus sombre de la salle.

Tenant sa main dans ma main, mais sans trop de conviction, je ne me sentais guère d'ondes amoureuses ce jour-là, je regardais le film en jetant de temps en temps un œil vers son visage pour voir comment elle réagissait aux meilleures scènes et, en quelque sorte, vérifier si, quoique étrangère, elle en percevait les nuances et le sens.

Le scénario écrit, entre autres, par Wilder et Lubitsch, narrait l'histoire de trois agents soviétiques, qui, en mission à Paris, se laissent corrompre par les charmes de la capitale (champagne et petites pépées), tout comme « la » commissaire du peuple (Garbo) envoyée de Moscou pour les surveiller : elle tombe amoureuse d'un beau Français moustachu. C'est au Ritz qu'ils logent, en place de l'hôtel… Terminus où ils avaient ordre de se rendre…

La comédie était enlevée, sans cesse relancée par de nouveaux rebondissements, pétillante comme une coupe de champagne, légère et profonde.

– C'est ainsi que je voudrais écrire mon roman sur les années trente ! m'étais-je exclamé, une heure plus tard, comme nous buvions un verre en terrasse dans un proche bistrot.

Tamako s'intéressait-elle à ce que je chantais ? Y comprenait-elle quelque chose (particulièrement quand je digressais sur le pacte germano-soviétique narquoisement annoncé dans le film) ? Ou m'observait-elle comme un spectacle d'exotiques marionnettes ? Une attraction de cirque, Mickey Mouse à Disneyland ?

La tête légèrement baissée sur sa tasse de café, où elle avait trempé ses lèvres, elle releva les yeux dans ma direction, me regardant par en dessous. Et ce fut une autre femme, soudain, qui se trouva devant moi, plutôt une petite fille, au minois rond, enjoué, espiègle. Vu d'en haut, son visage, d'habitude si froid, révélait une facette toute différente de sa personnalité, antinomique même, et par moi insoupçonnée… D'elle, comme de Garbo, une bande-annonce eût pu dire, chose à ce jour inouïe : Tamako rit.

– Vous avez deux visages, lui soufflai-je, fixant en m'en délectant sa mine de gamine goguenarde. La Jap arrogante, quand vous regardez de face, la chieuse, quoi, l'emmerdeuse !… et la petite Chinoise bidonnante quand vous jetez un œil d'en dessous. C'est bizarre, ce contraste…

Elle parut ravie de mes observations. « Mon côté gai vient de mon père, ma mère, elle, est plutôt froide », dit-elle. Son père, petit industriel aisé, avait épousé une femme d'une classe supérieure, cultivée mais assez distante, sinon « coincée ». Si je faisais des découvertes quant aux diverses expressions du regard de Tamako, je n'avançais pas d'un pouce en ce qui concernait la morphologie de ses yeux. En quoi étaient-ils si différents des nôtres ? me redemandais-je. Était-ce seulement qu'ils eussent moins de cils ?

Dans ses carnets elle nota qu'à ce moment très précis je lui avais dit : « Vos yeux sont nus. » J'en ai le clair souvenir et que, par ces mots, j'eus l'impression, si érotique, de la déshabiller tout entière, là, en pleine rue… Le sentit-elle ? Son visage, pudiquement, s'empourpra. C'est alors qu'à ses dires je lui aurais déclaré soudain, chose qui m'étonne encore aujourd'hui, mais peut-être était-ce quelque jeu de ma part dans le mouvement de la comédie tendre que nous venions de voir à l'écran :

– Je suis amoureux vous.

A ces mots mes lèvres auraient frémi, comme celles d'un adolescent de quinze ans disant pour la première fois « je t'aime » à une femme. Et c'est ce qui l'aurait fait « craquer » (« Je me suis fait avoir ! » renchérit-elle). J'avais essayé de l'embrasser. Nos bouches superficiellement s'étaient pressées. La sienne m'avait paru souple, délicieuse. « Vous êtes *trop*, dis-je, *too much* », expression alors à la mode. Du bout du doigt elle avait essuyé le rouge à lèvres laissé sur ma bouche. Et puis, écrirait-elle dans son journal, elle avait regardé mes yeux *gris-marron comme d'un chat.*

Ce fut une expérience étrange, pour moi, le scribe, que de m'entendre ainsi décrire, mettre en mots, en « boîte », de me voir, à mon tour, l'objet d'une narration – couché sur le papier, abstrait, et, qui mieux est, dans une écriture idéogrammatique si étrangère qu'elle renchérissait sur la distanciation implicite au langage. Avec Paris c'était moi-même donc qu'à travers les yeux de Tamako je commençais d'observer. Le bonhomme, ainsi revisité, était-il antipathique ? Du moins m'était-il nouveau.

– Et vous, êtes-vous amoureuse ?
– Une fois sur deux, c'est pair et impair.

A sa mine il ne me sembla pas que cela marchât fort avec ce « quelqu'un » chez qui elle était (« le vieux »). Elle ajouta que depuis huit ans qu'elle se trouvait en France, elle ne s'y était jamais vraiment intégrée. « Je suis en marge. » Son grand-père avait rêvé pour elle un grand destin. Il pensait qu'elle allait « traverser l'océan », pour l'Amérique sans doute, et devenir célèbre, glorieuse ! En prononçant ce mot, « glorieuse », ses yeux étincelaient…

J'avais payé nos cafés. Nous remontions la rue Jussieu, au pied de l'immense tour noire de l'université. Si laide. J'y avais fait mes études, racontai-je. M'inscrivant en lettres à la fin des années soixante, j'avais imaginé me retrouver au milieu des boiseries et des peintures murales, certes un peu pompières et théâtrales, de la Sorbonne. J'eus droit au fonctionnel béton…

Comme nous arrivions à la bouche du métro Jussieu autour de laquelle s'agrégeaient des bouquets de jolies étudiantes, Tamako dit soudain, à brûle-pourpoint, et interrompant ma logorrhée :

– JE SUIS VIDE.

Cette phrase un instant me scia le caquet. Il y eut quelques secondes d'angoissant silence. Puis, pour chasser ces nuages, et jouant sur les mots, j'évoquai le zen, le Tao, qui sont des philosophies du « vide ». Le roman d'ailleurs que je rêvais d'écrire

– et il ne s'agissait plus cette fois de mon hypothétique roman sur l'avant-guerre mais de celui que Tamako m'inspirerait peut-être – porterait sur le vide. On n'y trouverait que des clichés, des clichés kitsch de Paris qu'on regarderait à travers les yeux naïfs d'un touriste – japonais de préférence. On en tournerait les pages comme le tourniquet d'un présentoir à cartes postales, sautant de la butte Montmartre en été au Louvre sous la neige, ou à une tour Eiffel nocturne illuminée par des projecteurs bleu-blanc-rouge. Tout cela aurait l'allant d'une comédie musicale américaine ! C'était, en quelque sorte, *A Japanese in Paris* que je rêvais d'écrire. Faisant un entrechat, je fredonnai : *Singing in the rain*…

Elle sourit, un peu tristement m'a-t-il semblé. Nous nous séparâmes à l'intérieur du métro. Je prenais la direction Austerlitz, elle allait en sens inverse, côté Boulogne.

– On ne prend même pas la même ligne, dit-elle.

Quand elle eut disparu, je crus entendre dans cette phrase un sens caché. Je me sentis misérable. Je rentrai chez moi. Une amie me dit au téléphone :

– Quand tu travailles, tu vas bien.

Travaillais-je ?

Je me plongeai dans le *Staline* de Boris Souvarine.

5

Voilà, voilà... tu auras du plaisir encore une fois.
Ah ! Oh ! Moi non plus je n'en peux plus... Ouf !
(Légende d'une estampe érotique
de Shunchô, 1785.)

Été, 20 juin

Le printemps s'achevait. Le soleil était à son solstice. J'étais à mon quatre-vingt-dixième dessous.

Tamako devait m'appeler sur les 10 heures. J'avais vaguement dans l'idée que ce jour-là serait « le bon ». J'étais « mauvais » : vaseux, migraineux. Je ne me sentais pas d'« humeur ». Décrocherais-je le téléphone ? Brancherais-je le répondeur ?... Et cependant, contradictoirement, je déplaçais d'une pièce à l'autre la poussière de ma moquette avec un aspirateur asthmatique. A 10 heures 30 précises, le téléphone sonna. Sa voix autoritaire, militaire, me dit que « cet après-midi » elle était libre. J'essayai de bredouiller quelques prétextes, d'évoquer un pseudo rendez-vous qui m'empêchât de la voir. Elle les balaya je ne sais trop comment. « Eh bien, passez chez moi à 15 heures », dis-je, vaincu. Je ne voulais pas tout gâcher en précipitant les choses, les déflorer de leur aura poétique. Mais la force des « choses » l'emportait sur ma molle volonté. L'esthète baissait les bras, Wilde abdiquait. « Vous avez un code ? » demanda-t-elle, toujours très pratique. « Euh... oui... » dis-je. Il y eut un silence. Elle attendait bien sûr que je lui donne mon code. « Je ne m'en souviens pas, poursuivis-je, mais je crois que dans la journée on n'en a pas besoin. » « Et le soir, vous faites comment pour rentrer chez vous ? » « Euh ? » m'interrogeai-je. Et, après réflexion, j'ajoutai : « Je le retrouve mécaniquement sur le cadran. C'est géographique comme mémoire, pavlovien. C'est mon doigt, en fait, qui s'en souvient. » « Pas mon doigt », rétorqua-t-elle, acerbe. Penaud, je mis mon nez dans un carnet où le code était inscrit et le lui donnai.

Après avoir raccroché, je jetai un regard circulaire sur mon appartement, particulièrement sur le canapé du salon où, en toute bonne logique, j'allais la prier de s'asseoir, comme je faisais d'habitude avec tous mes visiteurs. Je posai « négligemment » sur une table basse, toute proche, un exemplaire du magazine de faits divers *Détective*, année 1928, où figurait en couverture la photo sépia d'une salle de cabaret de la rue de Lappe avec ses putes à accroche-cœurs, cibiche au bec, ses apaches en casquette, foulard noué au cou, ses marins et, venus là s'encanailler, quelques bourgeois en frac... Je déplaçai des bibelots, cachai la reproduction, un peu trop suggestive, d'un croquis de femme nue, jambes écartées, de Egon Schiele, rangeai un livre et, à peu près satisfait de cette sommaire mise en scène, je fourrai dans un sac une serviette et un maillot de bain, décidé d'aller me « rafraîchir les idées » à la piscine du Sport-Club de la République où j'avais mes habitudes. Peut-être irais-je mieux après...

Le Sport-Club est un de ces gymnases récemment construits en France à d'innombrables exemplaires pour le bien-être des classes moyennes autochtones menacées collectivement de lumbago, du fait de leurs peu physiques activités professionnelles. Une orgie de néons y traque impitoyablement toute espèce d'ombre, en exterminant l'hérésie jusque dans les encoignures les plus dissimulées. La piscine, cependant, était peu éclairée, et j'eus le plaisir princier, ce jour-là, d'être le premier à en profaner les eaux paisibles. Nageant sur le dos, je pouvais contempler, au travers des baies vitrées dressées autour du bassin, une armée de fantômes étranges, évoquant les illustrations, par Gustave Doré, de *La Divine Comédie* : certains, en survêtement, d'autres en short et tee-shirt, beaucoup le front ceint d'un bandeau élastique de couleur vive, hommes et femmes, vieux et jeunes, Européens, Africains, Asiatiques, paraissaient assemblés là, comme au cœur des enfers, pour purger quelque cruelle peine. Les uns, courant sur un tapis roulant mécanique en caoutchouc noir, semblaient voués, pour l'éternité, à faire éternellement du sur-place, à galoper toujours, sans avancer jamais, ni qu'un charitable infarctus mît fin à leur supplice ; les autres, assis sur un siège bas, les mains arrimées de part et d'autre d'une barre horizontale d'acier chromé suspendue en l'air, tiraient dessus avec acharnement, suant, ahanant, la carotide tout enflée et l'œil exorbité, afin d'amener la barre à hauteur de leur cœur, arrachant simultanément la multitude de poids de plomb qui, par le biais d'un filin glissant sur une poulie, y étaient reliés ; d'autres encore, esclaves volontaires, les fesses clouées à un banc de misère, tiraient et tiraient sur les biens réelles poignées d'invisibles rames, le dos arc-bouté, le front vermiculé de douloureuses rides, dans la vaine intention de faire avancer sur un océan inexistant une imaginaire galère. Les Danaïdes et leur tonneau, Ixion et sa roue, Sisyphe, Prométhée, tout l'Olympe des maudits se trouvait là, bien identifiable...

Le corps rafraîchi, l'esprit quelque peu rasséréné, je sortis de la piscine et m'en allai examiner au sauna, puis aux douches, côté hommes, car même aux enfers les sexes s'y trouvent séparés, quelques spécimens de ces réprouvés qui, entre deux séances de torture, semblaient autorisés à prendre du repos. J'observai, comme un peintre et un médecin à la fois, ces corps nus qui dégoulinaient de sueur ou d'eau savonneuse : ces sexes à l'état flaccide, longs et fins, épais et courts, d'aucuns pourvus de glands monstrueux entés sur des tiges filiformes, d'autres cordelés de saillantes veines émeraude ; ces testicules hérissés de poils, telle une paire de noirs oursins, parfois minuscules, comme rentrés dans le bas-ventre, parfois énormes, pendant bien plus bas que l'extrémité de la verge. Il était étonnant de voir combien la nature ou le bon Dieu avait mal proportionné tout ça, certains Hercules emphatiquement musclés étant pourvus d'appendices relativement petits ; certains minables gnomes révélant de gigantesques instruments.

« Tout cela » s'exposait à moi, dans la lumière crue, glaciale et clinique des néons, comme autant de quartiers de viande pendus à des crocs dans l'entrepôt frigorifique d'un boucher. Et c'était pourtant « tout cela » que des femmes, transmuées en bacchantes par le désir, pouvaient aduler, adorer, idolâtrer, bouffer, essorer…

Je pris une douche froide.

Puis, me séchant au vestiaire, devant un grand miroir, je me contemplai en pied, Narcisse penché sur son étang de verre vertical : tout nu. La carcasse n'était pas trop mal bâtie, tirant sur le blanc, semée de taches de rousseur (la peau de Bretonne de maman), buissonnante de poils noirs frisés (le sang méditerranéen du papa), le ventre un peu ballonné (approche de la cinquantaine), le sexe sombre, le visage encore jeune, les cheveux bruns, abondants (pas un poil blanc encore ou presque).

Tamako, donc, apparemment, avait envie de « ça » et « ça » c'était ce que je voyais, là, debout dans le miroir, ce gros ver blanc velu. MOI !

Je sortis du Sport-Club, aperçus, de dos, monstrueuse matrone, la statue de la République, place du même nom, qui, depuis un siècle, soulève d'une main coquette sa pesante jupe de bronze empesée…

J'allai déjeuner à l'Anjou-Normandie, tout proche… Il était 13 heures 40. Un compte à rebours commençait jusqu'aux 15 heures de notre rendez-vous. J'avais – et ce repas pour moi était moins un acte de nutrition que de méditation – une heure et vingt minutes donc pour me remettre les yeux en face des trous, retrouver mon équilibre et – me rassemblant autour de mon centre de gravité égaré – saisir l'extrémité du fil grâce auquel, dès lors que j'aurais commencé de tirer dessus, se déroulerait l'écheveau de mon désir. Car c'était le fil de mon désir perdu que, piochant bouddhistement dans un morceau de veau froid ou un gâteau au chocolat « Forêt noire » en trempant mes lèvres dans un verre de chinon, je recherchais. Ma conscience mise en demi-sommeil (comme on baisse le régime d'un moteur), je laissai en moi se désembobiner le film de mes associations d'idées, scories dont je me purgeais, me purifiais, comme un cargo vide ses soutes avant d'entrer au port.

Exercice spirituel comme un autre.

Des bribes de conversations me parvenaient des tables voisines où déjeunaient des employés de la Société générale : « Il a des côtés intéressants à côté de côtés tyranniques », disait l'un. « Il ne faut pas se trouver dans sa ligne de mire », affirmait l'autre. Sans doute parlaient-ils d'un chef de service mauvais coucheur. Ils travaillaient. Travaillais-je ?

Je buvais un peu de café puis un peu de vin rouge, en mélangeant les saveurs, les dosant, comme si mon corps, mon être, fût quelque shaker où se préparait le plus subtil et parfait cocktail. Je m'assaisonnais, me farcissais, cuisinier de moi-même, pour mieux m'offrir à Tamako : salé, sucré, poivré – cuit à point ! Ça marchait... à peu près. Les pièces de mon être dispersé commençaient de se rassembler.

Derrière le bar, un garçon en tablier noir et bras de chemise cueillait régulièrement devant lui, dans l'évier à moi invisible, un verre à pied qu'il essuyait d'un geste lent et assuré avec un torchon blanc à rayures rouges, et déposait sur une étagère, dans son dos (où d'autres verres semblables étaient alignés comme des soldats à la revue) après l'avoir un instant élevé au-dessus de sa tête, tel un prêtre son calice, pour voir en transparence si quelque malpropreté n'en maculait pas encore la paroi cristalline. Sur le quadrilatère de la table, la bouteille de chinon, une cruche à eau en grès jaune Pastis 51 et ma tasse de café formaient une nature morte à la Pieter Claesz. La tasse de café était blanche, sa matière épaisse, grossière, pulpeuse, dirais-je presque. J'y bus à nouveau. Le liquide sirupeux en poissa délicieusement mes lèvres : et j'imaginais boire ainsi au corps, au ventre même de Tamako.

Chez moi je me préparai un nouveau café et, m'installant dans un fauteuil marron à tubulures d'acier chromé, je fis semblant de feuilleter un vieux numéro de *L'Illustration* de 1937 sur l'Exposition universelle : l'aigle nazi, en haut de sa colonne, et un couple de kolkhoziens colossaux brandissant une faucille et un marteau s'y affrontaient en couverture, au pied du Trocadéro.

15 heures approchaient. Régulièrement mon oreille se dressait quand j'entendais, qui résonnaient dans la cour intérieure où don-

naient mes fenêtres, le bourdonnement d'insecte du digicode qu'on déclenchait à la porte de l'immeuble, et l'espèce de claquement qui retentissait quand on ouvrait celle-ci. Il était encore trop tôt. Ça ne pouvait être elle.

Je pissais (il faudrait que je change un jour le siège cassé des toilettes, me répétais-je depuis cinq ans) quand je fus surpris, n'ayant entendu aucun pas dans l'escalier, par la sonnerie de ma porte. Je branchai à la hâte le répondeur de mon téléphone, pour ne pas être dérangé, et allai ouvrir.

« J'étais émue, me dirait longtemps plus tard Tamako, je respirais fort. J'avais pris, quelques instants auparavant, un café au Baromètre, rue Oberkampf… Mon ventre me faisait mal. J'avais mes règles. De ce fait je me sentais un peu rassurée, protégée. Il ne pourrait "rien se passer", pensais-je. Quand, après le café, je me suis retrouvée au pied de vos escaliers, je me suis arrêtée un instant pour souffler. J'ai regardé de bas en haut la spirale de la rampe allant en s'étrécissant de palier en palier jusqu'au plafond du dernier étage dont on ne perçoit qu'un petit ovale peint en blanc. Cet "espace" m'a paru joli. J'ai grimpé les marches. J'étais surprise que votre nom figure sur la porte, en général les Français n'y inscrivent que leurs initiales ou un numéro. J'ai sonné. J'ai entendu des pas. Votre visage a surgi dans l'entrebâillement. Vos cheveux étaient plutôt dépeignés et raplatis, vos yeux cernés et tristes, renfoncés, vos lèvres épaisses, *potelées*… »

La porte à peine refermée, il s'est passé quelque chose de magique – dont je serais incapable, a posteriori, de restituer la mise en scène – qui fit qu'elle me tomba aussitôt dans les bras. On peut parler peut-être d'un champ magnétique dans lequel nous avons été tous deux aimantés l'un vers l'autre. Nous nous sommes embrassés *(Un baiser léger puis profond*, écrit-elle dans son journal. *Il a des cheveux doux où les doigts passent facilement…)* Sa bouche m'a paru tendre et fraîche et comme, de mon bras droit, j'enlaçais sa taille, j'eus l'impression que celle-ci sans cesse se dérobait à mon étreinte, comme la vague déferlante, par son ressac, se dérobe au rivage. Son corps était fragile, immatériel eût-on dit. Je la caressai. Elle murmura alors (« Parce que je devais dire quelque chose, il le fallait », expliquera-t-elle plus tard) : « Faites-moi visiter ! »

Elle posa son sac (un petit sac à dos en Nylon marron, comme c'était alors la mode) sur le canapé, traversa le salon, passa à côté, dans mon bureau, examina une carte de Shanghai datant de 1930, regagna le couloir, jeta un bref pudique coup d'œil à la chambre…

– Je zone ici, dis-je.

Immédiatement, à sa façon de regarder, je fus rassuré. Le délabrement « poétique » des lieux lui plaisait. Il semble même qu'elle l'idéalisa un peu. Aveugle à ma moquette râpée, elle fut sensible à l'esthétique des clartés diverses où baignait chaque pièce du fait de la couleur des rideaux (indigo pour la chambre, jaune d'or pour le bureau, crème pour le salon) déteignant, comme dans une lumineuse lessive, sur les flots de soleil filtrés par leur étoffe. Les feuilles épaisses, rondes, nervurées, vert foncé sur le dessus, et grenat en dessous, des plantes grasses du salon l'intéressèrent aussi, et la beauté du jour jouant à leur surface vernissée… Elle repéra un cendrier bleu calant la porte des toilettes (la poignée en était cassée), croyant qu'il s'agissait d'un bol destiné à un animal : « Vous avez un chat ? » Elle jugea la teinte du canapé « couleur de terre » et celle du fauteuil en Skaï marron « rouge haricot ». Je la fis asseoir, comme prévu, sur le canapé. Jetant un œil à la couverture de *Détective*, elle trouva les apaches et les marins très beaux : « des durs ». Elle se débarrassa de sa veste de jean bleu. Elle portait en dessous un chemisier sans manches fendu devant et un pantalon de satin. Aux pieds des chaussures à brides en daim noir.

Je fis un saut à la cuisine, revins avec dans une main une bouteille de champagne, dans l'autre de l'eau gazeuse.

– Quelles bulles voulez-vous ?

Elle désigna l'eau du doigt.

Je n'en décidai pas moins d'ouvrir le champagne, lui rappelant la scène pathétique et drôle de *Ninotchka* où la « camarade » Greta Garbo, dans le luxueux appartement de son amant parisien, feint une soudaine crise de conscience politique : ne trahissait-elle pas sa patrie et le communisme ? Son amant, par jeu, lui bande alors les yeux avec une serviette, la colle à un mur (comme au mur de mon bureau étaient scotchées les victimes de Staline) et, braquant vers elle une bouteille de champagne, en fait péter le bouchon – écho joyeux aux salves des pelotons d'exécution qui continuaient de retentir en Union soviétique. Je fis de même : un geyser de vin mousseux jaillit. Non, elle ne boirait pas d'eau ! Paris serait *une fête* !

Nous entrechoquâmes nos coupes. « *Kampaï*, dit-elle, Santé ! » Elle but un petit peu. J'avalai une gorgée que je conservai dans ma bouche et, dans un baiser, l'instillai entre ses lèvres.

– C'est comme ça qu'on embrasse à Paris.

Longtemps plus tard, en relisant les notes que j'avais prises sur cet après-midi enseveli, j'eus le sentiment que je n'en avais retenu – ou croqué, comme on dit d'un peintre – que les détails les plus grossiers, les plus anecdotiques, et que rien n'en demeurait de ce qui l'avait hanté, animé, *magifié* : le désir ? L'essence s'en était évanouie. Et je ne tisonnerais plus, dans l'âtre du souvenir, que des cendres froides.

Je lui avais ôté son chemisier, son soutien-gorge noir. Et, la dépouillant de ces signes de satin et de soie, qui l'ancraient, du fait des modes, dans une époque bien définie, je vis s'incarner bientôt devant moi, atemporelle en sa nudité, mais chaude et douce, l'estampe même de Hashiguchi Goyo sur laquelle j'avais rêvé. A genoux à ses pieds, je lui avais dit : « Je suis moche, vous êtes belle », phrase qui figure dans son journal. Et ce fut comme si j'embrassais sacrilègement les seins, le ventre, la chatte d'une œuvre d'art arrachée au carcan de son cadre, de sa toile et du musée qui l'abrite. C'était au demeurant une œuvre d'art très réaliste et sujette aux avatars de la physiologie.

– Je suis incommodée, dit-elle.

– Ça ne fait rien, dis-je, je te caresserai, c'est tout.

La prenant d'une main à son poignet gracile, empoignant de l'autre le goulot de la bouteille, je l'avais entraînée vers la chambre – vers le lit d'où, d'un coup, j'avais retiré la couette et le tissu de batik grenat qui la couvrait. Elle avait dit : « On va salir les draps. » J'avais dit : « Je mettrai une serviette. » Elle avait dit : « Où sont les toilettes, je vais enlever quelque chose… » Elle s'était rendue aux toilettes, à l'autre bout du couloir. J'avais étendu une grande serviette rouge sur les draps gris. Quand elle était revenue, il lui avait semblé, en voyant au sol la couette, gonflée de plumes, que ce fût un gros nuage flottant à la dérive sur quoi on eût jeté un batik. Je m'étais retrouvé à ses côtés, sur le lit, elle allongée sur le dos, moi sur le flanc, surplombant de mes yeux son visage que j'analysais, je scrutais, entre deux baisers. Dans un miroir art déco, accroché à la tête du lit, et dans un autre plus grand, placé à son opposé, contre un mur, nos corps arrachés aux trois dimensions vivantes du monde écrasaient leurs froids reflets cassés aux angles des cadres.

– Ils sont bien placés les miroirs, dit le Hashiguchi Goyo. (Et d'ajouter :) Tu es fou !

Cependant je continuais d'examiner son visage, et plus particulièrement ses yeux qui, comme je l'embrassais, semblaient, par cette perspective rapprochée, l'un à l'autre s'accoler comme les feuilles vis-à-vis d'une fougère.

– Tes yeux, dis-je.

– Mes yeux nus, dit-elle, faisant écho aux mêmes mots qu'à la sortie de *Ninotchka* je lui avais dits.

Et je me remettais à scruter leur énigme : l'étrange commissure interne de leurs paupières. Savait-elle comment on appelle cette partie du corps en français ? Le larmier, parce que les larmes y prennent naissance. Et comme si j'eusse voulu boire à leur source ses inexistantes larmes, je baisai ses yeux et, chose qu'à ce jour je n'avais jamais faite, je les léchai, glissant ma langue entre ses paupières rétives, hanté bientôt par le désir fantasmatique de les arracher d'un coup de dents à leurs orbites ensanglantées et de les gober – comme on gobe une huître. Et comme pour m'approprier son *regard.*

Elle sentait bon, ou peut-être était-ce le parfum dont elle s'aspergeait, son corps, pas plus que le parchemin d'une estampe, ne semblant avoir d'odeur. Je nageais, je flottais dans ce parfum, n'éprouvant plus la crainte, qui m'avait au départ tenaillé, que tout fût trop tôt gâché, et que le roman avortât à son premier chapitre. Le geste prosaïque de piquer un préservatif dans le tiroir de la table de nuit et de l'enfiler ne me troubla pas (*Sa façon de prendre le préservatif dans la table de chevet et de le mettre est habile*, écrirait-elle). J'entrai en elle comme j'étais entré dans l'aura de son parfum et, sur les miroirs, nos corps démultipliés ne cessèrent de s'aimer. Régulièrement j'avalais une goulée de champagne que, dans un baiser, j'insufflais dans sa bouche. « Quand on s'aime, l'alcool ne rend pas malade », lui dis-je, comme elle craignait de l'être. Et, la mangeant, la buvant, la humant, la pétrissant, je lui demandais pourquoi elle, si fine, si mince, si élégante, pouvait aimer les Blancs si gros, si lourds, si poilus, si moches et qui puent ! « Il y a plus à manger », dit le Hashiguchi Goyo qui, non plus que les dialogues osés légendant les peintures pornographiques de la période Edo, ne manquait de truculence. Je fis cette réflexion que les Blancs cherchaient dans les Jaunes le contraire de ce que les Jaunes trouvaient dans les Blancs, chez les uns la finesse, l'élégance des lignes, le parfum léger des chairs ; chez les autres la massivité, l'abondance de viande, les forts fumets. J'évoquai l'écrivain femme Yamada qui avait choqué le Japon en décrivant les amours d'une Japonaise et d'un Noir.

– Ça a dû secouer les machos nippons, dis-je.

Elle dit que les machos nippons avaient la trouille des femmes qui, comme elle, avaient un peu vécu et voyagé, et de toutes les femmes en général ; que plus ils avaient peur, plus ils devenaient machos, et plus ils étaient machos, plus ils avaient peur ! Et cependant je continuais de la prendre et de distiller dans sa bouche de nouvelles gorgées de vin. A un moment elle se frotta les lèvres avec un geste de chat, en ôta du bout des doigts un cheveu qui s'y était collé et, d'une pichenette, s'en débarrassa.

– Une arête de champagne, dit-elle.

J'éclatai de rire.

Jamais, à ce jour, œnologues ou rhétoriciens n'avaient ouï dire que le vin eût des arêtes. Je pris la bouteille, pressai mon pouce contre le goulot de façon à n'en laisser qu'une petite partie ouverte, la secouai en la braquant vers la poitrine de Tamako. Le liquide pétillant et glacé jaillit sur sa peau en sueur.

– J'*inaugure*, m'exclamai-je, tout en continuant de la prendre. J'inaugure le paquebot Tamako. Est-ce que tu sais ce que veut dire *inaugurer* ?

Et j'évoquai la bouteille de champagne que l'on brise sur la coque des navires qu'on s'apprête à mettre à la mer.

Le coup de fouet du liquide froid sur la chair chaude et transpirante provoqua en elle un spasme (*La fraîcheur a surpris ma peau qui s'est rétractée*, écrit-elle). Son tronc s'arc-bouta, épanouissant sa cage thoracique et sa poitrine. Je jouis en elle. Elle eut beaucoup de plaisir, mais il ne me sembla pas qu'elle eût joui. Quelques instants plus tard j'avais voulu me retirer d'elle. Elle m'avait dit, me retenant de ses deux mains à la taille, comme un naufragé sa bouée.

– Non, ne t'en va pas !

Je restai en elle.

– Est-ce que tu es amoureux ? me demanda l'estampe, comme pour vérifier si la phrase que je lui avais – ou aurais – dite à la sortie de *Ninotchka* n'était pas un jeu.

Je rétorquai que je n'aimais pas m'exprimer ainsi, directement, et, lui expliquant ce qu'était une litote, je lui citai la réplique du Cid : « Va, je ne te hais point ! » Elle me dit qu'elle avait des places pour une prochaine représentation de *Phèdre*, me demandant si je voulais y aller avec elle. J'acceptai. Entre-temps j'avais ouvert une nouvelle bouteille et nous continuions de boire, nos bouches s'entreservant l'une à l'autre de coupe car, échanson d'amour, elle s'était mise elle-même à boire au goulot et à me régaler des rasades de ses lèvres. Ainsi, étalés sur le lit, à demi ivres et continuant de nous étreindre, l'idée que nous étions deux clochards (… deux SDF métaphysiques !) affalés sur un quai de la Seine, en marge de la société – et du Réel – me vint à l'esprit, et je la lui confiai.

Nous nous étions retrouvés, à ce moment de nos ébats, la tête au pied du lit. Regardant dans la grande glace placée là, où se reflétait le miroir situé à son opposé, j'y vis, répercutée par celui-ci, l'image de ma grosse croupe moche de gros-Blanc-qui-pue, large, poilue, obscène, s'agiter, rythmiquement, entre l'image de ses deux cuisses d'ivoire brun, écartées, écartelées, comme d'un faon mis à l'équarrissage. J'en éprouvai – à cause du contraste esthétique des deux corps sans doute – je ne sais quelle envie de destructrice violence et, la prenant avec plus de rage profanatrice, je jouis en la faisant jouir. Son visage se crispa en une grimace comme de souffrance.

– Je veux être une pute, une folle de baise, dirait bientôt ma loquace et gouailleuse estampe. Tu veux être mon mac ?

Ou encore :

– J'aime cette odeur de transpiration !

L'air confiné stagnant depuis des heures dans l'alambic de la chambre obscure distillait un parfum d'écurie, fauve, épais, capiteux, ammoniaqué.

– Tu es une allumée, dis-je.

Son visage, que zébraient des mèches noires et folles (la gangue de cuir de ses cheveux gominés ayant explosé dès mes premières caresses) n'avait plus rien du masque de la Jap arrogante, ni du joli minois enjoué de la « petite Chinoise ». On ne sait quelle expression de jubilant délire l'illuminait, faisant sourire ses yeux écarquillés.

– A ma dixième réincarnation, de perfectionnement en perfectionnement, je deviendrai la plus grande des putes. Et toi ?

Je lui dis, en souriant, qu'au terme de mon karma j'atteindrais la situation enviable et si confortable de fonctionnaire à l'Unesco. Qu'elle se trompait d'ailleurs d'époque : celle des grandes courtisanes avait passé. La libération des mœurs les avait reléguées au rang d'espèces disparues, avec les dinosaures. Trop de concurrence ! Il était révolu le temps où telle héroïne de Balzac pouvait « gérer » cinq ou six hommes à la fois, les rançonnant copieusement et faisant croire à chacun qu'il était le père de l'enfant qu'elle portait. Tamako, très très intéressée, se promit de lire le livre concerné : *La Cousine Bette*.

Nous fîmes des plans en vue de grandes randonnées poético-touristiques dans Paris : on se mettrait des Nike, une casquette de base-ball, et on irait voir la tour Eiffel, Ray-Ban sur le nez et Minolta en bandoulière. « Et la Joconde ! » s'exclama-t-elle. Avisant une photo de femme, en noir et blanc, signée Harcourt, posée sur une bibliothèque, elle me demanda qui c'était, me disant qu'elle la trouvait belle. Je lui dis que c'était ma mère, à vingt-cinq ans : avant guerre donc. Une photo d'artiste. Elle jouait au théâtre à Paris... Partie en Algérie, en 1940, elle s'était mariée avec mon père, juif d'origine portugaise, et y était devenue folle *(Sa mère n'arrêtait pas de parler, le jour et la nuit,* écrit Tamako dans ses carnets. *A l'extérieur c'était la guerre d'Algérie et, à l'intérieur, chez lui, sa mère folle. Toute son enfance il a lutté pour garder aux mots leur sens. Il m'a dit : J'écris pour ne pas devenir fou.)* Tamako m'assura que j'avais les mêmes yeux égarés que ma mère, la même bouche sexy, avec une grosse lèvre en bas et une petite en haut.

Quant à moi, reprenant conscience, grâce à elle, de l'existence oubliée de cet antique cliché où, conservée hors du temps, et comme cryogénisée sous son glacis, survivait une « maman » de vingt-trois ans ma cadette, je compris combien aux yeux étrangers d'une Japonaise cette jeune femme d'autrefois, si pâle, avec son haut front dégagé, ses cheveux mi-longs crantés, ses faux cils et ses sourcils épilés redessinés d'un trait de crayon qui les rehaussait – devait être exotique. Aussi exotique que les apaches, les putes et les matafs des boîtes de la rue de Lappe... Maman, j'en prenais tout à coup conscience parce que je l'avais ainsi distanciée, eût pu très bien jouer un rôle d'espionne ou de femme fatale dans mon roman sur les années trente – ou dans *Ninotchka.*

– Elle est chic, dit Tamako. Il n'y a plus ces élégances aujourd'hui.

Lui caressant l'échine, je dis, en plaisantant :

– Vous savez, j'ai été gentil pour l'instant, mais la prochaine fois ce sera le fouet, les chaînes, le couteau, je vous couperai en morceaux ! Je vous boufferai...

– Il y aura une prochaine fois ?

Il était 19 heures 40. Nous n'avions cessé de nous étreindre et nous entre-dévorer depuis 15 heures, tout en parlant, parlant, parlant. Un de mes leitmotive avait été aussi : il faut que je m'enferme, que je travaille, il faut que j'écrive... Et j'avais évoqué une maison, au fond des Cévennes, où j'avais coutume de me couper du monde.

Je lui répétai qu'elle était belle. A genoux sur le lit, elle dit :

– C'est vrai, avec mes pattes courtes et tout ?

Elle avisa, posée sur un radiateur, une étoffe de soie chinoise.

– C'est quoi ?

– Un pantalon chinois.

– De femme ?

Puis ajouta :

– Attention, je pourrais être jalouse.

Je lui avais parlé de cette Chinoise de Shanghai, récemment rencontrée, et que je devais revoir prochainement.

– Vous cocufiez votre amant et vous vous permettez d'être jalouse ?

Elle se leva. Le « vieux », lança-t-elle, l'attendait à 20 heures 30... Dans la salle de bains elle me demanda quel était mon parfum, me disant qu'il sentait très bon : l'encens. Sortant tout le matériel nécessaire de son petit sac à dos, véritable baise-en-ville, elle se frotta les dents, se nettoya les oreilles, se savonna, se doucha, se pommada, se parfuma et, geste que je lui verrais faire d'innombrables fois depuis, elle peignerait en arrière ses cheveux mouillés, ce qui lui donnait l'allure d'un phoque luisant émergeant des flots, et les plaquerait sévèrement sur son crâne avec du gel. Elle recomposait ainsi son masque de Jap froide, arrogante, impénétrable (de l'espion soviétique Richard Sorge, dont nous avions parlé, qui couchait avec les geishas et s'enivrait au saké sans jamais perdre la tête ni livrer ses secrets, elle avait dit : « Je pourrais être comme lui ! »).

Enfilant son sac à dos et franchissant le seuil de ma porte elle ajouta : « J'ai l'impression d'aller rejoindre mon mari et mes enfants. »

Nous nous quittâmes sur le palier. « *Sayonara*, dit-elle, au revoir. » Elle fit un faux pas, faillit glisser sur la première marche, retrouva son équilibre. Penché sur la cage de l'escalier, je vis courir sa fine main d'ivoire tout au long de la spirale brune de la rampe en bois usée, graisseuse, patinée par tant d'autres mains qui, fugaces, l'avaient subrepticement caressée, l'imprégnant de leur sueur coupable, avant de s'évanouir, là-bas, tout en bas, à l'extrémité finale de sa volte…

Au bas des marches l'agent secret Tamako disparut.

J'enfouis mon nez dans les draps. Ils embaumaient son parfum. Au matin je trouvai dans le lit deux préservatifs, dont un teinté de sang. J'eus, pour la première fois de ma vie, je ne sais quel remords à jeter à la poubelle ces étranges prosaïques étuis, mystérieux symboles de notre modernité. Les allongeant sur la moquette, au milieu d'un bric-à-brac de livres et d'habits étalés là, je les prendrais en photo : comme un médecin légiste deux cadavres découverts dans un sous-bois. Le titre d'un livre, figurant par hasard sur ces clichés, m'attira quand, un an plus tard, je les feuilletterai. Il s'agissait d'une étude sur les artistes allemands, écrivains et cinéastes, exilés à Hollywood avant guerre : *Strangers in paradise*.

Carnets de Tamako : *Le lendemain j'avais des courbatures partout.*

6

Elle avait la marche légère
Et de longues jambes de faon
J'aimais déjà les étrangères
Quand j'étais un petit enfant...
(Aragon, *Le Roman inachevé*, 1956.)

25 juin...

Cela faisait quatre jours que je ne l'avais vu, il me manquait, j'avais envie de toucher ses cheveux, écrirait Tamako dans son journal. Elle était partie brièvement en Allemagne voir une exposition de peintres expressionnistes. A son retour elle m'avait appelé sur les 23 heures et je lui donnai rendez-vous, soucieux de dresser un joli décor à notre nouvelle rencontre, au café Ma Bourgogne, place des Vosges : « La connaissez-vous ? C'est la plus belle place de Paris ! »

Je la revouvoyais, et nous nous vouvoierions toujours, dès lors que, sortis du ring étroit des chambres à coucher, où le « tu » l'emportait, nous nous trouvions dans un contexte plus social. Sans doute était-ce pour moi, inconsciemment au départ, une façon de maintenir les distances, de conserver à nos rapports leur dimension théâtrale. *C'est devenu un jeu*, écrirait Tamako.

Je me rendis à pied place des Vosges, descendant la rue Oberkampf, puis la rue de Turenne. Je pris au passage de l'argent au guichet carte bleue d'un Crédit lyonnais. J'ai toujours été fasciné par le muet dialogue qui s'instaure entre le « client » et ces machines où, sur un écran phosphorescent verdâtre, s'inscrivent en lettres blanches, à chaque étape du processus, les ordres à exécuter (« Glissez votre carte de crédit », « Composez votre code secret », « Composez la somme désirée », « Retirez vos espèces », etc.). C'était comme si, par leur ton laconique et impératif, ces nouveaux sphynx informatiques me débitaient moins quelques consignes pratiques qu'ils ne me signifiaient que je n'étais rien, moi, là, petit Œdipe quémandeur qui les importunait, esthète rêveur, divagueur, et qu'eux, humbles appendices d'une immense machinerie économique où j'occupais l'emploi de larbin plus ou moins consentant, ils étaient TOUT. Un jour peut-être, si le caprice leur en venait, ils me signifieraient – damnation définitive – qu'ils ne me feraient plus l'aumône de LEURS sous !

Mendiant insouciant, vagabond jubilant, larbin en rupture de livrée, je m'en allai m'affaler sous les arcades de la place des Vosges, à une table ensoleillée, et commandai un pichet de sancerre rouge, le meilleur, le plus cher, et bien frais !... *Vivan le fémmine ! Viva il buon vino ! Sostegno e gloria d'umanitá !*

Tamako, qui se trouvait à l'intérieur du café, vint me rejoindre. Après quelques verres je lui récitai, lorgnant d'un coin de l'œil un ex-ministre de la Culture qui déjeunait non loin entouré de cinq ou six artistes et courtisans, un poème d'Omar Khayyam dont la puissance de sens, en quatre vers condensée, m'avait toujours étonné : *Je ne comprendrai jamais les marchands de vin, que peuvent-ils acheter de meilleur que ce qu'ils vendent !* S'y résumaient Marx et Adam Smith : l'éternelle confrontation de la valeur d'échange et de la valeur d'usage, de la jouissance et de l'argent. Pendant le déjeuner, une salade pour elle, pour moi une noisette d'agneau, vin, café, 280 francs, selon le ticket de caisse figurant dans mes dossiers, j'évoquai la place des Vosges et le Marais tels que je les avais connus il y avait presque trente ans, ses ateliers d'artisans, ébénistes, étameurs, serruriers, vitriers, menuisiers, vernisseurs, installés dans l'ombre humide des cours pavées de somptueux hôtels nobiliaires des XVIIe et XVIIIe siècles, aux murs capitonnés souvent du velours vert tendre d'une douce couche de mousse, certaines façades, demi croulantes, étant retenues, comme des décors de théâtre, par des étais en énormes madriers noirs. Troquets, bois-charbons, hôtels plus ou moins de passe mêlaient là, tout au long de la rue Rambuteau et jusqu'aux Halles, une faune populaire, haute en couleur, parigote en diable, comme on la retrouve dans les films de Carné, et qui, expulsée par la spéculation des années soixante-dix vers les banlieues, serait remplacée, comme elle y avait remplacé l'aristocratie, par une classe moyenne moins odorante mais plus fortunée. On diviserait en petits appartements plus rentables l'intérieur des vastes demeures nobiliaires, on en ravalerait les façades comme pour en extirper la patine du Temps.

Arrimant Tamako par le bras, je traversai la rue des Tournelles (où, étudiant, j'avais vécu), m'engageai dans la rue du Pas-de-la-Mule, remontai la rue Amelot. Avisant l'hôtel Mercure, établissement tout neuf de type international, je lui dis qu'il faudrait qu'un jour nous y fassions l'amour car « il n'y a rien de plus érotique que ces lieux anonymes où l'on se sent partout et nulle part ». Nous nous engageâmes dans le passage Amelot : au numéro 11, selon les archives que j'avais consultées, vivait en 1937 un photographe qui fabriquait des faux papiers pour les agents soviétiques en mission à Paris. Nous entrâmes dans l'immeuble. Un chat roux nous courut entre les jambes, mais plus trace d'espions.

Chez moi, j'avais ouvert une nouvelle bouteille de champagne. Auparavant, prenant sur mon bureau une enveloppe, préparée à l'avance, et toute boursouflée par l'objet caché à l'intérieur, je la brandis un instant sous le nez de Tamako, passe magique de prestidigitateur, et la glissai dans son sac : « C'est un cadeau, lui dis-je, un souvenir de notre dernière rencontre. Vous le regarderez quand vous serez de retour chez vous. »

Il était 15 heures 30. Elle devait se rendre à 19 heures 30 au Palais-Garnier pour voir un opéra. Mais nous nous aimâmes jusqu'à 22 heures. Régulièrement elle disait, entre deux baisers, « J'y irai pour le second acte, j'y irai pour l'entracte, j'y irai pour le final ». Elle n'irait pas…

Je la pris, la repris et la repris encore.

– On s'enfermerait pendant un an, lui disais-je, et pendant un an on baiserait, mais en nous retenant de jouir. Des esclaves nous apporteraient à boire et à manger, du vin, des fruits, des gâteaux au miel, sur des plateaux d'argent couverts de fleurs, comme dans les films bibliques des fifties made in Hollywood.

– Et ils nous feraient du vent avec d'énormes éventails roses en plumes d'autruche, ajouta-t-elle. Je ne voudrais plus m'arrêter de baiser.

Si je puis rapporter ainsi ces dialogues dans toute leur verdeur nipponne, et leur crudité française, c'est que, non content de les noter, tout chauds encore, dans mes carnets, le soir même ou le lendemain matin (quand je ne les griffonnais pas dans le feu même de l'action, sur un quelconque support : magazine, carnet de chèques ou ticket de métro, s'ils en valaient vraiment la peine), j'avais commencé dès alors, à l'insu de Tamako puis avec son accord, à les enregistrer, un magnétophone étant placé dans ma table de nuit. Leur authenticité est donc garantie. Vérification pourra en être faite d'ailleurs, après ma mort, aux archives de l'Institut national de l'audiovisuel auquel j'ai légué, par testament, mes documents sonores et photographiques, mon journal étant réservé à la bibliothèque Jacques-Doucet. Le journal de Tamako, quant à lui, sera déposé, selon ses vœux, à la Bibliothèque nationale de Tokyo...

Ainsi disposons-nous, sur bandes magnéto entre autres, des bribes de récit de ses multiples amours dont çà et là, tout au long d'une année, elle me fit les confidences éparses. On peut croire que je les ai collectées en la soumettant à une véritable torture (des cris en ponctuent régulièrement les enregistrements), mais une torture de plaisir. Je la prenais en effet violemment tout en la questionnant.

Son premier amant fut un téléviseur. Celui de la maison de ses parents, à Kobé. Dès l'âge de quatre ans elle s'y frotta avec constance le pubis. Commentaire de Tamako : « Aujourd'hui ce serait impossible, les arêtes des télés ne sont plus arrondies. » De cette première expérience elle conserva l'habitude de s'adonner régulièrement à ce que, dans ses moments d'enjouement où la froide Jap baissait les masques, elle appelait « une petite branlette ». Après le téléviseur, il y eut Yasunari. Lycéen comme elle, quatorze ans comme elle. Elle portait alors un uniforme de matelot. Le père de Yasunari étant mort et sa mère à l'hôpital, ils avaient pu faire « ça » dans la chambre dudit, à Kobé toujours. Une très petite chambre. Tout de suite elle aurait eu du plaisir. La perte de sa virginité ne l'avait pas fait souffrir. Yasunari l'avait pourtant, à ce qu'elle raconte, très grosse, et d'une étrange forme : triangulaire dans la largeur. Sur la quinzaine d'amants qu'elle eut au Japon, un des plus importants fut un photographe, marié, qu'elle retrouvait dans des hôtels de passe du quartier des plaisirs. Évoquons aussi un restaurateur, homme de milieu populaire, qui idolâtrait en elle la jolie petite-bourgeoise jouissant à s'encanailler. Il avait voulu l'épouser. Elle l'avait rejeté après deux ans de vie commune.

En Europe, l'amant numéro un fut un étudiant turc. C'est d'ailleurs après l'avoir rejoint en vacances dans son pays qu'elle subit cette tentative de viol à Istanbul (ce qui l'avait frappée dans ce premier corps non « jaune » qu'elle découvrait : la sueur, l'odeur forte, l'abondance des poils). Le deuxième fut mexicain, prénom Pablo, patronyme oublié, « gentil » *dixit* l'intéressée. Le troisième, anglais, très jeune, très beau, avec un sexe énorme, blond, cheveux longs, peau blanche, taches de rousseur abondantes (« Avec lui ça a été comme dans un rêve »). Elle ne l'a eu qu'une nuit. Il repartait le lendemain à Londres. Vient ensuite celui qu'elle avait coutume d'appeler « l'escroc », un « demi-Arabe ». Il s'agit du pseudo-photographe, déjà évoqué, qui l'avait emmenée en Malaisie où il lui avait piqué sa carte de crédit. Item un architecte (« Une seule fois, insignifiant »). Item les deux « bi », c'est-à-dire « bisexuels ». Ils se sont retrouvés à trois dans un lit, un soir, mais un seul a pu lui faire l'amour, l'autre fut impuissant. Item « le peintre » (par ailleurs prof aux Beaux-Arts), moche, mais vicieux, et qui la rendait follement jalouse parce qu'il avait de nombreuses maîtresses. (Commentaire : « J'aurais dû lui couper les couilles, à celui-là. ») Son ami Edmond (soixante-douze ans) n'entrerait pas dans la liste. Il n'aurait jamais été son amant. Tout juste l'aurait-il embrassée une fois sur la bouche. Signalons encore deux « petits vieux » dont on ne sait pas grand-chose. En dernier lieu vient LE « vieux ». Commentaire : « On vit depuis cinq ans ensemble, c'était très tendre au début, et puis c'est retombé. Je rêvais de fonder avec lui un foyer, d'avoir un enfant, j'ai compris qu'il ne le ferait pas. C'est un célibataire endurci...

Je n'ai jamais joui vraiment dans ses bras, ou il fallait que je *triche*. Je me faisais une branlette les rares fois où il me prenait *devant-par-derrière* (pour utiliser la terminologie tamakienne). »

LE « vieux », dont les affaires avaient été notoirement ébréchées avec la fin de l'euphorie financière des années quatre-vingt et le flop du marché immobilier, fonctionnait aux tranquillisants (Tranxène) toute la journée, avec adjonction, au petit-déj, dans le café, de quelques pilules d'amphétamines. Le tout abondamment arrosé de whisky. Tamako assurait qu'avant moi elle ne l'avait jamais trompé.

Voilà donc, en résumé, le tableau de ses amours, avec ombres et lumières, tel qu'il ressort d'une dizaine de bandes magnéto que nous avons collationnées, et de mon journal. Au demeurant nous ne pouvons pas garantir la scientificité de notre travail, car il est uniquement fondé sur son témoignage, qu'à plus d'un titre – du fait de l'esprit éminemment ironique et manipulateur du sujet, que nous apprendrons plus tard à connaître – on peut remettre en doute, sans compter que… *je* puis avoir moi-même intérêt (mais quel occulte intérêt ?) à déformer ses dires. Après tout, qui suis-je ?

La première bande de nos ébats atteste (mes diverses exclamations admiratives à cet égard sont irréfutables) que je fus absolument ébloui par la croupe de l'intéressée, fort large et pulpeuse, et d'autant plus impressionnante qu'elle s'articulait à une taille extrêmement mince et flexible. Son dos, très long, divinement beau, s'y évasait brusquement au terme d'une vertigineuse chute de reins dont la cambrure en infinie parabole évoqua pour moi, un jour, longtemps plus tard, celle d'un charnel toboggan. Commentaire de Tamako concernant ses fesses : « J'en avais honte, à l'école, car j'étais la seule à en avoir de pareilles (maman m'appelait l'Hottentote). C'est d'ailleurs peu pratique pour le port du kimono, qui exige des hanches étroites. Un lycéen m'a dit un jour : "C'est les filles vicieuses qui ont un gros derrière." Je ne savais pas ce que voulait dire le mot vicieuse… »

J'abusai ce jour-là, pour la première fois, de ce trésor bifide et replet (*derrière-par-derrière*, selon la terminologie tamakienne), trésor dont « le peintre » aurait eu les prémisses (commentaire :

« Avec maladresse, il me faisait mal ») et que nul autre jusqu'ici n'aurait, à ce qu'elle en dit, plus jamais profané, sauf « le vieux » et « un seul soir », « il était ivre, et bourré de Tranxène, il s'est trompé de trou » (je n'en jugeai pas moins le chemin spacieux, « c'est que c'est naturel », affirma-t-elle). « Le vieux » lui faisait rarement l'amour, prétendait-elle, et toujours trop rapidement. Non sans cruauté, elle conclut à son sujet : « Il n'a plus ses règles ! »

Comme j'avais remis une troisième fois l'ouvrage (l'objet replet et bifide) sur le métier, et que je pensais ne plus pouvoir arriver à mes fins, l'idée me vint, pour attiser mon désir, de lui faire dire à voix haute toutes sortes de grossièretés que, arc-bouté sur son dos, je lui soufflais à l'oreille. Elle s'y soumit assez rapidement, et non sans jubilation : cette saynète érotique se jouant en langue française. Quand je lui demandai d'en traduire les dialogues en japonais, elle se révolta : « Je ne peux pas, je n'aime pas dire les choses directement. » Je l'y contraignis cependant, et le fait de prononcer ces bénignes ordures dans sa propre langue, par la transgression sans doute que cela représentait, précipita son orgasme et simultanément le mien. Elle poussa son dernier râle sur ces mots :

– *Ippaï ni shité !*

Je mangeai sa bouche *(kuchi)*, je mangeai son front *(hi taï)*, je mangeai son nez *(hana)*, je mangeai son cou *(kubi)*, ses aisselles *(waki noshita)*, ses seins *(tchibusa)*, ses chevilles *(ashi kubi)*, ses oreilles *(mimi)*, ses lobes *(mimi tabeu)*, ses orteils *(ashi yubi)*, sa chatte *(omanko)*, sa croupe *(ketsu)*, ses macreuses, ses filets et ses contre-filets, juteux, goûteux, capiteux... J'évoquai bientôt ce fantasme que j'avais eu, « la fois d'avant », de lui gober les yeux, comme deux œufs ou deux huîtres.

– Tu me les donnes ! dis-je. A la place je t'offrirai une canne blanche et un chien d'aveugle.

– Je préfère un jeune guide !

Elle me demanderait, à nouveau :

– Es-tu amoureux de moi ?

Je répondrais, inconscient que je répétais les mots mêmes qu'elle avait prononcés en refusant d'éructer des ordures dans sa langue, que je n'aimais pas dire ces choses *directement* (comme si parler d'amour fût plus impudique et obscène pour moi que de parler de cul), et je conclus mes propos par :

– Mais je suis tellement content que tu existes.

– Là, tu as TOUT dit !

Elle avait une façon assez inquiétante et hallucinatoire, je m'en rendrais compte plus tard, de prononcer le mot « TOUT ».

Nous étions passés au salon où, allongés, nus, sur le tapis marocain roux dissimulant ma moquette râpée, et sirotant des coupes de champagne, nous feuilletâmes un vieux livre d'anthropologie de la fin du XIXe siècle dont je lui avais parlé à plusieurs reprises. Enfant, j'y avais fait mon éducation sexuelle, étudiant, avec un zèle scientifique inouï, la morphologie des femmes du monde entier qui y étaient représentées en photo, dans leur plus totale nudité. Je l'appelais mon Livre-harem (maman l'avait caché dans un recoin de la bibliothèque de notre appartement d'Alger, où je l'avais repéré et je le consultais en cachette quand elle s'absentait) : Japonaises, Chinoises, Indiennes du Colorado, femmes dayak de Bornéo, Patagones de Punta Arenas, Fuégiennes du Cap-Horn, femmes toda d'Oatacamund, Tsiganes, Juives, Arabes de la tribu des Ouled-Naïl, Tunisiennes, Berbères, Wende (slaves), Autrichiennes, Bretonnes, Kabyles, Polynésiennes de Hawaï, Masaï, Négresses de l'Ounyamouézi, Lapones, Negritas des Philippines, Négrilles d'Afrique, Hottentotes Korana, Suédoises, Siamoises…

Elles étaient toutes là, soumises, offertes à l'enfant que j'avais été et qui – tel un sultan dans son sérail va d'une de ses esclaves à l'autre, pour choisir celle avec qui il passera la nuit – feuilletait les femmes de son livre, en en tournant les pages (non sans s'être auparavant voluptueusement humecté l'index de la main droite, la gauche étant agrippée à un tout autre index, sub-abdominal lui). Installé en général dans un confortable fauteuil du salon, et dégustant un verre de cognac prohibé par les instances maternelles absentes, j'hésitais devant les « Porteuses annamites », un peu trop maigres et tristes, rêvant plus longtemps sur les

« Bayadères de Bombay », malheureusement à moitié habillées (page 490), sur la brune Tamoule à la bouche lippue (491) ou la Cinghalaise de Colombo au corps élancé (même page), fuyant comme la peste l'immonde femme à plateau (Botocude du Brésil) et les Huicholes aux seins desséchés, mais me délectant de la chatte rasée et juteuse de la Femme fellah d'Égypte (500), et m'emmitouflant moralement entre les seins maternels et blancs crémeux de l'énorme Hollandaise de Scheveningue (506) – « Pouah, beurk ! » s'exclama Tamako qui affichait d'avoir en horreur les *grosses vaches blanches* – avant de revenir, quasi immanquablement, beaucoup plus à l'Orient – les pages, sous mes doigts voyageurs, glissaient comme les latitudes et les fuseaux horaires d'un globe terrestre tournoyant – vers la Siamoise, si fine, si gracile, à la chatte quasi imberbe (planche hors texte *ne pouvant être vendue séparément,* entre les pages 448 et 449) ou vers l'élue de mon harem, ma préférée, ma reine, mon impératrice de beauté, LA Malaise de Batavia (461), à la fois menue, élancée et potelée, seins hauts et petits, toison fournie mais sans exagération, et montrant à l'aine, juste à l'articulation de la cuisse et du ventre, une fossette délicieusement dodue, croquante. Avec cela un regard tendre, pudiquement baissé vers le sol de la rizière dont ses pieds fins, ornés d'un anneau de cuivre, foulent la boue humide.

– Et LA Japonaise là-dedans ?

Allongée au sol, toujours, Tamako feuilletait le vénérable ouvrage en tous sens, frénétiquement, sans parvenir à dénicher, dans ce riche cheptel, une seule de ses compatriotes.

Je la lui trouvai :

Page 457, la Nipponne, trop petite, trop maigrichonne, posait nue, debout, en déséquilibre sur un pied, et la main gauche placée sur la nuque, attitude que le photographe-anthropologue du siècle dernier devait trouver excitante. Mignonne sans doute, émouvante, mais pathétique (c'était manifestement une prostituée bas de gamme), elle faisait, à côté de ses rivales, bien piètre… mine. Cependant, expliquai-je à Tamako, je ne l'en dédaignais pas pour autant, ayant toujours eu, et dès mon enfance, du goût pour les femmes menues (complexe d'infériorité ?), et ce fut plus d'une fois que je l'honorai du sacrifice de ma jeune semence (plusieurs taches d'ailleurs, mal identifiables, qui auréolaient la page 457 où elle figurait semblaient confirmer mon allégation). Derrière la Malaise, la Siamoise, et la grosse Hollandaise (la Hollandaise, c'était pour changer un peu des petites portions asiates, « beurk beurk ! », répéta Tamako dégoûtée), elle occupait une honorable quatrième place, dans ma hiérarchie amoureuse...

D'ailleurs, contrairement à la plupart de ses autres compagnes d'infortune incarcérées sinon « encartées » dans le livre, elle avait droit à un commentaire « scientifique », placé tout juste sous sa photo, des plus élogieux. En faisant lecture à voix haute à Tamako, j'en vérifiai sur elle, immédiatement, chaque assertion, l'auscultant des yeux et des mains, à la façon d'un médecin : *la Japonaise*, y lisait-on, *mesure en moyenne 1 mètre 46* (Tamako, qui faisait 1 mètre 65, essayait-elle de se faire remarquer ?). *Elle a la peau douce et élastique* (je tirai sur ses seins et en constatai la souplesse : « C'est bon », dis-je). *Blanche de teint dans les* classes *aisées, elle est brune dans les basses classes* (« Tu es une sous-femme ! », lui dis-je). *Elle a une opulente chevelure noire et lisse...*

Je pris en photo ma, et non la Japonaise sur le canapé « couleur terre »...

Le temps passait. Tamako devait rentrer. Elle m'accorda, pour ce qui est des hiérarchies de mon Livre-harem, les circonstances atténuantes : le spécimen de Jap proposé était franchement moche !

Elle appela un taxi.

Je lui offris un de mes romans qui portait sur mon enfance en Algérie... L'accompagnant au bas de l'immeuble, je la vis, ce livre à la main, pressé contre le cœur, s'engouffrer dans la voiture. J'en suivrais des yeux, longtemps, les brasillants feux arrière, jusqu'à ce que l'obscurité bleue les absorbât, là-bas, devers le lac ténébreux de la place de la République où surnageait la grosse matrone en jupe de bronze.

En route, elle avait ouvert l'enveloppe qu'en début d'après-midi j'avais glissée dans son sac... « J'ai éclaté de rire », me dirait-elle le lendemain. A l'intérieur, dédicacé, se trouvait le bouchon de notre première bouteille de champagne, celle avec laquelle nous avions *inauguré* le lancement du paquebot Tamako. A Dieu vat !

Dans ses carnets elle écrirait : *Je pense que je peux jouer avec lui.*

7

En se détachant de la vie, l'art a suscité des œuvres d'une exécution admirable, tandis que la vie, laissée à elle-même, s'emplissait d'objets d'une laideur scandaleuse...

(N. Taraboukine,
Du chevalet à la machine, 1922.)

26 juin...

Le lendemain, après un réveil difficile, je m'en allai à la BN somnoler sur les mémoires de Babette Gross, aristocratique épouse d'un juif allemand, agent de propagande de Staline, Willy Münzenberg, espèce de génial inventeur de la « pub » à usage politique. Je m'étais fait envoyer ce livre par le British Museum, avec beaucoup de difficultés et de frais. Je n'en tournai pas moins ses pages dans une criminelle indifférence, ne songeant qu'au rendez-vous qu'à 13 heures j'avais avec Tamako, à La Vigne, rue de Richelieu...

Je m'y rendis bientôt.

A l'angle de la rue Saint-Augustin, un espion à petites lunettes noires, qui s'était posté en embuscade, me sauta dessus. J'eus un mouvement de recul. Et de répulsion même : Tamako m'éclata de rire au nez.

Je ris jaune.

Au bar, je commandai un sandwich et un austère verre de limonade. Cela suffisait ! Cette rigolade ! Je devais tra-vail-ler ! Ne lui avais-je pas reparlé la veille, avec quelle douloureuse coupable nostalgie, de cette maison de campagne dans les Cévennes où j'allais souvent ? Je m'y absorbais tout entier dans l'écriture. Un jour, racontais-je, pris par mon sujet, je n'avais pas fait attention aux changements de température... Le soir, sur les minuit, après une quinzaine d'heures de travail non stop, j'avais ouvert ma porte : dressé devant moi, j'avais vu, lisse, blanc, immaculé, et jusqu'à hauteur de mon nez, un mur de neige qui me bloquait le passage... « C'est parce que vous travaillez tant que je vous admire », m'avait-elle dit. Cause toujours ! Tout son être n'était-il pas comme un trismégiste mur de lamentations, non pas en froide neige, mais en chaude luxurieuse chair, bâti, trop bien bâti, pour m'empêcher d'accéder à mes documents et ma machine à écrire ?

Était-elle quelque créature soudoyée (par le Komintern peut-être ?) pour torpiller mes recherches sur les manigances de Staline et de ses sbires ?

Nous nous étions assis sur de hauts tabourets, sous les yeux du Fragonard blond qui tenait lieu de serveuse (« Sa couleur de cheveux n'est pas naturelle », insinua jalousement mon Utamaro, la braquant des deux verres aveugles de ses lunettes noires). Puis, se tournant vers moi, elle me demanda, l'air pétillant et sournois, de regarder dans l'échancrure de sa chemise. Je m'y penchai... Entre ses seins ocre et pigeonnants, sous l'élastique rose pâle du soutien-gorge, elle avait niché... un bouchon de champagne. Celui de l'inauguration du paquebot Tamako, que je lui avais offert la veille.

Je ris, cette fois, de bon cœur, oubliant, niaisement, innocemment, mes sombres soupçons et je m'absorbai tout entier dans ce que Tamako me raconta du commerce, au Japon, des culottes usagées de lycéennes, vendues en sex-shop sous Cellophane, avec date d'emballage, comme les yaourts, et l'âge de la nymphette qui les avait portées. Qui – quel Richard Sorge aux nerfs d'acier ? – eût pu résister à pareille stratégie ?... Vaincu, je commandai un verre de bourgogne aligoté bien frais...

Ne me sentant plus capable de travailler, mais éprouvant cette espèce de remords qui pousserait, dit-on, les assassins à retourner sur le lieu de leur crime, je proposai de lui faire visiter les bâtiments « si beaux », et pour moi en déshérence, de la Bibliothèque nationale – qui offriraient ainsi (ma proposition était donc en même temps intéressée) un somptueux décor à cette nouvelle scène de notre roman en gestation. Car chaque minute qu'elle m'arrachait à l'étude des années trente, donc au roman que je voulais leur consacrer, ne constituait-elle pas, dûment relatée le soir même dans mon journal intime, le matériau futur de son *concurrent direct :* ce roman sur le Paris fin de siècle des années quatre-vingt-dix dont elle serait l'héroïne centrale ? En avait-elle pris conscience ? Manœuvrait-elle dans ce sens ?

En chemin, rue de Richelieu, elle me dit qu'elle avait été surprise, en lisant la notice biographique figurant dans le livre que je lui avais offert la veille, de voir ma date de naissance.

– Je vous croyais sept années de moins, quarante-deux ans peut-être. Et vous en avez quarante-neuf…

– Quarante-huit, précisai-je.

J'appris alors que celui-chez-qui-elle-était, alias « le vieux », avait en fait le même âge que moi ou quasi : cinquante-deux ! Diplomatiquement, elle évita désormais de le surnommer ainsi, préférant le désigner du nom même de la profession qu'il exerçait, « l'Administrateur », ce qui sonnait pour le moins étrangement.

Du moins, en ce qui me concerne, semblait-elle me trouver en bon état…

– Vous n'êtes pas vieux physiquement, conclut-elle.

Elle ne s'en remit pas moins, par associations d'idées, à me parler sur-le-champ du « jeune », son « Prétendant » japonais (quarante ans), qui ne cessait de lui envoyer de Tokyo des « fax amoureux », quoiqu'ils n'eussent jamais eu – disait-elle – de rapports sexuels, et avec qui, dès son arrivée à Paris en juillet, elle allait passer « son test ». L'élévation soudaine de mon âge, semblait, à la bourse de l'amour, avoir fait considérablement chuter ma cote. Nous traversâmes la cour d'honneur de la BN. Étais-je encore un investissement économico-sentimental valable ?

Je lui montrai les splendides salles des Imprimés et des Périodiques où, sous une envolée d'aériennes coupoles percées de verrières, tout un peuple muet de studieux bourdons, assis sagement, sur des chaises au bois patiné par des générations de semblables industrieux insectes, lisaient d'antiques ouvrages à la reliure de cuir usé. Ah comme j'eusse voulu, moi qui ne savais plus feuilleter que la peau si lisse, si fraîche, si douce de Tamako, décommander celle-ci, auprès du bibliothécaire de garde, prétextant qu'on me l'avait donnée par erreur, afin qu'on la rangeât, l'exilât pour jamais dans quelque obscur rayonnage, et qu'à sa place on m'apportât, tout poussiéreux encore d'une longue déportation au fond du bagne oublié d'une réserve, *Le Triomphe de la démocratie en URSS* (1937), de Joseph Staline, dont s'était félicité Romain Rolland, ou l'obscur *Les Hommes qui ont trahi la France* (1941), de l'étrange agent communiste Otto Katz, un juif tchécoslovaque qu'avait aimé jadis Marlène Dietrich. Avec quelle volupté, tellement plus grande que celle que j'avais éprouvée à étreindre sur la couverture de batik de mon lit les chairs chaudes de Tamako, n'aurais-je pas caressé, sous leurs vieilles couvertures cartonnées, tachées d'encre et de traces de doigts gras, les pauvres pages écornées, fleurant le moisi, de ces cercueils de papier jauni où, penché sur eux tel le chirurgien sur l'entaille qu'il vient d'ouvrir dans un corps, j'eusse fleuré le parfum de tant de sang à jamais versé, et depuis si longtemps caillé, coagulé, desséché, volatilisé, dans l'indifférence des hommes et sous le socle bétonné du mensonge dominant.

Nous redescendîmes (après avoir jeté un œil sur les belles boiseries de la salle des manuscrits, au premier étage) les escaliers du hall central de la bibliothèque. De part et d'autre du couloir où nous nous engageâmes bientôt, moi en costume beige, elle avec son élégant ciré Irié, le regard de marbre d'une multitude de bustes de grands érudits, rangés là en enfilade, certains portant des fraises XVIe siècle, d'autres des cols cassés du XIXe (je reconnus parmi eux Guillaume Budé, Auguste Comte et Renan) semblait vouloir me transpercer du dard méprisant de ses pupilles minérales : j'étais leur fils dévoyé ! Tamako choisit ce pénible moment pour me dire, à moi qui me sentais alors si petit, si misérable, et comme si la puissance même de ce savoir immense concentré entre les murs de la BN et dans ses secrètes caves m'eût investi :

– Vous êtes FORT, vous avez UN MONDE, moi je ne suis RIEN.

C'est alors (nous étions sortis dans le jardin Vivienne, jouxtant la BN) qu'après avoir tourné autour d'une bizarre statue de Jean-Paul Sartre qui, binocles de bronze sur un nez de bronze, avait été représenté marchant penché vertigineusement en avant, et comme sur le point toujours de tomber dans le mensonge politique et la fausse conscience qu'il avait toute sa vie contradictoirement dénoncés – elle me demanda, question qui visait à provoquer un dialogue dont elle avait prémédité le déroulement, si beaucoup des livres que je lisais étaient en langue anglaise, ce à quoi je répondis par l'affirmative, surtout en ce qui concerne les travaux universitaires.

– Le marché français est bien souvent insuffisant pour amortir les frais d'une traduction, ajoutai-je.

Elle dit, sujet que, par le biais du coup de billard de sa question, elle avait cherché à mettre sur le tapis :

– Il faut faire des enfants ! Des enfants qui parlent français. Je le leur enseignerai avec ma mauvaise prononciation…

– Vous voulez des métis ? demandai-je.

Joignant ses mains à son ventre supposément fécondé déjà, elle fit le geste de les en éloigner soudain, les écartant l'une vers la droite et l'autre la gauche :

– Est et Ouest, dit-elle, Orient et Occident !

Peut-être était-ce la solution qu'elle envisageait pour remplacer ce « monde » qu'elle imaginait ne pas avoir : avoir un enfant, dont « le vieux », alias « l'Administrateur », ne voulait rien entendre : quoiqu'il fût l'ultime et unique rejeton d'une ancienne famille de la bourgeoisie protestante, l'idée de procréer lui répugnait… Ce sur quoi, préférant rompre là cette conversation qui m'embourbait dans la Prose des choses, et comme je posais un pied sur le rebord d'un bassin dont nous nous étions approchés : vide d'eau, faillé, craquelé – qui me sembla comme une métaphore de mon être, et du sien dont je commençais d'entrevoir le désarroi – je lançai, tel un histrion de foire, une tirade humoristique où pour la première fois je mis en scène l'hôtel Terminus, évoqué dans *Ninotchka* : elle y ferait la pute, pour gagner notre pain et celui de nos nombreux enfants (car nous serions mariés). Elle coucherait chaque jour avec une trentaine de travailleurs immigrés, de préférence porteurs de maladies vénériennes. Le soir je la battrais pour lui prendre son argent et m'enivrer.

– Combien chaque passe ? marivauda-t-elle.

– Dix francs !

– C'est trop cher !

Ce sur quoi elle ajouta :

– Il est où cet hôtel Terminus ?

– Je ne sais pas, qu'importe… Ce qui compte, c'est ce qu'évoque, en langue française, l'association de ces deux mots : le décor minable d'une chambre d'hôtel d'autrefois, proche d'une gare, avec aux murs un papier peint à fleurs auréolé d'humidité, un paravent déchiré peut-être, un bidet crasseux, fêlé, le grondement des trains et leurs sifflets, au loin. Il pleuvrait…

Sur les 15 heures, le jour suivant, j'étais accoudé, une tasse de café en main, à la balustrade de la fenêtre de mon bureau qui s'ouvrait sur la cour intérieure de l'immeuble. En contrebas une verrière surplombant la pizzeria du rez-de-chaussée et, un peu sur la droite, une pelouse miteuse recouvrant le toit du bureau de poste. Dans ma tasse, sur l'espèce de miroir circulaire légèrement bombé que formait le liquide noir et épais qui y stagnait, un morceau de ciel bleu, sali de nuages gris, venait se refléter. Et je songeais, à voir ainsi s'inverser la position du ciel et de la terre, que mon intention, point philosophique mais poétique, était peut-être de renverser le renversement qu'avait opéré Marx sur les idées de Hegel : à nouveau j'essaierais de faire en sorte que la pensée marchât non sur ses pieds, c'est-à-dire dans la merde, mais sur sa tête : sur le rêve. Je me souvenais de ce que la veille, à la BN, j'avais suggéré à Tamako : que j'aurais préféré l'avoir rencontrée, par hasard, dans une salle de lecture, dans la salle des estampes par exemple, où j'avais été fasciné un jour de voir une très jolie femme aux longs cheveux blonds manipuler d'énormes cartons d'archives noircis par la poussière. Ses mains blanches en avaient été toutes souillées, et j'avais trouvé cela, ce mélange de beauté et de crasse, provoqué par la recherche intellectuelle, suprêmement érotique. Peut-être commencerais-je mon roman par cette scène...

– On n'a pas le droit de mentir ! me dit-elle.

Aurais-je pu la rencontrer en bibliothèque ? Son *Mémoire sur l'ombre*, à ce que je compris bientôt, elle n'en avait pas écrit un mot. Dans la cour, en contrebas, résonna le bourdonnement du digicode, qu'on avait déclenché au-dehors, et le claquement du pêne de la porte qui s'ouvrait. Veste en jean, pantalon noir, elle passa sous mes fenêtres, d'un pas martial, braquant vers moi les deux verres sombres de ses lunettes. Elle m'avait repéré.

Je m'empressai d'aller chercher au frigo une bouteille de sancerre. Depuis quelque temps je montais considérablement dans l'estime du *marchand de vin* Nicolas. Jamais je ne lui avais acheté autant de bons crus. Je lui avais demandé, le matin même, des conseils pour un blanc sec. Il m'avait dit :

– C'est pour accompagner quoi ?

– Une Japonaise ! avais-je répondu distraitement.

Je ne m'en demandai pas moins, un peu plus tard, et fort sérieusement cette fois, si certains vins, comme certains parfums, ne concordaient pas très spécifiquement avec certaines catégories de chair, de cheveux, de peau... s'il n'y avait pas des blancs sucrés qui allassent mieux à la grosse Hollandaise, par exemple, celle de mon Livre-harem (disons un sauternes) ; des blancs secs qui correspondissent en tous points à la Siamoise ou à la Malaise menues ; de capiteux pommard mieux faits pour l'épiderme sombre et musqué de la danseuse berbère et peut-être même de la négresse hottentote ; et de chauds et gouleyants saint-émilion pour les Espagnoles et les Italiennes brunes et piquantes, comme on ne conçoit de manger certains fromages, ou certains coquillages qu'avec un riche meursault rouge pour les premiers ou un cinglant chablis, les seconds. Sans doute, dans ces physiologies toutes psychologiques que sont l'amour, la cuisine ou l'œnologie, y aurait-il mille raffinements à développer, une mère maquerelle de haut vol peut-être, alliée à un grand sommelier, étant seuls habilités à bien en parler. Encore que je ne comprisse pas mieux les marchands de femmes que les marchands de vin : que peuvent-ils consommer de meilleur que ce qu'ils vendent ? Je suis un inconditionnel micheton.

Le sancerre alla mieux que bien à Tamako. A peine entrée (elle revenait de déjeuner de chez son ami Edmond), elle avait dit :

– Aujourd'hui, c'est moi qui travaille !

Et, d'autorité, comme j'étais debout, la bouteille tout embuée de fraîcheur en main, et elle assise sur le canapé « couleur terre », elle dégrafa ma ceinture, déboutonna la braguette de mon pantalon, et enfouit voracement son mufle dans ma toison, écrasant son nez court contre mon ventre (indigne, moche, ballonné, poilu) en murmurant avec frénésie : « Tout ça, tout ça, ça sent la poudre. » Et de préciser : « La poudre comme en mettaient autrefois les actrices au Japon. » Et, pour la première fois (il semblait qu'elle en avait planifié à l'avance la décision, car tout chez elle avait l'air plus ou moins poétiquement calculé), elle emboucha mon sexe, avec gloutonnerie dirais-je *(O–fela)*. Cependant je laissais couler sur celui-ci, en joyeuse et glaciale cascade, un abondant filet de sancerre. Ainsi but-elle le vin au pampre même.

Son casque de cheveux gominés vers l'arrière que, debout toujours, je contemplais en vue plongeante, et voyais s'agiter dans un va-et-vient incessant, me fit alors penser aux élytres refermés de quelque gros insecte butinant voracement une fleur sucrée ou les raisins trop mûrs d'une grappe. Nous nous retrouvâmes bientôt dans la chambre, et ce fut un infini accouplement baignant, marinant, rissolant dans la sueur – et le vin dont, régulièrement, je nous aspergeais, comme un cuisinier attentif arrose de son jus un rôti mijotant en marmite, ou les supporters d'une course cycliste flanquent un seau d'eau à la gueule de leur favori pédalant, transpirant et ahanant au sommet d'un col. « C'est les vendanges ! criais-je, jubilant, *vivan le fémmine, viva il buon vino* ! » Et j'évoquais les bacchanales breugheliennes auxquelles, au Moyen Age, je voulais croire qu'elles donnaient lieu. « Il faudra, disais-je, que nous allions en bourgogne, que je vous balance dans une cuve pleine de raisins que nous broierions à force de baise, que je vous y baise et rebaise, que je vous y boive ! »

Le tableau l'excita, et m'excita d'autant. Elle dégoulinait d'amour et de France. Car c'était de France, plus que de vin, que je l'aspergeais, la lavais, la baignais, l'inondais, la lessivais, l'oignais, la colonisais, la nationalisais… la baptisais ! Et c'est la France qu'avec son vin blanc elle alla pisser aux toilettes tandis qu'au même moment, ivre, titubant, je pissais dans la baignoire. J'avais ouvert une autre bouteille, du riesling cette fois. Après la Loire du sancerre, nous faisions un bond vers l'est, en Alsace.

– C'est le tour de France ! dit-elle, avec son désopilant sens de la formule brève – du haïku ?

Et c'était comme si j'étais parti à la reconquête d'une France perdue, que je me mettais à redécouvrir, à retâter, à repalper, à travers la peau, et l'être même de Tamako – comme à travers ses yeux étranges, j'avais d'abord voulu réapprendre à la VOIR.

A un moment, comme, repartie sans doute vers les toilettes, elle n'en revenait plus, je me levai et, vacillant, m'en allai tenter de l'y rejoindre à l'extrême bout du couloir qui me parut sans fin. J'ouvris la porte non verrouillée et la trouvai bien là, nue, assise élégamment sur la cuvette de faïence, jambes croisées sur sa chatte, comme dans un salon du dernier chic, sur un fauteuil de Mies van der Rohe peut-être… L'air rêveur, absent, elle semblait se confondre avec les multiples reproductions de Klimt, Egon Schiele et Oscar Dominguez collées dans le désordre sur les murs de l'étroite pièce, le relief de sa poitrine, de ses mains, de ses cuisses, se superposant aux poitrines, aux mains, aux cuisses planes des portraits de nus qui partout la cernaient. Son visage, ébouriffé, se découpait, à contre-jour, en ombre mauve sur la petite fenêtre percée derrière elle d'où dégoulinait un soleil d'or ocre déclinant, mais encore puissant. Elle ressemblait ainsi à quelque figure d'icône nimbée par une auréole quadrangulaire : « cubiste », dirions-nous. Je m'allongeai, à ses pieds, comme un gros chien, sur la moquette râpée du couloir, la regardant, princesse sur son trône, au milieu du cadre de l'embrasure de la porte et, fermant à demi mes yeux éblouis, ce fut soudain à travers les grilles lumineuses de leurs cils perlés de jour que je la perçus, poisson violet d'obscurité saisi dans un filet d'or.

A ses pieds toujours, ma bouteille à la main, vaticinant comme un dément ou un clochard céleste, j'évoquai « la crise », le chômage, les SDF, la « mondialisation », la « délocalisation », la restructuration du capital à l'échelle internationale, la lente implacable machine de la péréquation universelle des salaires, la flambée de la productivité du travail... la... la... la... le racisme, la violence qui l'emportaient. Enfin, enfin, le monde redevenait dangereux, la société pourrissait ! Nous en revenions aux années trente ! Enfin, enfin de grands livres apocalyptiques allaient pouvoir naître, de nouveaux *Berlin Alexanderplatz*, de nouveaux *Voyage au bout de la nuit*... euh ?

Je bafouillais.

D'un geste profanateur, ou révolutionnaire, j'arrachai soudain, lui tirant sur un pied, l'icône à son cadre, et, renversant la princesse nipponne à bas de son trône de faïence, je la traînai et la couchai sous moi, sur le ventre, au milieu du couloir, sa croupe d'Hottentote pressée contre mon ventre, la bouffai, la broutai, la fessai *(J'ai l'impression*, écrirait-elle froidement dans ses carnets, *qu'il aime bien donner du mal aux gens, physiquement, il avait l'air de s'amuser, ça doit lui être agréable)*... et, bientôt, n'ayant pas sous la main de préservatif (relégués tout là-bas, dans la table de nuit de ma chambre, qui, à l'autre bout de l'infini couloir, à des milles et des milles, me semblait irrémédiablement inaccessible), je la pénétrai à chair nue, lui demandant cependant « tu prends la pilule ? », ce à quoi elle répondit par l'affirmative. Je la pris avec une violence extrême. A quatre pattes, ou plutôt à huit pattes, accrochés toujours l'un à l'autre, par le bas-ventre, tels des chiens en coït, nous marchâmes ou dérivâmes, bête monstrueuse, vers le salon où nous nous affalâmes contre une bibliothèque dont le contenu soumis à nos acrobaties sismiques nous croula dessus. Ainsi foutrerions-nous sur un lit géologique brisé et tourneboulé de Balzac, de Stendhal, de Marx, de Rosenberg, de Hemingway, de Thomas Mann, de Heinrich Mann, de Cervantès, de Dante, de Pétrarque, de Adolf Hitler, de Trotski, de Victor Serge, de Georges Orwell, de Shakespeare, tous genres littéraires, tous styles, toutes langues, toutes nationalités, tous siècles confondus, comme si le sexe, dans sa régression infinie, eût voulu triompher non seulement du livre et de la littérature, mais du langage même : du monde olympien des Signes.

– Tu m'étouffes, tu me bouffes la tête, dis-je, la prenant avec encore plus de violence et la secouant aux épaules, Il faut que je te liquide, que je liquide le Japon. Hiroshima, Nagasaki n'ont pas suffi, je vais t'écraser, te broyer, te réduire en poudre… Je demanderai à la Chinoise de me venir en aide…

– Tu la revois quand ? demanda-t-elle.

– Le 4 juillet.

Poursuivant ma tirade éthylico-ironique, j'ajoutai :

– La Chinoise, elle va se venger des massacres de l'armée jap à Nankin en 37. On va te cerner, te bousiller, te… te… te…

La tourmente passée elle dit, froidement :

– Pas la Chinoise. J'en suis jalouse. Le vieux ?... Euh non, l'Administrateur, a lui aussi une amie chinoise.

– Il la baise.

– Non. Ses piles sont à plat…

Elle devait se rendre sur les 20 heures 30 à un spectacle au Théâtre de la Ville, et je voulais faire un saut auparavant à un cocktail où quelques écrivains, s'affichant pro-Serbes dans le conflit yougoslave (comme d'autres, pendant la guerre d'Espagne, s'affichèrent pro-franquistes), signaient leurs livres. J'enfilai un costume de toile souple. Nous dévalâmes l'escalier vers le taxi qui nous attendait au bas de l'immeuble. « Vous êtes élégant », me dit-elle, s'engouffrant dans la voiture. « Vous, répondis-je, même quand vous pissez vous êtes chic ! » (et j'avais en mémoire l'image de son ombre mauve assise, régnante, triomphante, à contre-jour, sur un trône de faïence).

Nous bûmes quelque coupes au cocktail, qui avait lieu juste en face du centre Beaubourg, dérivâmes vers la fontaine de Niki de Saint-Phalle et nous retrouvâmes bientôt rue de Rivoli, face à la pâtisserie néo-Renaissance de l'Hôtel de Ville. Nous dépassâmes la tour Saint-Jacques au pied de laquelle, dis-je, s'était pendu Gérard de Nerval. Elle ne connaissait pas Nerval. Je lui en récitai quelques vers.

Elle était un peu en avance pour le spectacle. Nous prîmes un pot dans un café, à côté du Théâtre de la Ville. Un ami se trouvait là, qui m'invita à aller le voir un jour dans une maison qu'il avait au Maroc. J'avais proposé à Tamako que nous y allions ensemble.

Au moment de nous séparer, devant la porte du théâtre, elle m'avait dit : « Il faut que je prenne des distances, je vais partir une semaine à la campagne » (je crus comprendre que c'était chez son ami Edmond). Puis elle ajouta, refrain connu : « Vous vous faites des illusions sur moi, je suis VIDE. »

La quittant, je remontai la rue de Rivoli, dans la lumière fauve de la fin du jour. Mes pas m'amenèrent, inconsciemment, jusqu'à la rue du Bourg-Tibourg. J'y reconnus soudain l'hôtel (le Rivoli-Notre-Dame), où, de retour de Londres, et juste avant qu'elle regagne le Japon, j'avais passé une dernière nuit avec cette apprentie journaliste japonaise rencontrée sur le ferry France-Angleterre. Inconnus l'un à l'autre, étrangers, ne parlant vraiment bien aucune langue qui nous permît de communiquer, nous avions vécus là de beaux moments. Je me souviens, au milieu de la nuit, de sa silhouette bleue se penchant, nue, à la balustrade de la fenêtre. Du profil de son visage baigné d'argent par la luminescence du disque énorme de la pleine lune, suspendu dans le ciel, comme une boule de Noël au-dessus des toits de Paris... Elle avait mis ses deux mains en porte-voix de part et d'autre de sa bouche, et tel un loup amoureux, elle avait hululé. Quinze ans ont passé depuis... Elle s'appelait Yasuko.

Je rentrai chez moi, balançai ma veste, mon pantalon, ma chemise, au milieu du grand foutoir des livres et des verres renversés au sol. En caleçon et en gobe-sue, tel un ouvrier maçon italien après une bonne journée de travail, je finis de siroter la bouteille de riesling, dont j'arrosai un melon glacé, un morceau de salami, des olives noires et du fromage blanc. Un instant, couché au milieu du canapé, sur le flanc, la joue gauche posée sur ma main gauche ouverte, tel le Bouddha entrant au Nirvâna, j'eus l'illusion d'être heureux.

A l'entracte, Tamako était sortie du Théâtre de la Ville. Contemplant les premières ombres de la nuit léchant d'outremer les ogives gothiques de la tour Saint-Jacques, elle avait plongé son visage dans les paumes de ses deux mains jointes, les humant. « Je ne les avais pas lavées pour y conserver plus longtemps votre odeur, me dirait-elle plus tard. Ça sentait bon… Et puis, sans réfléchir, mécaniquement, j'ai pris une cigarette, je l'ai allumée. Votre parfum fut détruit. »

8

Le travail doit être maudit... la paresse est le but essentiel de l'homme.

(K. Malevitch, *La Paresse comme vérité effective de l'homme*, 1921.)

Elle n'irait pas « à la campagne ». Nous nous revîmes, à sa demande très insistante, dès le lendemain, chez moi. Ce furent de nouvelles étreintes plus violentes et plus arrosées que jamais... Si arrosées d'ailleurs que nous en vînmes, aux trois quarts ivres, à nous entrepisser dessus dans la baignoire. « J'ai jamais fait ça, j'ai jamais fait ça ! » s'était-elle exclamée, les cheveux ébouriffés et l'œil halluciné, telle quelque touriste nipponne excentrique à qui un tour operator pervers eût fait découvrir une nouvelle attraction bien parisienne. *Inter faeces et urinam fornicamur !* dirai-je, paraphrasant saint Augustin.

La scène, dans ses carnets, est suggérée en termes laconiques : *Douche tiède dans la baignoire. Agréable...*

Quelques jours plus tard, je trouvai dans ma boîte une lettre d'elle. L'enveloppe contenait une carte postale représentant Cassandre, au milieu de Troie en flammes, nue, blanche, belle, les mains liées dans le dos, et léchée de partout par les lueurs du brasier. Il s'agissait d'une peinture pompier de Martin Langlois.

Cette carte, c'était clair, faisait allusion à une photo qu'elle avait vue chez moi par accident. Juste après la douche tiède je crois. La photo était tombée d'un livre qui était tombé d'une bibliothèque contre laquelle je lui faisais l'amour. Elle sauta dessus : y figurait une jeune femme à la croupe blanche, fessue, qui, comme Cassandre, avait les mains ligotées dans le dos – et reliées par une corde à un collier de cuir attaché à son cou. Allongée sur le ventre au milieu d'un lit (mon lit !), elle était manifestement en train de recevoir une fessée, de la part d'un homme brun, jeune, nu, de dos, assis à ses côtés.

– C'est toi qui as pris cette photo ? demanda-t-elle.

Je dis que c'était des « bêtises » que je faisais « autrefois ». (*Il est fou, il est complètement fou*, écrirait-elle dans son journal.)

Elle haussa dubitativement les épaules, et vida un nouveau verre de graves blanc (notre tour de France nous avait conduit jusqu'au Bordelais).

– Ces fesses, dit-elle, désignant la croupe blanche du cliché, ça pourrait être les fesses de n'importe qui !

Puis, faisant écho à ses exclamations post-*douche tiède*, elle répéta :

– J'ai jamais fait ça !

Elle désira voir « les autres photos ». Je dis qu'il n'y en avait pas.

– Tu me les caches, tu es un sale menteur !

Puis elle ajouta :

– C'est qui ces deux ? Vos *eskraves* ?

– *Eskraves* ?

– Esclaves ! se corrigea-t-elle.

Elle m'agrippa aux cheveux. Tira dessus. Ses yeux, sous ses mèches folles, lançaient plus de féroces lueurs que l'incendie de Troie. Pour toute réponse, je la renversai sur le lit, la dévorant de baisers et, humant, tel un chien en chasse, chaque partie de son corps, je m'exclamai, comme la première fois que je l'avais prise :

– Tu n'as pas d'odeur.

Je la humai encore. Et c'était comme si, traquant en vain son insaisissable odeur, par-delà l'effluve superficiel du parfum dont elle s'aspergeait, je tentais de débusquer, sur ses seins, son pubis, ses aisselles, sa croupe, la secrète essence de son Être.

Évoquant le puritain Swift qui ne voulait pas croire que sa jeune fiancée eût des fonctions naturelles, je lui lançai alors :

– Tu ne sens rien. Je suis sûr que tu ne chies même pas.

Stupéfaite, furieuse, comme si je l'eusse accusée de quelque malformation honteuse, elle se délivra de mon étreinte, se redressa et affirma, l'œil fou :

– Si, je chie !

Une heure plus tard, elle attendait avec moi le taxi qui devait me mener, dans le XIXe arrondissement, porte des Lilas, aux Archives départementales. Je voulais y consulter des documents concernant l'enlèvement à Paris, par des agents de Staline, du général russe blanc Miller, en 1937. Lorsque la voiture arriva, elle s'y engouffra à ma suite, d'autorité, sans crier gare.

– On ne va pas dans la même direction, dis-je, et je ne peux vous ramener chez vous, je suis en retard.

Je réemployais ce que j'appellerais notre « vous *extra muros* », automatique dès que nous sortions du lit ou, au minimum, de la chambre.

Elle rétorqua qu'elle tenait à m'accompagner jusqu'à la porte des Archives, ce que j'interprétai comme un mouvement de tendresse. C'était en fait (je ne le compris que plus tard) pure hallucinatoire jalousie. Elle supposait que j'allais rejoindre une autre femme. Qu'elle rejoignît elle-même un « autre homme » ne la troublait pas. Je lui avais dit, il est vrai, que cela m'importait peu (sans doute cela m'arrangeait-il aussi ?), ce que je résumais par l'expression : « Il fait déjà partie du menu. » Regardant, songeuse, le canal Saint-Martin que notre taxi longea jusqu'à l'hôtel du Nord (« Atmosphère, atmosphère ! » murmura-t-elle), avant de se rabattre vers le XIXe arrondissement, elle me dit soudain, comme si le souvenir de la photo qu'elle avait vue par accident eût fait en elle du chemin : « Je veux bien que vous me donniez des fessées, mais il ne faut pas me laisser de traces. » Ce sur quoi elle m'expliqua que « la dernière fois », elle était rentrée chez elle le dos plein de griffures et que, heureusement, le vieux... non, l'Administrateur, ne s'en était pas aperçu, car il lui avait fait l'amour dans le noir.

– Il vous refait l'amour ? demandai-je. Il doit se douter, c'est ça qui l'excite ?

– Non, rétorqua-t-elle, c'est impossible qu'il sache.

Le taxi nous avait laissés juste en face des Archives départementales, devant un café fleurant le Paris d'autrefois : Le Bouquet des Lilas. Une affiche vantait ses moules-frites. A côté un hôtel miséreux, le Printania, annonçait : *Chambres à la journée.*

On a trouvé un hôtel du passé à la porte des Lilas, écrirait-elle dans ses carnets.

– Dans celui-là aussi, il faudra qu'on fasse l'amour, lançai-je.

Je l'embrassai. Avant de s'engouffrer dans la bouche de métro, elle m'avait dit, posant son doigt sur une commissure de mes lèvres :

– Votre larmier à vous, c'est ça !

Au verso de la carte postale représentant Cassandre ligotée, Tamako avait écrit : *Moi je ne te raconterai pas que des malheurs.* Je n'avais pu lire ce texte qu'après avoir ôté un billet de théâtre fixé par-dessus. Ingénieusement, chaque coin en avait été glissé dans une fente, taillée au cutter aux angles de la carte de sorte qu'il y restait bien accroché.

C'était un billet de la Comédie-Française : pour la *Phèdre* de Racine.

Afin de la remercier de sa Cassandre je lui envoyai, au dos d'une carte, un poème d'Omar Khayyam s'achevant sur ces mots : « Ô remplis vite une coupe de vin et mets-la dans ma main… car une jouissance présente vaut mille jouissances futures. » Elle y fit écho par des vers nippons de la période Edo : « Si je meurs demain, que pourrai-je regretter ? Que regretteront mes os ? Telle est la vie ! Verse-moi du saké ! »

9

Il est bien évident que je ne fais pas un roman.
(Diderot, *Jacques le fataliste*, XVIIIᵉ siècle.)

2 juillet...

Cette histoire était nulle ! A quel chapitre pouvions-nous être ? Et il n'y avait que du sexe, du sexe, du sexe ! Où était Paris là-dedans, et la Beauté, qu'on devait célébrer : par les yeux d'une Japonaise. Par le trou de son cul, oui !

Ces amères réflexions, c'est moi-même qui me les faisais, adossé au rebord d'une piscine, m'y retenant des deux mains, par l'arrière, et agitant de temps en temps les pieds, pour me maintenir à flot, tout en braquant les yeux vers la porte d'entrée. Je guettais l'arrivée de mon héroïne principale – encore en retard ! – qui avait voulu, pour cette dixième rencontre (nos rencontres sont numérotées et précisément datées d'un bout à l'autre de mes carnets), que nous nous retrouvions « dans l'eau ».

Il était 11 heures du matin, ce 2 juillet, nous devions aller le soir même voir *Phèdre* à la Comédie-Française, une longue journée de « travail » s'étendait donc devant nous.

– Oui, dans l'cau, avait-elle insisté, la veille, au téléphone, comme j'avais l'air de croire qu'elle plaisantait.

Dans ses carnets elle écrirait : *C'est normal qu'il aime nager, sa mère est bretonne.*

Par souci esthétique, j'avais exclu que ce rendez-vous ait lieu au Sport-Club, trop hyperréaliste et si peu tanizakien. Je choisis, rue de Pontoise, dans le Vᵉ arrondissement, une piscine de mon époque ou à peu près : 1925. Chose aujourd'hui absolument bannie, elle était éminemment théâtrale. On eût dit en effet que les galeries, ornées de céramiques bleu et or, courant tout autour sur deux étages (et où donnaient les cabines de déshabillage) étaient des balcons et des loges surplombant non un bassin, mais une scène sur laquelle, en permanence, se déroulait un ballet nautique. Des garçons de cabine d'ailleurs (profession aujourd'hui désuète), qui ouvraient les portes avec un passe et à qui il fallait glisser la pièce, faisaient parfaitement figure d'ouvreuses. Barbotant comme un phoque dans un coin de la scène, sans doute incarnais-je, quant à moi, le rôle du souffleur, ou du directeur de théâtre qui, caché dans les coulisses, attend, angoissé, l'entrée de sa prima donna :

Tamako.

Elle débarqua bientôt, un pan de chemise blanc dépassant de derrière sa veste de jean (c'était la mode), son baise-en-ville à l'épaule, cheveux gominés bien sûr, et lunettes noires. Je la vis s'avancer le long de la galerie du premier étage. L'œil aiguisé, elle m'avait tout de suite repéré, me faisant un petit signe de la main. Elle entra dans une cabine. La porte s'en referma. Mais le judas qui la perçait s'occulta quelques instants. Espionne, elle m'épiait, ce qu'elle avouerait plus tard. Elle me prit même ainsi en photo...

Un petit escalier conduisait des galeries aux douches, au rez-de-chaussée, et c'est par un autre escalier, très large quant à lui, théâtralissime, et dont les marches s'enfonçaient dans l'eau, qu'on accédait au bassin. J'imaginais assez bien les jolies filles des années vingt et trente, avec leurs belles cuisses blanches, leur maillot une pièce et leur bonnet, descendre élégamment ces degrés jusqu'à ce que l'ascendant niveau d'eau leur arrivât au menton. Et c'est semblablement en maillot noir une pièce, un bonnet de caoutchouc noir sur le crâne, et de petites lunettes de plongée perchées sur le front, que Tamako apparut, toute lustrée, toute ruisselante des gouttelettes d'eau d'une récente douche.

C'était un moment intéressant pour moi. Je ne l'avais jamais vue déshabillée que de façon trop rapprochée. Pour la première fois je pouvais la contempler, l'étudier, avec une certaine distance, froide et esthétique. L'amour donne du corps de l'autre, au début du moins, une vision morcelée, cubiste dirais-je : pièces de puzzle dispersées, accrochées au hasard par le regard au cours du coït, et qu'il nous faut réunir, comme les tessons d'un vase brisé : un ventre ici, un sein là, deux seins, une épaule, une bouche, afin de tenter de faire avec tout ça un tout. Ses jambes n'étaient pas très longues, en effet, mais point trop courtes non plus. Et son bassin, assez large, lui donnait l'allure hanchée et gracieuse d'une jonque. C'est ainsi, que, tanguant doucement, elle s'enfonça dans l'eau, rabattant ses lunettes sur les yeux. Le paquebot Tamako fendait les flots. Ou le sous-marin plutôt. Car, nageant à ma rencontre, menaçante, avec ses lunettes et son bonnet noirs, elle avait vraiment l'air d'un dangereux submersible nippon se dirigeant en douce, traîtreusement, vers quelque paisible torpilleur yankee sommeillant innocemment dans la rade de Pearl Harbor. Je nageai à sa rencontre.

– Pourquoi ne portez-vous pas de lunettes ?

Ce furent ses premiers mots.

– Avec les lunettes, sous l'eau on voit tout tout tout !

Et, joignant le geste à la parole, elle piqua une tête comme un marsouin, glissa entre mes jambes, et resurgissant de l'autre côté, dans mon dos, s'écria – après avoir fortement toussé et craché, car elle avait bu la tasse lors de cette plongée militaire exploratoire :

– Il faut porter un maillot collant (j'avais un boxer-short), avec votre truc on ne voit rien rien rien !

Tous les dimanches matin, m'expliquerait-elle bientôt, quand elle aurait repris son souffle, elle allait dans une piscine près de chez elle, et passait ainsi sous les fesses des messieurs pour évaluer, au spectacle sous-marin de leur entrejambe, lesquels étaient les mieux munis.

– Tibère, dis-je, un empereur romain, se baignait nu dans sa piscine. Et il chargeait toujours une vingtaine de jolis éphèbes de le poursuivre sous l'eau. Une récompense était accordée au premier qui parvenait à lui happer le sexe avec la bouche. Il les appelait ses « petits poissons ».

Elle voulut à tout prix que j'essaie ses lunettes. Je les enfilai.

– Il faut que je trouve une jolie fille, maintenant !

J'avisai une naïade rousse, plongeai, aperçus deux longues jambes blanches fuselées qui, jaillissant d'un maillot jaune d'or, ondoyaient dans l'eau émeraude. Plongeant et replongeant, j'étudiai ainsi, *in vitro*, une multitude d'anatomies humaines, mâles et femelles. Je m'enfonçai bientôt très bas dans les abysses de la piscine, me retrouvant cerné d'ombres glauques, et comme je tournais vers le haut mon regard lunetté, j'eus l'impression que la surface des eaux, ainsi perçue, par en dessous, était une immense verrière, un vitrail où, perdu dans la vertigineuse profondeur de la nef obscure d'une cathédrale, je voyais de loin se dessiner, non des visages de Christ ou de saints mais, telles d'une Vierge Marie nautique et de ses anges tritons, les cuisses et les fesses bien identifiables de Tamako, que cernaient, tout emperlées d'écume argentée, les mouvantes jambes d'autres nageurs anonymes. Comme les zélés petits poissons de Tibère je lui surgis d'un coup entre les cuisses, enfonçant mes doigts sous l'élastique de son maillot.

– On va se faire siffler par le maître nageur, dit-elle.

Ses seins pointaient sous l'étoffe mouillée.

– C'est le froid ou l'excitation ? demandai-je.

– Les deux.

Nous étions bientôt remontés à la galerie du premier étage. Au moment où Tamako entrait dans sa cabine, je m'y glissai à sa suite, poussant aussitôt le *verrou* de la porte. Moins rétive que l'héroïne du tableau de Fragonard, elle s'agenouillerait et, petit poisson, m'emboucherait. Je ne voulus pas aller jusqu'au bout et me retirai...

– C'est tout ? dit-elle déçue.

– Vous voulez finir au poste de police ? Ça ferait un chapitre intéressant, il est vrai.

J'ôtai son maillot et, serviteur attentif, m'enfonçai dans sa chatte moelleuse, chaudement capitonnée, charnue (*Un petit peu dans l'eau et bien dans la cabine*, écrirait-elle dans ses carnets).

– Une courte visite d'ami, précisai-je, avant de me retirer à nouveau, sans chercher à jouir.

Enfant, expliquai-je, j'avais toujours aimé faire « durer le plaisir », me réservant « pour la fin » les meilleurs morceaux, les plus belles fraises du dessert, la cerise du gâteau. Tamako m'affirma être de la même race.

– Mais pas l'Administrateur !

Usant de son sens inné de la formule brève, point poétique cette fois, mais polémique, elle ajouta :

– Il n'aime pas rester longtemps à table.

Quelques minutes plus tard nous marchions sur les quais de la Seine, jetant de temps à autre un œil aux boîtes des bouquinistes. Et, mélancoliquement, je me demandai si n'y échouerait pas un jour, entre autres romans à l'encan, celui-là même qu'avec nos jambes, en arpentant Paris, et nos corps, en nous étreignant, nous étions en train d'écrire. Nous enjambâmes la Seine par le pont de l'Archevêché après avoir pensé un instant nous embarquer sur un bateau-mouche. Nous décidâmes finalement d'aller déjeuner (mais le bateau-mouche, il faudrait *le faire* un jour, sans faute, c'était in-dis-pen-sable !). Aragne de pierre grise, Notre-Dame, campée sur ses arceaux, braquait vers nous son cul, au milieu d'un bouquet d'arbres. Nous nous accoudâmes à la passerelle de l'île Saint-Louis. Je lui montrai la pointe que formait l'île, côté ouest, entre les deux bras du fleuve s'y rejoignant. Aurélien, le héros du roman d'Aragon, vivait là, expliquai-je. Il disait qu'il habitait « à la saignée du fleuve ». Et comme elle ne comprenait pas le mot, je posai au creux formé par son bras et son avant-bras droit un baiser : « Ici, dis-je. On appelle cet endroit "saignée" parce que les médecins jadis y faisaient une incision pour faire couler le sang. » Et, l'enlaçant, j'ajoutai : « N'est-ce pas mignon ? Je suis votre dictionnaire, mais un dictionnaire vivant, aimant, caressant, un dictionnaire de chair, pleine peau. Sans doute auriez-vous préféré une reliure en crocodile de chez Hermès ? »

En franchissant le seuil de la brasserie de l'île Saint-Louis, je dis : « Vous colonisez mon passé. » Étudiant, j'y venais souvent, il y a vingt ans et plus. Le décor n'avait pas changé, même bar en bois massif, même percolateur chromé, énorme, étincelant de lumières, même cigogne empaillée tenant dans son bec un poupon en Celluloïd. Mêmes serveurs. Mais leurs cheveux avaient blanchi.

Ce fut pour moi un spectacle délectable et paradoxal que de me retrouver assis face à Tamako, laquelle, armée d'une fourchette et d'un couteau, affrontait courageusement, elle si fine, l'énorme plat de choucroute qu'elle avait commandé, s'attaquant de taille et d'estoc aux cervelas huileux ou aux joufflus quartiers de jarret, avec ces mêmes gestes élégants, délicats, précis, économiques, que je lui verrais plus tard quand elle m'inviterait à une cérémonie du thé qu'elle pratiquait régulièrement à Paris même (« Quand je suis dedans j'oublie tout, me dirait-elle à propos de cette cérémonie, cela crée le vide en moi »). C'était le « plein » qu'elle faisait pour l'instant, déglutissant, entre chaque fourchetée de choucroute, une copieuse rasade de pinot noir qui sembla rapidement se suffuser jusqu'à ses joues et ses oreilles, y condensant une belle teinte violette.

Je la vis alors esquisser un fort joli mouvement, qui lui était habituel quand le feu lui montait au visage, mais dont je n'avais pas analysé, jusque-là, les différentes phases. Elle portait la paume de ses mains de part et d'autre de sa face, sur chacune de ses joues, l'y maintenait quelques instants, puis, retournant ses mains, en plaquait le dos au même endroit. Ce gracieux rituel – que je ne pus décomposer que parce que je l'avais priée de me le « rejouer » au ralenti – ayant pour fin, à ce qu'elle m'en dit, de lui rafraîchir le visage. Je me permis d'en mettre en doute l'efficacité, y voyant plutôt une intention esthétique, une figure tout autant de rhétorique que de chorégraphie, maniérée au possible, et dont la signification véritable m'échappait. Comme elle devait échapper à Tamako, car il me semblait l'écho d'une gestuelle que, de siècle en siècle, des générations de femmes japonaises avaient inconsciemment répétée, avant qu'il ne vînt ici élégamment s'échouer devant un plat de choucroute…

Elle se leva pour aller s'« asperger le front aux toilettes ». La suivant des yeux, je repérai dans le restaurant un ami dont je venais d'évoquer le frère, un écrivain célèbre. « C'est bizarre le hasard, dis-je à Tamako comme elle reprenait place devant sa choucroute. On parle de quelqu'un, on se retourne, on voit son frère. » Me regardant dans les yeux elle dit, après un court silence et en détachant bien ses mots, comme pour leur donner plus de poids : « Il n'y a pas de hasard. » J'y vis une directe allusion à notre rencontre. Ne tombait-elle pas poétiquement « à pic » ? Elle m'enchantait. Ses jeux de mains étaient-ils quelque passe magique ? hypnotique ?

C'est au café, ou au dessert (nous partageâmes une tarte aux framboises) qu'elle prononça sur elle un nouveau jugement négatif :

– Je suis lourde, les Japonais sont lourds, tous mes amis me le disent.

– Lourde ? ironisai-je. Je croyais que vous étiez vide ? Vous avez d'étranges *amis*…

L'avaient-ils *vue* porter ses mains à ses joues ?

Je payai : *Un plat du jour, une choucroute, une bouteille de pinot, deux verres de pinot, une tarte, deux cafés, 317 F, service compris, table 4.*

Nous avions traversé la Seine par le pont Louis-Philippe, fait un détour jusqu'à La Tartine, rue de Rivoli. Après Léon Trotski, j'y avais eu mes habitudes. Nous prîmes un café.

– La colonisation de mon passé continue, dis-je, c'est la conquête du Japon.

Et je digressai sur l'ambiguïté de l'expression, car on ne pouvait déterminer si le Japon était objet ou sujet de cette conquête.

– Je croyais le français une langue précise et claire ?

– En matière de langage, rien n'est clair, dis-je.

Comme je constatais que les chaussures à bride et talon de Tamako n'étaient guère faites pour la marche (« Je vous avais dit de bien vous équiper, pourtant ? Vous n'êtes pas une vraie touriste ! »), nous sautâmes à Saint-Paul dans un taxi. Nous avions reparlé de Tanizaki (dont, sur mon conseil, elle lisait *La Confession impudique)*, de son obsession de la tache, de la souillure, de l'ombre. Je lui demandai si elle pensait que la folie de Tanizaki était individuelle ou nationale. Elle réfléchit un instant et dit qu'il y avait quelque chose de spécifiquement japonais dans cette folie.

Un pouilly fumé glacé comme de l'acier nous attendait chez moi et, posée sur la table basse, une assiette contenant *une montagne de framboises et de groseilles* (pour reprendre les termes du journal de Tamako). *J'ai vu tout de suite qu'il mijotait quelque chose*, ajoute-t-elle à ce propos. *Il a mis des chrysanthèmes rouges dans un vase. A chaque fois il change les fleurs, j'y suis très sensible. Par terre, il a posé une gerbe de blé vert, achetée le matin à une vieille dame, au marché. Elle lui a dit que ça portait bonheur. J'ai immédiatement senti l'énergie très particulière qui émanait de ce végétal.* Sur le fauteuil en Skaï *haricot rouge* se trouvaient un collier de cuir et des cordelettes *blanches et lisses.*

– C'est pour Cassandre, dis-je.

Nous bûmes. Je la déshabillai. Saisissant une poignée de groseilles, je lui murmurai « vous voulez un dessert ? », et, aussitôt, je les lui écrasai sur le sein. Le sang d'un coup en jaillit, écarlate, ou plutôt le jus, mais dans un bref instant d'hallucination j'eus tout de bon l'idée folle, effrayante, que je l'avais poignardée. Je lui en écrasai sur la bouche, sur le visage, sur tout le corps bientôt alors que nous croulions au sol, nous en disputant voracement la chair dégoulinante, comme si, de nos crocs, nous l'eussions arrachée à nos lèvres, nos bras, nos cuisses, notre ventre, véritable festin d'anthropophages.

– Je te mangerais, lui disais-je, et tu me mangerais, et tu deviendrais moi, et moi toi ; et puis tu me mangerais et je te mangerais, et je redeviendrais moi, et toi, toi ; et ainsi de suite, à l'infini…

Je la hissai bientôt sur le fauteuil en Skaï, ou je la plaçai à genoux. Je pris le collier de cuir, les ficelles.

– Pas de traces, souffla-t-elle.

Le « collier de chien » et la subséquente « fessée » eurent beaucoup de succès au Japon quand, deux mois plus tard, s'y retrouvant en vacances, Tamako avait fait à ses amies le récit circonstancié de ses amours parisiennes. Celles-ci avaient particulièrement apprécié le moment où, tirant en arrière sur le collier, tout en la pénétrant *usilo-usilo* (derrière par-derrière), je lui avais soufflé à l'oreille : « Aboie ! » Très doucement d'abord elle avait commencé à pousser de petits glapissements – que j'accompagnais moi-même, en contrepoint, et comme pour l'encourager, de parallèles jappements –, ses glapissements prenant peu à peu de l'ampleur et se transformant bientôt, au moment de l'orgasme, en déchirants gémissements.

Toutes voulaient essayer ! me dit Tamako de ses amies. Si jamais j'allais au Japon j'aurais là-bas un grand succès. Elle marivaudait bien sûr (je commençais à découvrir sa maladive jalousie). Je voulus savoir qui étaient ses amies, leur âge, leur type de beauté, la façon dont elles étaient habillées le jour où elles s'étaient raconté cela, le lieu (une coffee-shop de la banlieue de Kobé), le décor (murs gris, tables métalliques), l'éclairage (néon), afin de mieux me représenter ce tableau, si truculent, qui semblait comme une transposition en costumes et coiffures fin XXe siècle (certaines étaient en tee-shirt, l'une avait les cheveux ras bleu phosphorescent) de quelque scène de restaurant que j'avais admirée dans mon livre d'estampes, de Kubo Shunman entre autres, où l'on voyait, dans un établissement proche de la mer, à Tokyo, de ravissantes geishas, en somptueux kimonos, qui s'entre-chuchotaient des secrets à l'oreille avec animation, tandis qu'une musicienne jouait du *shamisen* et que des servantes empressées apportaient des plats emplis de poissons rôtis, de brochettes et de fruits. Dans la coffee-shop de la banlieue de Kobé il y avait aussi de la musique : du disco. A ce qu'en dit Tamako, c'en était fini du joli libertinage de l'époque Edo. Ses amies faisaient fort peu l'amour. Elles travaillaient.

Travaillais-je ?

J'avais entraîné Tamako dans la chambre et détaché ses mains, mais elle avait fermement tenu à conserver « son » collier de Poti. Poti, m'avait-elle expliqué, était un nom de chien, courant au Japon, l'équivalent de Dick ou Médor. Alors que nous continuions de faire l'amour, elle avait poursuivi, comme un musicien développe au milieu d'un concerto un thème annoncé au début de celui-ci, le récit de ses aventures turques : rentrée à son hôtel d'Istanbul, toute bouleversée après la tentative de viol, elle avait bu du thé dans sa chambre avec le réceptionniste venu la consoler. Il était « mignon et gentil ». Toute la nuit, elle avait fait l'amour avec lui comme si, par ce moyen, elle s'était en quelque sorte libérée de la violence qu'elle avait subie : « Ça n'arrêtait pas », ajouta-t-elle.

Nous n'arrêtions pas.

Un peu après, je dis :

– J'ai eu au téléphone la fille de la photo… l'*eskrave*.

Je faisais allusion au cliché où figurait une femme nue ligotée, qui était tombé de ma bibliothèque la fois précédente.

– Je te la présenterai, ajoutai-je…

– Et l'*eskrave-mâle* aussi ?

Soudain elle s'était exclamée : « C'est injuste, vous, vous vous voyez, pas moi ! » Écrasée sous mon corps, elle ne pouvait pas s'apercevoir dans les glaces cernant le lit. Prenant par le goulot une seconde bouteille que j'avais ouverte, je la tendis en direction d'un petit miroir, posé contre un mur, à un mètre de notre couche, et parvins à le faire tomber dans notre direction. Je le lui donnai alors. Elle le plaça devant son nez, comme le rétroviseur d'une moto, et put ainsi à loisir contempler son *ketsu* (fessier) suant et rosissant qui ondoyait sous moi. Régulièrement, me reculant à l'extrême, je faisais mine de m'en retirer. Comme douée d'une autonomie animale, sa croupe se haussait alors, toute frémissante s'arc-boutait au maximum pour ne pas perdre l'intrus qui jouait à s'en échapper. Reculant à nouveau, je reprenais le manège, murmurant tout bas : « Viens chercher… »

– Quelle différence ça fait pour un homme, demandait-elle sans cesse, *par-derrière ?* Moi ça me fait jouir partout, je ne sais où…

J'avais reposé avec maladresse la bouteille sur la table de nuit. Elle tomba au sol et se brisa sur un cendrier.

– Merde, on va se blesser, dis-je.

Ivre, les mains tremblantes, j'essayai, vaille que vaille, d'en rassembler les tessons et posai dessus un coussin…

Il était 20 heures 20. *Phèdre* commençait à 20 heures 30. Nous allions être en retard. Je fis mine à nouveau de me retirer d'elle.

– Non, c'est impossible ! souffla Tamako cambrant derechef sa croupe pour la souder à mon ventre.

– On se fait coudre ensemble, lui dis-je, pour ne plus se séparer, comme des sœurs siamoises. Et on se fait tailler par les plus grands couturiers une garde-robe adéquate, ultra-chic, qui nous permettra de sortir comme ça, liés l'un à l'autre.

Elle m'assura que Yoji Yamamoto serait le couturier idéal pour ce type de vêtement.

On entendit au loin, dans l'escalier de l'immeuble, des coups sourds, répétés. J'expliquai que c'était une vieille dame, vivant au dernier étage, qui grimpait les marches, se tenant à la rampe d'une main, et de l'autre s'aidant de sa canne. Elle montait et descendait comme ça trois fois par jour. Pour dégourdir ses mauvaises jambes.

– C'est beau, dit Tamako.

Quelques minutes plus tard, dans le taxi, je remarquai qu'elle avait oublié d'ôter de son cou son collier de Poti.

– Je ne sais pas si monsieur l'Administrateur aurait apprécié la chose, badinai-je. Imaginez sa tête en vous voyant rappliquer comme ça chez lui cette nuit, déguisée en chienne folle ?

Elle rit. Détacha le collier, l'examina d'un œil noir à la loupiote plafonnière du taxi.

– Il n'est pas neuf ! murmura-t-elle.

Elle le porta à son museau, le renifla et, me le tendant soudain en mimant le dégoût, elle dit :

– Il a déjà servi. IL SENT LA FEMME !

Un an plus tard presque jour pour jour (un 1er juillet alors que nous étions le 2…), un taxi nous redéposerait, comme celui-ci, devant les colonnades de la Comédie-Française, rue de Richelieu, où nous n'avions pas remis les pieds entre-temps – non pour voir *Phèdre* cette fois, mais *La Vie parisienne* de Jacques Offenbach. J'avais alors commencé d'écrire « notre roman » (jusqu'à la scène de la piscine de la rue de Pontoise) et, quelques heures avant de se rendre au théâtre, elle en avait parcouru, chez moi, de larges extraits.

– En lisant, m'expliquerait-elle, j'avais l'impression de faire quelque chose qu'il ne faut pas, de découvrir les secrets d'un autre. Comme si j'avais fouillé, à votre insu, dans vos affaires. La façon dont vous parlez de moi, au début, m'a émue. Le descriptif, ça n'est pas mon point de vue. Mais tout cela m'apparaît si loin !

– Comme une fiction ? demandai-je.

– Oui.

Quand, après le spectacle, la tête toute bourdonnante encore des jolis airs d'Offenbach, nous prîmes un pot à la Brasserie munichoise toute proche, elle ajouta :

– Lorsque j'ai lu le portrait que vous faites de moi, au premier chapitre, je suis devenue verte. Il (l'Administrateur) va me reconnaître. je suis inconsciente... Une vraie kamikaze ! Il faut que je le quitte avant la sortie du livre, que je trouve un appartement...

Le monde de l'adultère, chanté par Offenbach – et qu'une mise en scène archéo-néo-brechtienne avait voulu tourner en dérision sur les planches de la sage Comédie-Française – n'avait guère changé, depuis un siècle, dans son essence du moins. S'il changera jamais un jour ? Et c'est ce même monde de l'adultère qu'un an auparavant nous avions retrouvé, dans le même lieu, avec la *Phèdre* de Jean Racine. Nous étions arrivés fort tard, au milieu du troisième acte. Nous eûmes droit cette fois à une mise en scène néo-archéo-freudienne... Il est intéressant de noter que toutes ces « relectures » des grands textes classiques, qui avaient été la scie de mes années d'étudiant en littérature, semblaient viser à déthéâtraliser le théâtre, à en briser la nécessaire illusion (au nom de quelle « authentique » vie « réelle » ?), quand j'essayais, tout au contraire, autant que je le pouvais, d'insuffler du théâtre dans la vie : ma vie...

Que es la vida ? Una frenesí !
Que es la vida ? Una ilusión,
Una sombra, una ficción...

Après *Phèdre* nous n'allâmes pas à la Brasserie munichoise, mais au Harry's Bar, lieux que je hantais l'un et l'autre dans ma jeunesse étudiante. Nous nous enfoncions un peu plus dans mon passé.

– La conquête du Japon se poursuit... dis-je.

Le Harry's était vide, triste. Je proposai alors que nous nous rendions au Ritz.

– Je ne suis pas habillée.

– Pas la peine, on va au bar.

Nous descendions l'avenue de l'Opéra.

– Il ne fait pas vraiment nuit, dit-elle.

Le double rang de perles des lampadaires illuminés semblait en effet inutile. Un vent tiède, caressant, soufflait sur la place Vendôme. Le Ritz, lieu de haut luxe dans les années 20-30, avait aujourd'hui quelque chose de vaguement désuet qui lui donnait un charme pétri de nostalgie. Je bus une Heineken, elle but du Perrier. Un piano jouait l'air du Magicien d'Oz, *Somewhere over the rainbow, dreams come true*. Un journaliste télé me salua de loin. Sa main blanche, dans le clair-obscur, m'apparut comme un signal amical et désespéré peut-être : ne t'éloigne pas autant de notre rivage, semblait-il me dire, tu te marginalises, tu vas naufrager.

– La marginalité, ça se vend ! affirma Tamako à qui je confiai mes angoisses.

Et je parlais, je buvais, je parlais : plus de deux heures encore. Abordant tous les sujets, jusqu'à celui du jansénisme et de la Grâce ! A cause de *Phèdre*, sans doute.

Soudain Tamako s'exclama.

– Vous êtes increvable.

Je pris conscience que, depuis notre rendez-vous du matin, à la piscine de la rue de Pontoise, j'avais déblatéré pendant près de quatorze heures, ne laissant à mon interlocutrice, entre deux étreintes ou deux verres de vin, que l'occasion de placer, ici ou là, quelques bribes de mots. Ne jouait-elle pas dans une certaine mesure le rôle du fronton de tennis, ou de l'analyste, contre lesquels je balançais mes phrases ?

– Vous avez le tour des yeux noir, dit-elle, on dirait un loup de velours.

Son visage paraissait fatigué aussi. Le lisse masque de cuivre avait fondu. Était-ce la débâcle de son maquillage, ou que les pores de sa peau, par trop de lassitude, se fussent détendus ? Une dizaine de petits trous noirs, que je n'avais jusque-là jamais repérés, piquetaient son joli nez qui se vernissait, par ailleurs, sous le discret éclairage du bar, d'une fine couche de sueur fiévreuse.

– Le temps passe, dis-je, vous vous en rendez compte, malgré vos trente ans…

– Je m'en rends compte.

Elle repéra sur mon pantalon une tache rouge, pareille à du sang :

– Les groseilles ?

– … ou les framboises ?

Nous quittâmes le Ritz.

Comme deux assassins.

A l'entrée de la rue de Castiglione qui s'ouvre sur la place Vendôme, nous aperçûmes soudain, perchée haut dans un ciel bleu marine, une énorme lune lactescente qui coulait ses rayons blêmes sur d'irréelles Tuileries. Paris, *magifié*, ressemblait à sa propre carte postale.

– La pleine lune, dis-je.

– Il en manque un petit morceau en haut à droite.

Tamako s'y connaissait en matière de lune. La pleine lune datait en fait de la veille, 1er juillet. Je ne m'en demandai pas moins si l'espèce d'ouragan érotique qui nous avait emportés, tout l'après-midi, n'avait pas quelque rapport avec le somptueux épanouissement de cet astre. N'en était-il pas du désir comme des lunaisons, qui s'accroît peu à peu et qu'il ne faudrait satisfaire qu'au moment de sa parfaite plénitude ?

– On se réservera toutes les pleines lunes ! dis-je.

Je divaguais, le nez braqué vers le ciel constellé…

– Cette fois, IL va s'inquiéter ! lança soudain Tamako, revenant « sur terre », non sans angoisse.

Il était 2 heures du matin. Elle sauta dans un taxi pour rejoindre l'Administrateur. Elle lui avait parlé, à ce qu'elle m'en dit, de mon existence, et il savait que je passais la soirée avec elle… au théâtre. Je sautai moi-même dans un autre taxi. Je dévalai à son bord la rue de Rivoli, puis grimpai, par un dédale de ruelles, jusqu'aux grands boulevards. A chaque fois qu'il changeait de direction, je croyais voir la lune rebondir contre ses vitres, telle une étrange balle de ping-pong luminescente. Elle jaillissait un instant au-dessus du Louvre, de la porte Saint-Martin ou de la statue de la République, pour naufrager bientôt, définitivement, je ne sais où, dans le grand océan des toits bleus de Paris, quand mon taxi stoppa sa course devant ma porte.

Je n'avais pas sommeil. Finissant l'assiette de groseilles, j'achevai la lecture des mémoires de l'Américaine Lilian Hellman, *An unfinished woman.*

10

Et quant à la Vie, elle est le dissolvant qui détruit l'Art.
(Oscar Wilde, *Le Déclin du mensonge*, 1889.)

Le surlendemain, 4 juillet, je coucherais avec LA Chinoise. Auparavant j'avais dîné avec elle à la Closerie des Lilas...

Juste avant de l'y rejoindre, et comme j'étais en train de m'habiller, mon téléphone avait sonné.

J'avais décroché. Après un court silence, une voix de femme assez sévère avait résonné dans l'écouteur. Je ne l'identifiai pas tout de suite :

– Bonjour, ça va ? avait dit la voix.

Puis, se nommant :

– C'est Tamako.

LA Japonaise m'avait expliqué que tout s'était bien passé, à son retour du Ritz, puis elle s'était lancée dans un discours assez décousu où il était question d'un agent de l'URSSAF qui avait fait une descente dans le centre de traduction franco-japonais où elle était employée. C'était ennuyeux, car elle travaillait au noir. Ce que j'apprenais alors, n'ayant aucune information ou presque sur sa véritable situation sociale et économique, apparemment assez fantomatique. Elle avait plutôt tendance à esquiver les questions que je posais à ce sujet... Elle servait d'interprète à des hommes d'affaires, recevait de l'argent de son père, mais point, m'assurait-elle, de l'Administrateur. « Il se tient », me dit-elle un jour, signifiant, par cette étrange expression, qu'il ne déliait pas sa bourse...

Sautant du coq à l'âne, elle ajouta, sur un ton toujours aussi froid :

– J'ai nagé aujourd'hui, et vous ?

– Moi je nage dans mes archives, je m'y noie même ! Êtes-vous allée à notre piscine ?

– Non, à celle près de chez moi, l'autre je n'y irai qu'avec vous.

– Elle est sacrée, dis-je.

Me découvrant la véritable raison de son appel, elle me lança alors :

– Aujourd'hui vous avez fait quoi ?... Et cette Chinoise de Shanghai que vous deviez voir ? Vous avez déjeuné avec elle ?

Elle avait donc fort bien retenu la date de ce rendez-vous, sans doute l'avait-elle même scrupuleusement, ou jalousement, notée.

– Je la vois ce soir pour dîner, dis-je, sur un ton taquin.

– Alors je vous dérange ?...

Usant d'un mot français subtil et désuet, que je fus surpris de trouver dans sa bouche, elle ajouta :

– Vous vous pomponnez ?

– Je me pomponne ! rétorquai-je, plus taquin encore.

– Attention, elles sont dangereuses, les Chinoises. C'est le CONTINENT !

Ce mot « continent », désignant la Chine en opposition au Japon insulaire, retentit à mes oreilles comme un sourd et lourd coup de gong. Confusément je sentais qu'il était chargé d'un sens menaçant, qu'y résonnait l'écho d'un multicentenaire et sanglant contentieux entre les deux nations rivales, dont la guerre sino-nipponne de 1937, si cruelle, n'était sans doute qu'un épisode parmi d'autres. Ne sachant trop où j'avais mis les pieds, et bien conscient de mon ignorance, je bafouillai, prudemment, quelques vagues considérations sur l'intérêt que j'avais à évoquer les années trente avec ladite Chinoise, les noms de Tchang Kai-chek et Mao se précipitant dans ma bouche, comme pour cautionner le sérieux de mon propos...

– Avec elle c'est purement intellectuel, conclus-je sottement.

– Et avec moi, ça n'est pas intellectuel ?

– Non, c'est poétique ! rétorquai-je pour rattraper la sauce.

Elle me dit qu'elle avait acheté *Le Paysan de Paris*, qu'elle avait vu dans ma bibliothèque, et me demanda si nous nous reverrions « ... demain... après-demain ? ».

– Rappelons-nous demain, dis-je, embarrassé.

– A très, très, très bientôt, conclut-elle.

Et ces « très » étaient autant de traits dont, virtuel saint Sébastien, j'étais menacé.

Dans la nuit j'avais raccompagné chez elle LA Chinoise. Au matin, je laissai sur le répondeur de Tamako, absente, un message lui demandant de me rappeler à 19 heures 30, et je me rendis à l'American Library pour me documenter sur les intellectuels américains procommunistes d'avant guerre... En revenant, avec trois livres sous le bras, je traversai la Seine au pont de l'Alma. On apercevait au loin la tour Eiffel qui se silhouettait sur un ciel bas, lourd, ocre doré et gris argenté à la fois. Une pluie tropicale, tiède, épaisse, se mit d'un coup à choir du ciel. On se fût cru en Équateur ou en Afrique. Je rentrai chez moi. Passai la journée à lire Mary Mac Carthy... Dès 19 heures, je commençai à guetter mon téléphone. A 19 heures 30, il ne sonna pas. Je me levai, vérifiai à plusieurs reprises s'il marchait bien, me recouchai, inquiet. Était-elle fâchée ? Définitivement ? Le « coup » de la Chinoise était-il trop « gros », trop dur à avaler ? Mais que savait-elle ? A 19 heures 45 la sonnerie retentit...

Sa voix était plus glaciale que jamais.

J'eus la stupidité de reprendre mon ton badin. J'avais, lui racontai-je, inscrit au feutre sur le collier de cuir son nouveau nom : POTI. Viendrait-elle me voir demain matin ? Elle pourrait m'apporter le petit déjeuner et mon journal, en le tenant entre ses dents, comme font les chiens fidèles...

– Il y en a qui font ça ! rétorqua-t-elle.

Sa voix avait claqué comme un coup de fouet.

Je rangeai aux oubliettes mes plaisanteries et, me mettant au garde-à-vous, lui demandai :

– Vous venez demain ?

– Je viens.

– On s'enferme toute la journée. On ira faire des courses avant. Passez à 10 heures... Ou non, plutôt à 10 heures 30, je ferai les courses seul.

– A 10 heures, dit-elle.

Elle semblait tenir à faire les courses. J'en éprouvai une soudaine inquiétude. Faire les courses en couple, n'était-ce pas un acte plus intime que de faire l'amour ? Quoi de plus compromettant que d'acheter à deux une botte de poireaux ? Je répétai :

– On s'enferme toute la journée...

– Je croyais qu'on devait visiter Paris, aller à la tour Eiffel ? On ne peut pas faire *les deux ?*

– Les trois ! dis-je, sans savoir ce que je disais.

– C'est quoi, le troisième ?

– Euh... On se suicide !

– Pas encore.

– Vous préférez m'assassiner ?

– Peut-être. En tout cas, ajouta-t-elle, impérieuse, il ne faut plus me laisser de traces. J'ai une marque bleue sur chaque fesse.

Et, avec son sens subtil du raccourci poétique, elle précisa :

– Deux bleuets !

Je me rendis juste après au Sport-Club. Je vis une armée de damnés qui, après une longue séance de gymnastique rythmique, se présentaient devant leur prof (que, de la piscine, j'apercevais de dos), lançant à ses pieds, à tour de rôle, une sorte de planche en plastique vert dont ils se servaient pour leurs exercices. On eût dit, scène sortie de Thucydide, une troupe de guerriers vaincus déposant, sous les yeux méprisants du général ennemi, leurs épées, leurs lances et leurs boucliers désormais inutiles.

En sortant du Sport-Club, je fus saisi par l'étrangeté de la lumière crépusculaire qui, jaillissant de l'ouest, derrière la matrone de bronze de la place de la République, projetait tout au long de la perspective du boulevard Voltaire *un ruban blême, linéaire, qui découpait, de façon précise, le haut des toits et les cheminées – les façades des maisons se trouvant déjà englouties par la nuit montante. Le ciel était bleu foncé, couvert de nuages. Le soleil couchant d'or pâle. Paris semblait comme lavé, déréalisé, par cette étrange clarté* que Tamako, qui apercevrait le phénomène dans un autre quartier, comparerait à *la lumière divine.*

Je dormis mal. Au milieu de la nuit, geste somnambulique qui m'était habituel, j'avais appuyé sur un bouton de ma radio :

d'étranges phrases, qui éveillèrent de mystérieux échos dans ma conscience ensommeillée, résonnèrent alors à mes oreilles : « J'ai attendu trop longtemps quelqu'un qui ne voulait pas aimer » ; ou bien : « Si vous n'acceptez pas ce qu'on vous offre, vous le mendierez un jour et affronterez des refus encore plus grands. » Plus étrange encore, c'était avec un accent japonais aux « s » chuintants qu'elles étaient prononcées. La voix, saurais-je bientôt, était celle de l'écrivain défunt Komatsu, traducteur de Malraux. Et c'était comme si, d'outre-monde, me parvenait ainsi je ne sais quel fraternel et solennel avertissement.

11

Celui qui parviendrait à faire de lui-même un espace vide où autrui pourrait librement pénétrer serait maître de toutes les situations. Car le tout peut toujours dominer les parties.
(Okakura Kakuzô, *Le Livre du thé*, 1906.)

6 juillet...

Longtemps plus tard, bien des années après la publication de « notre roman », des milliers de touristes, particulièrement japonais, viendraient en pèlerinage à Paris pour, dévotement, fétichistement, visiter les lieux où s'étaient déroulés les amours de Tamako dite « Poti », devenue une sorte de mythe international, au même titre que madame Butterfly... Ma Bourgogne, la Brasserie de l'île Saint-Louis et le bar du Ritz seraient des étapes obligatoires de leur pieux voyage. Mais la plus célèbre fut le Baron rouge, un bar à vin où, après qu'elle fut venue me chercher chez moi, sur les 10 heures, comme convenu, nous avions échoué, devant deux verres de bourgogne aligoté et une assiette de charcuterie, ayant renoncé, ce qui contrista fort Tamako, à « faire les courses » (« On n'est pas sérieux ! » se plaignit-elle). C'était pourtant pour « faire les courses » que je l'avais amenée dans ce quartier du XIIe arrondissement où j'avais vécu, quinze ans auparavant, le Baron rouge se trouvant à côté de la place d'Aligre qui abrite chaque matin un des plus beaux, sinon des plus pittoresques marchés de la capitale.

Combien de fois ne revînmes-nous pas dans ce bar, nous imprégnant de son décor, et y imprimant l'invisible empreinte de notre être ? Combien de bouteilles – de barriques – de pinard n'y bûmes-nous point ? Combien d'hectolitres de sots discours n'y déversai-je pas dans mon ivresse ? Le Baron rouge et ses environs, dans le vaste tissu urbain de Paris, en lente mais implacable mutation, était comme une maille du Temps passé qui ne se fût pas encore déchirée. Point tant à cause de son décor de tonneaux et de bouteilles empilés, qui rappelait bien des troquets, que par sa faune, composée, *avant le déjeuner* (remarqua Tamako) par de vieux habitants du quartier, cent pour cent parigots... (*C'est suffisamment beau d'être comme autrefois*, écrirait-elle). Sur les 13 heures rappliquaient des gens plus jeunes, plus « branchés », mais néanmoins amateurs de bon vin.

Le bourgogne chasserait les noirs nuages qui, depuis que je lui avais ouvert la porte de chez moi, le matin, s'étaient accumulés sur nous. En me voyant, sur le seuil de mon appartement, Tamako, vêtue d'un ciré noir par-dessus son blouson de jean, avait eu un mouvement de répulsion. Elle avait détourné la tête, comme si elle eût voulu s'enfuir, dévaler mes escaliers... Refusant mon baiser elle m'avait dit, sèchement :

– Vous avez changé de coiffure.

Du bout des doigts elle avait repeigné mes cheveux comme si quelqu'un, ou quelqu'une, en eût dérangé l'ordre.

Dans mon salon, elle n'avait pas voulu s'asseoir et s'était lancée dans une vaste tirade – inspirée par son ami Edmond, crus-je deviner – contre ces Occidentaux qui abusent des filles asiatiques naïves ignorantes des usages du pays où elles ont débarqué, etc., discours un peu enfantin, car elle était loin d'être une « enfant », qui semblait me viser tout autant que l'Administrateur. Sur mes meubles, ma moquette râpée, mes bibliothèques, ma propre personne, et plus particulièrement sur la carte de Shanghai 1930 que j'avais épinglée à un mur, elle jetait un œil noir, soupçonneux, scrutateur, de Sherlock Holmes en pleine enquête. Dans le métro, qui nous conduisit jusqu'à la place d'Aligre, je remarquai que son regard, vaguement teinté de sombre ironie, ne me perdait pas de vue, revenant régulièrement se fixer, tel celui d'un sadique ou d'un voyeur, quelque part à hauteur de mon ventre ou de ma ceinture.

Après avoir erré devant les étalages en plein air du marché, slalomant entre les montagnes de bottes de carottes, de navets, de poireaux ou de radis qu'elle contemplait avec je ne sais quelle mine amoureuse, fascinée et frustrée, je l'emmenai rue de Charenton visiter l'immeuble où j'avais naguère vécu. Lui racontant bientôt, quand nous nous fûmes attablés au Baron rouge, et le vin aidant, un jeu érotique (« stupide », précisai-je) auquel je me livrais à l'époque. Entre deux articles (« stupides » eux aussi !), écrits au second degré, pour un quelconque (« stupide ») canard, j'allais draguer dans la rue avec un ami. Il s'agissait ensuite pour moi – après un dîner bien arrosé avec ma conquête du jour, lequel se passait toujours dans le même restaurant qui tenait lieu en quelque sorte de scène de théâtre – de ramener la fille à mon domicile. Mais, avant que d'y entrer, je posais le principe que je devais la posséder dans la cage d'escalier, contre le mur, prenant soin de ne pas allumer la minuterie afin que, si un intrus débarquait, le déclenchement de la lumière m'avertît de son arrivée… Ainsi avais-je connu entre autres, il y a bien longtemps, la *sculpteuse* dijonnaise par l'intermédiaire de qui j'avais rencontré Tamako. *Belle de jour* à l'ancienne, elle « montait » alors une fois par mois à Paris, sans son mari, pour s'envoyer en l'air avec le premier venu.

Tamako cependant, dont je vis le visage pâlir, ne prenait pas cela à la rigolade (*Il commence à connaître ma jalousie, il s'en amuse*, écrirait-elle dans ses carnets). Quoique ivre, je devais sentir le malaise, car j'entrecoupais sans cesse mes tirades d'une phrase visant à les minimiser :

– C'est de l'histoire ancienne ! Des gamineries, je ne fais bien sûr plus ces choses aujourd'hui…

– Pourquoi vous sentez-vous obligé de dire ça ? demanda-t-elle sèchement.

Le vin passait mal. Je me rendais compte que j'étais le seul à boire désormais. Un peu tristement, elle dit :

– Je suis une fille comme les autres, une fille ordinaire…

– Ordinaire ?… Je note…

Éclatant de rire, j'arrachai un morceau de nappe en papier, et alignai, les unes au-dessous des autres, comme les chiffres d'une addition, les expressions péjoratives que, depuis que nous nous connaissions, elle avait employées pour se définir : *ordinaire* donc, *trop normale*, *quelconque*, *pas artiste*, *je ne suis rien*, *vide*, *lourde*...

– Et quoi encore ? demandai-je.

Elle rit.

Et dit qu'elle aussi, tous les soirs, dans son lit, prenait des notes pour ses carnets. Jusqu'à 2 heures du matin parfois... Cela rendait furieux l'Administrateur. Au sujet de celui-ci, Edmond lui avait affirmé qu'elle perdait son temps. Qu'elle ne tirerait jamais rien de lui. Il avait, lui, Edmond, un plus bel appartement. Elle pouvait s'y installer ! Il était plus riche aussi.

Un peu glacé par ces propos, je regardais mon Hashiguchi Goyo, mon Utamaro, mon Hokusai, ma madame Chrysanthème dont le fin visage aux joues empourprées se détourait sur une ardoise, suspendue au mur derrière elle. S'y s'inscrivaient, à la craie blanche et rouge, les tarifs des Grands Crus : saint-joseph, le ballon 25 F ; saint-émilion 22 F ; pommard 32 F... Et des petits vins : beaujolais 7 F... Je me ressouvins du quatrain d'Omar Khayyam : le vin, l'amour, la vie – et leur prix !

Une brise tiède querellait les rideaux du bar. Le soleil, filtrant à travers leurs rets, dentelait ses joues rosies d'ombres mouvantes. Elle était infiniment belle... Mais le savait si peu. Les quelques bribes que je pouvais rassembler, dans ma mémoire, sur les débuts de ses relations avec l'Administrateur, tels qu'elle me les avait racontés – et me les raconterait de temps à autre pendant un an – disaient assez bien quel enfantin machiavélisme, mâtiné de tendresse, y avait présidé... Ils s'étaient rencontrés dans une soirée, « Vous êtes chinoise ? » avait-il demandé... Il lui avait (« habilement », dit-elle) présenté quelques amis influents et l'avait raccompagnée chez elle à bord de sa Jaguar. Le lendemain ils avaient dîné, puis fait le tour de ses bureaux, à la Défense, et de son hôtel particulier dans le XVIe. Du moins un quart d'hôtel particulier (il avait dû en revendre une partie, à cause de la crise) dont il occupait le troisième étage et le grenier, soit trois pièces-cuisine-salle-de-bains. Il lui avait fait l'amour à sa façon – toujours violente et trop brève, à ce qu'elle en dit – sur un aqualit *(water-bed)* couvert de tissu imitation peau de zèbre, face au téléviseur et au milieu d'une collection d'œuvres d'art contemporain, toiles rayées de Buren et pots de fleurs sans fleurs de Jean-Pierre Raynaud (sans compter une série de statuettes érotiques hindoues et plusieurs phallus bantous en bois d'ébène, posés sur des étagères). C'était ce qu'on appelle un homme-à-femmes. A l'aube de leur première nuit, il lui avait lancé « bonjour petite beauté » et avait voulu lui refiler, comme à une pute de Bangkok, le prix du taxi. Elle avait refusé, préférant le métro. Elle l'avait jugé gentil, naïf au fond, touchant dans sa maladroite brutalité sexuelle, et point escroc. « Je pouvais lui faire confiance. » Elle s'était installée rapidement dans les lieux. Où elle tournait en rond depuis cinq ans sans plus obtenir d'avantage stratégique : ni épouse, ni étudiante au pair, ni domestique… « Confort girl » peut-être ? songerais-je.

– Entre lui et moi, c'est devenu familial, me dit-elle un jour.

Usant d'une volontaire et toute dialectique grossièreté, je lui lançai au visage :

– Il ne vous aime pas. Ne vous paie pas. Il vous baise mal. Vous ne trouvez pas que c'est un peu cher comme loyer ?

Froide, elle répliqua :

– C'est peut-être sa façon d'aimer !

Les ombres mouvantes du rideau agité par le vent dessinaient d'éphémères rides sur son visage lisse. Ne m'avait-elle pas dit, dans l'enjouement de notre première étreinte amoureuse, qu'elle voulait devenir « la plus grande pute du monde » ? Elle avait du chemin à faire…

Je bus davantage : de façon consciente, préméditée. Car ce que je cherchais, ça n'était pas ce que je trouvais. Observant Tamako à travers la robe ambrée de mon verre de chablis où, comme sur la surface bombée d'un miroir *sorcière*, son visage se distordait, s'enlaidissait, je sentais croître en moi cette certitude que c'était en nous arrachant par l'ivresse à la lie économique des choses que j'arriverais non tant à découvrir qu'à conserver la « véritable » Tamako : telle que je l'avais perçue, un mois auparavant, dans toute sa somptuosité, au Lutétia.

Scribe amoureux, je mettrais du vin dans mon encre.

Si vous trouvez moins cher ailleurs, les Galeries Lafayette vous remboursent la différence plus 10 %, annonçait, non sans humour, une affiche du métro, qu'armoriait la photo d'une jolie mannequin maigrichonne et pâle, presque nue, trempant ses deux pattes dans une bassine d'eau et serrant sous un bras une frugale baguette de pain.

Nous étions entrés dans la station Ledru-Rollin.

– Même dans le métro, avec vous, j'ai l'impression de faire du tourisme, dis-je à Tamako, la prenant à la taille et l'entraînant dans une rame. Tout me devient nouveau…

Elle se dégagea et, souriant étrangement, sarcastiquement, se remit à me scruter avec son œil de Sherlock Holmes asiate, passant en revue mes vêtements, très particulièrement mon pantalon.

– Vous avez eu récemment des rapports violents, dit-elle énigmatique.

– Qu'est-ce que vous entendez par là ?

– Je vous le dirai plus tard.

– Dites-le-moi à l'oreille, soufflai-je.

Nous arrivions à la station Filles-du-Calvaire, tout près de mon domicile.

Nous descendîmes sur le quai. Elle approcha alors sa bouche de mon oreille et y projeta le trait qu'elle fourbissait depuis des heures :

– J'ai remarqué ça ce matin… Vous avez… un bouton arraché à votre braguette. Elles sont terribles, les Chinoises de Shanghai !

Il a ri et évoqué la guerre entre la Chine et le Japon. Il dit vraiment n'importe quoi !… écrirait Tamako. *Nous sommes arrivés chez lui. La gerbe de blé porte-bonheur était suspendue à un mur du salon. Nous avons bu du quincy et mangé le reste des framboises…*

– C'est d'où le quincy ? demanda-t-elle.

– De la Loire.

Dans un pot, un bouquet de chrysanthèmes jaune d'or…

– Et vos *bleuets*, dis-je, montrez-les-moi ?

Elle rit.

Oubliant d'un coup ses griefs, et se levant du canapé où nous étions assis tous deux, elle baissa son pantalon et son slip de satin noir, me mettant sous le nez, avec on ne sait quelle enfantine fierté, sa croupe plantureuse toute contusionnée :

– Ils ont changé de couleur ! Ils changent tous les jours…

– Vous les regardez chaque matin dans la glace ?

– Oui…

– Et l'Administrateur ?

– Il n'a rien vu !

La chair ocre et dodue de la fesse gauche portait, à la lisière des lombes, une marque bleuâtre auréolée çà et là de fragiles et translucides pétales dont la teinte safranée rappelait les jaunes de Vermeer ; la droite était estampillée d'une belle ecchymose noire magnifiquement moirée de vert, dessinant les contours diffus d'une large corolle. On eût dit, délicatement peints sur le double panneau d'un précieux paravent, d'éphémères iris – plus que des bleuets – jaillis du pinceau d'Ogata Korin. Wilde était pertinent : la vie imite l'art !

Je photographiai ce périssable chef-d'œuvre.

– Ils virent au noir, constatai-je, et puis ils jauniront.

Elle dit alors, avec un sens poétique tout nippon de la fragilité des choses qui donna à sa voix grave l'inflexion d'une douce ironie :

– Ils fanent.

Elle exigea SON collier. Je le lui apportai. Elle put vérifier que j'y avais bien inscrit son nom, Poti, au feutre noir. Contente de n'avoir pas été trompée, du moins à cet égard, elle se l'attacha au cou, se mirant, demi-nue, dans une glace murale. Elle s'y observa un instant, faisant des mimiques de mannequin qui présente un nouveau modèle et, contente d'elle, poussa trois ou quatre jappements de satisfaction.

– Ouaf !

Nous roulâmes sur le tapis.

Je lui bourrai la chatte, comme on bourre le croupion d'une volaille avant de la mettre au four, avec une poignée de framboises (« c'est froid », dit-elle), la pénétrant peu après.

– Tu es mon poulet.

– Ton poulet farci…

Et comme, buvant et nous entr'aimant, nous continuions de discuter, elle me raconta que l'Administrateur l'avait interrogée sur la soirée qu'elle avait passée avec moi. Étrangement, il lui avait demandé si, au Ritz, je lui avais offert le champagne.

– Il n'aura pas trouvé le bouchon que je t'ai dédicacé ?

– Non, il ne fouille pas mes affaires, ça n'est pas son genre, et s'il le fait tant pis pour lui !

Il lui avait demandé encore, fort illusionné sur l'état de mon compte en banque, si je ne lui avais pas proposé de finir la nuit dans une chambre du palace. Elle avait dit que non. Ce sur quoi il avait conclu que je n'étais pas « un pro ». Depuis les quatre jours qui nous séparaient de cette soirée, il n'avait pas essayé de la prendre. C'est pourquoi elle avait pu lui cacher ses « bleuets ».

– Mais, ajouta-t-elle avec un étonnant cynisme, cette nuit il faut à tout prix qu'il le fasse, dans le noir, car le matin c'est dangereux.

Le lendemain était dimanche : « son jour », confia-t-elle.

Comme, emportant le vin et les framboises, nous nous étions retrouvés dans la chambre, je lui dis, renchérissant sur cette comédie de cynisme, qu'elle ne devait pas, si elle voulait vraiment, comme elle s'en était vantée, devenir « la plus grande pute du monde », se laisser faire ainsi l'amour, de façon bâclée.

– Du moins si tu veux conserver ton… Administrateur…

– Il me force !

– Refuse-toi, fais durer les choses…

– Il est brutal.

– Il exige son loyer ? Ça dure combien de temps en général ?

– Cinq minutes !

Jouant à prendre le ton rauque de l'adjudant s'adressant à un troufion, je lui lançai :

– Essaye ce soir ! A minuit. Il faut que ça dure deux heures au moins ! Et, demain, aux aurores, je veux un RAPPORT ! Rompez !

Elle riait, nous regardant accouplés dans la glace, (« mes grosses cuisses », souffla-t-elle). Mais, à vrai dire, on ne savait jamais trop avec elle où s'arrêtait le rire. Les limites de son ironie étaient diffuses. Et bien souvent c'était au pied de la lettre qu'elle prenait les choses. (« Je suis une vraie kamikaze, me répétait-elle souvent. Je me dis : “Tiens, il faut que je fasse ça.” Je me lance, et ne réfléchis qu'après !... »)

– J'ai une idée justement... murmura-t-elle, l'air mi-narquois.

Dans ses carnets elle écrirait : *une idée méchante que je mijote.*

Ce sur quoi elle ajouta :

– Je vais offrir ton parfum à l'Administrateur, *comme ça, quand il me fera l'amour, j'aurai l'illusion que ce soit toi !* (Sic.)

– Cruelle !

J'arborai un faux sourire... Cette idée, plus ou moins burlesque, de me « prendre » mon parfum, et de l'offrir à un autre, me plongeait en effet dans un malaise indéfinissable que, sur l'instant, j'eusse été incapable d'analyser. On eût dit que, sous le couvert d'une cocasserie, elle eût voulu symboliquement me ravir, moins un vulgaire parfum, vendu partout, que l'essence profonde de mon être... mon Monde. Elle songeait aussi à s'en parfumer elle-même quand, en solitaire, elle se caresserait (alias : « ma petite branlette ! »).

– Avant-hier soir, je l'ai fait, dit-elle.

– Et tu pensais à quoi en même temps ?

– J'étais cachée là-dedans (elle montra la grande armoire de ma chambre). Par la porte entrebâillée je te regardais faire l'amour à une femme.

– Laquelle ? L'*eskrave* de la photo ?

Elle se tut un instant et ajouta :

– Peut-être.

Je regardais, sur des étagères, la tranche rouge d'une cinquantaine de carnets, disposés là : mon journal. C'étaient d'anciens carnets chinois, qu'on ne trouvait plus sur le marché.

– Il ne m'en reste plus que cinq ou six de vierges, soit encore un an de vie, dis-je en plaisantant. Le sursis est court. Après je n'ai plus qu'à me suicider.

– Je t'en trouverai d'autres ! J'irai jusqu'en Chine pour ça.

Cependant, des deux mains, je palpais, je sondais, je malaxais, je pétrissais sa croupe arc-boutée vers moi et, à la voir ainsi, tout épanouie, toute béante, toute suante, toute dégoulinante de jus de framboises et de vin, toute mouillante, toute marquetée de bleus par mes gifles passées, toute rougie par mes présentes caresses, toute colonisée, toute vampirisée, toute fétichisée, tout assimilée, toute faite mienne, je me sentis envahi peu à peu par un indéfinissable sentiment de tristesse... Cette espèce d'osmose – de fascinante osmose – où, quoique j'en eusse, et malgré nos sarcasmes, j'étais en train d'entrer avec la chair de Tamako, avec son être, son odeur, sa saveur... me faisait peur. Comme si elle eût éprouvé, simultanément, de semblables sentiments, elle me dit soudain :

– Je me sens de plus en plus envahie par toi !

La conquête *du* Japon se poursuivait dans son équivoque réciprocité. Combien de nécessaires Administrateurs, combien d'indispensables Chinoises n'eût-il pas fallu alors dresser entre elle et moi, comme une rampe de théâtre, une salvatrice barrière, un garde-fou, pour empêcher cette délicieuse et redoutable confusion de soi et de l'autre ?

Ne faudrait-il pas se consacrer à un seul être, un seul corps, s'y inféoder totalement, aller jusqu'au bout ? Ces idées, totalement contradictoires, me hantaient confusément, tandis que s'évoquait en moi le corps menu de LA Chinoise que j'avais tout récemment étreint.

Par erreur ?

Je ne sais trop pourquoi, je prononçai alors cette phrase, qui tomba comme un cheveu sur la soupe.

– Quand les femmes rompent, c'est totalement. Les hommes, c'est différent.

– Pourquoi dis-tu ça ?

Je ne répondis pas... Le sentiment d'être « à côté de moi-même » qui m'avait tenaillé, le premier jour où Tamako devait venir chez moi, et dont j'avais alors triomphé, m'investit à nouveau, mais avec plus de force, tandis que mes forces, parallèlement, défaillaient, mon corps se vidant, comme une vieille baudruche percée, mon sexe s'amollissant. Tamako ne sembla pas percevoir, au départ, ce qui m'arrivait... Le vide, la distanciation s'accrurent en moi, au point que j'eus l'impression de me dédoubler : d'être un mauvais acteur s'efforçant à jouer dans une comédie qui ne le concernait plus en rien. Je me retirai d'entre ses jambes. Je n'avais plus envie d'elle, ni de quoi que ce soit. Je m'affalai, sur le dos, à ses côtés, comme un quartier de bœuf froid jeté sur l'étal d'un boucher. Je n'étais plus moi. J'étais un autre, ou *quelque chose* d'autre.

Était-ce le Terminus du roman ?

Elle me chevaucha, s'asseyant sur mon ventre, face au miroir.

Son visage, à l'air enjoué de petite Chinoise, se pencha sur moi, ombré par ses cheveux courts qui retombaient de part et d'autre.

– Quand irez-vous à la campagne pour écrire ? me demanda-t-elle.

– Pour écrire quoi ?

Elle vit dans mes yeux *glisser de la tristesse.*

– Je voudrais me préparer à ne plus vous voir : physiquement et moralement. Et à me passer de ça.

D'un geste enfantin, elle tirailla mon sexe, lequel reposait sur mon ventre, dirigé vers le nombril, et pressé à la base par sa chatte. Rapprochant plus encore son visage, elle dit :

– Je ne comprends pas ce qui se passe dans votre tête.

Ainsi penchée sur moi, elle me donnait l'impression d'être un enfant examinant un bizarre coquillage, une infirmière auscultant une plaie. Pour lui faire saisir cette sensation de vide et d'angoisse qui m'envahissait (des frissons glacials commençaient de me parcourir l'échine), je cherchais une image qui la pût exprimer, ne parvenant qu'à trouver une banale métaphore.

Ce qui passait dans ma tête ?

– Des trains noirs ! dis-je.

Dans mon regard, ses deux étranges yeux, ses *yeux nus*, tout proches des miens, semblaient se chevaucher. Bizarrement, comme si elle n'eût rien perçu de mon angoisse, ou que, tout au contraire, elle l'eût trop bien comprise, elle souffla :

– C'est un moment de grande douceur.

J'étais vaincu, terrassé… J'avais l'impression d'être un blessé, au soir de la bataille, gisant dans la boue et le sang. Toute ma stratégie de théâtralisation, de distanciation, s'écroulait, s'avérant peut-être le mauvais travestissement de quelque secrète schizophrénie qui, soudain, me revenait en pleine gueule, dégoulinante de mort. Les masques tombaient ? Mais pour révéler quel visage ? Ou quelle béance ? Qu'aperçut Tamako, dans la demi-obscurité de ma chambre mal éclairée par une lampe sur laquelle j'avais jeté un foulard en cachemire... Elle aimait, naïvement, les adjectifs « vrai », « authentique ». Ainsi le marché populaire de la place d'Aligre était-il pour elle un « vrai » marché. Crut-elle voir, dans ce moment de « grande douceur », mon « vrai » visage ? Voulant ignorer, comme les enfants, qu'à la comédie, l'homme, être parlant, est implacablement voué. Qu'il n'est pas de « vraie » vie, d'authentique « union »... d'*osmose*.

– Tu es doux !

Elle continuait de me chevaucher : comme un étalon sauvage qu'elle eût dompté ? Mon sexe, à la base duquel était plaqué son pubis, semblait, par cette disposition, être rivé à son ventre. Bien consciente de cette étrange illusion, elle se mit à l'agiter entre ses doigts tout en se regardant dans la glace. On eût dit un adolescent qui se masturbait.

– Je voudrais en avoir un, murmura-t-elle, savoir ce que tu ressens avec ça.

Pour perfectionner l'illusion elle dégagea d'entre mes cuisses serrées sous elle mes deux testicules qui, écrasés eux aussi sous son pubis, semblaient y être accrochés. Elle obtint alors une nouvelle érection – engouffrant aussitôt mon phallus dans sa chatte... Seules nos deux toisons, asexuées, demeuraient désormais visibles, pareilles à deux triangles noirs opposés par le sommet...

– Tu es un petit adolescent jap, baisant une grosse pute blanche au con trop large, dis-je. Un gros con trop poilu comme celui de *L'Origine du monde* de Courbet.

Et j'ajoutai :

– Vas-y, baise-moi !

Cette idée fit vibrer en elle, semble-t-il, de secrètes cordes fantasmatiques... Jetant régulièrement un œil dans les miroirs, en face et sur le côté, elle se mit à me foutre, comme si tout de bon elle fût l'homme, tandis que, la tenant à la taille pour l'aider à mieux s'empaler sur moi, je mimais les mouvements de la femme qui se donne. Étrangement, par autosuggestion peut-être, j'eus la sensation que ma propre verge, raide et dure, me pénétrait, ou qu'elle fût une sorte de navette, un bélier à deux têtes, allant et venant entre nos ventres, nos deux chattes conjointes.

Nous jouîmes ainsi, très fort.

– Tu es ma grosse pute poilue ! souffla Tamako.

Sa force, c'est qu'il jouit plus qu'une femme, il crie comme une femme ! écrirait-elle.

Le lendemain, j'écoutai grâce au magnétophone, que j'avais déclenché, mes propres cris, si proches de la souffrance, mêlés à ceux de Tamako. Des cris de femme en effet – ou d'enfant qu'on martyrise.

J'avais ouvert une seconde bouteille. L'angoisse en moi s'apaisait. Mais je la sentais néanmoins présente, latente, et prête à resurgir. Tamako, affalée sur le lit, le menton sur mon ventre, examinait ma peau :

– Tes taches de rousseur, il y en a autant que les étoiles du ciel, on dirait la Voie lactée. Au Japon on dit qu'il ne faut pas les compter sinon leur nombre double.

J'ironisai un peu sur sa sourde colère, la veille, quand au téléphone je lui avais demandé de m'apporter un journal serré entre ses dents, à la façon d'un chien. Elle rétorqua que je me trompais, qu'elle n'était pas fâchée, qu'elle plaisantait, ce sur quoi j'émis des doutes. J'eus l'occasion plus tard de noter cette façon toute asiatique qu'elle avait de réécrire le passé en arrondissant les angles. Bientôt, jonchant mon ventre de baisers, elle poussa des glapissements :

– Poti doit rentrer !

Elle voulut téléphoner.

Scène qui se déroulerait par la suite à de nombreuses reprises, je la regarderais, à son insu, dans l'entrebâillement de la porte de mon bureau, nue, debout, un peu de trois quarts, se détourant à contre-jour (tel un modèle de Bonnard) devant le cône lumineux d'une lampe de travail, et saisissant avec un geste sûr, calculé, le combiné du téléphone... Elle appelait l'Administrateur. Non, elle ne passerait pas à son bureau, lui disait-elle, elle le rejoindrait directement à la maison. Non, il ne pouvait pas la rappeler, car elle lui téléphonait d'un café... Parfois ce serait du hall d'un grand hôtel où, prétendument, elle cornaquait un groupe de businessmen japonais, qu'elle affirmerait lui donner un coup de fil ; d'autres fois de la bibliothèque même de la Sorbonne, où elle dirait étudier le Caravage. Jetant un œil distrait au sol sur ses bas, ses jarretelles jetés là au cours d'un strip-tease précipité, elle pourrait préciser : je suis entourée de mes livres. Sa main gauche, cependant, restée libre, se promenait rêveusement sur son sein nu, son ventre, ou s'en allait fourrager dans sa toison.

Ce sang-froid me glaçait le sang. Si elle mentait si bien à l'Administrateur, ne me mentait-elle pas tout autant ?

Après quelques nouveaux verres et d'autres caresses dans la chambre, elle s'habilla. Elle ne voulut pas se laver.

– Je veux conserver ton odeur.

– Mais tu sues.

– Ça pue bon.

C'est alors qu'elle m'avait raconté comment, sur le parvis du Théâtre de la Ville, une cigarette avait détruit mon odeur imprégnant ses mains. Je la raccompagnai au métro.

– Ça vous arrange que je doive rentrer ainsi le soir, me dit-elle. Après, vous êtes libre.

La regardant descendre les escaliers de la station Oberkampf, accoudé à la rambarde de bronze, je lui lançai :

– A jeudi.

– Jeudi, c'est loin, dit-elle.

– Il faut que je travaille. J'ai la tête comme un ordinateur en folie. Je vais y remettre un peu d'ordre. Ça vous arrive ?

– Je donne ma priorité au plaisir. Je suis faible.

Puis elle ajouta :

– Ne disons pas à jeudi, disons simplement à bientôt.

Elle m'avait tendu sa main. Je la saisis, me penchant sur la rambarde du métro. J'eus l'impression que nous rejouions ainsi, mais de façon décalée, involontairement ironique, la scène fameuse du balcon, dans *Roméo et Juliette*. De quel metteur en scène archéo-moderne étions-nous les marionnettes ? Cette angoisse qui m'avait envahi tout à l'heure, et que je continuais de sentir en moi, ne venait-elle pas de cette constatation que, vaille que vaille et quoi que j'en eusse, nous étions dans l'amour ? Qu'était-ce que Tamako ? Elle m'apparaissait toute cousue, toute rafistolée de bribes de mondes disparates, à la fois modernes et désuets. Geisha calculatrice, rusée, menteuse – mais anachronique. Fleur bleue aussi... Étrange fleur bleue au cul enluminé de « bleuets ».

– Écris ton livre et ne t'occupe pas du reste ! me dit une amie, au téléphone.

A 21 heures 30 la sonnerie retentit à nouveau. C'était la voix d'une Tamako toute perturbée :

– Je ne pourrais pas vous communiquer mon rapport demain !

– Votre rapport ?

Me revint en mémoire l'espèce de plaisanterie que je lui avais suggérée tantôt, et qu'elle semblait avoir prise très au sérieux : qu'elle s'arrange, cette nuit, pour que l'Administrateur lui fasse correctement l'amour. Et qu'elle m'en informe le lendemain...

Elle ajouta :

– Quand je suis arrivée il était déjà là. Il ne supporte pas que je sois en retard... Il y a eu une altercation. Vous avez un conseil à me donner ?

– *Tu ne m'intéresses plus, tu te moques de moi !* lui avait dit l'Administrateur (ce qu'elle nota dans ses carnets). *Ta mère arrive du Japon à Paris la semaine prochaine, tu-as-une-semaine-pour-prendre-tes-cliques-et-tes-claques-et-faire-ton-balluchon !*

– *Mon ballu... quoi ?*

Elle avait prétendu qu'après le coup de fil qu'elle lui avait donné (de chez moi donc), elle avait bu un pot avec un étudiant de sa fac. Il lui avait rétorqué :

– *Si tu préfères les jeunes, va avec eux !*

Elle note alors : *Ce serait une occasion peut-être de partir.*

Mais il faut être indépendante économiquement. Je dois être libre, mais je ne suis pas assez forte.

Eût-elle souhaité que je l'héberge ? Je lui conseillai simplement d'être diplomate, bouddhiste...

Elle me dit :

– Je vous ferai le *rapport* la semaine prochaine.

Elle y tenait, à son rapport. Il cheminait en son esprit...

Le lendemain, écrit-elle dans ses carnets, elle avait dit à l'Administrateur : « *Je vais chercher un appartement, comme ça je pourrais faire-mon-balluchon.* » *Il a paru surpris. Je ne sais pas ce qu'il pense.*

Vaguement désabusé, je m'en allai, le matin suivant, au marché de la rue de Bretagne... J'achetai *Le Journal du dimanche* (il y était question d'une affaire de corruption autour de l'argent ramassé par une association de lutte contre le cancer). Je me sentais triste : d'avoir découvert Tamako si faible, si paumée, si humiliée, si à la merci des hommes (et quels hommes !), elle apparemment si fière et sûre d'elle la première fois que je l'avais rencontrée. Ne devais-je pas laisser tomber tout ça ? Cette histoire virait au sordide roman de mœurs, au vaudeville même. Mon récit bifurquait, prenait ses libertés. Auteur en désarroi, je n'en étais plus qu'un falot personnage... Ma quête de la beauté, que devenait-elle ? Les jolis modèles d'Utamaro et Fragonard ne parlent pas. Ils furent saisis dans un éphémère moment de grâce. A la peinture cette possibilité est donnée. Point à la littérature qui se joue dans la durée...

Toute psychologie m'ennuyait. Sur un étal se dressait une pyramide d'abricots. Plus que les cerises, ils me firent penser au visage de Tamako. C'était bien là sa couleur, cet ocre modiglianesque légèrement duveté, nappé de rose parfois : le rose qui lui montait aux joues quand elle était émue, quand elle jouissait, quand elle mentait.

J'avais fait un rêve stupide dans la nuit. On m'avait rasé les cheveux, n'y laissant qu'une crête d'Indien mohican. Je l'avais aspergée de mon parfum. La crête s'était dressée, se hérissant de poils verts agressifs. Une voix alors avait murmuré, la voix même de Tamako : « C'est parce que tu y a mis du parfum, si tu avais mis de l'eau ça ne l'aurait pas fait. » A ce rêve, d'un si grossier symbolisme érotique, j'associai le projet bizarre qu'elle avait évoqué, d'offrir à l'Administrateur mon parfum – mon essence ? – afin de réactiver leurs amours exténuées.

– C'était une idée idiote, un jeu d'enfant, m'expliquerait-elle un an plus tard. Les Japonais sont un peuple enfantin.

12

La théâtralisation de la vie...
(V. Chklovski, *La Marche du cheval*, 1921.)

11 juillet

Le jeudi suivant – quasi persuadé que c'en était fini du beau roman que j'avais rêvé d'écrire grâce à elle –, j'étais retourné, traînant quelque peu les pieds il est vrai, à la salle des périodiques de la Bibliothèque nationale. Assis devant un écran, je faisais défiler une bobine-microfilm du *Figaro*, égrenant les tragiques journées de l'année 1937. Il me suffisait d'appuyer sur la touche « arrière » ou « avant » de mon projecteur pour, tel Dieu tout-puissant, remonter ou dévaler le cours du temps : Gide venait de publier son *Retouche à mon retour d'URSS*. Une ancienne photo le présentait, un drôle de galurin sur le crâne, et tout souriant, tout jubilant, au milieu d'une dizaine de mignons konsomols qui papillonnaient autour de lui comme autant d'affriolants cupidons. Le vieux dandy pédophile était aux anges. Staline – comme Tamako ? – savait prendre nos intellectuels par leurs faiblesses. Quelques jours plus tard, deux canonnières russes étaient coulées par l'aviation nipponne sur le fleuve Amour. Ce fut l'amour qui, simultanément, par un brusque télescopage temporel, poserait sur mon épaule sa main légère. Penchée sur moi, Tamako baisait mes cheveux...

Nous avions convenu la veille, au téléphone, qu'elle passerait me voir sur les 15 heures à la bibliothèque. Elle avait un pantalon noir et un chemisier sans manches plus échancré que jamais.

– Regardez, lui dis-je, lui montrant l'article que j'étais en train de lire, quel type d'emmerdeurs vous êtes, vous, les Japs. Deux canonnières coulées… et ça n'est rien ! Attendez !…

Dans un vrombissement de bobines, je fis courir le film, retrouvant un entrefilet sur l'incident du pont Marco-Polo, près de Pékin. Un échange de coups de feu entre soldats chinois et nippons. Le Japon s'en servirait comme prétexte pour déclencher une guerre contre le… *continent.*

– D'authentiques emmerdeurs, répétai-je.

– Et moi, dit-elle dans un sourire, pour respecter la tradition, je viens ici vous déranger.

– Vous ne me dérangez pas, vous me distrayez. Je vais rendre mes bobines.

– Ça n'est pas la peine, je ne suis là que pour quelques minutes. Je rentre travailler après.

– Prenons un verre.

Nous sortîmes de la bibliothèque. En chemin elle me dit qu'elle avait accompagné la veille, au marché aux fleurs des halles de Rungis, une femme d'affaires nipponne qui dirigeait plusieurs magasins de fleuristes à Tokyo. La cinquantaine, célibataire, sûre d'elle, fortunée. C'était ce type de femme, bien rare au Japon, qu'elle rêvait d'être… à une nuance prêt. La businesswoman mélangeait, dans l'art du bouquet, les traditions orientales et occidentales. Tamako préférait le bouquet japonais, plus pur, plus dépouillé, plus *parfait.*

Nous allâmes nous asseoir à la terrasse ombragée d'un café du square Louvois, en face de la BN. L'établissement, insignifiant, portait un nom pour le moins sophistiqué : *Amalthée*, déesse de l'abondance. On eût dit que les bistrotiers eussent voulu rivaliser d'érudition avec la vénérable bibliothèque, leur voisine. Quand nous nous assîmes, un bonhomme, installé non loin (manifestement un chercheur venu là boire un café entre deux séances de lecture), fixa Tamako d'un regard hypnotisé. Les yeux, à la lettre, lui en sortaient des orbites.

– Vous avez vu, lui dis-je, l'effet que vous faites aux hommes ? C'est criminel. Vous devez semer derrière vous les crises cardiaques…

– C'est pas ma faute s'ils tombent, dit-elle, enjouée.

Elle commanda un café. Moi un Coca-Cola.

– Et vos bleuets ? dis-je.

– Ils ont tout pâli, souffla-t-elle avec on ne sait quelle nostalgie.

– Il faudra vous faire des coquelicots.

L'Administrateur n'avait rien vu. La « chose » avait donc dû se passer dans l'obscurité, car « chose » il y avait eu. Quand je lui avais téléphoné la veille en effet, lui demandant, ironiquement, si elle avait un « rapport » à me faire, elle m'avait répondu, elliptique, qu'elle avait esquissé « un premier pas ». Qui avait dû être efficace, puisqu'il n'était plus question qu'elle « prît-ses-cliques-et-ses-claques-et-fît-son-balluchon » pour l'arrivée de sa mère, la semaine suivante.

Quand j'avais appelé, c'est l'Administrateur que j'avais eu au bout du fil, le temps qu'il me la passe.

– Il m'a dit que vous aviez une voix chaleureuse et mielleuse, me rapporta-t-elle.

– Chaleureux, c'est sympathique, mais pas mielleux.

– Ah ? Je croyais.

– Mielleux n'a pas le sens de doux comme le miel, mais d'hypocrite, de veule.

– Je ne savais pas.

Après un silence, elle ajouta :

– Ça y est, je lui ai offert votre parfum.

J'éclatai de rire. Du moins singeai-je un éclat de rire :

– A la bonne heure ! Pschitt, pschitt ! Une vaporisation avant de se mettre au lit, et on s'envoie en l'air toute la nuit ! Idem avec le Prétendant (il arrivait à Paris pour le test à la fin du mois). C'est magique ! Pavlov ! Out, l'écrivain ! Vous n'avez plus besoin de moi. Passons une dernière soirée à l'hôtel Terminus et le roman est achevé !

Dans ses carnets, dont je ne pris connaissance qu'un an plus tard, elle écrirait en date du 8 juillet, deux jours auparavant, donc : *j'offre le parfum l'Administrateur. C'est compliqué mais ça sent bon.* Ce *c'est compliqué* m'apparut d'une savoureuse, scabreuse complexité.

Sans doute y avait-il une part de vengeance là-dedans, car, juste au-dessus, elle avait écrit à mon sujet (songeant à la Chinoise) : *C'est un salaud !*

– Vous ne pensez pas qu'il se doute, dis-je.

– Je ne sais pas.

– Ça doit l'exciter, non, de se douter ?

– En faisant l'amour, il me pose des questions… Il aime bien que je lui raconte ce que j'ai fait avec d'autres hommes. Mais il faut que ce soit ancien ! J'en rajoute pour lui faire plaisir… Ou j'antidate !

– Vous lui racontez ce qu'on fait en disant que c'était il y a cinq ans ?

Elle se tut, mais sourit.

– Et le collier avec Poti écrit dessus, vous lui avez raconté ?

– Non, pas ça…

– Dites que vous l'avez fait avec un Noir !

– Non, un Noir, c'est… trop. Je préfère en rester aux Blancs et aux Jaunes.

Ainsi lui montait-elle des films, en projections privées. Étais-je en passe d'être embauché comme coscénariste ? Ou acteur, même ?

– Vous êtes sûre que vous ne vous moquez pas de moi ? Que vous ne lui racontez pas toutes nos histoires chaque soir… au coucher ?

– Non, n'y pensez pas !

Assis à côté, le chercheur, qui devait entendre des bribes de notre conversation, braquait vers nous les verres étincelants, hallucinés, de ses extatiques lunettes.

– Je deviens immorale, dit-elle peu après… C'est la première fois que j'ai une liaison, comme ça, avec deux hommes en même temps. Avant, quand j'avais un nouvel amant, je rompais avec le précédent. C'est tout juste si les deux histoires pouvaient se chevaucher une semaine…

– *Croiser les ailes du cormoran !* Les geishas appelaient ainsi l'art de nouer une double intrigue ! dis-je.

Je venais de découvrir cette expression savoureuse dans un classique de la littérature érotique japonaise. Tamako, souriante, croisa sous mon nez, à hauteur des poignets, ses jolies mains blanches et légères comme des ailes de... colombe.

Je dis que je papillonnais mais que, tout au fond, j'étais monogame. J'aimais aller loin avec une femme, à tout point de vue, sexuel en particulier. J'évoquai à nouveau *La Confession impudique*, de Tanizaki, où sont décrits les rapports pervers d'un mari âgé qui, pour se « doper » érotiquement, livre sa femme à un homme plus jeune, mari et femme notant toutes les péripéties de l'aventure dans leurs carnets...

Elle ouvrit son sac, et posa sur la table, à côté de sa tasse de café, un livre imprimé en idéogrammes. Il s'agissait justement de *La Confession impudique*, dont elle achevait la lecture.

– Ça s'appelle *La Clef*, en japonais, dit-elle.

Je trouvai assez fascinant de voir, de toucher, de feuilleter ce texte, que j'avais lu, en français bien sûr, et qui, rendu à sa version originale, me devenait ce grimoire, au sens inaccessible, clos comme un coffre dont j'ignorais le code. Tamako parlait ma langue, mais la comprenais-je pour autant ?

– Je suis fou, dis-je, de vous avoir conseillé de lire ça. Comme si vous n'étiez pas assez tordue au naturel...

L'érotisme des Japonais, expliquai-je, me semblait plus fin, plus subtil et plus pervers à la fois que celui des Occidentaux. Le sexe, dans leur littérature, n'était pas décrit directement comme chez Sade ou Henry Miller. Il suffisait pour eux d'évoquer une perle de sueur sur le duvet de la nuque d'une femme, et ils en disaient beaucoup plus.

– Votre érotisme est métonymique, le nôtre métaphorique, concluais-je.

Elle sortit alors de son sac un dictionnaire, pour vérifier le sens du mot métonymie.

– C'est l'art du billard, dis-je. L'art de suggérer les choses indirectement, par la bande, par un tout petit détail.

– Ma mère arrive la semaine prochaine. Je partirai avec elle quelques jours à Nice. Puis viendra le Prétendant.

Avec sa mère, Tamako n'avait jamais pu vraiment parler. Un

jour, par hasard, elle était tombée sur son journal intime. Elle avait découvert ainsi qu'elle avait eu un amant, un seul amant. Les carnets n'en disaient pas grand-chose. Y figuraient seulement les heures et lieux de rendez-vous, tel hôtel, tel restaurant, etc. Je dis à Tamako qu'elle devrait essayer d'en savoir plus.

– Vous vous connaîtrez mieux, si vous connaissez mieux votre mère...

– C'est impossible de parler avec elle. Elle est complètement refermée sur elle-même. Parler des autres est pour elle une impolitesse, une impudeur, alors parler de soi... Elle était si belle et si discrète, quand j'étais petite, que je ne pouvais même pas imaginer qu'elle pissait ! Je suis sa seule ouverture sur le monde.

Et d'ajouter :

– Je n'ai pas voulu devenir comme elle, c'est pourquoi je suis partie en Europe.

Passant du coq à l'âne, elle me demanda comment j'avais découvert mon parfum.

– On me l'a offert un jour, il y a longtemps. Ça m'a plu, je l'ai gardé...

– Qui *on* ? Une femme ?

– Une amie.

– Un amour ?

Nous nous donnâmes rendez-vous pour le samedi suivant 13 juillet, à 10 heures 30.

– Vous me quitterez à quelle heure ? demandai-je.

– Pourquoi voulez-vous le savoir, vous avez un rendez-vous après ?... Avec la Chinoise ? Avec l'*eskrave* ?

– Vous croyez que je ne fais que ça ? Je travaille !

– On dit ça...

– Il est vrai qu'il est difficile de travailler quand on a un Poti qui vous trotte dans la tête.

– Un petit Poti.

– Un grand Poti.

– LE Poti.

Nous nous séparâmes devant le porche de la BN. Je la vis redescendre la rue de Richelieu en direction de la Comédie-Française. Elle se retourna trois fois. A la hauteur de la statue de Molière, à l'angle des rues Richelieu et Molière, elle me fit un ultime signe d'adieu avec l'aile blanche de sa main de cormoran.

Je revins à mes microfilms. Horripilé soudain, sans que je sache pourquoi, j'appuyai sur le bouton « speed » de l'appareil. Prise de folie, la bobine tourna à toute allure. Les cinq mois de l'année 1937 qu'il me restait à étudier s'éclipsèrent en l'espace de trois ou quatre secondes... 35 000 officiers soviétiques, fusillés par Staline, se réengouffrèrent d'un coup au Néant.

J'irais chez le coiffeur.

Ce même soir, à ce qu'elle me raconterait deux jours plus tard, elle était allée dîner avec l'Administrateur chez un galeriste spécialisé dans l'art contemporain. Le fils de leurs hôtes, âgé de quatorze ans, avait demandé à Tamako :

– N'étiez-vous pas la semaine dernière au Théâtre de la Ville ? J'ai cru vous apercevoir, juste avant le spectacle, au café voisin...

– Elle était avec un homme ? avait demandé l'Administrateur.

Et le peu discret garçon de répondre, tandis que Tamako piquait du nez dans sa coupe de champagne :

– Oui, mais il avait l'air moins gentil que vous.

Se tournant vers elle, l'Administrateur avait ajouté, en aparté :

– Tu m'avais dit que tu y allais seule... Pourquoi rougis-tu ?

– C'est le champagne ! avait-elle répondu.

Il faut que je me méfie, écrirait-elle dans ses carnets, *je ne puis savoir ni qui me voit, ni quand, ni où ?*

13

Sur le Pont-Neuf j'ai rencontré
Mon double ignorant et crédule
Et je suis longtemps demeuré
Dans ma propre ombre qui recule.
(Aragon, *Le Roman inachevé*, 1956.)

13 juillet

C'est au bar à vin Henri IV, sur le Pont-Neuf, que, deux jours plus tard, elle m'avait raconté l'anecdote qui précède. Pendant ces deux jours je n'avais voulu voir personne, me plongeant dans mes livres d'estampes, m'en saturant l'esprit, m'en intoxiquant, comme pour y réintégrer, quasi de force, l'image récalcitrante de Tamako… Nouveau Don Quichotte, c'était tout consciemment que je m'attachais à construire ou rafistoler mes nécessaires fantasmagories. Ne fallait-il pas qu'à mon hypothétique roman se pliât la *Vie* ?

J'avais commandé deux somptueux côtes de Beaune.

– Je ne boirai qu'un verre aujourd'hui, dit-elle.

Semblant avoir oublié l'anedocte qu'elle venait de me raconter, elle ajouta :

– L'Administrateur ne veut pas que je prenne d'alcool, ça me fait rougir…

Elle en parlait comme d'un père abusif, à la fois pervers et puritain, un directeur de conscience.

– Si vous saviez ce que vous êtes belle quand vous rougissez. Vous ressemblez à une grosse cerise, un abricot bien mûr.

– Ou une tomate !

Ses yeux brillaient. Ses grandes oreilles étaient pivoine. Derrière elle une affiche montrait des alignements de vignes, semblables aux côtelures d'un épais velours vert. *Nous vous proposons*, disait la légende, *une bouteille de vin de Suresnes sec, fruité, équilibré, 82 F.* Elle était vêtue d'une veste de jean avec en dessous un fin chemisier de soie beige. Elle croisait les bras.

– Et le parfum, dis-je (faisant allusion à mon parfum offert à l'Administrateur), c'est efficace ?

– Ça me trouble !

Elle était arrivée un peu en retard à notre rendez-vous. En entrant dans le bar, elle m'avait jeté un regard amusé *(Il s'est fait couper les cheveux*, écrirait-elle dans ses carnets. *Je les préfère longs et négligés. Ça lui va bien quand ils dansent dans l'air autour de son front. Sur ses photos, entre trente et quarante ans, il est beau. Il dit que c'est peut-être à cause du vin qu'il a le visage potelé. C'est une personne qui aime les femmes, vraiment. Je ne sais pas si j'aime autant les hommes.)*

Entrechoquant nos verres, nous nous promîmes d'aller en Bourgogne (« boire le vin à sa source »), dès qu'elle aurait fait son voyage à Nice, avec sa mère, et son test en Autriche avec son « Prétendant ».

– A moins que le test soit positif, dis-je, sarcastique. Dans ce cas vous n'aurez plus besoin de moi. Vous ne me regarderez même plus.

Elle sourit. Recroisant les bras. Et comme si ce geste eût déclenché en elle une soudaine réminiscence, elle me dit que son premier petit ami, le lycéen de Kobé, lui interdisait de croiser ainsi les bras, parce que, prétendait-il, ça n'était pas féminin. C'était un macho imbécile. Son Prétendant, lui, était un type beaucoup plus fin. Il avait vécu quatre ans avec une femme. Quand il s'en était séparé, il avait immédiatement commencé à lui faire la cour. Mais pas un instant il n'avait essayé de la toucher, même pas du bout des doigts. Il était un peu bizarre, mais drôle et intelligent. Il assurait qu'il voulait l'épouser.

Par la baie vitrée du bar on apercevait, scintillante d'or sur l'azur, la coupole de l'Académie française...

– C'est là que je finirai dans quinze ans, dis-je. Notre roman m'aura rendu célèbre. Sénile et impotent, je me déplacerai en chaise roulante et vous, fidèle Poti, vous la pousserez...

– Dans la Seine.

Nous prîmes deux cafés, sortîmes. Sur le Pont-Neuf nous nous arrêtâmes un instant devant un vieil homme, un Portugais à tête de conquistador aux cheveux longs et blancs. Une guitare en bandoulière, il chantait du fado pour les passants.

– Il est beau, cet homme, dit-elle.

– Ce fantasme des petits vieux, ça vous est venu quand ?

Elle s'était accoudée à la rambarde du pont, plongeant son regard dans les eaux glauques de la Seine qui charriait vers elle, millions d'écus d'or, ses reflets innombrables... Au Japon, elle avait connu un très vieil homme de quatre-vingts ans, riche, et qui avait beaucoup vécu. Il l'admirait. Il la sortait souvent, à l'insu de sa femme, l'invitait au restaurant. C'était un original. Dans sa jeunesse il avait racheté très cher une geisha. Lui aussi ne l'aurait jamais touchée.

(Un jour, longtemps plus tard, elle m'enverrait une photo d'elle assise à côté de son « petit vieux », à une table de restaurant de Tokyo. Il était élégant, bien en chair, tout souriant, tout ravi semblait-il d'être vu en compagnie d'une si jeune et si jolie fille. Quant à elle, il y avait je ne sais quoi d'halluciné et d'enfantin à la fois dans la jubilation qui faisait scintiller son regard. On avait l'impression qu'elle participait à une farce, mais à une folle farce, une farce métaphysique. En légende de la photo : DERNIER TANGO A TOKYO.)

– Quand je retournerai là-bas, en septembre, j'essaierai de le revoir.

Elle regarda sa montre et ajouta :

– Je dois être rentrée à 19 heures.

Devant la Samaritaine nous montâmes dans un taxi. J'étais ivre déjà. Baisant les lèvres de Tamako je voyais, en premier plan dans mon champ optique, son oreille droite qui, l'alcool aidant, m'apparut plus grande que jamais, et d'autant plus rouge que le soleil, filtrant par la lunette arrière du véhicule, jouait à travers son cartilage translucide qu'il incendiait, le transmuant en braise ardente. Soudain le véhicule sembla se dérober sous nous, comme une cabine de grand-huit, nous plongeant dans une obscurité profonde que je mis à profit (nous avions pris un passage souterrain) pour enfoncer ma main sous sa jupe longue, fouaillant la chair chaude et humide. Réémergeant dans la lumière, l'oreille s'enflamma à nouveau. Et comme le taxi virait sur bâbord et tribord, je vis se poser un instant, sur son pavillon écarlate, la coupole ardoisée de l'antique grand magasin Félix-Potin, la flèche de l'église Saint-Nicolas-des-Champs et les toits du lycée Turgot qui s'y succédèrent précipitamment, comme, sur une branche d'arbre, de fugaces moineaux.

– Tes oreilles, tes oreilles. Elle sont énormes, bafouillai-je.

– Ce sont les oreilles du Bouddha.

Nous nous étions, d'un coup, magiquement, retrouvés nus sur mon lit, mes crocs plantés dans un de ses lobes écarlates. J'allais les lui bouffer, ses oreilles, disais-je, et chaque partie de son corps, une à une, les seins, les fesses, le nombril, mais comme tout ça était trop beau, j'en ferais auparavant une photographie, pour en conserver éternellement la mémoire… Je me souviens qu'en arrivant chez moi j'avais cueilli au passage, dans la cuisine, une bouteille de pouilly-fuissé glacé et un tire-bouchon que ma main frénétique avait désespérément cherché, de longues minutes, dans plusieurs tiroirs. Ancré sur Tamako, au milieu du lit, j'avais, à un moment donné, rampé avec elle jusqu'à la bouteille encore scellée posée au sol. J'avais réussi à y enfoncer le tire-bouchon. Et, tirant difficultueusement dessus, j'avais dit à Tamako : « Chut, tais-toi, écoute ! » Dans le silence de cette chaude après-midi d'été, nous avions perçu l'étrange crissement, pareil à un vagissement, du liège coulissant à l'intérieur du goulot de verre qui le comprimait : jusqu'au moment où, s'en échappant dans une violente parturition, il sembla pousser une sorte de cri d'extase (quelque chose comme : « pop »), qui nous parut étrangement humain – et d'un érotisme extrême. Nous nous entrebûmes le vin dans nos bouches.

– Tu ne veux plus boire, disais-je, du moins dans un verre ordinaire. Il te faut maintenant une grosse coupe de chair !

Profitant de mon ivresse, elle me fit passer un interrogatoire en règle concernant LA Chinoise. La chose avait eu lieu dix jours auparavant, mais elle avait renfermé en elle ses questions, attendant le moment propice pour me les asséner. Le sujet lui tenait à cœur puisque dans ses carnets, jusque-là plutôt laconiques, il est longuement développé, et en détail : il fallut que je lui dise à quelle table de la Closerie des Lilas nous avions mangé, par quel chemin nous étions descendus pour rejoindre la brasserie Balzar où je lui avais offert une glace (par le boulevard Saint-Michel ? Ainsi j'avais osé emprunter le même chemin que lorsque nous, c'est-à-dire moi et LA Japonaise, nous étions rendus à la fontaine Médicis après avoir déjeuné à la même Closerie des Lilas). En marchant j'avais commencé de l'enlacer (la Chinoise). Comme elle portait une grosse veste en laine, sous laquelle elle étouffait, je la lui avais prise et l'avais enroulée autour de mon cou. La Chinoise s'était alors exclamée : « Arrête, ça va sentir l'homme », et elle avait repris sa veste. La Chinoise avait en effet elle aussi un amant, un businessman anglais. Tamako note dans ses carnets : *Il s'est dit : « Si je ne lui baisse pas la culotte d'ici une heure, c'est fichu. » Au Balzar il lui a tenu des propos très crus. La Chinoise a murmuré : « Je craque, mais je ne veux pas aller chez vous ni que vous veniez chez moi. » Ils sont allés dans un hôtel minable. Il y avait juste une chambre libre. Il a payé 400 F. Il était bourré. Il ne savait pas s'il pourrait encore faire l'amour. Il prétend qu'il n'en avait pas envie (il dit ça pour s'excuser). Il l'a sautée deux fois. Comme je lui ai demandé de donner des détails, il m'a raconté qu'elle avait un body noir avec deux agrafes entre les jambes. Elles étaient difficiles à détacher. Il dit qu'il avait l'impression de désemmailloter un bébé... La Chinoise est jolie. Je suis jalouse.*

Après m'avoir, tel un sbire rusé du Guépéou, extorqué ces aveux, elle m'avait enlacé me disant :

– Fais-moi tout ce que tu as fait à la Chinoise !

La prenant, je murmurai :

– Ton con est doux !

– Il peut être dur.

Sur les 19 heures, elle s'était rhabillée :

– Et pour moi aussi, vous vous êtes dit : si je ne lui baisse pas la culotte dans une heure, c'est fichu ?

Elle replaqua en arrière avec du gel ses cheveux hérissés.

– Vous partez si tôt ? demandai-je, que vais-je faire moi, tout seul ? Je vais appeler... l'*eskrave-femme* !

Elle dînait avec l'Administrateur et « deux lesbiennes travaillant dans la mode ». Son visage, à ce qu'elle écrirait dans son journal, était congestionné par le pouilly-fuissé. Quant à sa bouche, que j'avais mordue, elle avait enflé : *Elle ressemblait à un bec de canard tout tordu.*

– A midi j'ai mangé de la cuisine indienne très piquante, expliqua-t-elle à l'Administrateur.

Le lendemain, dimanche 14 Juillet, sur les 17 heures 30, elle m'appela. Ses premiers mots furent :

– Je vous dérange ? Vous êtes avec la Chinoise ?

A quoi elle ajouta :

– Si je suis si jalouse, c'est peut-être parce que je viens de finir le roman de Tanizaki.

Elle note dans ses carnets : *Il faut le punir. Je veux le faire souffrir. Pas physiquement, cela lui donnerait du plaisir, mais psychologiquement. J'ai envie de le blesser impitoyablement. Cet homme est détestable.*

Le soir, sur les minuit, je me rendis, seul, au pont d'Iéna envahi par une foule innombrable de soldats en uniforme, de touristes et autres badauds venus assister au feu d'artifice. Jaunes, rouges, vertes, les fusées explosaient dans le ciel. Je regardais, sur la droite, les colonnades du Trocadéro, peintes d'or par les lumières des projecteurs. Plissant les yeux, je tentais d'imaginer, juste en face, l'aigle nazi affrontant le couple de kolkhoziens soviétiques. Nous serions en 1937. L'Exposition universelle battrait son plein. Des bombes tomberaient sur Madrid assiégée.

Soixante ans plus tard – et un an après le coup de fil jaloux de Tamako – s'achève ici ce chapitre. J'écris dans cette maison des Cévennes souvent évoquée. Sur mon bureau une photo :

RUE DU JAPON, PARIS

Tamako posant sous une plaque de rue parisienne : RUE DU JAPON. *Au loin crépitent les feux d'artifice d'un nouveau quatorze juillet. Elle m'a appelé tout à l'heure de Paris :*

– Pourrais-je venir vous voir à la campagne ? Ici je pense à vous toute la journée. Quand je descends le boulevard Saint-Michel, quand je traverse le Luxembourg, quand je revois la Bibliothèque nationale... Et vous ?

– Je ne sais si je pense à vous, mais vous me faites travailler. Plus de cent pages ! J'en ai assez de ce roman et de son héroïne !

– Je suis jalouse d'elle.

14

Sade, Laclos, ont été les premiers, je pense, à conceptualiser le sexe, à y mêler la pensée...
(Matsuura Rieko, déclaration
au Salon du livre de Paris, 1997.)

16 juillet...

– Vous me manquez ! me dit Tamako au téléphone. J'ai besoin de...

L'interrompant, je rétorquai :

– Ça ne marche donc pas avec l'Administrateur, pschitt, pschitt, le coup du parfum ?

– Non, pas du tout, ça n'est pas si simple, ça ne va pas.

Elle me dit que sa mère était arrivée à Paris. Qu'elles logeaient toutes les deux à l'hôtel. Qu'elles avaient le lendemain un train pour Nice à 20 heures, mais qu'elle voulait me voir avant, à tout prix, juste quelques instants. Vers 16 heures.

– J'ai besoin de vous, me dit-elle.

– De quoi ?

– De TOUT !

Elle était arrivée chez moi sur les 16 heures, donc. Vêtue d'une longue robe noire en coton, très décolletée dans le dos.

– Je pensais que vous ne seriez pas là ! murmura-t-elle.

Elle s'assit sur le canapé, me montra à ses pieds, fière et amusée, une paire de Nike bleu foncé qu'elle avait achetée « pour marcher avec moi dans Paris, en vraie touriste professionnelle ». Mais ça n'étaient pas des Nike authentiques. Elles étaient plus fines, plus élégantes. « Vous trichez », dis-je.

– J'ai laissé ma mère au musée Carnavalet, parce que ça n'est pas trop loin de chez vous. Je lui ai dit que j'allais chez un éditeur. Il faut sans faute que je retourne la chercher à 6 heures moins le quart.

Nous bûmes du champagne. Il sembla que la présence de sa mère, et la nécessité de la retrouver promptement, eût décuplé sa fantaisie érotique. Dans ses carnets elle écrirait : *Collier de Poti. Ficelée sur le fauteuil métallique du salon. J'ai fait la saleté. Il y en avait partout. Des choses sorties de... Un vrai chien ! J'avais mes règles. Ça se mélangeait avec le sang. C'était encore plus dégueulasse. Il dit « c'est bien », mais quand on le fait vraiment ça ne lui plaît pas... Pourquoi n'avais-je pas honte d'avoir fait ça ? Nous sommes allés nous laver, et puis on s'est retrouvés sur le lit.*

Elle me dit que son ami Edmond m'appelait « coquin ». Je fus traversé par le doute qu'elle lui racontait tout, à lui aussi. (Ne m'apprendrait-elle pas, plus tard, qu'après notre premier rendez-vous au Lutétia elle était allée le rejoindre dans un café voisin où il l'attendait ? Était-elle quelque nouvelle *Suzanne* aguicheuse de vieillards ?) Elle ajouta qu'en ce moment elle n'arrêtait pas de se caresser. « Une vraie folle. » Qu'elle s'était caressée deux fois, dans la nuit du samedi 13 juillet, et une fois le matin du dimanche, pendant que l'Administrateur prenait son bain. En faisant ça elle pensait « au body de la Chinoise ». Et plus précisément aux deux agrafes situées à l'entrejambe du body, que j'avais eu tant de mal à ouvrir. Pour ce qui était du « rapport » qu'elle devait me communiquer sur l'Administrateur : elle l'avait *suru fela* (caressé avec la bouche) le dimanche soir, comme je regardais le feu d'artifice donc, et puis il l'avait prise. Non, ça n'était pas bon. Ça n'avait pas duré assez longtemps.

– Il te faut combien d'hommes par semaine ? dis-je.

– C'est pas la quantité qui compte, c'est la qualité ! rétorqua-t-elle.

Cependant, comme je la pénétrais derrière-par-derrière, elle murmura :

– Ma chatte mouille, ma chatte mouille parce qu'elle est jalouse que tu n'y sois pas !

Serrant, dans son dos, mon sexe à la base, elle ajouta :

– Pourquoi n'en as-tu pas deux ?

– Tu voudrais en avoir deux à la fois ?

– Oui, un devant et un derrière, j'y ai toujours rêvé. Être bouchée par tous les trous !

– Et par n'importe qui ?

– N'importe qui !

Sur sa mère elle tint des propos délirants, décousus : elle la haïssait, elle la haïssait parce qu'elle avait été belle et qu'elle ne l'était plus. Comme j'aspergeais de temps à autre nos corps suants avec du champagne, elle lança, sentant sur sa peau les gouttes :

– Ce sont des larmes.

Ses doigts, ses orteils se distordaient, se crispaient sur ma peau, sur les draps, y plantant leurs crissantes griffes. Bientôt j'eus l'impression que son corps, ses membres se désarticulaient, s'équarrissaient. Au moment final, elle se brisa comme sous une hache. Elle hurla :

– J'en peux plus !

Hébétée et tout à coup effarée, elle avait regardé sa montre.

– Il est 6 heures moins le quart et maman qui m'attend !

Elle se lava à la hâte dans la salle de bains. Sur ses fesses je vis de nouvelles ecchymoses.

– Ils ne sont pas de moi ces bleuets, je ne les reconnais pas.

– Si, ils sont de vous !

– J'en doute, la prochaine fois j'y mettrai une signature.

Je sautai avec elle dans un taxi.

– Je veux voir votre maman, avais-je dit.

Elle nous attendait devant le musée, avec une énorme valise. *Maman a un visage effrayant*, écrirait Tamako dans ses carnets. Pourtant, aux yeux d'un étranger, aucun signe de colère n'était visible sur la jolie face de cette dame que l'âge ne marquait que par quelques rides au coin des yeux, ses cheveux étant teints. Contrairement à Tamako, sa peau était très blanche. Elle était petite, fine, élégante, la soixantaine…

Elles parlèrent en japonais. Tamako disant – ce qu'elle me traduirait – que nous avions été retenus par l'éditeur avec lequel nous avions rendez-vous. Le taxi nous laissa gare de Lyon. Je les invitai à prendre un verre au bar du restaurant du Train bleu, un établissement début de siècle. Et ce fut spectacle pour moi assez délicieux que de voir ainsi la mère et la fille se confronter : dans ce décor si théâtral – et pour elles si exotique ! – avec ses hauts plafonds dorés soutenus par de dodues sirènes-cariatides, et ses murs couverts de peintures Belle Époque représentant messieurs moustachus et dames à chapeau fleuri. Nous étions engloutis dans l'abîme roux de vastes fauteuils en cuir, autour d'une table basse. Tamako avait retrouvé son masque froid, ses gestes mesurés, élégants, bien disciplinés par l'art du thé. Le contraste qu'elle présentait ainsi avec celle, toute suante, gémissante, aboyante qu'une demi-heure auparavant j'avais eue dans les bras était purement magique, délectable. Aucune trace sur ses lèvres des ordures qu'elle avait éructées...

– J'aime bien, me dirait-elle plus tard, cette opposition entre civilisation et bestialité.

Cependant je la sentais fatiguée et, comment dire : entamée. J'avais l'impression de lire, dans ses traits défaits, je ne sais quelle défaite. Quand je l'eusse voulue victorieuse. Arrogante... C'était comme si elle était devenue un peu moins japonaise. Nouveau Christophe Colomb, je n'en continuais pas moins de chercher à l'Ouest une introuvable Asie : Cipango ! N'étions-nous pas en train de nous entre-détruire ? La conquête du Japon se poursuivait...

Songeant à l'unique amant de la jolie maman de Tamako, j'évoquai *Madame Bovary*. La maman me promit de lire ce livre en japonais. Elle aimait Kawabata. Mais elle fit une petite grimace quand je prononçai le nom de Tanizaki. Cet auteur sentait-il encore le soufre ?

Je les accompagnai jusqu'à leur wagon-lit.

– Nous serons demain matin à Nice, me dit Tamako en plaisantant. Vous venez avec nous ?

– Envoyez-moi une carte postale. La promenade des Anglais, je n'en veux pas d'autre.

Le train s'ébranla.

15

Les fleurs de prunier
Ne sont pas encore tombées
Mais dans l'eau courante
Leur image
Se reflète.
(Ki no Tsurayuki, Xᵉ siècle.)

22 juillet

Longtemps plus tard, j'achetai plusieurs livres d'estampes érotiques de l'école Iwasa Matabei : je découvrirais, à une courtisane du XVIIᵉ siècle, une attitude toute similaire à celle où, en photo, j'avais un soir fixé Tamako, retournant vers nos corps accouplés l'objectif de mon appareil. La ressemblance venait du mouvement des cheveux de l'une et l'autre femme, déferlant en avant, comme elles s'abouchaient au bas-ventre de leur amant allongé. (J'étais en l'occurrence sur le tapis de mon salon, Tamako se trouvant agenouillée entre mes jambes.) Le seul signe qui inscrivît l'estampe dans une époque particulière, c'était la coiffure de l'homme, sans doute un samouraï, dont le haut du crâne était rasé, comme jadis, et le reste des cheveux rattaché par-derrière en une courte queue-de-cheval. Quant à notre couple, seule la Seiko de Tamako, à son poignet gauche, le raccrochait à cette fin du XXᵉ siècle : nus, nous nous détourions sur un sol anonyme et sans âge. Avec une loupe, on pouvait très bien lire sur le cadran de la montre, inscrites en chiffres digitaux, l'heure, 23 heures 12, et la date, 22 juillet. C'était le soir où Tamako était venue chez moi, au retour de son voyage à Nice. A ce qu'elle m'en dit, elle avait fait croire à l'Administrateur qu'elle dormirait à l'hôtel parisien de sa mère. Nous n'avions, à ce jour, jamais passé ensemble une nuit tout entière…

J'avais déjà, quelque temps auparavant, pris ainsi plusieurs séries de clichés. Mais, sans expérience, et le plus souvent ivre, je les avais mal cadrés, de sorte qu'on ne voyait pas grand-chose de nos accouplements : un morceau de fesse, de sein, un bout de menton. Je n'avais jamais, avant ma rencontre avec Tamako, pratiqué cette technique. L'idée m'en était venue du Japon… ou plutôt d'une Japonaise. Quinze ans auparavant, Yasuko, cette journaliste rencontrée sur le ferry France-Angleterre, avait ainsi réalisé un double portrait de nos visages accolés joue contre joue, mais il ne s'agissait que de nos visages.

Ici l'image était crue, violente, sauvage, obscène. Mais douce en même temps. Ses lèvres s'ourlaient exagérément sur le cylindre de chair luisant qu'elles embouchaient, leurs commissures s'écartelaient, suscitant à leur angle externe des fossettes noyées d'obscurité et de petits bourrelets dodus nacrés par l'éclat du flash, tandis que se cordelaient les muscles de son cou dont la veine carotide était tout enflée, boursouflée. Ses paupières ciliées d'ombre étaient closes, son visage paraissait calme, méditatif, sérieux, presque studieux.

Lorsqu'elle regarda ce cliché, et tous ceux de la série, une dizaine de jours plus tard, Tamako, loin de les trouver laids, y vit de la beauté. Elle nuança son avis cependant en disant : « Mais la photo, de toute façon, ça n'est pas subtil. » Idée saugrenue, je la photographiai en train de regarder ces photos, de sorte que dans l'espace quadrangulaire d'un même cliché, deux segments tranchés dans le fil du temps se trouvaient ainsi conjoints : une Tamako qui ne serait jamais plus regardait une autre Tamako, plus jeune de quelques jours, qui jamais plus ne serait. Le fait de se prendre en photo (nous avions elle et moi un appareil) deviendrait bientôt une sorte de manie, une perversion, autant sexuelle que philosophique.

– Ça n'est pas moi, disait-elle souvent, en regardant ses portraits, ce sont des moments de moi.

Au soir de son arrivée de Nice l'attendaient chez moi des chrysanthèmes jaunes, des cassis, des myrtilles et des groseilles, ainsi qu'une bouteille de frais chablis. Elle portait un pantalon très large, noir, un boléro noir noué dans le dos par des lacets, et, au cou, un ruban noir auquel était suspendu un gros cœur d'argent (cadeau d'un ancien amant japonais, qu'elle portait sur la poitrine, en hochet sinon en trophée). Après un prompt déshabillage, le ruban noir avait fini, fantaisie de ma part, noué à sa taille. J'en verrais un semblable à celle d'une Vénus nue de Cranach. Nous nous aimâmes jusqu'à l'aube, sans presque dormir. J'ai le souvenir, à un moment, de son visage, affublé par mes soins d'une sorte de perruque argentée à la Crazy-Horse trouvée je ne sais où : l'expression de la Jap arrogante ou de la petite Chinoise enjouée en avait disparu. Sous ce travestissement un peu vulgaire, elle avait l'air d'une go-go-girl paumée que j'eusse ramassée dans un bar de Bangkok.

– Je suis bidon ! me dit-elle au milieu de la nuit.

Je la requestionnai sur cette manie qu'elle avait de se rabaisser : n'aimait-elle pas l'art ? la littérature ? N'y était-elle pas sensible ? N'avais-je pas vu combien elle avait su apprécier, il y a quelques semaines, le subtil humour de *Ninotchka* ?

– Et si je faisais semblant ?

– Non, vous ne faisiez pas semblant. J'observais votre visage, dans l'obscurité de la salle de cinéma, ça ne trompe pas…

Elle sourit. Sans doute, du fait de la différence de langue et de culture, nombre de choses lui échappaient-elles. Mais là était le plaisir, l'aventure – et la souffrance – du déracinement. « Un Japonais qui débarque pour la première fois en Europe se retrouve dans la peau d'un enfant qui a tout à apprendre, tout à découvrir », me dirait un jour un de ses amis. Les Français, peu enclins à se déraciner, ont du mal sans doute à apprécier cet effort.

– L'Administrateur m'appelle le singe, parce que j'imite tout…

Un peu plus tard, elle m'avait dit qu'elle avait envoyé une lettre à sa sœur cadette, vivant en Australie, où elle racontait qu'elle avait un rapport « profond » avec un homme « qui écrivait ». Sa sœur lui avait fermement conseillé de ne rien poursuivre avec « l'homme qui écrivait » et de repartir au Japon retrouver son « Prétendant ».

Elle s'endormit. La nuit, sur nous, referma ses paupières.

Sur les 6 heures du matin elle se leva, fit sa toilette, replaqua en arrière ses cheveux avec du gel, s'habilla. Puis elle revint dans la chambre et s'assit à mes côtés sur le lit que je n'avais pas quitté.

– C'est bête un pantalon, dis-je, posant ma main à son bas-ventre.

– C'est bête !

Je le lui baissai. Elle se mit sur moi. Je la repris. Sous les secousses, ses cheveux, tout juste repeignés et encore humides, se dressèrent de part et d'autre de sa face. Trois ou quatre mèches, restées ainsi figées par le gel, formèrent, dans l'ombre rosée de la pièce, comme de jolies ramures. Elle ressemblait à quelque cervidé mythique, féerique, égaré dans le monde des hommes.

Se rhabillant, elle jeta un œil sur la photo de ma mère, dans la bibliothèque (un an plus tard, comme elle commençait de me traduire son journal, à l'hôtel Lutétia, elle finit par m'avouer, surmontant son souci, tout asiatique, de ne pas choquer l'autre : « Au Japon, c'est impensable de mettre, comme ça, le portrait de ses parents dans sa chambre. »)

– Tu as le même front, me dit-elle, la même attache de cheveux. Tu lui ressembles de plus en plus.

Puis, me regardant fixement, elle ajouta :

– Tu es bizarre, ce regard. Tu n'es pas un homme normal.

Sur le seuil de ma porte elle me donna un baiser, poussa quelques jappements de Poti (« Ouaf ! »). Nu, je me penchai sur la cage d'escalier, regardant un instant glisser sa main sur la rampe. Elle leva vers moi l'ovale de son visage :

– *Sayonara !*

Je courus au salon et, par la fenêtre, la vis traverser la cour en contrebas. Elle fila telle une flèche. Comme je me retournai j'aperçus, disposée sur le canapé « couleur terre », une étrange « œuvre d'art » qu'elle avait composée, à mon insu : à droite, bien pliée, était placée ma chemise Lacoste noire. A côté, étalé, mon caleçon en soie noire à cœurs rouges, avec, piquée à la place du pubis, une fleur de chrysanthème jaune qu'elle avait enlevée au bouquet. Au-dessus du caleçon, mes deux chaussettes noires, étirées, et mises en parallèle. A droite mon pantalon de toile beige. La disposition de chaque chose semblait avoir été, comme dans un jardin à la japonaise, bien étudiée. Sans doute fallait-il y lire quelque secret message.

Un livre d'Aragon se trouvait par hasard sur le sol, au pied du canapé : *Le Roman inachevé.*

Quelques heures plus tard, elle me téléphonait :

– Merci pour votre accueil, hier soir.

– Je croyais que c'était un accueil horrible. J'ai les genoux écorchés... parce qu'on a fait l'amour sur le tapis.

– Vous voulez que je vienne vous soigner ?

– Je suis fatigué, pas vous ?

– J'ai dormi l'après-midi. Je suis avec ma mère et son gendre.

– Son gendre ?

– Son futur gendre. Mon Prétendant, je veux dire.

– C'est quand, le test ?

– Je ne sais pas encore.

16

Une fleur sur sa seule tige,
Deux hommes pour la cueillir :
De quel côté me pencher,
J'hésite...
(Poème du folklore japonais, sans date.)

25 juillet/2 août...

Pendant plus d'une semaine, je ne la revis pas (elle était partie en Autriche « passer son test » avec « le Prétendant »), mais je l'entendis. Le jour même de son départ, j'eus droit à ce message sur mon répondeur téléphonique : « Allô, c'est le Poti. Je pars pour le test cet après-midi. Je vous rappellerai et vous ferai mon *rapport.* » Comme pour l'Administrateur en effet, elle devait me communiquer de quotidiens rapports sur ses... rapports avec son Prétendant. Un peu plus tard, je l'eus au téléphone :

– Allô, je vous appelle d'un hôtel. Je suis à côté de Vienne.

– Alors, le test, c'est pour ce soir ?

– Non, je ne crois pas.

– Comment ça, vous ne croyez pas. Vous partagez la même chambre ?

– Oui.

– Vous allez dormir dans le même lit ?

– Oui, en principe.

– Et vous me dites ça comme ça ?

Son côté *matter of fact* me coupait la chique. J'ajoutai :

– C'est japonais, ça ?

– Non, c'est spécial !

– Il vous a touchée déjà, caressée ?

– Non, même pas le bout des doigts. Rien. Je vous ferai bientôt un nouveau rapport.

– Faites comme Judith avec Holopherne. Coupez-lui la tête et vous me la ramenez en la tenant par les cheveux.

– Il est chauve !

Après quelques secondes de silence, elle ajouta :

– Il faut que j'arrête, je suis immorale.

– Vous êtes froide, cynique.

– C'est vous.

– Non, moi c'est un masque que je porte, plaisantai-je, en dessous, je souffre. Je vais me suicider ce soir. A propos, j'ai fait tirer nos dernières photos, elles sont marrantes.

– Marrantes, c'est tout !

– Ah… et puis.. je vous remercie d'avoir ainsi rangé mes habits sur le canapé. C'était comme une estampe, un jardin à la japonaise.

– Non, à la française : régulier, symétrique.

– Ce que j'ai préféré, c'était les chaussettes mises en parallèle.

– Comme mes amours parallèles ? J'arrête. Je suis immorale.

– Je vous manque ?

– Beaucoup.

Deux jours plus tard, je trouvai ce nouveau message sur mon répondeur :

– Ici le Poti, pour le deuxième rapport : Pas grand-chose. Je vous rappelle.

Je l'eus bientôt au téléphone :

– Vide total !

Ce furent ses premiers mots.

– Comment ça ?

– Rien… rien malgré la pleine lune hier soir.

– Notre pleine lune dont vous m'avez privé. Il n'a même pas essayé de vous embrasser ?

– Non.

– Et vous ?

– J'en ai pas envie. Et puis il sent pas bon. Je crois que je le terrifie.

– Vous me ferez rapport de tout cela. Après-demain, à votre retour, vous vous présenterez à 12 heures précises au Baron rouge.

– Je veux aussi un rapport sur vos activités, dit-elle. Que faites-vous cet après midi ?

– Je vais à la piscine, notre piscine, celle de la rue de Pontoise.

– Seul ?

– Non, avec une Hollandaise, une blonde avec de gros nichons blancs.

– Beurk, beurk ! Cette piscine est sacrée.

– Je vais la désacraliser. Vous partagez un lit avec un homme… et chauve ! Moi je partage notre piscine avec une femme…

– La chose sera punie. Vous m'en ferez rapport.

– On s'entr'échangera nos rapports, au Baron rouge. N'oubliez pas de porter des lunettes noires d'agent secret, j'en porterai aussi. Ah… au fait… J'ai acheté les billets de train pour notre balade en Bourgogne…

La Hollandaise en question n'était pas un sarcasme inventé pour agacer Tamako. C'était une amie de passage à Paris, qui au demeurant n'était pas blonde, mais brune, et avait plutôt de petits « nichons ». Mais il fallait qu'elle correspondît au fantasme de l'Occidentale vue par une Asiatique. Je la taillai donc sur mesures. Ayant travaillé avec des Japonais, LA Hollandaise me fit cette réflexion, qui résonna de manières diverses en mon esprit, et m'apporta quelques vagues aperçus quant à la société nipponne dont j'ignorais tout : les Japonaises de plus de vingt-cinq ans qui ont fait leurs études en Europe n'arriveraient plus à se marier quand elles retournent dans leur pays. Cette remarque avait-elle une quelconque valeur « scientifique » ? Le soir même, je fêtai avec une autre amie, au Vieux Bistrot, juste au pied de Notre-Dame, l'anniversaire de ses quarante-huit ans. Comme nous entrechoquions nos verres de sancerre, j'eus l'impression soudain que nous étions deux miroirs se renvoyant l'image de leurs âges identiques – et de l'inexorable marche du temps. A nos côtés un bonhomme aux cheveux blancs, arborant une gueule d'ex-bon vivant confite par l'alcool, faisait face à une jolie fille de trente ans très « business » qui le harcelait de questions agressives sur sa femme, « pourquoi ne fait-elle pas ci, pourquoi ne fait-elle pas ça ». Le visage confit du bonhomme affrontant le mépris à peine voilé de la demoiselle me fascina. J'y vis comme une anticipation de ma gueule dans dix ans.

Au-dessus de nous, dans l'or sombre du soir tombant, ricanaient les gargouilles de la cathédrale...

Je recevrais le jour suivant une lettre d'Autriche. Au dos de l'enveloppe était dessiné, à l'encre noire, un collier de chien avec inscrit dessus : Poti. A l'intérieur une carte postale où il était dit : *Le rapport est vide : on ne s'est même pas frôlé les doigts. Ce n'est donc pas moi qui vous trompe. La désacralisation du lieu « la piscine » sera condamnée à tout prix* (sic). *Je pense à mon Jésus.*

J'arrivai en avance à notre rendez-vous du Baron rouge. Flânant sur le marché de la place d'Aligre, je vis soudain, surgissant de la foule, son visage s'encadrer dans mon regard : tout bronzé. Un imprévisible sentiment de dégoût m'agrippa soudain à la gorge, sans crier gare. L'envie de vomir... Je détournai les yeux.

– Je sais, j'ai bronzé, ça n'est pas joli, me dit-elle, mésinterprétant mon réflexe, mais je n'ai pas fait exprès.

Et elle ajouta :

– Comme ça, même si je rougis, ça ne se verra pas. Je vais pouvoir boire.

Et mentir, songeai-je.

Je l'entraînai au Baron rouge.

– Je vais vous faire passer un interrogatoire implacable, plaisantai-je, comme dans les caves de la Loubianka.

Nous prîmes une table. il y avait foule. Brouhaha de voix, de cris, entrechoquements de verres et de couverts sur on ne sait quel fond musical. Et cette bonne odeur de futaille imprégnant l'atmosphère... Je portais à l'épaule un sac noir en bandoulière.

– Pourquoi ce sac ? Vous venez de la piscine ? me demanda-t-elle.

– Non, j'ai là mon matériel de flic du Guépéou.

Je sortis un appareil photo, un carnet, et un petit magnéto que je mis en marche.

Elle sortit elle-même un carnet et un appareil photo gris métallisé, compact.

– C'est mon Prétendant qui me l'a offert, dit-elle. Alors, avec la Hollandaise, c'était comment ?

– Rien, on s'est baignés, c'est tout.

– Menteur.

– C'est moi le flic, c'est moi qui pose les questions. Votre trahison sera implacablement punie... Vous préférez punir ou être punie ?

– Punir. Le traître, c'est vous. Moi je n'ai rien fait.

– Vous avez passé six nuits avec votre Prétendant, et vous voulez me faire croire que rien ne s'est passé ?

– Rien... d'abord on n'a passé que quatre nuits ensemble. Pendant deux nuits, la deuxième et la troisième, il y avait une autre personne, un peintre japonais dont on allait voir l'expo à Vienne. Il a couché dans la chambre...

– Il y avait deux lits.

– Oui.

– Donc vous couchiez dans le lit du Prétendant.

– Oui.

– Et comment faisiez-vous pour vous déshabiller, tous les trois, je comprends pas ?

– Eux, ils gardaient leur caleçon. Moi, en haut, j'avais un tee-shirt et en bas un sarong. Je me glissais au lit avec le sarong puis, sous les draps je l'enlevais et le jetais par terre.

– Et quand la troisième personne n'était pas là ?

– Le premier soir le Prétendant a regardé seul les Jeux olympiques à la télévision, dans une autre pièce, une sorte de hall. Puis il s'est couché avec moi très tard. Rien ne s'est passé. Le matin il a dit : « C'est normal, on se connaît pas et on était fatigués. »

– Et les quatrième, cinquième et sixième nuits ?

Un serveur au long tablier bleu se présenta à notre table.

– Oui, deux assiettes de charcuterie. Un confit d'oie, vous aimez ça, Tamako, le confit d'oie ? Oui ? Et une bouteille de sancerre blanc ? Oui ?

– Je n'ai pas bu pendant toute cette semaine, je dois faire attention, dit-elle. Je ne boirai qu'un verre...

– Je croyais qu'avec votre bronzage vous pouviez boire... *In vino veritas* !

– In vi... quoi ?

– C'est du latin. Vous avez peur que l'ivresse vous fasse parler ! Et la quatrième nuit ?

– Je me suis couchée, j'ai commencé la lecture de ce roman sur votre enfance que vous m'avez donné. Le Prétendant, qui était dans l'autre lit, m'a proposé qu'on « dorme ensemble ». J'ai répondu que je voulais encore lire quelques pages. Et puis finalement je lui ai avoué que ça me gênerait. Il a été déçu. Il m'a dit : « Dans les derniers faxs que tu m'as envoyés au Japon, j'ai senti que tu étais perturbée, qu'il s'était récemment passé quelque chose. » En plaisantant, il a ajouté : « Aucune Japonaise normale n'aurait résisté à un hôtel comme celui-là » (leur hôtel était une station thermale de grand luxe). Moi, je trouvais l'endroit plutôt moche, trop moderne, trop éclairé, trop sportif, pas romantique pour un sou. Continuant à plaisanter, il a dit qu'il avait jeté son argent au caniveau. Mais on doit se revoir pour un autre test en septembre, à Hong Kong. Peut être que ca se passera mieux. Il se sentira plus sur son « territoire ». C'est un homme charmant, mais un peu tordu. Au Japon, à ce qu'il m'a raconté, il va dans des bars où les serveuses n'ont pas de culotte. A chaque fois qu'un consommateur passe une commande, elles haussent le bras pour décrocher les bouteilles, sur des étagères. Leur jupe étant extra courte, on voit tout. Les clients boivent d'autant. Il a rapporté du Japon des albums de photo de Araki. Des filles nues ficelées. J'aime bien Araki. Il n'esthétise pas le sexe. Il le présente brut, cru.

Elle me montra un des albums.

– J'aime bien les filles dis-je, si fines, si fragiles…

– Vous aimez protéger ?

J'esquivai la question, le mot « protéger », dans sa bouche, me paraissant équivoque. Me considérait-elle comme un possible futur « protecteur » ? C'était comme une perche qu'elle me tendait, et que je ne voulais pas saisir.

– Il est mignon, votre Prétendant, ironisai-je.

– … compliqué… et un peu maso. Son ami le peintre est maso aussi. Il est marié avec une Blanche moche qui l'écrase !

– A propos de Blanche, j'ai revu l'eskrave-femme…. Au cas où vous voudriez réaliser votre fantasme : cachée dans l'armoire.

– Vous, Français, vous êtes cyniques.

– Pas vous, Japonais ?

– Et l'eskrave-mâle, vous l'avez revu ?

– Une andouille et un saucisson sec ! cria vers le bar le serveur au long tablier bleu. Et deux beaujolais, deux !

– Il est vrai, poursuivis-je, que si on allie l'esprit de Tanizaki à celui de Choderlos de Laclos, la chose serait... redoutable. Vous avez lu *Les Liaisons dangereuses*...

– Non, mais je sais que c'est traduit...

– Lisez ça, ou plutôt non. Je suis fou avec mes recommandations littéraires, vous êtes trop tordue vous aussi ! C'est Lamartine et Musset qu'on devrait vous prescrire !

J'ajoutai :

– Et l'Administrateur, il n'est pas jaloux ?

– Non, il connaît le Prétendant. Il le trouve inoffensif. Quand on est revenus d'Autriche, on a dîné les trois ensemble. L'Administrateur était tout excité. Il n'arrêtait pas de me peloter. Et le Prétendant rougissait en baissant du nez. L'Administrateur m'a ramenée ensuite à la maison. Il s'est jeté sur moi et m'a *forcée* sur le canapé du salon. Ça a été très bref et très violent. Il a eu un malaise aussitôt après, il s'est évanoui en grimaçant. (Elle mima une grimace.) Je lui ai fait du vent avec un éventail.

Et, d'une main désabusée, elle fit le geste de s'éventer. Il y avait là quelque chose à la fois de cocasse et de glaçant :

– Une terrine de canard, et deux chablis ! lança une voix.

– Un chablis, je change de vin, dis-je au garçon en tablier bleu...

Et à Tamako je confiai :

– C'est un pervers, votre Administrateur. Une sorte d'homosexuel rentré... Ça l'a mis en rut de vous savoir en voyage avec un autre homme. Ça lui a fichu un coup de fouet ! Attention à l'infarctus... Vous aimez crever les hommes ?

– C'est eux qui tombent tout seuls... Et puis... je venge les femmes japonaises qui ont été écrasées pendant des siècles !

– C'est un pervers, répétai-je, il a besoin de vous imaginer des amants. Un parpaillot tordu.

– Un parpa... quoi ?

– ... llot ! C'est-à-dire protestant.

– Trois assiettes auvergnates !

– Vous racontez ça dans vos carnets ? ajoutai-je.

– Oui.

– Combien de pages ?

– Beaucoup.

– Moi j'ai cent cinquante pages de notes, plus qu'il n'en faut. Il y a des Terminus au Japon ? On pourrait peut-être situer là-bas le dernier chapitre ?

– Il y avait une chaîne d'hôtels Terminal. Mais quand les propriétaires japonais ont connu le sens précis du mot, ils l'ont jugé néfaste et ils ont changé de nom.

– De toute façon, il faudra faire avant le chapitre « Bourgogne ». On y va la semaine prochaine. La *sculpteuse* nous a réservé une chambre à Dijon. Il n'y a qu'avec une Japonaise que je puisse aller là-bas. C'est à travers vous que je voyage. Vous êtes le médium idéal parce que vous êtes l'étrangère absolue !

Je payai la note (elle ne figure pas dans mes archives). Nous allâmes boire un café tout à côté, dans un très joli troquet, au bar, un bar de zinc début de siècle, le Bistrot du square Trousseau. Je tenais sa taille souple enfermée dans mon bras droit. Le vin y était-il pour quelque chose ? Ma répulsion à son égard, tout au long de notre sarcastique dialogue, s'était peu à peu effritée. Il faut dire que j'avais bu d'abondance, de façon très consciente, préméditée dirais-je. Que pouvais-je comprendre à sa vie ? C'est-à-dire à ce qu'elle en racontait... Était-ce sa vie, la *Vie*, qui m'importait ! Nous prîmes le métro à Ledru-Rollin. En marchant je ne cessai de l'embrasser. Sur le quai un clochard, à peu près aussi ivre que je l'étais, m'interpella :

– C'est une belle fille ! Vous êtes bien ensemble.

Il demanda à Tamako son appareil photo, tenant à tout prix à nous faire un cliché. Puis ce fut un Arabe, un paumé lui aussi, qui voulut en faire un. Quelle image, quel rêve, voulaient-ils ainsi pérenniser ? J'eus lieu souvent d'observer que nous nous attirions la sympathie des marginaux, des égarés.

Ces photos, Tamako me les montrerait cinq jours plus tard dans le train nous emmenant vers la Bourgogne : Elle y avait l'air, à cause de son bronzage « autrichien », d'une jolie Antillaise. Elle portait une veste de jean et une longue robe noire. Je la tenais enlacée, sur un banc du quai. Derrière nous, une affiche de la mairie de Paris, invitant à l'hygiène, titrait « Le geste propre ». Les photos suivantes, prises chez moi le même jour, me stupéfièrent du fait de leur extrême qualité : leur beauté. L'appareil offert par le Prétendant (au nom symbolique sans doute, ESPIO) était magique de netteté, de précision. Impitoyable aussi. Je fus stupéfait de voir ma gueule, toute rosie par la lubricité et l'alcool – faciès à la fois de faune et de mère-maquerelle – quand j'apportai, dans mon salon, un seau à glace argenté où reposait une bouteille de pouilly. On eût dit une vieille sorcière ricanante transportant on ne sait quelle potion. C'était obscène. Calé dans le fauteuil du TGV, à côté de Tamako qui regardait avec moi les clichés, j'avais l'impression que nous étions deux petites souris lorgnant, par un trou, un couple d'humanoïdes s'apprêtant à faire l'amour. Je m'exclamai :

– Beurk ! Ce que je suis moche.

La photo suivante était belle. Elle rappelait, par sa précision, les natures mortes flamandes du XVIIe siècle. Sur la table basse de mon salon, dans une assiette, des prunes noires, telles de grosses perles à l'orient scintillant, formaient un beau contraste avec des framboises dont on discernait chacune des luisantes protubérances. Une rose était posée à côté... Au-dessus de l'assiette, suspendues en l'air, mes deux mains tenaient, la gauche le goulot du pouilly, la droite un tire-bouchon qui y était enfoncé. Deux verres en cristal translucide, miroitants, complétaient le tableau.

La bouteille serait débouchée, Tamako déshabillée. Une subséquente photo la présente de profil, sa bouche rivée à mon pubis. Le lobe de l'oreille droite est turgescent. Ses yeux sont clos. Le collier de Poti, à son cou, est noirci de transpiration. Sur sa tempe moite adhèrent des mèches de ses cheveux courts, en désordre, et sur la peau mate de son bras un poil, collé là (il m'appartenait sans doute) dessine les lignes d'un incompréhensible idéogramme. Je me souviens que j'étais alors debout, elle à genoux, mes mains posées sur ses cheveux gominés. J'avais eu l'impression au contact de leur matière froide, rêche, comme cartonnée, que c'était la carapace un peu répugnante d'un scarabée qui me bouffait le ventre. Sur un autre cliché on voyait au sol un éventail, celui-là même dont elle s'était servie pour aérer l'Administrateur, après sa crise post-coïtale. Elle l'avait sorti de son sac, s'amusant à me le montrer comme quelque pièce à conviction lors d'un procès criminel. « Tu es un assassin », dis-je. Elle avait joué ensuite à en aérer mon bas-ventre et mes pudenda en sueur. Une des dernières photos de la série la représente au milieu du lit, la croupe à l'air – bien rehaussée par un coussin placé sous son ventre, et toute luisante de transpiration –, jambes écartées. Chaque poil de sa chatte était visible et l'on en discernait parfaitement les lèvres brunes dégoulinantes du jus mauve de la prune que, dans le salon, j'y avais enfoncée. Elle l'avait retirée et croquée, posant le noyau sur le bord de l'assiette.

Je l'avais prise plusieurs fois, lui faisant le récit fictif d'une « nuit d'amour torride » avec la Hollandaise – que j'accoutrai d'une toison, évidemment blonde, énorme, trop fournie (« une Amazonie »), et d'une peau réglementairement blanche, laiteuse, à saveur de beurre...

– Pouah ! Et elle puait ? demanda Tamako.

L'ayant détachée, et croyant que c'en était fini, il suffit que nous roulions au pied du lit pour que j'eusse à nouveau l'irrépressible envie de la reprendre. C'était mon corps, et son corps, ou leur aimantation, qui commandaient, et non point moi ni elle, ce que grossièrement j'essayai d'exprimer en disant :

– C'est le Phallus le maître.

A un moment elle avait dit, regardant sa montre :

– 18 heures, je dois rentrer, il faut que je sois « pro ».

Comme nous avions néanmoins continué, elle avait ajouté.

– Je suis « demi-pro ».

(Quelques jours plus tard, « en souvenir de ce bel après-midi », elle m'enverrait la carte postale d'une aquarelle de Delacroix : y figurait un lit tout simple aux draps défaits, tourneboulés, ne laissant apparaître au-dessous qu'un tout petit triangle de matelas bleu à fleurs, un morceau de couette jaune, et un bois de lit acajou, le tout se détachant en gros plan sur l'arrière-fond d'un mur gris-bleu. Nul doute que le peintre avait voulu saisir ainsi, juste après le départ d'une maîtresse, l'empreinte éphémère d'un moment d'amour, recélée par le fragile désordre des draps.)

Réitérant son « sketch » du téléphone elle s'en alla, toute nue, appeler l'Administrateur dans mon bureau.

– Je suis avec un groupe de touristes japonais.

C'est ce même groupe de touristes qui servirait de prétexte au voyage en Bourgogne que nous avions prévu. « Cette fois j'ai bien monté mon histoire », m'avait-elle dit au bar du Train bleu, gare de Lyon, où nous nous étions retrouvés avant de prendre le TGV. A son bord, comme nous regardions la dernière photo de la série, elle m'y fit remarquer un noyau de prune posé sur une assiette, où s'accrochaient encore quelques restes de chair jaune d'or. Elle apporta ce commentaire d'autant plus érotique qu'il était bref :

– C'est après !

Nous allions à Beaune. A Dijon, nous prîmes la correspondance. Dans un couloir souterrain de la gare, nous vîmes se précipiter à notre rencontre un couple franco-asiatique. L'homme et la femme étaient grands, beaux, élancés, élégants : nos reflets s'avançaient vers nous dans un miroir en pied. Le tain en était brun : sépia. Et c'était comme si se fût dressée devant nous une photo de nous-mêmes, mais relevant d'une époque trop ancienne pour que nous y ayons jamais vécu.

– Ils sont beaux, ces deux-là, dis-je désignant du doigt nos doubles.

– Oui, ils ont de la chance, rétorqua-t-elle.

– Vous les connaissez ?

– Non.

17

Vivre uniquement dans l'instant présent, accorder toute notre attention au plaisir que procurent la lune, la neige, les cerisiers en fleur et les feuilles d'érable, chanter des chansons, boire du vin... ne tenir aucun compte de la misère qui nous entoure, refuser le découragement, telle la gourde flottante que le courant de la rivière entraîne : voilà ce que nous nommons MONDE FLOTTANT.

(Asai Ryoi, *Contes du Monde flottant*, XVIIe siècle.)

7 août

A Beaune, en parfaits métaphysiques-véridiques-authentiques touristes, nous réservâmes un « tour » (un minibus devait nous faire visiter les vignobles et une cave où nous aurions droit à une dégustation). Comme nous avions deux heures de battement, nous nous rendîmes auparavant à l'hospice de Beaune, ancien hôpital médiéval, que je connaissais déjà. Je l'y emmenai directement voir le polyptyque du peintre flamand van der Weyden, et plus spécialement, dans le polyptyque (qui représente le Jugement dernier), une damnée, nue, à quatre pattes, fesses dressées en l'air, la tête baissée vers l'abîme, ses cheveux longs tirés par une autre damnée, tout aussi nue, l'emportant avec elle dans sa chute.

– C'est vous tout craché, dis-je. C'est le Poti, à quatre pattes, montrant son cul.

– Le Poti sans collier, dit-elle. Et puis j'ai les cheveux trop courts. On ne pourra pas tirer dessus pour m'attirer en enfer.

Elle ajouta qu'elle avait toujours été fascinée par l'érotisme qui émanait de la plupart des peintures religieuses occidentales.

– Le catholicisme dégouline d'érotisme, rétorquai-je.

Cependant, une énorme loupe qu'un appareillage électronique, commandé par un guide du musée, baladait devant le polyptyque, pour que les visiteurs en vissent mieux les détails, se posa tout juste sur la paire de fesses du Poti voué aux flammes éternelles...

– Vous en réchapperez, dis-je, puisque vous êtes païenne, bouddhiste. Vous ignorez la loi, donc vous ignorez le péché. Lisez saint Paul ! C'est moi qui, pour vos crimes, serai damné !

Elle rit. Allant et venant devant le polyptyque, elle étudia de près les damnés qui, sur la droite, couraient en foule vers l'éternel malheur, s'accrochant les uns aux autres dans leur chute ; tandis que, sur la gauche, les élus, tout aussi nus, s'apprêtaient à gagner, l'air béat, l'infinie félicité du ciel... L'archange saint Michel se trouvait au centre, ailes déployées, et tenait de sa dextre une balance à deux plateaux où il soupesait l'âme des mortels. Confronté à ce tableau de l'humaine destinée, j'éprouvais je ne sais quel malaise : rivé à la croupe d'un infernal Poti, n'étais-je pas en train de me perdre à tout jamais, de me vider de ma substance ?

Tamako jubilait :

– C'est exquis, on dirait une bande dessinée.

C'est avec le plus grand sérieux, en revanche, que, dans le minibus qui nous promena des terroirs de Pommard, Volnay, Monthélié jusqu'à Meursault et Puligny-Montrachet, elle écouta le laïus du guide, un bel homme à la peau aquarellée de rose par le bon vin. Elle prenait des notes, studieusement, régulièrement, sur son « carnet » dont je remarquai que déjà, depuis notre première rencontre, plus d'une centaine de pages étaient couvertes d'idéogrammes. On eût dit que notre guide, mais avec des mots cette fois, répétait la parabole tragique peinte par van der Weyden sur son polyptyque, non à propos des âmes, bien sûr, mais du vin. Là encore la grâce divine était bien mal partagée. Ne suffisait-il pas de quelques mètres, de l'espace d'un simple chemin, pour que telles vignes, dont il nous désignait non loin les vertes rangées, appartinssent à la race élue des plus grands crus, pommard ou clos vougeot, quand, juste à côté, telles autres, que la profane providence d'une meilleure terre ou d'une meilleure exposition ne favorisait pas, se contentaient d'une appellation mineure, côte de Beaune par exemple (« Celui que nous avons bu au bar Henri IV », dis-je) ? Damnation absolue, tel terrain, situé en plein vent au sommet d'une colline, se trouvait à l'abandon, ses pauvres qualités ne méritant même pas qu'on y plantât des choux.

– C'est subtil, dit Tamako, d'un mètre à l'autre la qualité change.

– Et peu démocratique, ironisai-je. Si nous buvions tous du Coca-Cola, on en finirait avec ce système inique !

Regardant les vignes s'étendre infiniment, sous un ciel azur, jusqu'à l'horizon, elle semblait extasiée :

– C'est délicieux... On dirait une grande mer verte, je voudrais y plonger.

– On viendra y vendanger cet automne.

Nous nous arrêtâmes aux caves de Mazilly. Comme on nous faisait un cours détaillé concernant la fabrication et le vieillissement du vin, je dissertai sur le goût du « vieux », aujourd'hui disparu. Jadis le chic anglais exigeait qu'on ne mît une veste en tweed ou une paire de chaussures que lorsqu'elles avaient été légèrement usées. Ainsi les gentlemen faisaient-ils toujours porter d'abord leurs habits neufs par des domestiques. Aujourd'hui, même en matière d'architecture, les matériaux employés n'étaient plus destinés à durer, c'est-à-dire à lentement se transmuer, se métamorphoser, se patiner, s'affiner, s'embellir dans le grand alambic de la nature et de ses intempéries : de sorte qu'ils pussent s'assimiler bientôt au paysage de la ville. C'était comme si le monde moderne craignait le Temps, ses Signes, sa Mémoire – et voulait les abolir. Tamako se souvint qu'enfant elle avait honte de l'ancienne maison de ses parents. Une maison traditionnelle en bois noirci, tout envahie d'ombres. Elle était entourée d'un jardin aux rochers moussus et planté de cerisiers. Le récent tremblement de terre de Kobé l'avait détruite. Elle la regrettait. Ses parents désormais vivaient à Tokyo dans un prosaïque appartement.

– J'aime le vieux ! dit-elle.
– Les hommes vieux aussi ?
– Les mûrs... ça a plus de goût.

Quelques heures plus tard nous étions à Dijon, dans l'atelier de la *sculpteuse* qui nous avait permis de nous rencontrer. Depuis des années que je ne l'avais plus vue, son joli visage avait un peu fané. J'ouvris une des deux bouteilles de meursault achetées aux caves Mazilly. Dès la première gorgée, il m'apparut sublime : sa robe ambrée l'assimilait (d'autant qu'il était presque tiède) à de l'urine. Il était capiteux de goût, vaguement caramélisé, fumé, et rappelait, par certains côtés, le parfum d'un vieux cognac. J'y plongeais mon nez puis mes lèvres, comme en extase. Je l'inhalais plus que je le buvais. C'était un moment parfait.

Idée qui m'avait trotté depuis longtemps dans la tête, j'avais rapproché Tamako de la *sculpteuse*, sur un canapé, m'étant placé entre elles deux, comme le saint Michel de van der Weyden entre les élus et les damnés. Ancienne complice, la *sculpteuse* lança, railleuse :

– Non, n'y comptez pas, je suis vieille maintenant, cassée, usée, c'est plus de mon âge.

En aparté, elle m'avait murmuré :

– C'est vous qu'elle veut... Méfiez-vous !

J'avais eu cependant le temps de les trousser un peu et de confronter leurs poitrines nues, blanche à tétons roses pour l'une, la Bourguignonne ; mate à tétons bruns pour l'autre, la Nipponne. Contraste de chairs, de races, de mondes. Rencontre inopinée d'un Fragonard et d'un Gauguin... Avec un sang-froid qui me surprit, Tamako avait plaqué sa bouche sur la bouche de la *sculpteuse*, qui s'était vite esquivée : *Baiser à la dérobée*. Du bout des doigts la *sculpteuse* lui avait essuyé le rouge laissé sur ses lèvres.

Nous dînâmes dans une cave. La *sculpteuse* rentrerait chez elle, seule. Nous regagnerions l'hôtel qu'elle nous avait réservé. En chemin, longeant les bâtisses à pignons et colombages de la ville médiévale, je récitai à Tamako, pour mettre les mots à l'unisson des vieilles pierres, quelques vers de Villon et Rutebeuf dont il me souvenait. Je dénichai même dans ma mémoire un lai du XIIe siècle, celui du Chèvrefeuille, de Marie de France, dont je répétai à plusieurs reprises, en l'adaptant au français moderne, la si jolie chute qui compare les corps enlacés des amants au chèvrefeuille noué aux branches du coudrier : *Belle amie si est de nous / Ni vous sans moi, ni moi sans vous…*

Sur les murs de la chambre d'hôtel, un papier peint vert à fleurs roses ; au-dessus du lit, un miroir ; dans la salle de bains, un rideau de douche en plastique transparent orné de pois bleus… J'éteignis l'électricité et déclenchai la télé couleur, son coupé, pour *parfaire* le décor. Une lumière lunaire engloutit la pièce, plongeant les choses – chaises, table, téléphone, oreillers, couvertures – dans une sorte d'irréalité aqueuse, glauque, où sombrait leur substance, leur image seule, réchappée du naufrage, semblant surnager encore, comme en apesanteur, fragile, immatérielle, à la surface du monde. Et le corps déshabillé de Tamako, avec le mien, rejoignit cet espace fantomatique, où, dans un jeu de perspectives forcées, tout semblait converger, emporté par un irrésistible tourbillon, vers l'œil incendié du téléviseur, espèce de hachoir prismatique où, comme nous commencions de nous étreindre, écrasant de temps à autre la télécommande abandonnée sur le lit, des tronçons de nos corps, léchés de lueurs phosphorescentes, morceaux de fesse, tessons d'épaule, bris de pied, éclats de genou, copeaux d'oreille, se superposaient aux sierras désertiques d'un western, s'enclouaient sur la scène éblouie de projecteurs roses d'un spectacle de show-biz, occultaient les corps squelettiques des dernières victimes africaines d'une famine – quand, dans une mystique partouze, ils ne s'accouplaient pas à ceux, nus, obscènes, extatiques, des laborieux acteurs d'un film porno… Cependant, comme l'image de nos corps mêlée à celles, fugaces, de l'écran, s'ébattait au-dessus de nous dans le miroir mural, Tamako, avec l'active complicité de mon imagination, évoquait à nouveau moins sa mère que le fantasme de celle-ci, qu'en paroles elle livra, avec une frénétique jouissance, à une multiplicité de mâles, surtout des

Noirs (les Noirs semblent une obsession très nipponne), la soumettant à des exercices que la charmante petite dame, si raffinée, si élégante, que j'avais observée au Train bleu, n'eût jamais conçus, même dans ses cauchemars les plus scabreux. (En discours direct, cela donnait à peu près : moi : « Et au gros nègre, qu'est-ce qu'elle lui fait ta maman ? » Tamako : « Elle lui bouffe la queue ! ») Tout cela mettait Tamako en transes.

– On pourrait baiser des heures, des journées, des semaines… il y aurait toujours un manque, soufflait-elle.

– Si l'Administrateur te voyait, comme on se voit là, dans le miroir, lui disais-je, montrant nos luisants reflets.

– Il me jetterait à la porte, il me tuerait.

– S'il écoutait tes cris…

– Il ne me reconnaîtrait pas, il ne m'a jamais entendue crier ainsi.

J'appris ce même soir que, parmi les nombreux acteurs qu'il employait dans sa filmographie érotique, l'Administrateur m'avait tout récemment recruté… Faisant l'amour à Tamako, il lui avait soufflé à l'oreille :

– Fais comme si j'étais…

Ce sur quoi il avait prononcé mon nom.

– Je me suis laissée aller, dit-elle, j'ai joui !

– Traître !

Disant qu'elle avait joui, elle jouit. Tout cela était d'autant plus étrange que, quelques quarts d'heure auparavant, elle m'avait assuré :

– L'Administrateur est « en panne », il faut lui changer ses piles.

On ne savait trop, dans les propos qu'en plein rut elle pouvait proférer, ce qui tenait de la vérité, et ce qu'elle inventait pour se plier, fort asiatiquement, aux lubies de ses partenaires, attiser ceux-ci – et les asservir ? Il y avait quelque chose de l'art de la profiterole dans sa façon de faire l'amour, le froid y côtoyait le chaud… Comme le tiède chocolat nappe les boules de glace à la vanille, la conscience continuait de hanter son corps emporté par le plaisir. Un jour, sèchement, elle me déclarerait :

– Tout ce que je raconte est faux. Je dis ça pour mettre *de l'huile dans la conversation.*

– C'est indécent d'employer quelqu'un, comme ça, sans lui demander son avis ! dis-je. Je vais lui réclamer des honoraires, à ton Administrateur !

Elle éclata de rire.

Je n'avais aucune idée de ce à quoi il pouvait ressembler, moralement et physiquement. Était-il ce « vieux débris » au bras duquel des amis, dernièrement, avaient vu Tamako tendrement accrochée, boulevard Saint-Germain ? Ou en était-ce un autre ? (Elle avait esquivé mes questions à ce sujet.) Je me l'étais figuré, au départ, relativement cultivé. Chose qui concordait peu avec ce qu'elle me révéla alors : il regardait, et enregistrait, les films pornographiques passant chaque samedi à la télévision (au demeurant, quand c'était trop « hard », il pouvait être assailli d'une soudaine chrétienne pudibonderie. Ainsi avait-il profondément frustré Tamako en tournant le bouton, un soir, au milieu d'une de ses scènes favorites : une femme prise *par-tous-les-trous :* « J'étais mouillée... ça m'a déçue, mais j'ai rien dit ! »). C'était un intoxiqué de télévision, il avait trois postes à domicile. La chose avait cependant ses bons côtés. Tamako avait pu découvrir ainsi le chef-d'œuvre d'Oshima, *L'Empire des sens*, censuré au Japon...

– Ce qui me fascine dans les films pornographiques, même les plus vulgaires, me dit-elle, c'est de voir tout ce que l'on peut faire à quelqu'un, à son corps...

Elle ajouta qu'elle était capable d'aller « aussi loin » que l'héroïne d'Oshima, jusqu'à la « totale possession » (l'héroïne finit par tuer son amant et s'enfuir, en emportant les testicules et le sexe qu'elle a tranchés). Le film, d'ailleurs, était tiré d'un authentique fait divers.

– Tu es dangereuse ! plaisantai-je.

– Tu ne le savais pas ?

Régulièrement, au hasard d'une pression de nos corps sur la télécommande, le poste zappait : un présentateur blond, cravaté d'azur et d'or, surgit soudain dans l'obscurité. Ouvrant et fermant sa muette bouche, comme un poisson d'agrément, il semblait nous observer, blotti derrière l'écran, comme derrière la vitre d'un aquarium. Tamako était empalée sur moi, sa croupe appuyée à mon bas-ventre. Elle formait ainsi une ombre, à contre-jour, que la source lumineuse, derrière elle, brodait aux contours d'un fin liseré bleu. En suspension, au-dessus de ma face, les ténèbres de son visage laissaient par instants deviner, dans un bref scintillement de ses yeux, je ne sais quelle expression narquoise et effrayante...

– Dans le film d'Oshima, dis-je, tout est vu à travers les fantasmes de la femme. L'homme ne compte pas, c'est un instrument, un phallus, qu'elle manipule.

J'ajoutai que « certaines femmes » désiraient s'emparer non seulement du corps, mais aussi de l'univers moral et intellectuel de leur amant. Le bouffer, l'étouffer ! Couic ! Et cet étouffement, en ce même moment, j'avais l'impression d'en deviner les prémisses.

Approchant de mes lèvres ses lèvres, de sorte que son visage, encore éclaboussé de temps en temps par les reflets bleuâtres du téléviseur, s'enténébra tout à fait, elle lança une phrase qui fit écho en ma mémoire aux mots similaires, par elle prononcés, quand je l'avais promenée dans les locaux de la BN :

– Ton MONDE est tellement solide.

On eût dit qu'elle eût voulu à la fois s'y amarrer, comme une barque à la dérive ; s'y souder amoureusement, passionnément, vampiriquement ; s'en investir ; comme la voile capte la force du vent ; mais en même temps le détruire, envieuse de sa plénitude, ou plutôt de son apparence de plénitude.

– Tu ne sais pas comme tout cela est fragile, dis-je. Un rien peut le mettre à bas. Un écrivain, c'est une femme, pire qu'une femme : une femme perpétuellement enceinte et à chaque instant au bord de l'hystérie...

– Je veux boire ton sperme.

Elle avait balancé ces mots tout à trac, à brûle-pourpoint, laissant glisser son corps lubrifié de sueur tout au long de mon corps – jusqu'à ce que ses lèvres atteignissent la hauteur idoine. A relire longtemps plus tard mes carnets, je vis plus d'un lien logique entre ce dont elle m'avait parlé auparavant et ce désir, si crûment exprimé...

Bizarrerie des associations d'idées : au moment de la jouissance, qui fut très longue à venir, j'eus la vision, pour le moins cocasse, de l'église orthodoxe russe, rue Daru, à Paris. Je l'avais récemment visitée, dans ma quête des années trente : les Russes blancs en exil, noyautés par les agents de Staline, s'y retrouvaient avant guerre.

– C'est amer... murmura-t-elle. C'est dégueulasse. C'est tellement dégueulasse que c'est bon.

J'ai souvenir d'une autre scène, que j'aurais du mal à bien situer dans la chronologie de cette nuit : elle se trouvait à nouveau empalée sur moi, chevauchant mon ventre, murmurant, tandis que sous mes mains je sentais coulisser ses fesses lissées de transpiration :

– Je te baise, je te baise, tu es ma grosse pute. J'aime t'entendre jouir comme une femme. Je voudrais être ton maquereau.

C'était la phrase même qu'elle m'avait dite, deux mois auparavant, la première fois qu'elle s'était donnée à moi. A cette différence près que le sujet et l'objet en étaient inversés. A elle, maintenant, le rôle du « maquereau », à moi celui de « pute ». La conquête du Japon poursuivait ses errances sémantiques... Par quels inconscients cheminements (à travers son âme et mon âme) en était-elle arrivée là ? Sans doute saisissait-elle mieux l'incertitude de ma situation économique. Ma vie se jouait sur des coups de poker : je ne serais jamais son « protecteur ». Tout au contraire, lui disais-je souvent en plaisantant, c'était à elle – après avoir harponné un « petit vieux » vraiment très riche – de devenir mon mécène. Ce qu'elle conclut :

– Et tu seras mon geisho !

Sur le téléviseur au son coupé, de somnambuliques policiers poursuivaient de fantomatiques gangsters, tandis qu'en silence pistolets et mitraillettes crachaient leurs balles... Il était 3 heures du matin, j'avais soif. Le robinet d'eau froide était à sec. Il n'y avait que de l'eau chaude, brûlante même... Nous avions, certes, une bouteille de meursault, mais j'avais déjà trop bu, et, de toute façon, manquait le tire-bouchon... Je tournai en rond dans la pièce. Essayai, en désespoir de cause, de boire le contenu d'un vaporisateur d'eau de Vittel, nécessaire sans doute au démaquillage, que Tamako avait posé sur la tablette de la salle de bains. Inconsommable, infecte... Selon son journal intime, je me serais alors drapé dans la cape d'un officier méhariste, déclarant qu'il nous fallait nous rhabiller et, coûte que coûte, trouver une oasis où faire le plein : car, détail supplémentaire, nous étions égarés au fond du Sahara. Nous aurions alors hanté les couloirs de l'hôtel, cherchant en vain un frigo... Notre errance se serait poursuivie dans les rues de Dijon. Pas une fontaine ! J'aurais alors escaladé les grilles, dangereusement terminées en pointes aiguisées, d'un square et, ne trouvant d'autre eau que celle, croupie, d'un bassin où barbotaient des canards, je me serais exclamé :

– Qu'est-ce que c'est que ce pays où il y a du vin et pas d'eau !

Ces notes *bourguignonnes*, c'est un an plus tard qu'elle me les avait traduites : assise, nue, en plein soleil, au bord d'une cascade sauvage. Elle était venue passer trois jours dans la maison des Cévennes où j'écrivais notre roman. J'en avais rédigé déjà une centaine de pages. L'été flamboyait... L'eau du torrent était translucide, la montagne, alentour, hérissée de pics argentés. Un énorme bloc de roc graniteux, d'où jaillissait la cataracte, semblait comme suspendu, menaçant, au-dessus de son corps frêle tout ruisselant d'une récente baignade. On eût dit le rocher dont le cyclope Polyphème menaçait d'écraser Acis et Galatée – mais dans sa version brute, « nature », sans les raffinés trompe-l'œil de la fontaine Médicis.

Après avoir sauté à nouveau par-dessus la grille du square, il m'a dit, s'approchant de moi : « J'ai failli m'arracher les testicules. » J'ai rétorqué : « Vous n'avez pas besoin de ça pour écrire. » Il m'a répondu : « Si, c'est avec ça qu'on écrit ! » Il a cité Flaubert : « Garde toujours un peu de sperme pour ton encrier ! »

Revenus à l'hôtel nous finîmes par trouver de l'eau froide aux toilettes du rez-de-chaussée.

Tamako éprouva une sorte de panique quand, dans la chambre, je la repris.

– Vous ne dormez jamais ?

Je pus trouver un début de sommeil. Mais me réveillai un peu plus tard, glacé, ne m'étant pas recouvert le corps. J'étais nu. Je me mis dans la baignoire. Toujours pas d'eau froide. Je fis couler l'eau brûlante qui monta progressivement autour de mon corps...

– Vous êtes complètement fou, je n'ai jamais vu un Blanc prendre un bain aussi chaud, un Japonais à la rigueur...

Le bain me permit de dormir une heure ou deux. Quand j'ouvris les yeux, dans les premières lueurs de l'aube qui mêlaient leurs phosphorescences à celles du téléviseur resté allumé, je découvris, posée à mes côtés, immobile, une femme d'ivoire, dont le corps lisse, aux longs membres effilés, était discrètement incurvé, comme si, de la défense d'éléphant où il eût été sculpté, il avait conservé le nostalgique souvenir. Une légère respiration soulevait son sein.

Je le baisai.

Le téléphone sonna. C'était la *sculpteuse* :

– Alors vous avez passé une bonne nuit et tout.

– Et tout, dis-je.

On nous apporta un petit déjeuner dans la chambre.

Croquant son croissant, Tamako ironisa sur ces étranges Français qui établissent des hiérarchies partout, jusque dans les croissants, opposant ceux au beurre et ceux à la margarine, pour une différence de cinquante centimes à un franc. Elle n'était pas de bonne humeur. L'œil sombre elle regardait, sur l'écran, de vagues silhouettes d'hommes et de femmes, en survêtement, un bandeau rouge dans les cheveux, qui s'adonnaient à des mouvements de gym-rythmique. Ses joues, son menton étaient irrités.

– C'est votre barbe, dit-elle, à chaque fois c'est pareil.

– La prochaine fois je mettrai un masque de cuir... Certains musulmans, quand ils font la prière, se cognent exprès très fort le front au sol, au moment de la prosternation, de sorte qu'il s'y forme peu à peu un cal. C'est signe qu'ils sont de grands croyants. Ils en sont fiers.

Elle frotta son menton égratigné et, dans un demi-sourire, mal décryptable, elle dit, froidement :

– Moi aussi, j'en suis fière.

J'allai payer *(Hôtel Jacquemart, chambre double, une nuit, 450 F, petit déjeuner compris)*. Tamako me rejoignit bientôt à la réception. Avec sous le bras la seconde bouteille de meursault que j'avais oubliée.

– Gardez-la si vous voulez, dis-je.

Et j'ajoutai, sans aucune ironie :

– Vous pourriez l'offrir à l'Administrateur.

– Pourquoi ?

Elle lança alors ce trait cruel qui m'effara :

– Il se contentera d'une carte postale de l'Hospice !

J'étais vaseux. Nous allâmes saluer la *sculpteuse*. En sortant de chez elle, Tamako me dit :

– Je l'ai embrassée sur la bouche.

Puis elle ajouta :

– Quand avez-vous fait l'amour avec elle, la dernière fois ?...

– Il y a... longtemps. C'est une vieille copine. A la fin on ne faisait plus « ça » que par amitié.

– Moi aussi, un jour, je serai une « vieille copine », usée, patinée, avec qui on fait « ça » par « amitié »... ou pitié !

Marchant vers la gare, elle me parla des fleurs. Du culte des fleurs au Japon. Des émissions météo qui, au printemps, indiquaient chaque jour l'évolution du « front des fleurs », c'est-à-dire de l'état de la floraison des cerisiers selon la latitude de la région concernée... De même, à l'automne s'annonçaient à la météo les modifications de la rousseur des arbres. Ainsi les gens, en connaissance de cause, pouvaient-ils aller admirer en famille les cerisiers fleuris ou les érables rouillés. Elle sortit soudain de son sac une fleur séchée : une rose qu'elle avait prise chez moi, lors de notre dernier rendez-vous, sur l'assiette à prunes, et qu'elle conservait en souvenir. Éphémère instant évanoui...

Ainsi était-elle : insaisissable dans sa joliesse, sa luxure, son pragmatisme, sa grossièreté, sa cruauté.

– Chez nous, Japonais, me dit-elle un jour, il n'y a pas de logique. Ne la cherchez pas… Nous flottons.

– Même les ingénieurs de chez Sony ?

Nous arrivâmes gare de Lyon. Comme nous descendions du train, moi, avec pour tout bagage, la seconde bouteille de meursault, et que je regardais son visage, pâle, malgré le hâle qui semblait se dissoudre sous l'interne érosion de la fatigue, je lui demandai :

– Vous n'êtes pas angoissée à l'idée comme ça de rentrer chez vous, de mentir ?

– … Non, je vous l'ai dit. Cette fois j'ai été très pro. J'ai impeccablement monté mon histoire. Mais il faut que j'apprenne à mieux me dominer, à mieux fabriquer mon visage. Quand l'Administrateur m'interroge, parfois, je laisse filtrer mes émotions, je me trahis.

– Vos photos, vous les mettez où ? Vous n'avez pas peur qu'il les trouve ?

– Je les cache dans mon armoire. Mais j'oublie souvent aussi. Je les laisse traîner.

– C'est un peu cher comme loyer, d'avoir à mentir ainsi, non ? Il ne vous donne vraiment pas un sou ?

– Je suis logée, nourrie, blanchie.

– Comme les domestiques ! Et une bonne ça revient à 10 000 francs par mois avec les charges. Une call-girl à 10 000 francs la nuit au moins ! En pure logique économique, j'entends.

Je regardai ses chaussures. Des chaussures noires à bride, que je lui avais vues nombre de fois. J'avais l'impression d'avoir fait le tour de sa garde-robe : trois ou quatre beaux habits de marque (payés de sa poche, me dit-elle), et quelques babioles.

– Edmond m'a encore proposé de vivre chez lui. Sa petite amie coréenne le quitte.

– Vous êtes vraiment sûre qu'il est riche, Edmond ?

Après un court silence, j'ajoutai, ironique :

– Et pour ce week-end, je vous ai payée combien ?

– Plus qu'il ne faut.

Nous sortîmes de la gare. Juste en face, au-dessus de la porte d'un bel hôtel, une enseigne en lettres écarlates annonçait : TERMINUS LYON.

– On pourrait y aller, dis-je, pour en finir.

– Non, il a l'air trop luxueux. Trois étoiles ! J'en veux un à 150 francs, pas plus ! Et puis... il n'est pas assez triste.

Elle semblait morose. Il était 13 heures. Nous nous installâmes à la terrasse ensoleillée de la pizza Vesuvio, proche du Terminus. Sur un kiosque à journaux, une affiche du magazine *Ça m'intéresse* annonçait : AIMER – LE TOUR DU MONDE DES COMPORTEMENTS SEXUELS. Une autre affiche, représentant un préservatif, affirmait : IT TAKES TWO TO MAKE LOVE, IT TAKES THREE TO STOP AIDS... Le soleil dardait. J'avais posé sur notre table le meursault. Elle commanda une marinara aux anchois, moi une quatre-saisons-œuf-à-cheval-mozarella...

– C'était terrible, cette nuit, se décida-t-elle à dire... Quand vous dormez, vous êtes SEUL. On a l'impression que vous rejetez tout. Entre vous et moi, il y avait un MUR. La première nuit qu'on a passée ensemble, à mon retour de Nice, c'était pareil. Vous me tourniez le dos, vous étiez comme un escargot enfermé dans sa coquille, refermé sur son MONDE, un animal sauvage, râlant, ronflant... terrifiant. Ça m'a empêchée de dormir. J'ai écouté la pluie tomber, infiniment.

Dans ses carnets, elle note : *Quand il est dans sa coquille, il est têtu, il n'accepte personne, rien, il renie tout le reste, il est froid, il tourne le dos, se couche sur le ventre (je n'ai jamais vu de Japonais dormir sur le ventre). Je l'ai embrassé sur le cou, la nuque, il a fait le geste de refuser avec les épaules. Seule sa mère, autrefois, pouvait sans doute briser cette coquille. C'est pourquoi j'ai peur de dormir avec lui.*

Je regardai sa mine défaite, ses paupières enflées, le masque froid recouvrant son visage.

– C'est peut-être une façon pour moi de me protéger, de préserver ma liberté, dis-je. J'expulse tout. Je verrouille. Mais n'êtes-vous pas comme ça vous aussi, dans la vie j'entends ? Vous êtes une dure, en fait. Ce doit être effrayant quand vous rompez avec un homme...

– Ça m'est arrivé, au Japon. J'ai été très brutale. C'était nécessaire. Il fallait en finir. Il pleurait. Il ne cessait de pleurer.

Froidement, elle ajouta :

– Comme un chien !

Un peu plus tard, par recoupement, je comprendrais qu'elle parlait de cet amant restaurateur, de milieu populaire, avec qui elle avait vécu deux ans à Tokyo. Pour conclure, elle lui avait lancé : « Tu ne m'apportes plus rien ! Tu ne m'apprends plus rien ! »

– Un jour, dis-je, vous serez aussi dure avec moi.

Nous nous séparâmes dans le métro.

La foule s'y pressait. J'eus la vision – dantesque ? – d'un escalator à doubles rampes parallèles, montante, descendante, qui semblaient, comme dans le polyptyque de van der Weyden, mais en version hyperréaliste, l'une charrier vers le ciel ses grappes d'élus en Nike et casquette de base-ball ; l'autre les précipiter en enfer.

Elle partit en vacances à Amsterdam en compagnie de l'Administrateur. Tout juste après, elle devait se rendre à Tokyo (via Hong Kong où elle passerait un second « test » avec le Prétendant). Nous nous revîmes trois fois, entre-temps. Jamais je ne l'avais sentie si ouverte, si offerte. « En Hollande, je n'arrivais pas à vous oublier », me disait-elle, ajoutant lyriquement : « Les étoiles du ciel me rappelaient vos taches de rousseur » ; puis, sarcastique : « Ah si on pouvait vous remplacer comme une cartouche de stylo ! » ; ou, romantique : « Au Japon, les choses seront peut-être différentes. Tout ça m'apparaîtra comme un rêve lointain. » Au moment de me quitter, elle lança, dans l'escalier : « Je suis amoureuse. »

Sur mon répondeur téléphonique, la veille de son départ en Asie, elle avait enregistré ce message : « Bonjour, c'est le Poti. Je ne pourrai vous voir pendant quelque temps. Mais vous me trouverez dans votre boîte ce matin. » J'y courus. Une grosse enveloppe m'attendait. A l'intérieur, un éventail orné de chrysanthèmes blancs : *Cher maître, je vous prie de recevoir cette dernière brise de l'été 1996. Espérant vous retrouver en automne, comme promis, pour les vendanges. Votre fidèle Poti.*

Je relus Chamfort : *Qu'est-ce que l'amour ? Le contact de deux épidermes, l'échange de deux fantaisies.*

AUTOMNE : 30 septembre...

L'automne était là. Deux jours après son retour de Tokyo (où elle passa un mois), nous étions à nouveau en Bourgogne. J'avais réussi, non sans difficultés – et pour la seule précieuse jouissance de ma tyrannique-petite-touriste-nipponne – à me faire inviter aux vendanges par des vignerons du terroir de Maranges. Je commençais de plus en plus à me complaire dans ce rôle de guide, de tour operator, de paparazzi et d'escort boy à la fois.

Dans le train, à l'aller, elle m'avait fait une description assez triste de son séjour en Asie. Avec son Prétendant, pour le second « test », rien ne s'était passé. « Il ne m'a pas touchée. » Elle s'en était sentie frustrée, non pas moralement mais physiquement. Comment y croire ? Elle avait revu aussi son vieil admirateur de quatre-vingts ans. Il lui avait proposé d'aller à l'hôtel. Elle avait refusé. « Je regrette. Je me demande ce qu'il aurait bien été capable de faire. » Elle n'avait eu là-bas, affirmait-elle, aucune aventure.

– J'ai des *étoiles* d'araignée entre les jambes.

Au cours de la conversation, elle avait sorti de son sac une photo du Prétendant et de l'Administrateur. J'ignorais, à ce jour, le visage de l'un et de l'autre. Tous deux étaient demi-chauves. Le premier avait un air intelligent et sympathique. Le second, très grand, cheveux gris, costume gris, cravate, semblait figurer l'archétype du « père sévère » (à cette queue-de-cheval près, malingre, qu'il arborait derrière le crâne, témoin fossile d'on ne sait quelle défunte fantaisie). Pourquoi une si jolie fille, issue d'un milieu aisé, s'appariait-elle si mal ? L'intérêt ? Un intérêt mal compris... Que gagnait-elle en l'affaire ?

Par-devers moi je songeai : « Elle est fêlée ! »

Mais si joliment fêlée...

La voir gambader dans les champs bourguignons avec ses peu adéquates bottes à talon (on lui en donnerait bientôt en caoutchouc) fut pour moi une délicieuse jouissance. Devant l'océan infini des vignes, que l'automne avait commencé de mordorer, elle avait éprouvé la même extase que précédemment. Encore une fois elle eût voulu y plonger, s'y noyer (« C'est ravissant ! »). Mais peut-être était-ce tout autant le spectacle des énormes tritons y barbotant sous forme de splendides vendangeurs, musclés, velus, bronzés, dont on ne voyait, au-dessus des rangées de feuilles et de grappes vertes, que le torse suant se ployant sans cesse, lavé d'or lumineux par le soleil, qui la mettait dans cet état d'ébriété érotique autant que spirituelle. Le nombre de clichés qu'elle prit de ces splendides satyres – si exotiques pour elle – dont les pattes velues étaient occultées par les haies virides, atteste assez bien que je ne projette pas ici mes fantasmes. Malgré le copieux déjeuner que nous avions fait, nous nous joignîmes, pour trois symboliques quarts d'heure, à la tâche, nous mêlant aux étudiants et étudiantes embauchés pour la circonstance. Que quelques gouttes de sueur nipponne aspergeassent les lourdes grappes de raisin qu'elle cueillait, ajoutant leur secrète infinitésimale saveur à l'élaboration de la prochaine cuvée, cela me fascinait et me fascinait plus encore l'idée que, dans quelques années, le temps que le vin eût suffisamment vieilli, je plongerais mes lèvres dans un verre de maranges (1996) pour y rechercher, avec amour et passion, la saveur perdue, à jamais perdue ? de ces quelques gouttes tièdes par son front versées comme une obole de sa beauté.

Après ces symboliques travaux des champs, nous assistâmes à l'opération de l'éraflage, les grappes que nous avions vendangées, transportées par camion, étant déversées dans une énorme machine où, là encore, au milieu d'un infernal tintamarre de ferraille, les élus étaient séparés des damnés : les grains aspirés vers les cuves, la rafle rejetée aux ordures…

– Des arêtes de raisin !

Une voiture nous laissa à Beaune, aux portes du musée du vin. Elle tomba en extase (« C'est mignon ! ») devant une photo d'après guerre où trois hommes, nus et velus, piétinaient dans une immense cuve en bois un matelas de grappes noires. Nul doute, pensâmes-nous, que la pisse et la semence, généreusement répandues lors de ces bachiques travaux, devaient enrichir copieusement à l'époque le bouquet du bourgogne. D'antiques sécateurs, exposés dans une vitrine, ne l'intéressèrent pas moins. Elle les regarda de longues minutes, comme hypnotisée.

– Vous êtes vraiment dangereuse.

Elle rit.

Nous repartîmes le soir même pour Paris. A l'Administrateur, elle avait donné un coup de fil. Cette fois encore, elle accompagnait prétendument des touristes nippons. Il lui avait demandé dans quel hôtel elle couchait, elle avait répondu qu'elle logeait chez des vignerons...

– Il gobe ça ?

– ... Il commence à avoir des soupçons. Quand je suis arrivée du Japon, il m'a dit : « Tu as un Prétendant, tu couches à droite et à gauche et moi je suis quoi là-dedans, l'aubergiste ? » Il avait ajouté qu'il allait lui offrir un téléphone portable, parce qu'il ne savait jamais où la joindre l'après-midi.

– Il veut vous mettre en laisse ? Il est terrible, votre aubergiste !

Sur la vitre du train, avec la nuit tombante, nos deux visages se reflétaient confusément, tandis qu'en transparence défilait derrière eux un paysage enténébré qui semblait les traverser de ses forêts obscures, ses champs indéfinis, ses routes, ses cheminées d'usine, une lointaine lumière parfois, perdue dans les confins de l'horizon, venant comme s'accrocher à nos joues ou notre regard. Cela me rappela une scène fameuse du roman de Kawabata, *Pays de neige*.

– J'aime ce livre, dis-je, mais quelque chose m'agace chez Kawabata : ce sont les femmes qui donnent, qui se sacrifient. L'homme reste illusoirement le maître...

– Maintenant on se venge, dit-elle.

Elle ajouta que l'auteur s'était peut-être suicidé parce qu'il n'avait pas réussi à franchir l'abîme séparant hommes et femmes au Japon.

– Tanizaki et Oshima ont essayé, dis-je.

Dans la flaque opalescente de nos images, par-delà la vitre obscure, des alignements parallèles de vignes sombres s'ouvraient, se déployaient, puis se refermaient, telles de fantomatiques lames d'éventail.

Trois heures plus tard, après un bref dîner chez Bofinger (« Encore un beau décor début de siècle pour ce roman ! » songeai-je : *un pouilly, deux choucroutes, 548 F, service compris, table 23*), nous nous écroulions sur mon lit. Où reprirent les vendanges. Je vendangerais jusqu'à l'aube blême. Comme, allongée sous moi, elle agrippait de ses deux mains crispées ma croupe démultipliée dans le faisceau des miroirs muraux, cet aveu s'arracha de sa gorge :

– Tu as un gros cul. Celui de l' Administrateur est encore plus gros. Il est lourd, il m'écrase, j'aime qu'il m'écrase, j'aime être VICTIME... Il faut que je paie mes week-ends de liberté !

Je ne savais trop si elle évoquait ainsi notre voyage en Bourgogne ou celui, à ses dires professionnel, qu'elle devait réaliser prochainement au Luxembourg avec un homme d'affaires nippon. Un « vieux monsieur » de soixante-cinq ans.

Il était question aussi qu'elle se rende en Suisse.

– Ça te fait jouir qu'il t'écrase ?

– Ça m'humilie.

Comme je vendangeais ses seins, sa bouche, ses oreilles, sa chatte, ses fesses, son échine, sa nuque, je lui demandai, pour vérifier mes observations de la journée, si elle avait trouvé les vendangeurs sexy, et lequel d'entre eux elle avait préféré.

– Le porteur de hotte, dit-elle dans un souffle.

L'homme, si je m'en souvenais, était bronzé, râblé, taillé dans le muscle, carré. Immédiatement, pour complaire aux fantasmes de mon exigeante excentrique touriste, il fallut que, redoublant de fureur vendangeuse, je jouasse le rôle dudit porteur de hotte. Je me fis aussi brutal que j'imaginais qu'elle imaginait qu'il pût l'être. La croupe encore sur le lit, mais le dos et la tête au sol, où elle avait glissé comme un lutteur terrassé, épaules au tapis, elle jouit, moins dans mes bras que dans ceux d'un incube.

– Je suis inondée !

Maître Jacques, j'avais troqué la casquette du tour operator contre celle du domestique sexuel. Elle me confierait bientôt qu'elle eût voulu être prise par tous les vendangeurs.

– Tous sans exception ?

– Tous.

– Les uns à la suite des autres ?

– A la suite et... à la fois.

– Mais tu aurais mal, à la fin ? Il y en avait une quarantaine !

– Ça ne fait rien, je m'obligerais !

– Et les filles, cependant, les vendangeuses... Elles te regarderaient, elles se moqueraient de toi, elles te traiteraient de pute !

– Oui, dit-elle dans un spasme, mais elles seraient jalouses.

– Et l'immonde gros moustachu (j'évoquais un vendangeur peu gratifié par la nature), qu'est-ce qu'il te ferait ?

– Il me tiendrait, pendant que les autres me...

– Et moi, pendant ce temps ? Je me croise les bras ?... Ou j'ai droit à une étudiante ? (Et je ressuscitai une jolie blonde, bien plantureuse et blanche, que nous avions surnommée « le Boucher ».)

– Non, je te le ferais avec la bouche !

– Je n'aurais pas droit à la jolie blonde ?

– Non non, répéta-t-elle furieuse, je te le ferais avec la bouche.

Ainsi était-il établi qu'elle s'arrogeait tous les vignerons, mais qu'aucune vigneronne ne m'était allouée.

Elle se promit de s'inscrire aux prochaines vendanges, et, cette fois, elle irait seule !

– Ingrate !

A de multiples reprises, au cours de la nuit, j'avais mitraillé nos corps accouplés avec le flash de son Espio. J'eus l'idée même de guetter le moment de son orgasme afin de l'épingler à jamais, comme un fragile papillon, sur la pellicule... Elle eut soif. J'apportai du muscat. Je me souviens de son visage, tout suant d'amour, s'élevant, bouche ouverte, pour tenter de croquer les grains de la grappe que je tenais, par jeu, suspendue en l'air. Je la poserais bientôt sur mon pubis, imitant le geste d'un personnage de bas-relief, symbole de l'automne, figurant dans une cour de l'hôtel Sully, proche de la place des Vosges. Après un bref laps de sommeil, j'avais senti comme un gros clou planté dans mon ventre. C'était mon sexe. La main de Tamako l'agrippa, je repris les vendanges. (« Ma chatte aussi était raide, raide comme du bambou », me dirait-elle plus tard.) Je dus à nouveau me glisser dans la peau de plusieurs vendangeurs qu'elle me décrivait et, qui sur son corps, se passèrent le relais. Elle jouit au sixième...

Le matin, nous évoquâmes les travaux de la nuit, devant un café noir et une assiette de figues fraîches, les premières de l'année. Je croquai voluptueusement leur chair rouge grenée. La-petite-touriste-jap se réexcita. Le tour operator reprit sa tournée. Je ne me souviens plus trop dans la viande de quel vendangeur je me réincarnai, au terme de cette nouvelle harassante opération de métempsycose.

– Il te faut combien de vignerons par nuit, quarante ?

Se blottissant contre moi, elle souffla :

– Je préfère un seul vigneron qui me baise quarante fois.

Comme elle se rhabillait, je photographiai chaque étape de ce strip-tease à l'envers : Tamako, dans un fou rire, enfilant son slip bordeaux. Tamako, dans un sourire, nouant son soutien-gorge. Tamako, radieuse, enfilant sa jupe noire. Tamako, jubilante, passant sa veste de jean. Tamako, éblouissante, mettant ses bottes... Tamako, soudain sérieuse, replaquant en arrière ses cheveux. Tamako, désespérante, disparaissant dans la vertigineuse volte vernissée de mon escalier.

Un an a passé. Ce livre compte déjà près de deux cents pages. J'ai cinquante ans... Partout en France commencent de nouvelles vendanges. J'écris dans ma maison cévenole. Tamako, depuis deux semaines, a déménagé. Elle a trouvé un joli trois pièces, sous les toits, dans le XIIIe arrondissement. Je lui ai rendu visite, lors d'un bref aller-retour à Paris. Et l'ai photographiée, au milieu du bazar de son déménagement, assise sur une boîte en carton, le menton fatalistement posé sur la paume de sa main. Elle m'a lancé :

– Ça va être dur d'être libre... de n'avoir plus d'horaires...

Ajoutant :

– En partant de chez l'Administrateur, j'ai pleuré, j'étais triste. Pourtant c'est moi qui ai décidé de mettre fin à cette... « affaire ».

Et concluant :

– Il va falloir que le Poti trouve un nouvel os.

Nous fîmes l'amour sur les boîtes de carton, au milieu des boîtes de carton, dans les boîtes de carton. Lorsque je m'apprêtai à la quitter, elle s'était précipitée vers sa porte et, tendant emphatiquement la main vers le verrou, *comme pour le fermer, elle avait rejoué l'envoûtante scène du tableau de Fragonard où un mâle dépoitraillé, massif, musclé, coupe ainsi la retraite de sa conquête déjà à demi évanouie dans ses bras au milieu des flots de satin tumultueux de sa robe défaite…*

18

La rampe a disparu, la fosse de la scène est en loques. Le théâtre ressemble à un manteau dont on a décousu le col...
(V. Chklovski, *La Marche du cheval*, 1921.)

Octobre

– Nous ne sommes pas des amants, nous sommes des travailleurs, des chercheurs, des scientifiques ! Ce sont les premiers mots qui sortirent de ma bouche au spectacle des photos qu'elle m'avait apportées : celles que j'avais prises avec son Espio au retour de Bourgogne, quelques jours auparavant...
– C'est effrayant, magnifique, effrayant...

Nous nous trouvions au Baron rouge, qui était en passe de devenir pour nous moins un lieu de plaisir que de travail, un bureau, un laboratoire. Ému, j'avais ouvert, comme à d'innombrables reprises nous le ferions par la suite, l'enveloppe noire de la FNAC qu'elle m'avait tendue en venant s'asseoir à ma table (à son habitude elle était arrivée en retard). Ainsi l'officiant ouvre-t-il le sacré tabernacle. Et « ça » m'avait quasi explosé à la gueule : sa gueule à elle, sur papier glacé : cheveux ébouriffés ; yeux clos ; paupières enflées ; trous de nez frémissants comme les naseaux d'une pouliche au galop ; bouche béante aux lèvres roses écarquillées, gercées d'écarlate, d'où saillent deux rangées de dents s'écartelant sur l'abîme d'une gorge où la mitraille du flash a suscité, cernée d'ombre, la lunule jaunâtre, striée de veinules sanglantes, d'une langue révulsée ; menton luisant de sueur, piqueté de plaques d'irritation roses, que trois doigts, aux ongles sales, d'une main sans maître (ma main !) agrippent, s'y crispant comme les griffes d'une hyène accrochée à sa charogne ; le tout s'écrasant en gros plan sur un lit dont le matelas, à rayures bleues et blanches, est çà et là visible sous les flots des draps grenat plus tourneboulés que des vagues de lave incandescente… Les muscles orbiculaires, tendus à l'extrême, tirent sur les joues boursouflées, y déterminant des réseaux de rides deltaïques scarifiant une chair blême, où la brusque érosion du flash, laminant toute couleur, n'a laissé subsister, îlots de résistance, que quelques taches de rousseur prenant l'allure d'on ne sait quels hideux stigmates, et la cicatrice d'un bouton de fièvre.

C'était là ce que l'amour avait fait du beau visage de Tamako miraculeusement saisi au moment même de l'orgasme. C'était là l'aberrant, l'effrayant visage de ce qu'on appelle le Plaisir. On eût dit une vieille femme soumise à la torture, ou en proie à la plus cruelle agonie ; on eût dit une truie extatique hurlant sous le couteau de l'égorgeur… *Cela* je ne l'avais jamais VU, ni dans la vie bien sûr, car quel amant pourra jamais, dans la violence de l'étreinte, arrêter sur le visage de sa maîtresse cet instantané acméïque ; ni représenté… Aucun peintre de l'amour, français ou nippon, n'ayant, à ma connaissance, cherché à saisir et fixer pareil moment : pareille expression à soi seule plus obscène, plus violente et insoutenable que les accouplements les plus tarabiscotés de Keisa Eisen.

Quelle redoutable gueule avait mon Hashiguchi Goyo ! Quelle fascinante gueule… Paradoxalement, seule l'iconographie chrétienne, à travers les portraits de ses Christ crucifiés et autres martyrs, a su éterniser, dans la plus équivoque ambiguïté, quelque chose qui y ressemblât, tant jouissance et souffrance, par l'apparence, se confondent. D'autres clichés, incarnant des moments ultérieurs, montraient son visage peu à peu se détendre, la peau retrouvant la matité de son ocre, la grimace de sa bouche s'estompant. Jusqu'à ce que le doux ovale de son visage, redoublé par ses paupières closes frangées d'ombre, ses joues à nouveau plates, ses lèvres refermées où flottait, à la fossette de leurs commissures, on ne sait quel mystérieux sourire, prissent l'apparence sereine des traits lisses et raffinés d'un Bouddha de bronze d'Ayuthya.

C'était le visage du bonheur.

– Le *satori* ! dit-elle, plaisantant à demi.

Quelques clichés en très gros plans, assez répugnants d'hyperréalisme, montraient nos bouches, luisantes de salive, et nos nez, s'imbriquant l'un dans l'autre, le mien chevauchant le sien, comme un chien sa chienne.

– On dirait deux escargots s'embrassant !

Ironie, ce baiser – trouble et mal cadré – était estampillé d'une étiquette *Non facturé*, le laboratoire ne l'ayant pas tarifé...

Mais ce qui m'effara le plus, sans doute, ce fut ma gueule, ma propre gueule telle que, entre deux étreintes, je l'avais fixée, retournant contre moi (chose dont je n'avais aucun souvenir, je devais être vraiment ivre...) l'objectif de l'appareil photo, comme un désespéré braque vers sa tempe un revolver. Et cet acte, sans doute, avait-il fort à voir avec le suicide : car c'était la terreur (là où on eût dû trouver la joie ?) qu'ainsi j'avais saisie sur ma face comme si, croyant appuyer sur la gâchette d'une arme à feu, c'était le vulgaire bouton de l'Espio de Tamako que, par erreur – fantastique erreur qui m'eût permis d'éterniser le regard d'un homme affrontant sa propre mort –, j'avais pressé. Chaque poil de ma barbe mal rasée, chaque poil de mes narines impudiquement sondées et éclairées, chaque verticale striure de mes lèvres, chaque repli des cernes ocre de mes yeux renfoncés s'exposait là, obscènement, dans un visage d'homme vieillissant, qu'encadraient par en haut, sur le front moite auxquelles elles adhéraient, les boucles adolescentes de mes cheveux bruns. Quelque chose, dans ce faciès distordu et ahuri, rappelait celui, effaré au sortir d'une séance de torture, des Babel, Kolstov et autres victimes du Guépéou dont j'avais scotché les portraits au-dessus de mon bureau. Épinglés aux prunelles d'un éclat de lumière, mes yeux, mes propres yeux, figés sous le glacis d'un cliché, me regardaient, moi qui les regardais, au Baron rouge, moi qui les regarde aujourd'hui encore, comme j'achève d'écrire ces lignes.

– C'est beau, dit Tamako, jetant aux clichés l'œil froid, professionnel, d'une infirmière lorgnant la tête d'un malade frappé du cancer.

– Beau et effrayant.

De part et d'autre d'une énorme assiette d'huîtres et d'une bouteille de sancerre, nous nous regardâmes, nous qui avions été ces deux êtres accouplés, et qui ne les étions plus. La puissance bouleversante de ces photographies – radiographies de l'abîme, par moi jusque-là insondé, où deux amants dans le mystère de l'amour peuvent s'enfoncer – effaça d'un coup la répugnance irrépressible que m'avait inspirée (comme lors de son retour de « test » en Autriche) le visage de Tamako, au moment où elle était entrée dans le bar. Elle revenait de son week-end au Luxembourg avec, en théorie, un businessman nippon.

– On a beaucoup de travail à faire, tous les deux, dis-je.

Elle rétorqua :

– On a TOUT à faire.

Je ne l'avais revue d'une semaine. J'avais l'impression qu'elle venait, pour utiliser sa terminologie, de se « fabriquer le visage », tout juste avant d'entrer dans le bar sans doute : aucune espèce d'expression ne s'y lisait, ni le plaisir, ni le déplaisir de me voir. Il était à la semblance de sa voix, au téléphone, étrangement froid, anonyme. La fatigue le marquait cependant. (« Qui est *cette fille* ? » pensai-je, mais qui étaient ces jolies femmes, au regard absent, si impénétrable, figurant dans mes livres d'estampes ? Qu'avaient-elles dans la tête ?) Elle était en pantalon, tee-shirt, et portait un blouson de cuir noir râpé, col relevé, que je ne lui connaissais pas. Ça lui donnait l'allure, très sexy, d'une héroïne de film de karaté. D'une voyoute.

– Vous avez fait l'amour avec lui ? demandai-je, songeant au supposé businessman.

Elle me dit que non, que c'était au demeurant un type assez fascinant (elle avait passé trois jours avec lui), mais il était petit, moche, chauve.

– Quand avez-vous fait l'amour pour la dernière fois ?

– Avant-hier soir… Lorsque je suis rentrée du Luxembourg. J'étais en retard. J'avais raté mon train. L'Administrateur n'en pouvait plus. Quand je suis en retard, ça le met en transes. Au milieu du dîner, il m'a dit : « Alors, je joue quoi, moi, là-dedans, les naïfs ? Tu te moques de moi : pas un de ces mecs ne te touche ? » Et puis il m'a sauté dessus. Il m'a fait ça, violemment, rapidement, contre un mur. Je lui ai dit : « Attends pour après ! », mais il n'a pas pu se retenir.

– Il a fait quelque chose… « après » ?

– Rien.

Elle me racontait ça froidement, avec détails. N'était-ce pas notre règle ? N'étions-nous pas des scientifiques ? Ses rapports étaient aussi implacables que des procès-verbaux de police. Au demeurant – mais je m'en rendrais vraiment compte quelques mois plus tard, en relisant mes carnets – il y avait aussi, dans cette attitude de sa part, de la provocation. Tentait-elle d'éveiller chez moi un sentiment qui, jusque-là, ne s'était jamais manifesté : la jalousie ?

Juste avant son départ au Luxembourg, elle m'avait téléphoné, me balançant tout à trac, au milieu de diverses banalités :

– L'Administrateur m'a dit que je l'avais violé. Ça s'est passé cette nuit. Vous vous en foutez, hein ?

Les geishas, m'avait-elle récemment raconté, comparent l'homme dont elles jouent à une bille qu'on fait tourner au creux de sa main.

Sans doute, lors de son séjour au Japon, avait-elle commencé à concocter, vis-à-vis de moi, de lui – et d'autres amants inconnus peut-être ? – une stratégie. La lecture de Tanizaki (sur mon conseil) n'avait pas dû lui être inutile. Elle avait d'ailleurs fait, à Kobé, un pèlerinage à la maison de l'écrivain, dont elle m'avait envoyé une photo. En légende : « Le Poti sur les traces de Tanizaki ». En signature, l'empreinte de son index, à l'encre rouge, surmontée de quatre autres petites empreintes, l'ensemble figurant parfaitement la trace de patte d'un chiot. Son sens de la cocasserie ne la quittait pas. Sans doute le fait de me montrer la photo de l'Administrateur (comme de lui avoir offert mon parfum) faisait-il partie de ce plan : elle me présentait mon rival. Connaissant ses traits, il ne pourrait plus être pour moi une abstraction. S'incarnant, il deviendrait plus facilement objet de jalousie. Mais je ne bronchai pas, du moins pour l'instant : ces photos de nos amours, que je venais d'étudier avec Tamako, me révélaient trop que nous avions d'autres champs littéraires à explorer que celui du vaudeville.

Montrant, posée sur la table, l'enveloppe noire (où l'on pouvait lire : *La FNAC donne à vos souvenirs une autre dimension*) je dis :

– Cachez-les bien, ces photos... Prenez garde, elles sont terribles. Si crues, si dures, si obscènes, ce serait un véritable coup de poignard pour lui, s'il les trouvait ! Il vous casserait la gueule.

– Oui, je dois faire attention, il me tuerait. D'ailleurs il a un tringle.

– Un tringle ?

– Un flingue... et puis il vient de finir *La Confession impudique*, ça peut lui donner des idées...

– Vous lui avez offert ce livre, vous êtes folle ?

Donner à l'homme qu'on trompe un roman évoquant un vieux mari qui lit en secret les carnets de sa femme infidèle relevait soit de la niaiserie, soit du plus tordu machiavélisme. Pour arranger les choses, elle avait commencé (sur mon conseil encore) *Les Liaisons dangereuses*.

M'épiant du coin de l'œil, elle dit :

– L'Administrateur prend de moins en moins de tranquillisants. Il est de plus en plus amoureux.

– Il se doute, dis-je, ou il sent. Ça l'excite.

– Votre nom ne doit plus être évoqué devant lui.

A quoi mon nom servait-il dans leur cuisine ?

Cette cuisine ne m'intéressait pas. Je l'engloutis sous un flot de sancerre. Du bout de ma fourchette, je tailladai le crampon blanc d'une huître. En portant la coquille à mes lèvres, je l'aspirai, fixant les yeux de Tamako, leurs bizarres commissures internes dont je n'avais pas encore percé l'énigme. Le souvenir me revint du désir que j'avais eu de les gober...

– Au Japon on lave les huîtres, dit-elle, elles perdent leur goût, c'est idiot.

A quoi elle ajouta :

– On n'est pas sérieux ! On ne fait pas le marché, on ne cuisine pas...

– Vous cuisinez, vous ? Vous n'êtes pas de ceux qui pensent que les salades poussent toutes préparées dans les assiettes ?

Elle me raconta qu'elle avait envoyé par fax le récit de ses vendanges à sa confidente de Kobé, avec tous les détails de la nuit qui avait suivi. Lui disant, entre autres, que les vignerons sont très sexy. La confidente lui avait expliqué que les travaux des champs sont bons pour les femmes enceintes. C'était sa meilleure amie, elle était elle-même enceinte.

– Je vais lui envoyer un fax, dit Tamako, pour lui demander de combien de mois il faut être grosse, pour ce type de travaux. Je tâcherai d'être en état aux prochaines vendanges...

Nous allâmes au bistrot du square Trousseau. Sans que nous demandions rien, on nous apporta deux cafés, avec des biscuits au chocolat. Nous étions devenus, pour les serveurs, qui nous regardaient avec on ne sait quelle complicité souriante, des figures emblématiques de leur établissement. Tous les samedis ou presque, avec la régularité de personnages d'antique horloge montrant leur nez à chaque fois que l'heure sonne, nous y passions. Étais-je ivre ? J'eus une sorte d'hallucination en regardant au-dehors, par la baie vitrée, un passage clouté. Passage qui n'était clouté que par *catachrèse* (Tamako nota ce mot), car c'étaient des bandes blanches peintes au sol qui tenaient lieu de clous. Entre leurs lignes parallèles, le bitume noir, granuleux, mouillé par une récente ondée, étincelait de millions de minuscules reflets allumés par le soleil. Cela brillait comme de la poudre de diamant. Nous restâmes tous deux, longtemps, comme frappés d'hypnose, à regarder ça : éphémère œuvre d'art découpée dans le spectacle banal de la ville. Quand nous remontâmes l'avenue Ledru-Rollin, lavée de pluie, ce fut un trottoir immatériel, aquarellé de bleu par le ciel s'y reflétant, que profanèrent nos pas.

– C'est ravissant, dit la voyoute, piétinant les nues.

Nous prîmes le métro (ses arcades étaient tapissées d'affiches arborant la photo de Malraux : on devait transférer ses cendres au Panthéon). Nous sortîmes station Filles-du-Calvaire. Au Cirque d'hiver avait lieu une expo d'art contemporain. Je déblatérai sur les artistes du XXe siècle qui avaient voulu en finir avec les notions de socle, de cadre, de rampe de théâtre quand je visais pour ma part à les réintroduire dans la vie même métamorphosée en art. Si tant est que j'eusse un art, quel était-il ? Consistait-il en ces éphémères moments de vie qu'avec la complicité de Tamako j'essayais de mettre en scène ? Était-ce de l'art que nos amours ? Était-ce de l'art, cette expression effrayante et sublime qu'un appareil photo lui avait arrachée au moment de l'extase ? Ou l'art ne résidait-il pas dans le récit qu'il m'incomberait d'en faire ?

– On est des travailleurs, des scientifiques, répétais-je, arrivant au pied de mon immeuble. Quel beau soleil ! On pourrait se balader... Mais non... Il faut s'enfermer, bosser, quelle pitié !

Elle rit.

– Quelle pitié ! répéta-t-elle.

Elle ajouta :

– Il faut que je téléphone, je vais à la cabine, là-bas.

Elle désigna une cabine aux vitres transparentes en face de mon immeuble.

– Vous pouvez appeler de chez moi.

– Non il faut qu'il y ait du bruit autour, le bruit des voitures, de la rue, c'est moins louche.

L'Administrateur, m'expliqua-t-elle, devenait jaloux. Je ris. Regagnai mon appartement où j'ouvris du champagne.

Elle arriva cinq minutes plus tard. Sur la table basse, au milieu d'un lit de rousses feuilles mortes, l'attendaient un pot de miel, des noix fraîches, des châtaignes, du raisin, des chanterelles. Les fruits de l'automne.

– Les champignons, dis-je, je les ai cueillis ce matin, sur un trottoir, il en pousse beaucoup en ce moment, à Paris, autour des poubelles.

– C'est vrai ?

Elle se tut un instant. Puis éclata de rire...

– Je crois tout ce qu'on me raconte.

Je la déchaussai. Baisai ses pieds (de Hong Kong, elle m'avait envoyé une photo que j'avais prise d'elle avec son appareil, assise sur mon canapé, la pointe des orteils nus posée au sol, comme « sans y toucher », l'air ahuri, un bras sur un accoudoir, légère, irréelle, telle une vierge en lévitation : le mouvement de ses pieds, leur cambrure, m'avaient fasciné). Elle l'avait collée dos à dos à une photo de moi, les entourant toutes deux d'un fil rouge : couleur de l'amour en Asie. Ainsi filait-elle la métaphore du chèvrefeuille entortillant le coudrier. Nous nous rentortillâmes sur le canapé. Et ne nous détortillâmes que pour nous retrouver, nus, moi assis sur le fauteuil couleur haricot rouge, le dos à une bibliothèque, elle à genoux entre mes jambes, abouchée à mon bas-ventre qu'elle s'amusait régulièrement à arroser d'une ondée de miel (« Tes boules, me dit-elle, ça a goût de terre ! »). Cependant, explosant sporadiquement de rire, je piochais, derrière moi, à l'aveuglette, des livres, dans la bibliothèque. J'y jetai un bref coup d'œil, le temps d'en clamer le titre, et les lançai au hasard : telles de grosses volailles, ailes éployées, ils s'en allaient s'écraser, après un vol malhabile, contre le mur d'en face, avant de choir lamentablement au sol ou sur le canapé. Ainsi traitai-je ma doc des années trente : *Hommage à la Catalogne* d'Orwell, une ode à la croisade franquiste de Claudel, *Notre avant-guerre* de Brasillach, et, de Malraux, *L'Espoir*. Ce fut une véritable hécatombe, un holocauste, un autodafé. Et je riais encore, je riais ! Bientôt nous inversâmes les positions et je déversai la gelée d'or du miel sur le ventre de ma Danaé. Juteuse pâtisserie d'Orient où je croquai :

– Ma ruche !

Un grand cadre vide, traînant dans un coin de la pièce, attira mon attention. Aussitôt la mécanique des réflexions qui, depuis le matin, se déroulait dans ma tête, se remit en branle : je pensai à la photographier, elle, toute chaude, toute frémissante de tridimensionnelle chair, toute nappée de miel, toute croquante de sucre, au milieu de ce cadre qu'elle tiendrait d'une main. Je lui demandai auparavant d'enfiler sur ses épaules nues sa veste noire de voyoute, col relevé. Au début elle posa, docilement, derrière le plan déterminé par les montants du cadre. Mais soudain, joignant le geste à la parole, elle dit :

– Je sors mon pied.

Elle le tendit vers moi, blanc, fin, délicieux.. Et ce fut comme si soudain, pure représentation, elle eût crevé la toile du tableau dont elle semblait prisonnière, pour entrer dans le monde des vivants.

J'enlaçai à la taille cette miraculée, l'entraînant vers la chambre.

– Prends-moi devant, dit-elle.

– Non, ta chatte est traître, elle se prostitue, elle paie ton loyer à l'*aubergiste* !

– Ça n'est pas de sa faute, on la force !

– Elle n'aura rien !

– Tu t'en fous, qu'elle paie mon loyer…

Avec un foulard, je bandai ses yeux. Elle me dit qu'elle n'y voyait plus, plus du tout. Je lui dis que je n'étais pas moi, que j'en étais un autre, que c'en était un autre, n'importe qui, qui la prenait. Elle dit :

– N'importe qui. Je m'en fiche.

Dans un spasme, elle souffla :

– Remplis-moi.

– Dis-le en jap.

– *Ippaï ni shité, seïékidé ippaï ni shité*, je t'en supplie, *ippaï ni…*

Un frémissement la traversa. Son corps se cabra, s'arc-bouta. Sa main droite sur le drap se crispa, le froissant en un réseau étoilé de plis. On eût dit qu'elle eût voulu agripper ainsi, arrêter le Temps.

Nous nous douchâmes et nous retrouvâmes dans le bureau. Les « vendanges » s'y poursuivirent, à même ma moquette râpée. A un moment donné elle courut aux toilettes. Quand elle revint, toute nue et suante, elle portait aux pieds d'énormes chaussettes d'hiver en laine brune, épaisses, déformées, distendues, qu'elle avait dénichées je ne sais où. C'était étrange de voir ses pieds et ses jambes si fins ainsi grossièrement accoutrés. Elle n'en paraissait pas moins ravie. Tel un enfant fier de quelque bon tour : « J'avais froid aux orteils ! » Ses yeux étincelaient, jubilaient. Comme j'étais allongé par terre, elle joua à me donner des coups avec ses pieds « enchaussettés », à la façon d'un karatéka achevant son adversaire.

– Tu veux m'écraser, dis-je, m'esclaviser, comme les Japs ont fait avec leurs prisonniers anglais de Birmanie.

– Qui te les a tricotées, ces chaussettes ?

Elle s'assit à cheval sur mon ventre, s'emmanchant sur moi. Élevant et abaissant sa croupe, elle s'amusa à observer, derrière elle, dans un miroir appuyé au mur, mon sexe coulissant mécaniquement dans le sien à la façon d'une bielle.

– C'est beau ! dit-elle, regarder ça… qui entre, qui sort… C'est tout luisant…

Elle ajouta :

– Les hommes, quand ils font l'amour, ils veulent être les maîtres ?

– Les primaires, oui. Aussi ne jouissent-ils pas. Ils éjaculent, c'est tout. Ce qui est bon, c'est de perdre le nord. Un homme qui éjacule n'a pas obligatoirement d'orgasme. Il est des éjaculations insipides. S'il n'accepte pas sa part de féminité, je ne pense pas qu'aucun homme puisse vraiment jouir. On ne jouit qu'autant qu'on se donne. Plus on se donne, plus on jouit !

– L'Administrateur, il éjacule.

– Il crie en éjaculant ?

– Non, il fait des grimaces.

Elle mima une affreuse cocasse grimace.

Puis, penchant vers moi un regard écarquillé, brillant d'éclats hallucinés, elle ajouta :

– Je ne suis qu'une miette.

Pendant ce temps, mon répondeur téléphonique, branché, avait enregistré plusieurs messages : « Alors, qu'est-ce que tu deviens, tu es encore avec ta Jap. Tu vas finir par sentir le poisson ! » dit une loufoque voix de jeune femme. Puis une voix d'homme retentit : « Allô ici… »

– Qui c'est, cette fille…

– Une amie, un peu fofolle.

– Comment ?

– Une blonde.

– Et le type ?

– C'est l'eskrave.

– Celui de la photo ?

Bientôt, elle partirait à la recherche de ses habits.

Entrant dans le salon, je la surprendrais à jouer, pour soi seule, une scène étrangement mélancolique. Elle était nue, à genoux, les jambes serrées, devant la table basse. Sur l'assiette ornée de fruits et de champignons, elle avait pris une feuille morte, une feuille de vigne aux belles nuances rousses et mordorées, à demi recroquevillée. Vivante statue, elle l'avait posée sur son pubis et, penchée dessus, la contemplait en silence, l'échine recourbée, les épaules frileusement resserrées, comme si son corps eût inconsciemment mimé le recroquevillement de la feuille. Elle murmura :

– J'ai peur de vieillir.

Plus tard elle passerait sa main, tendrement, voluptueusement, comme on caresse un chat, sur les poils élimés de la moquette grise :

– Surtout ne la changez pas, ne la changez plus, plus jamais.

Elle enfila son pantalon, ses bottines. Je les lui laçai.

– Je serai votre majordome, déclamai-je histrionesquement, votre domestique, votre esclave, je cirerai vos bottes, épousseterai vos jeans, laverai vos culottes. Et quand vous me trouverez méritant, vous m'autoriserez à vous baiser les pieds, et lorsque je serai vraiment vraiment méritant, j'aurai droit de poser mes lèvres, mes lèvres indignes, sur votre chatte insigne. Ça se mérite, une chatte.

– Ça devrait !

Touchant la gerbe de blé « porte-bonheur » accrochée au mur du salon, elle ajouta :

– C'est pas le moment que j'arrive en retard.

Elle fila, « comme une flèche ».

Trois perles d'or brillaient sur le siège du fauteuil couleur haricot rouge : trois gouttes de miel.

Avec une éponge, je les effaçai.

Le soir même, elle dînait non loin de chez moi, dans un vietnamien « branché », Uncle Ho, avec l'Administrateur et quelques amis. Je lui avais dit que j'y viendrais peut-être, « comme par hasard », afin de voir « sa tête ». Elle m'appela trois quarts d'heure plus tard, dès son arrivée chez elle :

– Non, ne venez pas... je me sens incapable de jouer la comédie.

Je lui demandai de frotter son combiné à son pubis, afin d'en entendre crisser les poils. Elle s'exécuta (« Je mouille ! »). Dans l'écouteur, au milieu de grésillements comme d'une pluie drue fouettant un toit de tôle, retentit le bruit d'une porte qu'on ouvrait.

– Je raccroche, souffla-t-elle, le MÉCHANT arrive.

Dans le cadre de ma fenêtre, la pleine lune, blême, brillait au-dessus d'une cheminée : *comme un point sur un « i »*.

Je pris un somnifère.

29 octobre

– C'était infect, chez Uncle Ho, me dirait-elle trois jours plus tard, au téléphone. J'ai eu mal à l'estomac... C'est mieux que vous ne soyez pas venu.

– J'étais fatigué de toute façon. Et puis je me sens dispersé, perdu...

– Si vous êtes perdu, il faudra que je vous achète un collier.

– Je vais me mettre aux tranquillisants, moi aussi. Il utilise quelle marque, l'Administrateur ?

– Le Méchant.

– C'est le Méchant qu'il s'appelle, maintenant ?

– Euh... L'Admini...

– Appelez-le comme vous voulez.

– Il va très bien en ce moment. Il ne prend plus du tout de tranquillisants. Il m'a prise, hier soir. Et, pour la première fois, en me prenant, il a glissé son doigt dans... derrière. Ce qu'il n'avait jamais fait.

– Votre derrière n'a pas le droit de payer le loyer, c'est ma propriété privée !

– S'il essaie, je sais pas si je pourrai résister... Ce matin il m'a reprise... devant.

– Vous avez joui ?

– Je me suis empêchée… *par contrat avec vous* !

– Il profite de nos travaux scientifiques ! C'est le jeu des vases communicants. Il est inconsciemment excité… Je suis son antidépresseur. Je vais me faire rembourser par la Sécurité sociale…

Elle rit.

– Ce matin, poursuivis-je, j'ai eu l'eskrave au téléphone.

– Le mâle ?

19

Sur les clôtures à claire-voie, sur les rameaux entrelacés... je voyais, en lambeaux, des toiles d'araignée ; çà et là, aux fils rompus, étaient suspendues des gouttes de pluie qui semblaient des perles blanches enfilées. Admirant tout cela, je me sentais délicieusement triste... Le curieux, c'est que des gens puissent penser que la rosée n'est pas jolie.

(Sei Shonagon, *Notes de chevet*, XIe siècle.)

31 octobre

– La veille, j'ai préparé un dîner léger, du riz parfumé, du soja, des épinards chinois. Et sans assaisonnements. Je ne voulais pas que mon corps sente mauvais. A midi j'avais mangé un feuilleté, c'était lourd, ça m'était resté sur l'estomac. Le Méchant a dîné avec moi.

– Vous étiez excitée déjà. Vous pensiez à ce qui allait se passer le lendemain ?

– Un peu, pas vraiment, j'avais peur aussi. J'étais partagée entre la peur et la tentation... Le Méchant... m'a alors fait taper du courrier.

– Quoi ? Il vous emploie comme secrétaire... gratis ? Vous êtes la femme à tout faire...

– C'est vrai, je suis bête. Et puis il s'est servi un whisky et a regardé la télé dans le salon, comme chaque soir. Moi je suis allée dans la chambre. Je vous ai appelé en douce. Vous m'avez confirmé le scénario. J'arriverais sur les 14 heures, l'Autre serait déjà chez vous, mais dans la chambre du fond. J'aurais les yeux bandés, le visage masqué, je n'y verrais rien. Ça ne durerait qu'une heure, on l'utiliserait comme un Kleenex et puis on le jetterait. Il ne saurait pas qui je suis. On lui dirait que je me nomme Yukiko, que je suis femme de diplomate… Ensuite j'appellerais un taxi, c'est moi qui partirais la première. J'aurais préféré rester avec vous… Mais l'autre, s'il partait avant, pourrait m'attendre en bas de l'immeuble. Et je ne voulais pas qu'il puisse m'identifier, me suivre, c'était surtout ça qui m'angoissait, le problème social. Mais enfin… vous m'aviez dit qu'il vivait en banlieue, qu'il n'avait aucune relation à Paris. Je me suis savonnée avec du gel à la cannelle puis frictionnée avec *Svelte* de Dior : cela adoucit la peau et la raffermit. Je me suis fait aussi un masque de beauté. Ensuite j'ai lu un magazine, au lit. J'avais un tee-shirt, mais rien en bas. Sur les minuit, le Méchant est arrivé. Il a posé sa main entre mes jambes. Il a dit : « La porte est bien ouverte »…

– Vous étiez très excitée déjà, il en a profité.

– Il m'a prise… Non, je n'ai pas joui, mais ça n'était pas désagréable. Depuis quelque temps il est moins rapide… Il est parti le lendemain à 10 heures. Je vous ai alors téléphoné.

– J'ai l'enregistrement de ce coup de fil, dis-je, déclenchant mon magnéto. Écoutez :

– *Comment va le Poti ?*

– *Le Poti est quand même un peu soucieux et troublé… à cause de ce qui va se passer tout à l'heure…*

– *Vraiment ?*

– *C'est une expérience… Vous, vous êtes habitué.*

– *Non, à chaque fois c'est différent…*

– *En ce qui concerne le* programme…

– *Qu'est-ce qui vous trouble ?*

– *Ce monsieur que je ne connais pas, le monsieur-eskrave… J'espère qu'il n'est pas trop moche…*

– *Vous ne le verrez pas de toute façon, vous serez aveuglée.*

– *Quand même…*

– *Ça n'est pas sa tête qui compte.*

– *Non, c'est…* le bas.

– *Et puis... vous êtes un kamikaze ? Ça n'a pas peur un kamikaze ?*

– *Oui, mais je n'ai pas de bombes...*

– *Pas de raison de s'inquiéter... Si je fais tout ça, c'est parce que je vous adore, vous le comprenez comme ça ?*

– *Mais bien sûr...*

– *Et puis... on ne vous fera peut-être rien... ou que des caresses...*

– *Ah ? (exclamation de déception)... moi je pensais...*

– *Quoi ?*

– *Le* programme, *en principe...*

Cette bande magnéto, nous l'écoutions au lendemain des faits qu'elle annonçait. Nous nous étions retrouvés, dans un bar à vin du XXe arrondissement, Les Envierges, rue du même nom. C'est là que nous avions décidé de confronter nos *rapports*... Jamais, à ce jour, nous ne nous étions fixé de rendez-vous dans ce quartier : un quartier populaire au nord-est de Paris, sur les hauteurs de Belleville. Ne fallait-il pas varier les paysages du roman ? Petits commerces, hôtels borgnes, vieux bistrots, on eût dit le décor d'un film de Duvivier. Une France abolie survivait là, comme reléguée dans un recoin de l'espace qu'eût omis de balayer le Temps. Tamako portait un ciré noir, une robe noire, des collants noirs et des bottes à talon, noires. Son visage, sans doute à cause de ce qui s'était passé la veille, était décoloré. Sur la table en bois vernissée du bar, elle avait posé son journal intime couvert d'idéogrammes. J'avais posé le mien à côté, y griffonnant ce qu'elle racontait. Mon mini-magnéto se trouvait là aussi. Il était 13 heures. Nous commandâmes de la charcuterie et du bourgogne aligoté.

Tamako en but une gorgée et poursuivit son récit, jetant de temps à autre un œil à son carnet :

– Ce coup de fil, ça m'a terriblement excitée. Alors que je n'imaginais même pas ce qui allait arriver, j'étais inondée ! Moi qui craignais d'être sèche... à cause de la peur, de la honte ! Je suis allée aux toilettes. Entre mes jambes, il y avait un fil de bave qui coulait. Long de bien dix centimètres. Cela ressemblait à une toile d'araignée, toute brillante et moirée, où les gouttes d'eau de la rosée du matin sont restées accrochées... *(Elle avait songé, me confierait-elle longtemps plus tard, à ce fil d'araignée qui, selon un conte bouddhiste, est descendu jusqu'aux enfers : les damnés, en lieu de grimper dessus les uns après les autres, pour s'échapper, s'y sont tous agrippés à la fois, de sorte qu'il a rompu.)* C'était comme une source, une fontaine jaillissante ! Je me suis essuyée. J'ai ensuite décidé de téléphoner à ma famille, au Japon. Comme quelqu'un qui, juste avant de se suicider, éprouve le besoin d'entendre la voix de ses proches. Et de leur dire adieu. Je me sentais coupable, pas vis-à-vis de l'Administrateur, non, pas du tout, mais vis-à-vis de... de moi, de ma vie. C'était comme si je trahissais tout mon passé, comme si je balayais toutes les valeurs existantes : la famille... pure, propre, droite ! J'ai eu ma maman au téléphone. Quand l'appareil a sonné, m'a-t-elle dit, elle était justement en train de parler de moi à mon père. Ils se demandaient si je viendrais passer le premier de l'an au Japon. J'ai dit que oui. On a décidé de le fêter à Kyoto, plutôt qu'à Tokyo. A Kyoto on se sent en effet beaucoup plus dans l'ancien Japon. C'est moi et ma mère qui avons décidé de ça. Mon père s'en fiche un peu. C'est un industriel, il est intelligent mais il n'a pas de goût. J'ai appelé ensuite ma sœur aînée. Elle m'a dit qu'elle venait d'accoucher d'un beau bébé de trois kilos.

J'ai pris une douche, je me suis lavé les cheveux et massée avec une crème aux pommes, partout, devant et derrière. J'ai hésité sur les vêtements à mettre. J'ai choisi une minijupe car c'est plus facile à enlever. Je ne savais pas comment ça allait se passer. Comme vous m'aviez dit de ne pas porter de culotte, j'en ai mis une dans mon sac, ainsi qu'un soutien-gorge, pour le retour. Après, je devais aller en fac. Et puis je ne voulais pas que l'Administrateur me pose des questions quand je reviendrais chez moi. J'ai mis un collant, une chemise noire de Junko Shimada, une ceinture émaillée, des bottes. J'avais envie d'être sexy. Un foulard Saint-Laurent, un manteau de chez Kashiyama...

– Cadeau de l'Administrateur ?

– Non, il ne me paie pas de vêtements, il ne veut pas franchir ce stade. Dans mon sac à dos marron, j'ai mis mon gel, du produit désinfectant, du lait pour le visage, un collant de réserve, au cas où l'autre serait déchiré... Ah, et des lunettes de soleil, pour ne pas être reconnue. Je les ai oubliées d'abord, j'ai dû revenir les chercher à la maison. Je suis passée à mon bureau, boulevard Haussmann. Il n'y avait personne. J'ai acheté, dans une boulangerie, un flan aux abricots, et je suis revenue au bureau : je l'ai mangé en buvant un café instantané. Là encore j'ai dû aller aux toilettes m'essuyer, ça redébordait. Une employée est arrivée. Elle m'a dit que des inspecteurs de l'URSSAF allaient passer vers les 14 heures, à cause du travail au noir. Ça m'arrangeait. Je suis sortie. J'ai fait un saut à l'agence FNAC de l'avenue de l'Opéra, pour retirer nos dernières photos, et j'ai pris le métro à Chaussée-d'Antin. Comme j'étais en avance, j'ai bu un café au Baromètre. La première fois que je suis venue chez vous, c'est dans ce café que j'étais allée. Comme alors, j'avais mal au ventre, j'étais tendue. Je regardais l'heure tourner, sur une horloge murale portant la publicité Kronenbourg. Je suis à nouveau descendue aux toilettes. Il fallait demander avant un jeton à la caisse. C'était des toilettes payantes. Je me suis ressuyée.

– Pourquoi vous essuyer, c'est beau de...

– Je pensais que les hommes n'aiment pas ça, parce que... ça glisse. Et puis ça coulait dans mon collant. A 14 heures je me suis retrouvée devant votre porte cochère. J'ai fait le code. De la cour, j'ai jeté un œil vers vos fenêtres. Personne ne s'y trouvait.

– Attendez, dis-je, l'heure tourne. On interrompt un instant ce récit et on le reprend chez moi, sur les lieux du... forfait !

Je commandai un café ; nous sautâmes dans un taxi.

La rue des Envierges débouche sur une placette qui, juchée en haut de Belleville, domine tout Paris. En contrebas, au milieu du camaïeu gris-ocre du ciel et des toits, seul tranche, tache bleu roi, l'entrelacs de tuyauteries du centre Beaubourg : cargo à quai rouillant pacifiquement dans la brume. Immeubles, rues, magasins, feux rouges, passants, squares, colonnes Morris se débitaient sans cesse dans le pare-brise de notre taxi, comme sous la lame d'une machine à trancher le jambon. Enlacés sur le siège arrière, nous nous embrassions.

– Plus je vous fais l'amour, plus j'en ai envie, disais-je.

– Vous étiez doux, hier. Jamais je ne vous ai senti si doux, si tendre...

– J'étais déboussolé, troublé. Décidément c'est quand je suis cassé que vous m'aimez, quand je vois des trains noirs. Ces jeux... ces jeux stupides me détruisent.

– C'est votre destin.

– Je crois en la liberté.

– Je crois au destin.

– Et mon destin, c'est d'être détruit ?

– Non, rétorqua-t-elle après un silence énigmatique, c'est de... de grandir !

Bientôt elle saisissait la rampe graisseuse et patinée de mon escalier. Elle m'expliquerait comment, la veille, elle l'avait grimpé : la pointe des bottes posée sur le bord des marches et le talon dans le vide, afin de ne pas faire de bruit. Se serrant à la rampe, elle s'était tenue le plus éloignée qu'elle avait pu des fenêtres. Les fenêtres de ma chambre à coucher ouvraient en effet sur celles de l'escalier, les unes et les autres donnant dans la même cour intérieure. Or l'Autre, c'était convenu, serait dans la chambre. Elle craignait qu'il la guette, par la croisée, et l'identifie... Tel l'assassin lors d'une reconstitution judiciaire, elle rejoua devant moi la scène, se pressant contre la rampe, et poussant le zèle jusqu'à mettre ses lunettes noires.

– Avant le dernier palier, je me suis arrêtée quelques minutes, pour souffler *(elle s'arrêta)*. J'étais émue. Mon cœur battait. J'ai jeté un œil discret par une vitre, vers la fenêtre de votre chambre. Je n'ai vu personne. Sur la pointe des pieds, je me suis avancée jusqu'à votre porte.

Comme la veille, elle y posa son oreille.

– Je n'ai entendu aucun bruit. J'ai pensé que l'Autre n'était peut-être pas là. Vous m'aviez dit que vous déjeuniez avec lui, que vous lui feriez ainsi passer un « examen », car vous ne l'aviez pas revu depuis longtemps. Au cas où l'examen serait « négatif », vous laisseriez tomber l'expérience... « Peut-être qu'il ne lui a pas plu », me suis-je dit. En fait, je souhaitais qu'il ne soit pas là. Ou du moins j'étais partagée : entre la peur et la curiosité. J'ai sonné. J'ai entendu des pas derrière la porte… Elle s'est ouverte *(je l'ouvris, mais de l'extérieur cette fois)*. Dans l'entrebâillement votre visage, sur le coup, m'a paru « bronzé ». Sans doute parce qu'il y avait beaucoup de chauffage. Votre sourire était tendu. Vous sembliez ému. J'ai vu votre joue droite frémir.

Cette joue « droite » qui frémissait, Tamako, moins d'un an plus tard, s'en servirait comme argument, un argument convaincant, pour me pousser à continuer d'écrire notre roman (elle semblait y tenir, à ce roman !). J'étais prêt en effet, bien que j'en eusse rédigé déjà nombre de pages, à le laisser tomber. En bouffonnant je m'étais exclamé, levant les bras :

– C'est une catastrophe, ce livre, il n'y a que du sexe ! A part l'amour, qu'est-ce qu'on fait tous les deux, hein ?

– C'est beau de faire l'amour…

– On va crier « à la pornographie ! », « au racisme ! » : l'ignoble-blanc-quinquagénaire-immonde-de-lubricité-qui-abuse-de-la-pauvre-petite-jaune-égarée, etc. Cette scène, là, avec l'*eskrave*, ça ne passera pas ! Les autres, à la rigueur…

J'avais lancé cette diatribe, nu, assis sur mon canapé au soir d'un bel après-midi d'amour (c'était le jour où nous fûmes à la Comédie-Française : voir *La Vie parisienne*). Glissant tendrement ses mains dans mes cheveux, tout bouclés par la sueur, elle m'avait murmuré :

– Dites que votre joue droite frémissait, tout est là, on ne pourra plus rien vous reprocher.

La voyant frémir, moins d'un an auparavant, elle y avait posé un baiser.

– Vous m'avez dit alors : « Je n'ai pas dormi de la nuit. » Je suis entrée *(nous entrâmes)*… Sur la table basse du salon, j'ai tout de suite repéré une bouteille de vin à demi pleine et deux verres. Ils avaient servi. J'en ai déduit que l'Autre était là, mais qu'il s'était caché. Et puis je me suis dit qu'il était peut-être venu et reparti. Il y avait aussi une assiette de framboises, le collier de Poti et des ficelles.

Je l'avais embrassée longuement *(je l'embrassai)*, lui glissant ma main entre les jambes : elle était trempée. Elle s'était assise sur le canapé. J'avais relevé sa minijupe et baissé ses collants. Je m'étais abouché à sa source jaillissante. « Radieuse », ai-je écrit dans mes carnets. Elle m'avait dit qu'elle mouillait depuis le matin, que ça n'arrêtait pas. J'avais arraché ses bottes, non sans frénésie, et enlevé complètement ses collants, lui disant : « Tu gardes ta minijupe. » L'air espiègle (sa facette petite Chinoise s'était substituée à celle de la Jap arrogante), elle avait murmuré : « J'enlève le haut ? », ce que, sans attendre ma réponse, et avec un enjouement et un *sang-froid* qui me déconcertèrent, elle exécuta : elle ôta sa veste, puis, dans un mouvement gracieux, elle fit le gros dos en rapprochant les épaules, pour mieux trousser vers la tête son pull noir, ce qui fit saillir sa poitrine nue, rehaussée par l'écartement des bras. « Comme vous m'aviez dit que vous me masqueriez et m'attacheriez les mains, m'expliqua-t-elle plus tard, j'ai pensé qu'il valait mieux me dénuder le haut d'abord, sinon ce serait impossible de le faire ensuite. J'avais beaucoup réfléchi à cela pendant la nuit. » On eût dit qu'elle avait calculé à l'avance chacun de ses mouvements, comme pour une cérémonie du thé (étrange cérémonie du thé !) où chaque geste, codé (prendre la théière, verser l'eau chaude, essuyer un bol), doit être minutieusement exécuté.

J'enfonçai sur son crâne, jusqu'au nez, un bonnet de laine noire. « C'est chaud », se plaignit-elle. Pour qu'elle soit parfaitement aveugle, je nouai, par-dessus, une ceinture de peignoir, en tissu éponge bleu.

– Tu y vois ?

– Rien…

Je lui mis son collier de Poti, attachai ses mains dans son dos, les reliant par une ficelle au collier. Je déclenchai ensuite mon magnéto.

– J'étais terrifiée, me confierait-elle longtemps plus tard.

– Vous ne le paraissiez pas, ça m'a même surpris. Et puis, ce genre d'expérience vous était déjà arrivé. Vous m'avez dit que vous vous êtes retrouvée un soir, il y a cinq ou six ans, avec deux types, des bisexuels, dans un lit...

– C'était complètement différent, je les connaissais. Là, l'Autre, je ne savais pas qui c'était, c'était un total étranger, et puis je n'y voyais rien.

Aveugle, elle s'était laissé conduire tout au long du couloir. A la façon d'un condamné au pilori... Je la tenais par son collier d'une main, conservant dans l'autre le magnéto. Elle n'avait plus qu'une crainte alors, se cogner aux murs. Dans ses ténèbres, elle avait entendu s'élever une voix, du fond de la chambre : « Tiens, voilà LA sujet ». Ce « LA » l'avait étonnée, le mot étant masculin. La voix lui avait paru jeune, ordinaire, vulgaire même.

– Comme vous m'aviez dit qu'il habitait en banlieue, ça ne m'a pas surprise. D'après l'intonation, j'ai pensé qu'il devait se trouver sur le lit. C'est vous, ensuite, qui avez parlé. Vous avez dit : « Elle est toute mouillée. » Vous m'avez allongée, jambes écartées. Quelqu'un a relevé ma minijupe... J'ai senti une bouche se poser sur mon ventre. Puis sur mon sein droit. Une autre bouche a pris mon sein gauche, tandis que des mains fouillaient entre mes jambes. J'ai eu l'impression d'être coupée en deux. Il était à ma droite, vous à ma gauche. J'arrivais à peu près à déterminer qui était qui grâce aux différences de voix, d'odeur, mais surtout à cause des mains : les siennes étaient rugueuses. Par contraste, j'ai découvert combien les vôtres sont douces ! Il m'a mise un peu sur le flanc et a posé mes mains liées sur son sexe. Je l'ai caressé d'abord par-dessus le tissu. Ça avait l'air d'être du jean... Vous avez dit : « On va lui délier les mains. » J'ai dit que je voulais rester attachée, que je ne voulais pas « travailler ». Il a dit : « C'est pas la peine, elle se débrouille très bien comme ça ! » J'avais réussi en effet à lui ouvrir son pantalon. Je la lui ai prise. Elle était large et courte... Vous m'avez demandé : « Qu'est-ce que tu veux ? » Ce que je voulais, c'était difficile à dire, surtout que je voulais le dire EN BON FRANÇAIS...

– J'ai une plainte à formuler.

Ce sont les premiers mots qu'elle m'avait lancés le lendemain, au bar des Envierges. On eût dit un voyageur qu'une agence farfelue aurait embarqué dans un trek au Sahara, en lieu du Pôle nord ! Je baissai le nez, sous l'orage. Elle ajouta :

– IL ne méritait pas.

Concluant par :

– Et puis son… sa… ça sentait le vieux chiffon sale !

Deux heures plus tard, nous poursuivions la relation de cette journée dans ma chambre, en compagnie d'une bouteille de mercurey. Comme la veille, je l'étreignis (« Hier, vous n'entriez pas complètement, vous n'étiez pas aussi dur » me dit-elle ; « J'étais troublé », dis-je.) Différemment de la veille, elle ne pouvait pas s'aboucher simultanément au bas-ventre de l'Autre. L'Autre était absent, mais sa voix n'en retentissait pas moins dans le clair-obscur de la pièce. C'était mon magnétophone, dont j'avais poussé le son à fond, qui diffusait l'enregistrement de la journée précédente. De sorte que, dans une étrange polyphonie, et dans l'espace d'une même chambre, deux temporalités se télescopaient, mêlant les soupirs, les cris, les jurons, les dialogues obscènes, les mots d'amour, les sarcasmes du jour à ceux qui avaient été proférés vingt-quatre heures auparavant.

– Lorsqu'il me l'a mise dans la bouche, j'ai compris que… le *programme*… ça serait pour une autre fois…

Ce programme – programme pour lequel elle s'était longuement préparée, à la façon d'un samouraï s'armant avant la bataille –, elle nous l'avait pourtant clairement, cyniquement exposé, et, malgré ses craintes, dans le meilleur français : moi, je devais la *travailler* derrière et le « monsieur » devant *(maeusilo-doji)*. Ce mot, travailler, qu'elle avait employé déjà le matin, au téléphone, m'avait surpris (autant que troublé) par la façon, si pertinente, si puissante, dont la multiplicité de ses sens résumait la situation : il y avait là à la fois la froide abstraction de la notion générale de travail ; le sens tout au contraire bien concret, artisanal, qui s'exprime quand on parle de travailler la terre, le verre, le fer, où s'impose la présence palpatrice des mains ; et l'effrayante étymologie latine : *tripalium*, torture.

Japonaise, elle avait bien sondé le terreau, la glèbe obscure de notre langue.

– Vous m'aviez avertie que les hommes, ça ne fonctionne pas toujours comme ça devrait, ajouta-t-elle, et puis (pique d'ironie) j'ai du respect pour mes aînés... Grâce à l'Autre (ironie toujours), j'ai appris un mot que je ne connaissais pas, « foutre ». Il n'arrêtait pas de répéter : « Tu le sens qui monte, mon foutre ? » Quand vous lui avez dit de ne pas s'évacuer dans ma bouche, mais en dehors, je me suis sentie protégée par vous. Vous veilliez sur moi... J'avais l'impression d'être entourée de votre tendresse, de votre amour... Mais ce n'était peut-être qu'une impression ! ajouta-t-elle, scrutant mon visage... J'avais peur que son jus sente aussi mauvais que son corps. Mais ça n'était pas le cas... Son jus m'a jailli partout sur la face, j'étais tendue, je me suis demandé si, pendant ce temps, vous ne voyiez pas des trains noirs... C'est vous, ensuite, qui êtes venu dans ma bouche.

Captant le reflet de ces trois corps enchevêtrés, dans le miroir biseauté suspendu au-dessus du lit, j'avais eu l'impression, l'espace d'un instant, que nous imitions la composition d'une des plus inquiétantes estampes érotiques d'Hokusai : une femme, nue, la chevelure défaite, est allongée sur le dos, sur un lit d'algues et de rocs, tandis que deux poulpes immondes lui dévorent l'un la bouche, l'autre le pubis. Ses yeux clos (deux traits charbonneux auxquels répondent, juste au-dessus, deux autres traits similaires pour les cils), son attitude de total abandon ne permet pas de deviner s'il s'agit d'une personne endormie qui se livre aux créatures de ses songes, où quelque noyée dévorée par des monstres marins.

J'ai pris plusieurs photos : Tamako y sourit étrangement, comme un enfant qui a réussi une bonne blague ou triomphé d'une épreuve.

Scène, comique et pathétique, de la vie moderne, l'Autre avait dû s'absenter quelques minutes pour aller mettre de l'argent dans son parcmètre, sa voiture étant garée non loin. C'est alors que j'avais délié les mains de Tamako et enlevé le bandeau et le bonnet qui l'aveuglaient. Elle papillonna des cils, rabaissa sa minijupe restée jusque-là troussée sur son nombril...

– C'était bon ? demandais-je.

– Oui… mais au début seulement. Le plus excitant, c'était avant ! Jusqu'au moment où j'ai sonné à votre porte. Ce que j'avais dans la tête, ce que j'imaginais, comment je mouillais… Je n'ai pas pu dormir !

– On arrête la séance ? dis-je.

– Oui.

Puis, après un long silence :

– Je ne vous comprends pas… je ne comprends pas vos sentiments. Comment pouvez-vous supporter ça ? Que d'autres me touchent… Moi, si j'étais à votre place, si je vous voyais ou vous savais dans les bras d'une femme je… je serais folle de rage, je hurlerais, je…

– Et quand vous vous trouverez dans l'armoire à me regarder… avec la *sculpteuse* peut-être, ou la Chinoise ?…

– Je souffrirai… non… pas la Chinoise !

– Vous voudriez que je sois jaloux…

– Oui…

– Que ça me détruise…

– Oui…

Étrangement, elle ajouta :

– C'est mon but !… Non…

Je digressai quelques minutes sur l'intérêt de la présence d'un tiers, qui permet d'être à la fois acteur et spectateur, de distancier, de théâtraliser. On sonna à la porte. Le « tiers » était de retour. « Je ne veux pas le voir », dit-elle. Elle se cacha dans la salle de bains. Je consignai le « tiers » dans la chambre. Elle put se rhabiller incognito : elle mit la culotte et le soutien-gorge qu'elle avait emportés dans son sac, se peigna, se gomina.

Je la retrouvai dans le salon.

– Qu'est-ce qu'il vous a dit ?

– Rien.

– Il n'est pas frustré que je parte déjà ?

– Aucune importance. On se voit demain, pour le rapport.

– Pour le rapport, c'est tout ? Moi, je suis frustrée, j'ai rien eu !

Frémissante elle répéta par deux fois, avant de *filer comme une flèche* :

– Je ne sais pas comment je vais tenir jusqu'à demain.

Deux heures plus tard, pendant son cours en Sorbonne (un cours sur Piranèse), elle prendrait en note les événements de l'après-midi. Elle m'en ferait un jour ce commentaire : *L'expérience de l'eskrave, ce fut pour moi... un retournement. Une cassure. Non, pas une cassure... une ouverture... Depuis je regarde les hommes avec plus de distance, de froideur... et puis cela a changé nos rapports. Pour vous, auparavant, tout n'était que jeu. Je vous ai senti devenir ensuite plus sérieux, plus profond...*

De retour chez elle, c'est sans aucune honte ni culpabilité qu'elle avait croisé le regard de l'Administrateur (« Il m'a paru tout doux, tout innocent... comme un agneau. Moi, en face de lui, j'avais l'impression de jouer un rôle, d'être sur scène »). Ils avaient des invités. Elle prépara le dîner : lapin en gibelotte.

Un jour, longtemps plus tard, elle me dirait :

– C'est bien, avec vous : à chaque fois qu'on se voit, il y a une nouvelle *attraction.*

Je congédiai l'*attraction* (alias l'*Autre*, alias l'*eskrave*, alias *le tiers*). J'allai chez le coiffeur : dans le grand miroir, dressé face à mon siège, le faciès qui me tenait lieu de visage était effarant, comme décomposé, vert. On eût dit que quelque mal secret me rongeait de l'intérieur. C'était aussi la tête d'un homme traqué. Cet aspect tragique étant approfondi par une nuance de grotesque : pour mieux couper mes mèches, on avait tracé au centre de mon crâne une raie de chanteur d'opérette. Ajouter à cela l'inénarrable toge de Nylon bleu pâle dont j'avais été drapé...

– Je vais vous restructurer tout ça ! m'avait dit mon inquiétant coiffeur, en caressant mes cheveux.

Le lendemain, dans mes bras, Tamako se libéra avec véhémence des... frustrations de la veille. Après s'être déshabillée, elle avait réclamé SES chaussettes. Les enfilant, nue, assise au bord du lit, elle avait lancé :

– Pas besoin d'*eskrave*, les chaussettes, ça suffit !

Elle ajouta qu'elle avait joué son rôle, un point c'est tout, qu'elle n'avait fait tout ça que parce qu'il fallait le faire. N'étions-nous pas des travailleurs ? Des scientifiques ? N'avions-nous pas un « contrat » ? Elle n'avait aucune envie de recommencer ! Elle disait cela à froid. A chaud, au milieu de l'étreinte, elle confierait qu'elle avait envie de tenter à nouveau l'expérience, parce que ça avait raté : « Mais il faudra qu'il se lave, il pue ! » La prochaine fois, on réaliserait d'un bout à l'autre le programme *(mae-usilo-doji).* « Ça me plaît d'être attachée, je n'aime pas être libre ! »

La frénésie érotique, parfois, l'amenait à trahir des secrets. Elle m'avoua ce jour-là, entre deux soupirs, qu'elle avait revu un de ses ex (le peintre). Elle l'avait rencontré « par hasard » dans la rue, avant son dernier voyage au Japon. Ils avaient bu un pot à Saint-Germain. Il lui avait proposé de venir à son domicile voir ses derniers tableaux. Elle ajouta :

– Je peux refaire l'amour avec lui... pour toi !

Je caressais ses reins, chauds, humides de sueur. Assise sur le bord du lit, elle me tournait le dos. La lumière tamisée de la lampe de chevet sculptait d'or et d'ombres son échine, y creusant des fossettes et accusant la maigreur des épaules où saillait l'os triangulaire des omoplates. Je pus ainsi mieux étudier combien elle était étrangement faite. Les hanches étaient aussi larges que les épaules, et la taille extrêmement fine, de sorte qu'elle correspondait parfaitement à l'image du sablier *(... mais c'était au rythme de son sang que s'écoulait le Temps).* Il y avait chez elle aussi quelque chose de la gerbe fortement liée en son centre. La croupe dodue, plantureuse, faisait contraste avec la fragilité du torse. On eût dit une énorme goutte d'huile qui, mue par l'attraction terrestre, s'épaississait par le bas, vidant de sa substance la partie supérieure. Elle avait pris vraiment conscience de sa bizarre conformation lors d'un cours de couture, à l'école. L'institutrice avait demandé aux élèves leurs mensurations. Quand vint le tour de Tamako, et qu'elle les avait communiquées, à voix haute, un grand silence s'était fait dans la classe. Jamais de mémoire de prof ou d'écolier on avait entendu pareils chiffres.

– Mon cul est dis-pro-por-tion-né ! conclut-elle.
Ajoutant :
– C'est en France que j'ai commencé à l'aimer.

MENSURATIONS DE TAMAKO DITE POTI
(octobre 1996)

Hauteur : 1 m 65
Poids : 49 kg
Tête : 55 cm
Cou : 31 cm
Poitrine : 79 cm
Poignet : 14 cm
Taille : 59 cm
Hanches : 93 cm
Cuisses : 49 cm
Cheville : 19 cm
Groupe sanguin : O positif.

Est-il plus belle poésie ?

– Si tu étais une pâtisserie, dis-je, laissant glisser ma main jusqu'au bas de son échine, tu serais un baba, énorme, juteux, pulpeux et sucré.

Elle se retourna, caressa ma poitrine :

– Toi, tu serais un gâteau au miel, un gâteau arabe, plein de filaments, de poils poisseux, frisés, collants, tu es un Arabe, un sale Arabe !

Elle m'enlaça :

– Je voudrais être collée à toi.

Elle fit sa toilette. J'allai la retrouver dans la salle de bains. Avant de renfiler sa culotte de satin noir, elle m'en montra, avec on ne sait quelle enfantine fierté, l'entrejambe nacré par une gelée blanche.

– *Regarde-tout-le-foutre-que-j'ai-lâché !* dit-elle, reprenant ironiquement des paroles qu'avait proférées la veille la voix jeune et vulgaire de l'Autre.

A la lumière de la fenêtre, tel un bijoutier examinant l'orient d'une perle, elle s'amusa à faire jouer les reflets irisés de la tache, murmurant :

– C'est joli.

Il y avait des taches blanches (note-t-elle dans ses carnets), *ces taches étaient fières, elles étaient là, fièrement. J'étais ravie de ma mouille. Il m'a dit, en plaisantant, qu'il ne fallait pas être fière pour si peu, que c'était de toutes petites taches, que les autres filles inondaient dix fois plus.*

Je lui confiai que je dînais, le soir même, chez « une black ». Une actrice de théâtre. Très belle. Inquiète (je m'étais amusé à taquiner sa jalousie), elle avait jeté un regard hypnotique sur mes pudenda, alias « mes boules », me demandant :

– Dites-moi... comment « ça » marche, « ça », chez les hommes, personne ne m'a jamais expliqué. Il faut que « ça » se vide ?... Il faut que « ça » se vide... tous les combien ?

On eût dit une jolie fermière apprentie qui, son seau à la main, face à un pacifique troupeau, s'interrogeait sur le rythme de la traite des vaches.

Je l'accompagnai au métro. Passant devant mon coiffeur, j'évoquai la réflexion qu'il m'avait faite la veille : « Je vais vous restructurer tout ça. » Avec un regard oblique d'équarrisseur lorgnant une carcasse à désosser, elle rétorqua :

– Moi, je vais vous déstructurer.

Le même soir elle dînait chez de riches industriels. Épuisée, elle sommeilla dans son coin, ne parlant pas, n'écoutant rien, et se faisant lécher un pied déchaussé par un caniche qui se trouvait sous la table. A la fin du repas, un domestique avait éteint les bougies éclairant les convives, avec un bizarre instrument, une sorte de pince dont il pressait les mèches enflammées : un éteignoir.

Tamako, dans un demi-songe éthylico-érotique, s'était dit :

– On pourrait éteindre comme ça les hommes !

Je referais plus tard le chemin qu'elle avait parcouru pour venir chez moi, le jour de « l'*eskrave* », j'achèterais, comme elle, boulevard Haussmann, un flan aux abricots, je passerais devant son bureau, où elle l'avait mangé, arrosé d'un café, je prendrais le métro à Chaussée-d'Antin, et irais au Baromètre. Je descendrais aux toilettes (aux toilettes des femmes) où elle s'était essuyée, rêvant à ce mystère féminin : *nulelu* (la mouille). Ingres, Vermeer, Rubens et tant d'autres ne l'avaient-ils pas secrètement évoquée dans ces représentations de femmes *(La Source, La Laitière, L'Union de la terre et de l'eau)* regardant se déverser d'une cruche un indéfinissable liquide ? Dans quels secrets alambics psychiques et physiques s'élaborait cette liqueur ? cet élixir ? ce philtre ? Aux toilettes du Baromètre, je piquerais une feuille de papier de soie, brune, de mauvaise qualité : celui-là même qu'elle avait utilisé. Et, fétichistement, je la collerais dans le secret reliquaire de mes carnets...

Nous nous revîmes le samedi suivant... Je ne travaillais plus.

4 novembre

– Samedi soir, ça s'est très mal passé, me dit-elle au téléphone. Vous êtes criminel.

Elle était à nouveau rentrée en retard.

– Je suis arrivée à 20 heures. Le Méchant était déjà là. Il m'a posé des questions, m'a demandé de reconstituer mon emploi du temps. J'ai dit que j'étais à la Bibliothèque japonaise, place de la République, mais il y avait des trous.

– Vous avez mal planifié ?

– Oui... Samedi soir, il m'a fait l'amour. Et dimanche soir.

– Il n'arrête plus.

– Il a essayé le dimanche matin aussi, mais il n'a pas pu... Il m'a cependant examinée. J'avais plein de bleus, de tout petits bleuets. Il m'a posé des questions : « Qui t'a fait ça ? » Je lui ai dit : « C'est toi, l'autre soir, tu ne me regardes même pas ! » Mais ces bleuets, ils ont été faits boulevard Richard-Lenoir.

– Vous avez joui.

– Non, c'était trop rapide.

Sa voix, soudain, se fit très froide et très pro. Elle appelait de son lieu de travail. Manifestement, quelqu'un venait d'entrer dans son bureau.

– Aujourd'hui j'ai une journée très chargée... mais j'essaierai d'acheter le... *produit*... cet après-midi... vous savez...

Puis elle ajouta, tout bas :

– Quand j'y pense, la chaleur me monte. Comme lorsque le Méchant m'interroge…

– On n'a qu'à se retrouver vers les 16 heures, dis-je, on ira ensemble, je vous emmènerai ensuite dans un cocktail.

– Pourquoi n'y allez-vous pas avec la black, l'actrice ?

20

> *Les dernières estampes érotiques de Hokusai n'évoquent que rarement une image d'amour romantique, elles contiennent trop souvent des éléments de brutalité absolue ou de vice du désespoir, qui nous rappellent Egon Schiele et les expressionnistes allemands.*
>
> (Jack Hiller, *Le Fou de peinture, Hokusai et son temps.*)

Pour acheter ce que, par discrétion, elle avait appelé « le produit », elle me donna rendez-vous dans un quartier où on était susceptible de le trouver : au café Strasbourg, près du centre Beaubourg. Elle avait l'habitude d'y rencontrer des amis. C'était la première fois que j'allais dans un endroit « à elle ». Les (mes ?) années trente, ou du moins une resucée rétro de celles-ci, m'y attendaient : fauteuils art déco, mais en matériau camelote (de sorte que nombre d'entre eux étaient déjà détériorés : pieds bancals, coussins déchirés laissant entrevoir leur intestinale bourre de mousse) ; escalier *monumental* en… miniature, qui essayait d'imiter celui, somptueux, du grand salon de feu le paquebot *Normandie* ; horloge qu'on eût dite volée aux décors expressionnistes du *Métropolis* de Fritz Lang. Aux murs (pour « faire » café littéraire) on avait gravé des citations d'écrivains à la mode ; et des « écrivains en herbe » étaient, comme par exprès, assis çà et là, à la façon de figurants aux ordres d'un invisible metteur en scène, les uns devant un manuscrit qu'ils affectaient de corriger ; les autres en face d'un ordinateur portable sur lequel ils composaient quelque hypothétique chef-d'œuvre. Le tout baignant dans une vague lumière verdâtre, lunaire. On se fût cru dans un remake de film d'avant guerre, semé d'anachronismes, d'erreurs de costume ou d'ameublement. Installé sur une sorte de banquette, au fond du bar, devant un Coca-Cola (je ne me serais pas aventuré à commander du vin dans pareil endroit), je croisai négligemment les jambes, ce qui déterminait de jolis plis dans l'étoffe molle de mon costume : quel rôle ne jouais-je pas moi-même dans cette étrange comédie ?

« *La vida es sueño y los sueños sueño son* (la vie est un songe et nos songes sont des songes) », me récitai-je.

La porte à tambour du café précipita soudain, drapée dans un imperméable noir de chez Kashida, une Tamako (un songe ?) plus jolie que jamais, dont les cheveux gominés, luisants de reflets bleutés, s'harmonisaient avec ce décor, où ils puisaient un sens qu'à ce jour je n'avais pas perçu.

– Ce n'est que moi, ce n'est pas l'actrice ! dit-elle, évoquant sarcastiquement la black.

Elle avait la mine plutôt sévère.

S'asseyant à mes côtés, sur la banquette, elle déposa au milieu de la table un attaché-case, l'ouvrit, me montra le dossier qu'elle avait constitué en vue d'une possible traduction d'un de mes livres.

– Il faut se dépêcher, me dit-elle, au Japon on ne s'intéresse qu'aux jeunes.

– Je pensais que vous aimiez les « petits vieux ».

– Je suis une Japonaise spéciale… Alors, avec la black, ça marche bien ?

– C'est une amie, c'est tout… C'est bizarre cet endroit, ajoutai-je, promenant alentour mon regard. Vous venez souvent ici ?

Décryptant de l'ironie dans mes yeux, elle y adapta sur-le-champ sa réponse : c'était un étudiant de sa fac qui lui avait donné rendez-vous là, une fois ou deux, sinon elle n'y venait jamais.

Dans son attaché-case elle avait encore la traduction japonaise des *Liaisons dangereuses*, qu'illustraient *Le Baiser à la dérobée*, et une série de photos d'elle, jeune, que je lui avais souvent réclamées.

C'était des clichés qu'avait pris, quand elle avait vingt ans, un de ses amants, un photographe nippon alors quadragénaire.

Quelques nus, très pudiques, dans la chambre d'un hôtel de

passe traditionnel de Kobé, où elle pose assise sur des tatamis devant un paravent ; ou, habillée, sur un fond de mur carrelé du métro. Elle avait alors les cheveux longs tombant plus bas que les épaules. Tandis que j'observais un à un ces clichés, le récit qu'elle me faisait de sa rencontre avec le photographe me parut leur constituer comme une légende, tout à fait adaptée à l'impression un peu tristounette qu'ils avaient suscitée en moi.

Elle était étudiante, elle distribuait des tracts dans la rue pour gagner son argent de poche. Il l'avait croisée. Lui avait pris quelques photos, comme ça, avec une de ses amies, assise sur un banc, puis ils avaient sympathisé. Il était marié, ils se sont retrouvés en cachette pendant un an. C'était un révolté, un marginal, disait-elle, il avait fait tomber nombre de ses « préjugés de jeune bourgeoise ». Sur ces photos, elle était nature. Assez anonyme, insignifiante. Une jolie petite Asiatique. Rien n'y transparaissait de « l'allumée ébouriffée » qui m'était chère, ni de « la Jap arrogante ».

– Vous vous êtes fait couper les cheveux il y a longtemps ?

– Trois ans. J'ai eu l'impression, en même temps, de couper un peu plus les liens me rattachant à mon enfance, à mon passé, au Japon.

– On va chercher « le produit » ? lançai-je.

Ses joues, d'un coup, s'empourprèrent.

– Un instant ! Je... vais aux toilettes.

Elle posa le bout de ses doigts sur le rebord de la table, pour y chercher un symbolique appui, et, soulevant son buste, légèrement incliné en avant, elle sembla lentement se délover, tel un serpent, dont la tête et une partie du corps se dressent, tandis que sa queue – et c'était en l'occurrence sa croupe – reste pesamment enroulée au sol. On eût dit encore l'immobile mouvement des « esclaves » de Michel-Ange qui, depuis des siècles, paraissent vouloir infiniment s'arracher au bloc de marbre où le burin du maître ne les a qu'esquissés. Cela déterminait dans son échine, de l'ensellure jusqu'à la nuque, un délicieux ploiement, où je crus sentir comme un soupir de tout son être. Elle avait aussi quelque chose du félin qui s'étire. Lorsqu'elle fut sur pied, mais plus particulièrement quand elle commença de grimper l'escalier monumental-miniature menant aux toilettes, le lourd balancement de ses hanches, entées sur une taille fine à s'en briser, évoqua irrésistiblement en moi le lent roulis de la poupe d'un galion chargé d'or. Dans son sillage, je rêvais au mythique Cipango. Et c'était comme si, par la grâce seule, magique, de ses gestes, le café où nous nous trouvions eût été d'un coup transmué en palais des mille et une nuits.

Nous sortîmes du Strasbourg, et nous dirigeâmes vers la place des Innocents, par la rue Aubry-le-Boucher et la rue Berger : ce fut une multinationale symphonie d'odeurs de gaufres, de crêpes, de hot-dogs, frites et chiches-kebabs – odeurs où se quintessencie l'esprit de la Modernité – qui, tout le long du chemin, nous accompagna, comme nous longions les vitrines des cafés, restaurants, Kentucky Fried Chicken, McDo, boutiques de fringues, pizzerias, couscous, magasins de souvenirs, galeries d'art et autres bureaux de change. Ici étaient mortes les Halles d'Émile Zola, de Hemingway, Breton et Scott Fitzgerald. Un inconnu soudain braqua vers nous un appareil photo, prit un cliché, sourit et s'éclipsa.

– C'est un détective privé envoyé à vos trousses par l'Administrateur, plaisantai-je.

Acerbe, elle rétorqua :

– Il n'a pas les moyens !

– Ses affaires vont si mal ?

Nous remontâmes la rue Saint-Denis : C'était là que, très logiquement, devait se trouver « le produit ».

– Allez-y, dis-je, désignant la porte, occultée par un lourd rideau, d'un sex-shop. Vous êtes déjà entrée dans ce genre d'endroit.

– Jamais…

Elle lorgna un instant les néons clignotants, rouges, jaunes, verts, annonçant life-show, peep-show et sex-vidéo, puis, sans plus hésiter, fonça droit devant. Je la suivis. Et ce fut pour moi spectacle assez surprenant, et délicieux, que de la voir élégamment voguer (comme elle l'avait fait au milieu des vignes bourguignonnes) entre des vitrines où s'exposaient les plus grotesques immondicités : énormes phallus de plastique, alias godemichés, aux glands écarlates ; fouets, martinets, tout l'attirail sado-maso, sans compter de multiples revues armoriées de photos d'autant plus obscènes que les couleurs en étaient criardes. Elle s'arrêta devant un large panneau où, pendus à des clous, étaient présentés des colliers de chien avec laisse, des entraves, d'énormes chaînes, des menottes. Le « produit » était là : en l'espèce d'une dizaine de cagoules en cuir.

Elle en désirait une au cas où nous renouvellerions l'expérience de l'*eskrave*. Sa seule crainte en effet était qu'il lui vînt l'idée de la démasquer, donc de l'identifier. Avec une cagoule à lacet, ce serait plus difficile (« On refait un essai, ainsi j'aurai plein de choses à raconter au Japon en décembre ! »)

Elle décrocha une cagoule, comme s'il se fût agi d'un tee-shirt dans une boutique de fringues, et se l'enfonça, l'air jubilant, sur le crâne. Seuls ses yeux transparaissaient, derrière d'étroites fentes. On eût dit une créature effrayante et grotesque, jaillie d'un film d'horreur.

– Qu'est-ce que vous en pensez ? me dit-elle.

Ça n'était pas la première fois que son sang-froid me surprenait. Était-ce du sang-froid ?

Elle essaya toute une série de cagoules, plus ignobles les unes que les autres, et finit par se décider pour un spécimen en cuir noir, orné d'étoiles métalliques argentées autour des yeux.

– Quand vous aurez déniché un très riche petit vieux, dis-je, vous vous ferez broder dessus des diamants !

Le tenancier de l'endroit la regardait, aussi stupéfait que je l'étais. Elle voulut ensuite assister à une séance de peep-show :

– J'ai jamais vu, j'ai jamais fait ! me dit-elle, sur son ton petite-touriste-Jap-tyrannique.

Nous nous installâmes dans une cabine, elle sur mes genoux. J'enfonçai un jeton dans une fente idoine. Un rideau se souleva. Apparut, de l'autre côté d'une vitre, une longue jeune femme nue, vernissée de lueurs bleues par les spots mitraillant la scène où elle ondoyait au rythme d'une musique disco vaguement arabo-persane. On eût dit un gros poisson des mers du Sud dans un aquarium géant. Ses cheveux longs, flottants, lui tombaient aux épaules. Elle était blonde, pulpeuse, sa toison était large et très frisée.

– Il vous en faut une comme ça pour votre fantasme de l'armoire, dis-je. Elle ressemble un peu à l'eskrave-femme…

Tamako ne répondit pas. Elle observait, comme hypnotisée, le corps nu de la danseuse, à elle si exotique. L'anatomie des femmes occidentales semblait autant l'attirer que lui répugner, et l'effrayer même. Enfant, elle avait mille fois regardé une reproduction du *Déjeuner sur l'herbe*, de Manet : « C'est bizarre, ces Blancs, ils pique-niquent tout nus. »

– Il faudra qu'elle soit bien grasse, bien laiteuse, murmura-t-elle. Vous lui ferez l'amour, mais vite ! Je ne veux pas que ça dure plus de dix minutes ! Vous n'aurez pas le droit de l'embrasser… après… vous me donnerez le préservatif.

– Pour quoi faire ?

Dans l'ombre bleutée de la cabine, j'étudiai ses yeux écarquillés, presque hagards. Je crus deviner.

– Vous le… ? demandai-je.

– Oui.

Quand nous ressortîmes, il bruinait. Un peu plus loin, dans la même rue Saint-Denis, j'avisai un Photomaton placé dans une sorte de renfoncement, à côté d'un distributeur automatique de Coca-Cola. Une pub indiquait : *Des photos d'identité comme vous n'en avez jamais vu*. J'expliquai à Tamako qu'une amie, qu'accompagnaient toujours, pour la circonstance, deux gardes du corps qui surveillaient la porte de la cabine, aimait à se faire prendre en photo, toute nue, par ce type d'appareil. Elle exposait les clichés agrandis dans des galeries d'art.

– On essaie ?

– On essaie ! dit aussitôt le kamikaze.

Elle entra dans la cabine. J'en refermai le rideau, me postant devant la porte, afin de la mieux cacher. Tel un régisseur de théâtre, je jetais de temps à autre un œil à l'intérieur. Avec son habituel, stupéfiant sang-froid, elle troussa sa jupe jusqu'à la taille et baissa sa culotte…

– On commence par quoi, dit-elle, apparemment sérieuse, le derrière ou le devant ?

– Le devant. On fera le derrière plus tard.

En équilibre instable, elle se mit à genoux sur le siège à vis, mit les pièces dans l'appareil... Un écran s'alluma devant elle. Le triangle brun de sa chatte y apparut. C'était, confia-t-elle, la première fois qu'elle voyait sa chatte à la télé. *On aurait dit un triangle de gazon bien entretenu* (note-t-elle dans ses carnets).

Une voix synthétique, distillée par un haut-parleur, lança alors :

– *Mettez votre visage bien en face du cercle.*

Un cercle écarlate s'était dessiné en effet sur l'écran. Tamako, en déséquilibre sur son siège, avait du mal à en régler la hauteur pour placer le visage en question, ou plutôt sa chatte, au milieu du cercle.

– Il faut un metteur en scène, dit-elle, m'appelant à la rescousse. Ça va comme ça ?

Glissant mon nez de l'autre côté du rideau, je dis :

– Un peu plus à droite... c'est bon... et puis serrez les cuisses, sinon ça fera un vide entre les jambes.

– Et comme ça ?

– Impeccable !

– Vous êtes sûr ?

– *Si vous êtes satisfait, appuyez sur la touche verte*, dit la voix synthétique, *si vous n'êtes pas satisfait, appuyez sur la touche grise et prenez une nouvelle pose.*

– Ça ne va pas, dit-elle, je vais reposer.

Agacé (car les passants derrière mon dos pouvaient deviner notre manège s'il s'éternisait), je tentai d'activer sa « prestation », mais, aussi décontractée que si elle eût participé à une leçon de thé, elle dit :

– Je veux perfectionner !

Satisfaite enfin, elle appuya sur le bouton vert. Un flash éblouit la cabine.

– *Vous avez droit à plusieurs exemplaires du même « PRODUIT »*, dit la voix synthétique, effrayante d'inconsciente ironie. *Le premier sera prêt dans trois minutes, le second dans les trente secondes qui suivent.*

Tamako se rajusta. Sortit. Éclatant de rire, elle me prit le bras et se serra contre moi.

Quelques instants plus tard, deux photomatons, portant chacun seize photos miniatures de sa chatte, jaillirent, humides encore, d'une fente située au bas de l'appareil. Je les cueillis, soufflant dessus pour qu'ils sèchent (« vous mouillez même en photo ! »), tout en évoquant la parabole évangélique de la multiplication des petits pains que Tamako, qui l'ignorait, trouva des plus « délicieuses ».

– Des Tamako, dis-je, ça peut se fabriquer à la chaîne.

– *Par douzaines !* Des filles comme moi, y'en a partout…

(Huit mois plus tard, sa chatte incognito, agrandie sur une toile de 3 mètres × 3 mètres, serait exposée dans une galerie fameuse de Saint-Germain-des-Prés, et imprimée sur catalogue à 1 000 exemplaires. Le Tout-Paris nippon put l'admirer. Elle en jubilerait : « Mon con est public ! »)

Nous quittâmes le Photomaton (la pub annonçait toujours : *Des photos d'identité comme vous n'en avez jamais vu*) et dérivâmes au long du boulevard Sébastopol jusqu'aux sphinx de la fontaine du Châtelet…

– Madame est-elle satisfaite de son tour operator ? Ne suis-je point un bon guide du Paris by night : eskraves, sex-shops, peep-shows, et maintenant, pour rester dans la même veine, je vous invite à un cocktail littéraire…

Elle rit encore. Et au milieu du bel éclat claironnant de son rire, je l'enlaçai à la taille, comme pour l'entraîner dans une valse, entonnant l'air de *La Vie parisienne* :

– *Dans la ville splendide*
Je serai votre guide
Nous irons partout
Nous visiterons tout…

– C'est bizarre comme tu FAIS jeune ! me lança un vieux scénariste télé au faciès buriné par le stress et des années de servitude intellectuelle, mais c'est peut-être à cause de la pluie qui a mouillé tes cheveux.

On eût dit un mineur s'étonnant, à voir la gueule rayonnante d'un berger, qu'il ne fût pas atteint comme lui de silicose.

– L'âge, c'est une maladie du travail, rétorquai-je.

Je vidai plus de coupes de champagne que je ne serrai de mains. Nous quittâmes bientôt le cocktail. Tamako devait rejoindre l'Administrateur.

Nous marchâmes jusqu'au Pont-Neuf. Accoudés à son balustre, nous regardions vers l'amont.

– C'est un pont à nous ! dit-elle.

Plus loin, le pont des Arts, le pont du Carrousel, le pont Royal multipliaient, au-dessus du fleuve obscur, leurs successives enjambées de pierre et de métal.

– Le pont, c'est un leitmotiv de l'iconographie japonaise, dis-je, qu'est-ce qu'il symbolise ?

– L'idée de passage, je pense... de passage... vers un... au-delà.

La Seine s'écartelait sur la proue du Vert-Galant.

– J'aimerais vous photographier, nue, à la pointe de l'île, vous éclabousser de mon flash !

– Et par-derrière, soudain, surgirait un bateau-mouche qui m'illuminerait de ses phares. Je serais prise entre deux feux, écrasée !

Ce mot, « écrasée », elle eut une façon toute sadique d'en écraser dans sa bouche les syllabes. Tout à côté, rideau clos, se trouvait le bar Henri IV.

– Encore un lieu à nous, dis-je. Nous sommes comme les chiens qui délimitent leur territoire avec de l'urine.

– Et viennent ensuite la renifler, ajouta-t-elle, faisant frissonner et siffler lubriquement ses narines.

– Il nous faudrait des lieux comme ça, un peu partout dans Paris. Dans chaque arrondissement... hôtels, restaurants, cafés, et chacun servirait de décor à un chapitre de notre roman.

L'idée me vint alors qu'au numéro de chaque chapitre devrait correspondre celui d'un arrondissement, le premier chapitre se déroulant dans le Ier arrondissement, le deuxième dans le IIe, etc.

– Et ça finirait par le XXe, dit-elle, y a-t-il un Terminus dans le XXe ?

– On trichera... il faut finir au Terminus de *Ninotchka* : avant guerre il s'appelait le Terminus Saint-Lazare. Il s'appelle aujourd'hui, je crois, le Concorde Saint-Lazare.

– C'est dans le IXe arrondissement. Le neuf est un nombre néfaste. En japonais, ça se dit *kou*, ça assonne avec souffrance...

Par-delà le musée d'Orsay, au loin, se dressait, polyèdre d'or illuminé, la tour Eiffel.

– On n'y est même pas allés !
– Il faudra la « faire ».

La façade 1925 de la Samaritaine, toute proche, était alternativement aspergée de rose et de vert fluo par d'invisibles projecteurs. Des gouttes pulvérulentes de cette étrange lumière venaient régulièrement nous éclabousser.

Puis ce fut la pluie qui se mit à tomber en cascade. De son magique baise-en-ville, Tamako sortit, à la façon d'un prestidigitateur, un parapluie pliable à carreaux verts dont elle déploya au-dessus de nos têtes l'aile fragile. Nous nous serrâmes dessous, frileusement.

– N'est-on pas mignons, ainsi, tous deux, sous notre pépin... au-dessus de la Seine ? dis-je.

Je baisais ses joues humides, fraîches, où se réfractait le rose fluo des projecteurs. J'ajoutai :

– C'est *comme si* nous étions des amoureux...
– Pourquoi *comme si* ? demanda-t-elle.

Son visage vira au vert fluo.

– Pourquoi ? Les vrais amoureux, ça n'embauche pas d'eskraves, ça ne va pas au peep-show, ça n'achète pas de matériel sado-maso.

– Mais, rétorqua-t-elle, prenant une voix de petite fille attristée, *ce sont* des amoureux fin de siècle, des amoureux destroy...

C'était bizarre, cette façon, si subtilement littéraire, dont elle avait parlé de nous à la troisième personne : *comme si* nous n'étions plus nous-mêmes, mais, déjà, des personnages de roman, ou des figures de cartes postales qu'on voit se silhouetter sur le décor allégorique de Paris. Elle sauterait bientôt, au bout du pont, dans la station de métro Pont-Neuf, me lançant :

– Mon amoureux *comme si !* Mon amoureux *comme si !*

Moins d'un an plus tard, dans un café de la rue Étienne-Marcel (nous sortions d'une expo, « Le surréalisme et l'amour », qui se donnait au forum des Halles), Tamako m'avait montré son guide de Paris. Sur le plan de chaque arrondissement, elle avait tracé, rue par rue, au feutre rose, les chemins que, depuis des mois, nous avions parcourus. On eût dit une Carte du Tendre où se dessinait la géographie de nos amours. Une mystérieuse peinture abstraite. Le Pont-Neuf s'y trouvait, bien sûr, où nous nous étions séparés, sous l'averse. Et c'était le Ier arrondissement. Le pont Notre-Dame, où nous nous séparerions le lendemain. Et ce serait le IVe arrondissement. Nous avions passé auparavant une longue journée de dérive qui nous avait amenés du VIIe arrondissement (Les Fins Gourmets, boulevard Saint-Germain, où nous avions déjeuné avec un ami), à l'avenue de l'opéra (IIe arrondissement), où elle avait retiré au comptoir FNAC nos dernières photos : entre autres celles, somptueuses, de sa croupe de Danaé scintillante de miel (« Pourquoi, pourquoi, dit-elle rageusement dans le taxi où nous les regardions, pourquoi mettent-ils ces étiquettes *non facturé*, là, sur cette photo par exemple – elle montrait une photo de son pubis – , elle est bonne, cette photo, pourquoi ne veulent-ils pas que je la paie, ils me détestent ! » Je n'essayai pas de lui dire, tant elle semblait hystériquement furieuse qu'on ne tarifât pas son cul et sa chatte, qu'elle faisait ainsi des économies. « La vendeuse, ajouta-t-elle, je suis sûre qu'elle regarde dans les enveloppes ! ») Le taxi nous avait largués dans le XIe, chez moi, où nous passâmes un après-midi d'amour qui fut entaché, de mon côté, d'on ne sait quel sentiment d'angoisse. Puis, à pied, nous traversâmes, par la rue des Filles-du-Calvaire et la rue Vieille-du-Temple, le IIIe arrondissement, jusqu'à la place du Marché-Sainte-Catherine, dans le IVe, où nous rendîmes visite à son ami Edmond qu'elle voulut à tout prix que je revoie. J'eus l'impression, en y repensant plus tard, qu'elle me fit alors passer une sorte de test. Elle voulait qu'il lui donne un avis sur moi. Quel type de relation avait-elle avec ce vieux monsieur de 72 ans, qui me parla longuement de cet hymne aux amours sénescentes que sont *Les Belles Endormies* de Kawabata ? Était-il son amoureux Mentor ? Son conseiller ? Le fait est que, tout juste après avoir quitté celui-ci, et comme nous franchissions, dans le IVe toujours, la passerelle de l'île Saint-Louis – où nos pas piétinèrent l'ombre de nos pas qui en sens inverse l'avaient franchie, cinq mois auparavant, comme nous sortions de la piscine de la rue de Pontoise (et sur la carte du guide de Tamako, les traits de feutre rose croisaient et chevauchaient d'autres traits de feutre rose) –, le fait est donc que, sur cette passerelle, elle orienta notre conversation vers un sujet épineux, et cela, me semble-t-il, de façon tout à fait concertée : elle avait dit la veille à l'Administrateur qu'elle allait le quitter, car elle voulait un enfant, avant 35 ans, et il n'en voulait pas. Entrant dans son jeu, je lui demandai si elle allait épouser le « Prétendant », ajoutant que, dans ce cas, je ne pourrais pas lui faire, incognito, « un petit métis », n'avait-elle pas envie d'un petit métis ? Elle s'était pressée amoureusement contre moi... Nous longions bientôt les murs de Notre-Dame, puis ceux de l'Hôtel-Dieu, jusqu'au pont Notre-Dame. « On se sépare juste au milieu du pont », avais-je dit. Elle avait regardé, se reflétant dans les eaux ténébreuses de la Seine, les tours pointues de la Conciergerie illuminée par des projecteurs : « C'est beau Paris, vous avez de la chance. » Nous nous étions longuement embrassés. « Les deux *comme si*, les deux *comme si !* » s'était-elle exclamée en me quittant...

Je fis le geste, qu'elle m'avait enseigné, de la geisha s'amusant à faire tourner au creux de sa paume une bille, comme on se joue d'un homme. Elle fit mine de n'avoir rien vu.

– Un jour, dis-je, les *comme si* deviennent des *comme ça.*

21

Il faut de l'artifice pour se faire aimer ; il faut chercher avec quelque adresse les moyens d'enflammer, et l'amour tout seul ne donne point de l'amour.

(*Lettres portugaises*, 1669.)

Novembre-début décembre

Coup de tête, je partis quatre jours à Moscou (aux trousses de mon fantomatique roman sur les années trente ?). Nouveau coup de tête, je m'en allai, juste après, dans les Cévennes, emportant avec moi une machine à écrire, et ma doc concernant les agents de Staline. Cette fois, et pour une bonne fois, je m'enfermerais, je travaillerais ! Mais ne fuyais-je pas tout simplement Paris et Tamako ? Nos rapports, les cinq ou six fois que nous nous étions retrouvés, avant ou entre ces deux voyages, avaient pris un tour mortifère. Je me souviens de Tamako, au Fouquet's, sur les Champs-Élysées (première intrusion dans le VIIIe arrondissement, où nous étions allés chercher mon billet d'avion pour la Russie), sanglée dans son costume Kenzo marron, élégante, maquillée, gominée. Elle était assise face à moi, devant une tasse de café. Mais je ne la reconnaissais plus. On eût dit qu'elle se fût assimilée, à la manière d'un caméléon, à l'atmosphère, à l'esprit de l'endroit : rendez-vous du monde du business et du show-business, où se côtoyaient des gens du prêt-à-porter, harnachés de bijoux trop voyants ; des hommes d'affaires libanais, brandissant leur portable, et des touristes du monde entier, au regard éberlué. Ça n'était plus la petite Chinoise enjouée, ou l'allumée ébouriffée. Ça n'était plus non plus une figure d'estampe : on l'eût dite découpée dans le papier glacé, et glacial, d'un magazine de mode. Elle eût pu être mannequin, hôtesse de l'air, ou quelque jolie vendeuse de magasin de luxe, venue là se détendre. Escort girl aussi ! Elle était ce que l'Administrateur et ses amis disaient qu'elle était, et ce qu'elle se disait être : une « fille ordinaire », « quelconque ».

Un cliché.

Et, soudain confronté à cet être « virtuel », je fus à nouveau envahi par cette angoisse, cette impression de « décalage » que j'avais, à plusieurs reprises, éprouvées à son contact : comme si, en la regardant, je me fusse penché sur un vertigineux abîme : ce « vide » dont elle parlait souvent. Quel agent, de quelle puissance plus monstrueusement froide que la Russie de Staline, incarnait-elle ? Quelle préfiguration de ma mort ? Je m'étais mis inexplicablement à suer. Je sentais des gouttes chaudes dégouliner sur la peau glaciale de mon front. Peut-être eût-il fallu boire, boire encore pour métamorphoser en plaisir ce malaise ? Mais je n'avais pris qu'un café. Quelques dizaines de minutes auparavant, elle m'avait fait un énième « rapport » sur ses « rapports » avec l'Administrateur. De la façon la plus crue, elle avait lancé :

– Hier soir, j'avais mes règles... le Méchant, pour la première fois, a joui dans ma bouche... Il ne l'avait jamais fait... Il m'a dit : *c'est pas mon truc.*

J'avais regardé sa bouche, peinte d'un rouge à lèvres sombre, avec un soudain dégoût – une envie même de vomir – et, sentiment pour la première fois signalé dans mes carnets : une pointe de jalousie. Sur son visage je crus lire l'expression d'on ne sait quel affaissement moral. M'efforçant de plaisanter, j'avais dit :

– Vous lui donnez des cours de rattrapage ?

– C'est trop tard : on ne peut pas reprendre à zéro son éducation sexuelle.

– Ces jolies lèvres... comment peuvent-elles faire de si vilaines choses.

– Mes lèvres n'ont pas d'yeux.

Histoire qui était complètement sortie de mon esprit, elle reprit le feuilleton des secrètes scabreuses aventures du parfum (mon parfum ! Mon *essence* !) qu'elle avait offert à l'Administrateur. De façon laconique mais éloquente :

– Il faudra que je le lui change, ça me perturbe.

C'étaient là des « piques » dont manifestement, poursuivant sa tactique, sans que j'en eusse vraiment conscience, elle tentait de me *perturber*. Ne réévoqua-t-elle pas son ex, « le peintre », déclarant :

– Je ne sais pas si je recoucherai avec lui...

A un moment, elle avait écarté les doigts de sa main droite devant mes yeux, à la façon d'un éventail.

– Pourquoi ? demandai-je.

– Pour que vous ne voyiez plus les trains noirs.

Afin de commémorer cette première expédition « scientifique » dans le VIIIe arrondissement, nous nous prîmes mutuellement en photo, avec son Espio. Elle me montrerait ces clichés, une semaine plus tard à mon retour de Moscou : j'y ai la tête d'un fou (« Vous ressemblez tellement à votre mère ! »). Nous étions chez moi. Elle était assise sur mon canapé. Je l'avais coiffée, par surprise, d'une chapka en poils bruns, frappée de l'étoile rouge de l'armée ex-soviétique, achetée à l'aéroport. J'avais acheté aussi quelques poupées russes gigognes, qui me faisaient assez penser à sa structure mentale, constituée, me semblait-il, de dissimulations superposées, de ruses accumulées, point toujours vraiment conscientes d'ailleurs. Je lui avais dit que j'allais très bientôt partir dans les Cévennes. Elle suggéra qu'elle pourrait faire semblant d'avancer son départ au Japon, pour m'y rejoindre, à l'insu de l'Administrateur (« Mais il voudra peut-être m'accompagner à l'aéroport ! »).

– Je veux travailler, fuir les femmes, dis-je, comme pour repousser sa proposition.

– LES ? Vous en avez plusieurs ?...

Dans un murmure, elle ajouta :

– Je suis folle de vous croire.

Elle portait au majeur droit de la main gauche un pansement énorme, emphatique, s'étant coupée par mégarde pendant mon séjour à Moscou. Nous nous retrouvâmes dans ma chambre, avec une bouteille de champagne, et deux babas au rhum (« Votre gâteau ! » dis-je) que j'écrasai sur son ventre où je les dévorai : « On est collés », soupira-t-elle, comme nos peaux poisseuses s'épousaient.

Je humai son corps de la tête aux pieds. A un moment l'idée bizarre me vint de plaquer mes narines contre les siennes. J'inhalai ainsi (fermant sa bouche d'une de mes mains) l'air enflant sa poitrine, chaud, doucereux... Brusquement, elle poussa un cri (« J'étouffe »). Nous jouâmes alors, tour à tour, à entre-respirer le contenu de nos poumons, le faisant circuler, infiniment, de mes bronches à ses bronches, de ses bronches à mes bronches, comme si, dans une sorte d'amoureux suicide, nous en avions voulu consumer tout l'oxygène, jusqu'à l'asphyxie.

Cependant elle gardait sur la tête la chapka, dont elle avait rabattu les oreilles et noué le lacet sous son menton. Elle avait l'air ainsi, particulièrement quand elle s'empala sur moi à califourchon, d'un cavalier mongol :

– Je suis l'homme, tu es la femme ! dit-elle, avec un accent triomphant.

A un moment, elle avait quitté la chambre, sans doute pour aller aux toilettes. Ivre, titubant, je l'avais rejointe dans le couloir. Nous nous retrouvâmes soudain, j'ignore pourquoi et comment, le dos appuyé chacun à un chambranle de la porte du bureau, nus, telles deux cariatides de chair vive, face à face, immobiles, figés, et comme nous hypnotisant l'un l'autre :

– Tu me dévores, lui avais-je lancé, il faut que je te liquide.

– Non, c'est toi ! Toi tu continues de travailler !

– Maintenant, ça ne marche plus. Je n'arrive pas à me concentrer !

– Moi non plus, c'est un désastre.

Son mémoire sur l'ombre, autant que mon roman des années trente, n'étaient plus que de pieux projets : un mythe !

Plus tard, elle se livra, avec l'espèce de cylindre de gaze que formait son pansement, à un inquiétant manège. Le retirant de son doigt elle y introduisit mon sexe flaccide, le liant à la base par un gros nœud papillon (« La jolie poupée ! »). Elle sortit ensuite de son magique baise-en-ville un gant en plastique transparent (« je le mets quand je prends une douche, pour ne pas mouiller ma blessure »), l'enfila sur sa main gauche, avec le geste éloquent et professionnel du chirurgien s'apprêtant à opérer, et, de cette main gantée, défit le nœud papillon, ôta le pansement et prit mon sexe entre son pouce et son index. Elle se mit alors à l'examiner, avec une loupe, murmurant : « Je suis très atteinte, je suis très contaminée », sans qu'on sût très bien si c'était d'amour ou de vérole qu'elle l'était. Elle ajouta : « Il faudra que je revoie ça la semaine prochaine », demandant par après : « Comment sont les Ninotchka à Moscou ? » Je répondis qu'elles étaient jolies, mais que je n'y avais pas touché, que le Poti me suffisait, ajoutant : « J'ai encore beaucoup à faire avec vous. »

– Tout ! affirma-t-elle.

M'envoyant un regard oblique, elle raconta qu'elle avait téléphoné à sa sœur, celle qui vivait en Australie, et lui avait confié : « J'ai trouvé l'homme dont je veux être enceinte. »

Quelques instants plus tard, elle me fit cette étrange déclaration :

– Le Prétendant… si je lui dis que j'attends un enfant et que je ne sais pas de qui il est, il l'acceptera. Il ne connaît pas votre existence, il faut que je lui parle de vous.

Nous feuilletâmes un album de photos, sur mes voyages. Je lui montrai quelques jeunes femmes qui avaient servi de modèles aux héroïnes de mes romans : la Mexicaine du port de Veracruz, aux boucles noires de gitane : une fille à marins ; la jolie paysanne siamoise, qui s'était retrouvée sur les trottoirs de Bangkok ; la Brésilienne de Bahia, indo-négro-irlandaise ; la minette des Champs-Élysées, qui avait fini meurtrière.

– On dirait un film, dit Tamako, étudiant ces images.

Le soir même, de chez elle, elle me téléphonait, me disant, sur le ton d'une leçon apprise :

– Pardonnez-moi, tout à l'heure, d'avoir été grave… d'avoir manqué de légèreté.

Elle ajouta :

– Merci de m'avoir fait lire *Les Liaisons dangereuses.*

Je ne comprenais rien à ce coup de fil. Je répondis que j'essayais de lui donner ce que j'avais de meilleur, mais que *Les Liaisons dangereuses*, ça n'était pas forcément pour elle une bonne lecture : cela renforcerait ses *côtés tordus*.

– Je lis avec distance !

Le lendemain, nouvel appel, nouveau ton (que s'était-il passé entre-temps ?) :

– Je n'ai pas joui hier ! Je n'ai pas voulu jouir ! Vous êtes un menteur, vous dissimulez... (et elle me rappela le lapsus que j'avais commis, en disant que je partais dans les Cévennes pour fuir *les* femmes). Il faudrait être sotte pour ne pas comprendre. Non, je n'ai pas voulu jouir ! J'ai voulu rester le maître ! Baiser ! Baiser comme un homme ! C'est ça mon fantasme ! J'ai voulu vous faire jouir, vous voir jouir ! C'est fini, maintenant je ne me donnerai plus jamais TOUTE, j'en ai marre des mecs, moi aussi, comme vous, je vais entretenir cinq ou six fers au feu ! Il faut avoir *plusieurs tiroirs* ! L'année nouvelle, c'est quelque chose de très important pour nous, Japonais, plus que pour vous. Un moment de réflexion. Je vais remettre ma vie en ordre !

Je lui dis que son jeu de la veille, avec le pansement, m'avait inquiété : j'avais eu l'impression qu'elle rêvait de m'émasculer. Elle avait l'air d'une démente qui vient de découper en morceaux son mari.

– Je me suis senti en danger, ajoutai-je.

– Vous ne l'aviez pas déjà senti ?

Avant mon départ dans les Cévennes, dont je n'avais pas précisément fixé la date, nous poursuivîmes nos dérives touristico-métaphysiques : au Louvre, entre autres, non pour aller voir la Joconde, mais les peintres français du XVIIIe : ma main passée à sa taille, sous son tee-shirt, palpait ses chairs d'Asie ; mes yeux caressaient les chairs franciliennes des Boucher et des Watteau. Fragonard, par la magique présence de Tamako, dialoguait en nous avec son contemporain Utamaro : le génie de la couleur, célébrant l'épanouissement des chairs, rivalisait avec le génie de la ligne, se délectant du délice des formes. *Le Colin-maillard* de Fragonard l'intrigua : cette jeune femme aux yeux bandés, lutinée par des messieurs, lui rappelait sans doute l'après-midi de l'eskrave. C'est lors de cette visite au Louvre que me vint l'idée, que j'exposai à Tamako, d'une trame possible de notre roman : *peu à peu, l'Administrateur reprendrait du poil de la bête, cesserait de consommer des tranquillisants (ce qui était le cas) et s'enverrait superbement en l'air avec l'héroïne (ce qui n'était pas encore le cas), tandis que l'écrivain délaissé, trahi, s'enfoncerait inversement dans la déprime et l'alcoolisme, n'écrivant pas un mot de son livre (ce qui pourrait bien être le cas).*

– Vous voulez que j'essaie ? demanda-t-elle, froidement, à la façon d'une laborantine attendant les instructions du médecin chef en vue de la prochaine expérience…

Ça me coupa le souffle.

Mais l'idée, manifestement, ne l'enchantait guère. Elle n'avait apparemment pas envie… même dans une fiction, de reconvoler avec « le Méchant ».

– Il faudrait un Troisième Homme, ajouta-t-elle (détournant le titre du roman de Greene qu'elle avait vu dans ma bibliothèque).

– Merci pour moi, dis-je.

J'avais l'impression que, dans la réalité, elle en avait un, et même plusieurs, sous le coude, de « troisième homme » (en prévision de mon exil dans les Cévennes ?). Était-ce ce qu'elle appelait « avoir plusieurs tiroirs » ? Significativement d'ailleurs, elle s'impatientait de ne pas connaître la date précise de mon départ. Qu'en savais-je ? Savais-je si je partais vraiment ? Du moins pensais-je qu'il fallait que je parte. J'étais paumé, égaré, manipulé. Ou tout cela n'était-il que lubies d'une croissante paranoïa ?

– Il ne faut rien me cacher, lui déclarai-je. On est des scien-tifiques. Je suis votre confesseur.

– Un confesseur dangereux qui écrit tout dans ses carnets.

Sans doute n'écrivait-elle pas TOUT dans ses carnets ? Longtemps plus tard, un jour qu'elle me les traduisait, je lui lançai comme à un commerçant frauduleux :

– Vous tenez double livre de comptes, j'en suis sûr !

J'ouvris un contre-feu : une Troisième Femme : la Chinoise (de retour récemment d'un long séjour à Shanghai). Tamako avançait ses fous, j'avançais ma dame. Je les fis se rencontrer toutes deux, comme par accident, dans un cocktail : il y eut une brève prudente poignée de main sino-nipponne, et des banalités échangées. Quelques jours plus tard, un vendredi, je devais déjeuner avec la Chinoise...

– Vous me ferez un rapport sur ce déjeuner ! me lança au téléphone la Japonaise, le matin de ce même vendredi.

– Demain.

– Non, avant !... et puis demain je pars à la mer avec l'Administrateur.

A la mer en automne ? Ou ailleurs avec un Troisième Homme ?

– Et puis... Faites ce que vous voulez avec votre chinetoque. Non... non... C'est vraiment trop douloureux, je ne veux pas !

– Vraiment ?

– Vraiment.

Sa voix tremblait, ça n'était plus cette voix froide et anonyme qui lui était habituelle. Plaisantant tendrement, je lui dis :

– Que pouvez-vous faire, vous, cent millions de malheureux Japs, contre un milliard de Chinois ?

– C'est la qualité contre la quantité.

Cédant du terrain, je lançai :

– Je pourrais vous faire rapport aujourd'hui, si vous voulez, après mon déjeuner.

Ce qui m'interdisait, donc, toutes privautés (n'en ayant nulle intention d'ailleurs) avec la Chinoise.

– A 15 heures ! dit Tamako.

– 15 heures 30, à La Tartine. Laissez-nous quand même le temps de prendre le café.

Trostki, je l'ai dit, avait eu ses habitudes à La Tartine (IVe arrondissement). Bien d'autres politiques et bien des artistes la fréquentèrent aussi. Étudiant, je m'y étais enivré un nombre incalculable de fois. Les murs, à la peinture jaunâtre, écaillée, jamais refaite depuis soixante ans peut-être, les banquettes de cuir rouge, jamais remplacées, les antiques tables en Formica semblaient retenir, dans leur patine, comme l'ombre de tous ces souvenirs. Un miroir, depuis vingt-cinq ans que je connaissais l'endroit, comportait la même fêlure, colmatée avec le même papier collant craquelé. J'aimais cette fêlure, comme on aime les rides marquant un visage aimé. Le visage tout lisse, lui, mais livide, de Tamako, guettait mon arrivée, caché derrière les pots de plantes grasses posés sur le haut d'une banquette. On eût dit un chasseur à l'affût. Je m'assis devant elle, commandai un café et commençai mon « rapport » concernant la Chinoise dont je me complus à répéter les « piques » antinipponnes.

1. Elle a dit que les Japs sont un peuple dégénéré qu'il faut exterminer.

2. Elle a dit qu'elle viendrait faire l'amour chez moi, et que vous seriez notre servante. Vous prépareriez le thé, vêtue d'un kimono, danseriez et puis vous retourneriez voir votre Administrateur.

Le visage de Tamako blêmit : s'appariant à sa veste en satin argenté. J'arrêtai mes sarcasmes.

– Non, elle badinait... bien sûr... elle est très drôle, très piquante.

– Pour qui se prend-elle !

– Elle badinait !

– Je ne vous comprends pas, je ne comprends pas vos sentiments.

– C'est un jeu.

– Elle vous a touché.

– Quand je l'ai raccompagnée à sa voiture, je me suis assis un instant à côté d'elle.

– Elle vous a embrassé.

– Euh... elle m'a posé la main sur la cuisse.

– Et sur le...

– Oui, sur le... un peu.

Elle blêmit plus encore.

– Non, non, j'arrête de plaisanter, c'est faux ! On s'est amicalement tendu la main. Je n'ai jamais couché avec elle qu'une fois, c'était une erreur. D'ailleurs son ami est jaloux.

– Vous mentez, vous dissimulez. Je veux la voir comme vous l'avez vue : en body, oui en body !

– Avec les deux agrafes à l'entrecuisse que vous décrocherez ? suggérai-je, retombant dans l'ornière de mon ironie.

– Quand vous l'avez emmenée à l'hôtel, elle a joui ?

– Non, elle semble assez peu expérimentée... mais je crois qu'elle est faite pour ça.

– Je veux la voir en body... je vous regarderai lui faire l'amour... non... vous me ferez l'amour... c'est elle qui regardera... et après... elle me léchera, elle n'aura droit qu'à ça !

Je ris. Elle ne rit qu'à demi.

– Vous êtes si jalouse ?

– Vous ne savez pas ce que c'est, la jalousie.

– Si, je suis un Arabe... mais je me maîtrise.

– Un sale Arabe !

Soudain, d'un coup, elle se reprit en main. Sa face se figea. D'une voix froide, anonyme, elle ajouta :

– Je voudrais essayer de vous comprendre.

– Je suis fou !

– Je sais.

– Ce sont des bêtises. J'aime dire des bêtises. Mais ces bêtises ne peuvent effacer les si beaux moments que j'ai passés avec vous... dans le couloir chez moi, par exemple, la troisième fois qu'on s'est vus... j'étais tellement ivre !... Je vous ai prise sur la moquette... et la bibliothèque qui nous est tombée dessus... c'était complètement dingue, inexplicable, beau.

– Et dans les vignes, en Bourgogne... C'était exquis, dit-elle, l'œil lointain, comme perdu au milieu des vendanges.

– Jeune, je ne savais pas m'arrêter, comme ça, sur des moments... J'allais trop vite... Depuis quelques années j'ai appris à voir, à goûter... à rêver sur un visage, sur la fossette d'un bras. Sans doute ai-je mesuré la fragilité des choses.

Tels des anciens combattants de l'amour, nous nous mîmes à égrener nos souvenirs, à compter nos blessures, à commémorer nos baisers. Nous découvrions soudain que nous avions – déjà – un passé. Plus de six mois s'étaient écoulés depuis l'hôtel Lutétia. Une demi-année.

– Le Temps, dit-elle, il ne veut pas nous oublier…

Elle était émue. Je l'étais.

– Je ne puis rien vous offrir de ce qu'un homme normal offre à une femme, dis-je. Vous voyez comment je vis… au jour le jour… avec un compte en banque erratique. Que puis-je donner que le peu de talent que je possède…

– Mais cela : c'est TOUT !

– Je ne puis entrer dans un schéma.

– Je ne veux vous imposer aucun schéma.

– Vous savez bien… vous voulez un enfant.

– Je veux mon indépendance économique, je veux la conquérir… ça n'est pas si facile, pour une femme japonaise. Je veux… gagner !

– Vous avez perdu cinq ans, avec votre Administrateur. Que vous a-t-il appris, rien. Combien de lignes de votre mémoire avez-vous écrites ? Zéro ou quasi ! Vous êtes un joli objet, il vous a casée chez lui, comme dans une vitrine.

J'avais à l'esprit les photos de l'appartement de l'Administrateur que, paparazzi (ou ethnologue ?) discipliné, Tamako avait prises à ma demande (« pour, expliquais-je, connaître sci-en-ti-fi-que-ment le *milieu* où elle évoluait »). Elle n'avait eu aucun scrupule à commettre cette espèce de viol de leur intimité. Était-ce mépris à l'égard de son « aubergiste », indifférence, insouciance, jeu ? Autre chose ? C'est ainsi que j'avais découvert le *waterbed* et le couvre-lit en imitation peau de zèbre, où elle « payait son loyer » juste en face du téléviseur ; les toiles rayées de Buren ; le pot de fleurs sans fleurs de Jean-Pierre Raynaud et la collection de phallus bantous. (« L'intérieur typique du play-boy un peu attardé », me diraient plusieurs de ses proches.) Mais tout ça n'en avait pas moins impressionné, au départ du moins, la petite-Japonaise-récemment-débarquée-de-son-île. Sans doute y voyait-elle quelque chose d'exotique. La France restait pour elle marquée au coin de l'étrangeté. Il y avait aussi toutes sortes de vitrines où se côtoyaient Asie, Afrique et Amérique en l'espèce d'un bric-à-brac kitsch de statuettes.

– Et parfois, il me sort de la vitrine et il me montre.

– Une Jap, c'est plus chic à montrer qu'une pute thaï. C'est gratifiant pour lui, pas pour vous. Voyez sa gueule, voyez la vôtre !

– Une petite Jap compacte, pliable, transportable, jetable ! ironisa-t-elle.

– Mon métier, ce sont les histoires. J'en écris, et puis un jour les personnages s'échappent. Cependant, pour vous, je serai toujours là, je suis dans… dans votre poche. Vous pouvez m'en sortir quand vous voulez.

Se penchant elle regarda, bizarrement, dans la poche de sa veste chinoise. Comme si, tout de bon, j'avais pu m'y trouver. Elle semblait dans un état second.

– J'ai froid, je me sens mal.

Elle se leva, descendit aux toilettes, où elle resta un long moment, remonta :

– J'avais besoin de faire quelques pas pour me réchauffer.

Plus tard, relisant mes carnets, et cet épisode pathétique, je me suis demandé si elle n'était pas descendue aux toilettes à la façon d'une actrice qui, pour mieux se concentrer entre deux scènes, se retire dans le secret de sa loge.

Elle se rassit devant moi. Au-dessus de sa tête pendait une vieille pancarte aux lettres jaunies, bouffée de chiures de mouches, où était inscrit : *Prix, service compris, 11 %, perçu directement par le personnel.* Deux miroirs, se faisant face, d'un mur à l'autre, répétaient à l'infini le reflet du lustre art déco accroché au plafond. Elle regarda dans sa tasse : un fond de café coagulé avec du sucre. Releva les yeux. Me fixant avec un air troublé, elle dit :

– Cette nuit, vous m'avez fait pleurer.

Elle se tut un instant et poursuivit :

– Oui, j'ai pleuré… L'Administrateur a voulu me pendre.

– Vous pendre ?

– Me prendre !… Dans la nuit… il m'a prise… et moi, en touchant sa tête, je cherchais vos boucles, votre visage, vos traits… et je pleurais… mais il ne s'en est pas rendu compte.

(« Son corps est plus gros, plus lourd que le vôtre, me dirait-elle des mois plus tard, quand il pèse sur moi j'ai l'impression que c'est un rocher… c'est alors que je pense à vous, c'est alors que je suis triste. » Je songerais au roc dont Polyphème menace Acis et Galatée.)

Elle semblait bouleversée. Il était inutile de lui demander : « Pourquoi ne te refuses-tu pas ? » Je connaissais ses réponses évasives, vaseuses, dont la plus claire était : « Il me force. » Était-ce comédie ? Ou bien, plus certainement, avait-elle un considérable surmoi dont il était facile d'abuser ? Ne m'avait-elle pas dit qu'elle aimait être *écrasée* ? (Viol plus étonnant de leur intimité, elle irait, longtemps plus tard, jusqu'à enregistrer à ma demande – demande scientifico-humoristique à laquelle pas un instant je n'avais pensé qu'elle agréerait – un de leurs accouplements : bref, brutal, rudimentaire, ayant caché un magnéto près du *waterbed.* Qu'elle eût poussé le jeu si loin me sidéra…)

– Je suis immorale.

– Amorale.

J'évoquai, dans Kawabata et Kafu, ces femmes qui se donnent à plusieurs hommes, sans apparemment de problème, et n'en aiment pas moins leur amant.

– Les geishas, dit-elle.

– Une femme occidentale moderne n'accepterait pas ça, enfin… qui sait ? Après tout, c'est sans doute ce que certains Blancs cherchent dans les femmes asiatiques, cette docilité… ou apparente docilité. Le rapport physique pour vous, bouddhistes, l'acte de chair est peut-être moins traumatisant, moins salissant, moins culpabilisant… ça vous glisse dessus comme la pluie sur l'aile des canards, non ?

– En théorie.

Quelques mois plus tard, elle me dirait :

– Je m'en contrefous.

Un de ses amis japonais me confia un jour :

– Dans les couples Blanc-Jaune, la plupart du temps, il y a inégalité : inégalité d'âge, d'argent, de beauté. Chacun sans doute y trouve son compte. Tamako ? Elle cherche à s'intégrer à la société française. Ça n'est pas si facile…

Le lendemain matin, samedi, je lui téléphonai. Elle ne partait plus à la mer. Elle était malade. Elle avait la fièvre. Très certainement une infection urinaire. Ça lui était déjà arrivé. Elle devait se rendre aux urgences à l'hôpital Necker (Necker enfants malades). Ayant fixé mon exil en Cévennes le lundi suivant, je voulais la voir avant, et lui proposai de l'accompagner. Elle en parut d'abord gênée, me demandant de la rappeler un peu plus tard. Ce que je fis, assez intrigué cependant. Quelle comédie jouait-elle ? S'agissait-il d'une maladie diplomatique ? Elle me dit alors :

– Pourquoi perdez-vous ainsi votre temps ?

– J'ai envie de voir « Tamako à l'hôpital ». J'ai déjà une « Tamako en Bourgogne », une « Tamako au Ritz », une « Tamako à la Comédie-Française »…

– C'est ça ! Je suis une héroïne de bandes dessinées ? De manga ! Eh bien venez donc, ça vous fera le XVe arrondissement. Necker est dans le XVe, on ne l'a pas encore « fait », le XVe !

– Tâchez d'avoir au moins un cancer généralisé, sinon je serai déçu.

– Vous faites votre toilette vaginale avec cette gaze, premier jet dans les W.-C., le reste dans le bocal.

Cette phrase, adressée à Tamako par une infirmière, me parut délicieuse de froide hyperréalité.

On lui fit quelques analyses. Et lui prit sa température : 37° . Elle m'affirma, ce que je ne voulus pas croire, que la température normale des Japonais était 36° .

– Vous êtes des lézards ? des poissons ?

En sortant de Necker, nous remontâmes, dans le soir tombant, le boulevard des Invalides : tout au bout, le dôme des Invalides, léché par le couchant, scintillait d'ors rouges sur un ciel indigo. Nous bûmes du beaujolais nouveau dans un café. Le visage de Tamako était défait : la lumière du jour déclinant semblait le déstructurer, comme un portrait cubiste, creusant ses joues, son front, d'ombres mauves losangées. On l'eût crue vraiment très malade. Elle me dit qu'au Japon (elle partait fin décembre), elle ne me tromperait pas. L'Administrateur, cependant, l'y rejoindrait pour Noël, mais, dans son optique sans doute (professionnelle ? conjugale ?), coucher avec lui n'était pas « me tromper ». Elle ajouta que le Prétendant avait proposé de leur payer l'hôtel, un hôtel de luxe, à Tokyo.

– Il est maso ! ajouta-t-elle.

Elle gloussa, la bouche dissimulée derrière le col relevé de son manteau violet.

– Vous riez à la façon d'une geisha, dis-je.

– Derrière mes manches ! ajouta-t-elle, mimant, comme si soudain elle fût revêtue d'un kimono, le geste, fixé mille fois par les estampes, d'offusquer le bas de son visage avec son bras.

– Cette histoire de Chinoise... Je ne veux pas perdre mon temps avec ça, vous m'avez déçue.

– C'est une plaisanterie.

– Vos plaisanteries... elles sont le signe en vous d'un manque, d'une faille.

Elle savait être pertinente.

– C'est juste.

– Je suis vraiment déçue...

– Une femme ne peut rien dire de pire à un homme. Eh bien (et je poursuivais ma mélancolique plaisanterie)... allons de ce pas au Terminus. On y passera une heure. Après, on n'en parlera plus ! Vous avez le temps encore ?

– Dispensez-m'en.

Je ne sus si elle voulait signifier par là qu'elle rompait, et qu'elle jugeait dérisoire de s'y rendre. Nous marchâmes jusqu'aux Invalides, franchissant inconsciemment la frontière du VIIe arrondissement. La lune était pleine, dans un ciel pur, ou quasi pleine. Tamako me prit la main. Nous nous embrassâmes et, nous embrassant, (« il faut immortaliser les amoureux ! » avais-je dit) nous nous mitraillâmes avec le flash de l'Espio, son et mon Espio (j'en avais acheté un identique). Nous poussâmes même le jeu jusqu'à poser l'Espio sur une rambarde de pierre, après avoir déclenché son retardateur, de sorte que nous figurerions tous deux, en pied, enlacés, sur le même cliché, elle dans son manteau violet, moi dans mon imperméable moutarde, une écharpe écarlate nouée au cou, avec, en arrière-fond, les Invalides enténébrées et, juste au-dessus, accroché au ciel, l'œil argenté de la lune (« L'Espio lui-même est devenu un personnage de notre roman ! » lançai-je). On eût dit deux acteurs d'une comédie américaine de Broadway, répétant leur rôle sous l'œil d'une caméra. Il se passa alors quelque chose d'étrange, comme si la grâce fût sur nous descendue… comme si, par une mystérieuse ruse de la providence, l'amour auquel nous jouions avait fini secrètement par déteindre sur nos âmes : jamais autant que dans ce platonique mais éphémère moment nous n'avions été si émus. Elle se serra très fort contre moi, m'agrippa, comme un lierre, un chèvrefeuille s'accrochant au coudrier. Pourtant, en regardant plus tard ces clichés, l'un d'entre eux surtout où l'on voyait mon grand nez, comme un bec d'oiseau, perçu d'en dessous, et, tout proche, son profil à elle, son museau semblable à celui d'un délicieux carnassier, je m'étais exclamé :

– *Le Corbeau et le Renard !*

Le Corbeau, c'était moi sans doute… Les regardant à son tour, elle murmurerait avec un triste sourire :

– Les *comme si*, on dirait qu'ils sont vrais !

Trois jours auparavant, lors de notre visite au Louvre, j'avais dit, montrant à Tamako le tableau de Watteau *Pèlerinage à l'île de Cythère*, qu'on ne savait pas s'il s'agissait en fait d'un départ *du* ou *vers* le pays de l'amour. Elle réfléchit un instant et supposa qu'il s'agissait d'un départ *de* Cythère, car elle trouvait au tableau de la tristesse : *Descendant une déclive, vers la mer en contrebas, où sans doute les attendent un bateau, plusieurs personnages de la toile, hommes et femmes, joliment drapés dans du satin, tournent leur tête étrangement vers l'arrière, dans un mouvement gracieux, plein de mélancolie, comme si c'était le bonheur même qu'ainsi, on ne sait trop pourquoi, par quelle* contrainte, *ils acceptaient d'abandonner. Serrant Tamako à la taille et désignant du doigt, là-bas, tout là-bas, le point de fuite de la peinture, immatériel point vers lequel s'envolent cinq ou six angelots grassouillets, je lui avais dit : « Allons-y, partons avec eux ! » Et pendant quelques secondes de poétique halluci-*

nation, il m'avait semblé que, pénétrant mystérieusement dans le plan bidimensionnel du tableau, nous nous étions mêlés à la troupe fantomatique de ses personnages, pour partager leur énigmatique destin...

22

Ne vous rendez pas en touriste à Tokyo. Restez chez vous... plongez-vous dans l'œuvre de certains artistes japonais... quand vous serez pénétré de l'esprit de leur style, allez vous asseoir dans le « park » ou flâner dans Piccadilly, et si vous n'y voyez pas un effet absolument japonais, vous n'en verrez nulle part.

(Oscar Wilde, *Le Déclin du mensonge*, 1889.)

Fin novembre, début décembre

Moins d'une semaine plus tard, j'étais dans les Cévennes, assis, la tête vide, face à mon impuissante machine à écrire (« Je tourne con ! »). Trois semaines plus tard j'avais fui les Cévennes, avec ma doc et ma machine à écrire, incapable de rédiger quoi que ce soit d'aucune espèce de roman. Tamako, entre-temps, m'y avait rendu une brève visite. Et l'idée qu'inconsciemment j'étais parti là-bas pour l'y faire venir, pour dresser autour d'elle un nouveau décor, plus sauvage – et moins navrant que les derniers en date – me frappa l'esprit d'un coup, d'un coup de foudre, quand, engoncée dans sa veste en cuir râpé de voyoute passée par-dessus sa veste en satin plus longue, et drapée dans une large écharpe orange de chez Hermès, avec aux pieds ses Nike de touriste métaphysique, je la vis (tel un extraterrestre sortant de son vaisseau spatial) descendre du bus qui l'avait amenée de Nîmes, où elle était arrivée en train, à Le Vigan, ville la plus proche de mon hameau d'Anzière. Je l'attendais dans un café au nom prometteur : l'Avenir. Ma moto (une... japonaise, elle aussi, une Honda) était garée non loin... Elle avait son sac à dos/baise-en-ville marron accroché à l'épaule. Il pleuvait dru, une pluie froide, cruelle, de fin d'automne. *(Je la reverrais débarquer de la même façon, et au même endroit, sept mois plus tard, en été, comme j'étais reparti là-bas pour tenter une nouvelle fois de me mettre « au travail » ! Elle était vêtue alors d'un tee-shirt et d'un jean lacéré.)* Dans l'un et l'autre cas, j'éprouvai, à la contempler – dans ce nouveau contexte « champêtre » dirais-je, et si français – le sentiment jubilatoire de qui a réussi quelque bonne blague : ce dont je jouissais, c'était du paradoxe, de ce paradoxe esthétique : une Japonaise dans les Cévennes. Une Japonaise dans un trou paumé des Cévennes. Aucun Japonais avait-il jamais fichu les pieds dans ce hameau d'Anzière (« Un hameau ? s'était-elle exclamée, comme celui de Marie-Antoinette à Versailles ? »), hameau où, sous la pluie battante, je l'emmenai en moto. Aucun Japonais était-il jamais entré dans cette maison, une maison paysanne multiséculaire, construite de larges lourdes pierres grises, que me prêtait une amie pour que j'y… *travaille* ! Mais n'était-ce pas *travailler* que d'y inviter Tamako, n'était-ce pas *écrire* que de contempler son masque asiate se confrontant à ces poutres rustiques, à cette énorme médiévale cheminée où j'avais allumé un feu ? Après un chapitre bourguignon, un chapitre cévenol ! *On entre*, note-t-elle, *en face de la porte d'entrée, il y a son bureau. A gauche un buffet, à droite une cheminée et, à côté, un poêle à charbon en émail blanc.* L'œil sherlockholmésien de Tamako, quand je lui dis de poser son sac dans la chambre, repéra immédiatement (ce qu'elle m'apprit moins d'un an plus tard quand elle me traduirait ses carnets) qu'il y avait deux oreillers dans le lit ; il repéra presque aussitôt un paquet de préservatifs oublié sur la table de nuit (« Avec qui les utilise-t-il ? ») ; et, peu après, quand elle monta aux toilettes, au premier étage, une bouteille d'acétone (« L'acétone, se demanda-t-elle, peut-il servir… aussi à un usage non féminin, comme le bricolage ? »). *Un nuage est passé sur mon front*, rapporte son journal. *J'ai senti mon cœur se presser.* Cependant, elle n'en laissa rien paraître… (« Plus ça avance et plus c'est douloureux, mais plus c'est beau », m'avait-elle dit la veille, au téléphone, de façon assez énigmatique.) Je me débarrassai de mes habits de moto, enfilai une parka usée et rapiécée, lui en donnai une similaire, lui prêtai un pantalon de cuir, enfonçai sur son crâne un vieux galurin gris, et sur le mien un galurin marron, déformé, mité.

– On dirait deux clochards ! dis-je.

– C'est le chic clochard ! renchérit-elle.

– Vous êtes chic et belle, je crois que vous seriez belle dans n'importe quel déguisement !

Nous bûmes un verre de meursault et grimpâmes (après avoir subi les aboiement de l'énorme molosse noir du voisin), par un sentier, jusqu'à la route, au-dessus de la maison. Le hameau se situait au flanc d'un colline couverte de châtaigniers. La pluie tombait toujours, glaciale, les montagnes, mauves, étaient serties de brouillard bleu. Tamako repéra des pruniers sans feuilles ni fruits *(ils seraient chargés de juteuses reines-claudes quand elle reviendrait en été)*, elle nota le joli mélange de l'ocre des châtaigniers et du vert des sapins. *Mais les teintes rousses ont disparu... Les oliviers ont gardé leurs feuilles : vertes d'un côté, argentées de l'autre. Quand le vent y souffle, on dirait des milliers de papillons qui prennent leur envol... Au sol, les cosses des châtaignes, hérissées de piquants, ressemblent à un tapis de fourrure brune...*

Depuis sa descente du bus, elle était un peu renfrognée, et, prudemment, je ne distillai tout au long de notre promenade que quelques rares paroles, que je m'efforçai de rendre plaisantes. Était-elle déçue de ma campagne (le-hameau-de-Marie-Antoinette) ? Ou ne regrettait-elle pas plutôt d'avoir quitté son hypothétique Troisième Homme ? (« Je suis venue ici, m'avait-elle dit, parce que j'ai songé que, plus tard, je ne pourrais peut-être plus y revenir. ») Le Troisième Homme était-il ce cinéaste-reporter japonais, qu'elle avait récemment rencontré, à ce qu'elle m'avait confié au téléphone ? Avant de venir me voir, elle avait pris un verre avec lui, dans le XIIIe arrondissement, porte de Choisy (« Un verre, c'est tout », crut-elle bon de préciser), et il avait tenu à la raccompagner en métro jusqu'à sa station, Jasmin, dans le XVIe. A plusieurs reprises, pendant le trajet, il lui avait demandé (avec plus d'insistance jalouse que ne l'avait fait l'Administrateur quelques jours avant) pourquoi elle partait dans le Midi en hiver : en théorie elle faisait visiter

Arles et Aix-en-Provence à de vieux Japonais. « Visiter Arles en hiver, quelle idée ! » s'étaient exclamés, chacun de son côté, cinéaste et Administrateur. L'Administrateur ayant ajouté : « C'est louche. »

Au cinéaste, Tamako avait dit : « Je suis contente d'avoir rencontré un homme comme vous. » Me faisant ce commentaire :

– Il a cru que je lui faisais une déclaration. Il a voulu me prendre la main.

Elle disait souvent : « Quand je mens, j'aime qu'il y ait dans mes mensonges quelque chose de vrai » (tactique qui m'avait rappelé celle de la cocotte proustienne Odette de Crécy). Et je me demandais si cette multitude de petits détails vrais, concernant le cinéaste, n'étaient pas là pour cacher une vérité encore plus vraie dont ils étaient la logique émanation : elle couchait avec lui.

Lui montrant un torrent, sous le petit pont de pierres moussues que nous franchissions, je lui dis :

– Je vais vous jeter dans cette cascade, et on n'entendra plus parler de vous ! Bon débarras ! Je pourrai enfin tra-vail-ler !

– Les cascades descendent, mais les saumons remontent ! rétorqua-t-elle.

– Espèce de saumon !

Elle se dérida, pour la première fois depuis son arrivée. Souriante, elle me pressa la main (nous ne nous étions, jusqu'ici, même pas frôlés).

La montagne, tranchée à pic lors du traçage de la route, formait sur la droite une haute paroi se découpant en blocs rectangulaires de schiste feuilleté, dont les teintes rouille, ocre, brun, violacé, rappelaient les collages de Braque et Juan Gris. La pluie y dévalait d'abondance *(« Il n'y a plus d'eau, tout est sec ! » dirait-elle sept mois plus tard)*. Dans une rigole, je ramassai une pomme jaune *(grosse comme une pièce de dix francs)*, tombée d'un arbre désormais sans feuilles, mais où quelques fruits restaient accrochés, témoins ultimes, arrière-garde décimée, d'une saison ensevelie...

Je la présentai à la bouche de Tamako. Elle en croqua un morceau. Je croquai l'autre moitié.

Nous arrivâmes dans un autre hameau, le Truel. Quittant la

route asphaltée, nous nous engageâmes dans un chemin, encaissé entre deux antiques demeures, qui descendait vers ma maison. Je lui montrai un escalier en granit, grossièrement construit : de petites fougères et toutes sortes de mauvaises herbes poussaient à l'interstice des pierres qui, çà et là, étaient couvertes d'une jolie couche de mousse *(en été j'y verrais une campanule)*. J'expliquai que j'avais toujours trouvé à cet escalier un « air japonais ». Elle me dit qu'au Japon on aime garder aux jardins leur côté naturel, mais cependant on les entretient bien, on les conserve très propres. En quelque sorte, ils sont « artificiellement naturels ». Une feuille de platane virevolta, se posa devant nous, sur une marche, puis, hésitante, frémit sous un nouveau souffle de vent, dégringola vers la marche suivante... Nous poursuivîmes notre route. Nos pieds écrasaient des feuilles mortes, éveillant comme les échos de vagues se brisant au rivage. Nous arrivâmes sur un terre-plein qui dominait toute la vallée : au loin, malgré les brumes, on voyait des chaînes successives de montagnes. Elles formaient une sorte de camaïeu bleu, les plus proches étant bleu foncé, les plus lointaines, se confondant presque avec le ciel, argenté.

– C'est tout *blou.*

– Blou ?

– Bleu, se corrigea-t-elle. Ces étagements de nuances, ces dégradés, ça me fait penser à une estampe chinoise.

Un oiseau noir, ailes éployées, traversa le camaïeu. En contrebas du terre-plein se trouvait un réservoir d'irrigation, vide (« En été je m'y baigne », dis-je... *et nous nous y baignerions*), et un champ de pommiers, dépouillés, mais, là encore, chargés de quelques fruits tardifs. L'or des fruits et le gris des branches nues formaient un contraste qui plut à Tamako. Elle repéra, complètement dépouillé lui aussi, un cerisier :

– Ce doit être joli, dit-elle, au printemps !

– Nous sommes dans une saison ingrate. Il n'y a plus de fleurs, plus de fruits, plus de feuilles. Il n'y a même plus de champignons. Il n'y a plus que vous.

Je l'enlaçai. Et comme nous nous embrassions, le bord de nos chapeaux mouillés s'entrechoqua de sorte que l'un et l'autre tombèrent au sol.

– Vous êtes la plus jolie clocharde que je connaisse.

Nous continuâmes de descendre le sentier, piétinant les cosses de châtaignes et les feuilles mortes pourrissantes. Des fougères desséchées broussaillaient tout au long de notre route. Le sol exhalait une odeur de moisissure.

– J'aime, me dit-elle, ces saisons intermédiaires... Au Japon on ne sent pas le passage d'une saison à l'autre, c'est imperceptible.

Il a dit que lui aussi était dans une « saison intermédiaire », dans un « âge de transition », rapportent les carnets de Tamako. *C'est souvent qu'il fait ce type de réflexion. Il a commencé à changer, a-t-il expliqué, quand il a eu quarante-cinq ans : physiquement et moralement. Il a pris du poids et songé à gagner plus d'argent... En bas du chemin, il m'a montré du lierre poussant autour du tronc d'un arbre mort. Il a cité Descartes : Le lierre ne monte pas plus haut que l'arbre.*

J'ajoutai, ce qu'elle ne note pas :

– Je me suis longtemps pris pour un arbre, je me demande maintenant si je ne suis pas le lierre.

Nous avons continué de cheminer. Le sentier était bordé d'un incroyable fouillis de ronces où les prunelliers bleus se mêlaient aux vignes rousses, aux mûriers, et à toutes sortes de plantes rampantes dans un inextricable mélange. Étrangement, des grappes de raisin, ratatinées, pendaient des branches d'un châtaignier qui, avec une vigne les festonnant, formaient au-dessus du chemin une sorte de tonnelle.

– Cela me fait penser parfois à vous et à moi, ce bizarre entrecroisement d'espèces : l'Orient, l'Occident. Voilà peut-être la plus profonde image de l'amour.

– Quand vous m'aviez récité le lai du chèvrefeuille, à Dijon, c'est parce que vous trouviez le poème joli, ou...

Sans répondre à sa question je répétai la chute du poème :

– Belle amie si est de nous, ni vous sans moi ni moi sans vous...

Cinq mois plus tard, lors de mon retour dans les Cévennes, j'examinai avec plus d'attention, en souvenir du lai du chèvrefeuille, les plantes rampantes et grimpantes de la région. Le joli poème de Marie de France perdit alors son innocence : je fus effaré de voir avec quelle voracité ces plantes s'agrippent à tout

« obstacle », avec quels crampons elles s'y accrochent, avec quelles ventouses elles l'épousent, ou comment, implacablement, à la façon de poulpes avides de sang, elles s'y entortillent. Je trouvai là une inquiétante vivante métaphore, non seulement de l'amour, mais des rapports sociaux.

Nous fûmes bientôt de retour dans la maison. Nous nous assîmes, avec un verre de meursault, devant le feu :

– C'est comme si, dis-je, nous regardions la télévision, mais il n'y a qu'une chaîne.

Tamako se plaça derrière moi, glissant une main dans mes cheveux : *mes cheveux préférés, on dirait de la soie, des cheveux de poupée*, écrirait-elle dans ses carnets. Phrase qu'elle me rapporterait longtemps plus tard, quasi au même endroit, car c'est dans les Cévennes, l'été suivant (dans ma maison, et divers coins de la région), qu'elle avait traduit cette partie de son journal. (« N'est-ce pas étrange, observerait-elle, on dirait qu'on fait exprès de raconter les événements à l'endroit précis où ils se sont déroulés plusieurs mois auparavant. ») A sa première visite le feu ronflait dans la cheminée, à la seconde il n'y avait pas de feu, c'était en plein mois d'août. A la première, des bouquets de sureau, aux baies noires et aux tiges rose fuchsia *(un rose surprenant)*, et du houx écarlate, ornaient la pièce. A la seconde c'étaient des fleurs des champs et des lis. Mais dans les deux cas elle s'était glissée bientôt à mes pieds et, ouvrant mon pantalon, s'était abouchée à mon bas-ventre. La seconde fois, étrangement, elle avait dit, à la façon d'une « pro » :

– Je ne fais pas ça à tout le monde.

Qu'elle eût dit que mes cheveux étaient ses préférés ne signifiait-il pas la même chose : c'est-à-dire qu'elle avait d'autres « scalps » dans la manche de son kimono de pragmatique mais sentimentale geisha ? Elle parlait fort bien le français, cependant elle n'en maniait pas toutes les nuances, se trahissant du coup. Au demeurant, sur le moment, je n'avais pas conscience de cela : c'est a posteriori, quand j'eus recueilli, à partir de mes carnets, un certain nombre de phrases qu'elle m'avait adressées, et que je les eus classées chronologiquement – en extrayant conséquemment une logique – que je commençai à voir plus clair dans l'énigme qu'à la façon d'une sphinge elle me proposait… Je lui montrai un jour, rédigée avec des encres de plusieurs couleurs, sur de grandes feuilles de Canson, cette chronologie, qui, à la façon de quelque dripping de Jackson Pollock, était traversée de flèches, rouges, jaunes, bleues, vertes, renvoyant d'une date à l'autre, établissant des liens, jusque-là souterrains, entre telle et telle phrase (parfois proférées à des mois de distance). Elle m'avait dit :

– Vous êtes fou.

Ajoutant, réflexion que je lui connaissais bien :

– Ne cherchez pas en moi de logique, il n'y en a pas, je... flotte.

Comme elle s'abouchait à mon ventre, je baisai le goulot de la bouteille de meursault. Je fis ensuite asseoir Tamako sur mon fauteuil, abaissai son pantalon, écartai ses jambes, face au feu, comme pour y faire rôtir son pubis...

– Il va fumer comme un jambon, dit-elle.

Ajoutant :

– Il y a une ficelle !

– Une ficelle comme pour un rôti. Jetez ça au feu.

– Ah bon... j'ai jamais fait.

Elle baissa son slip, un slip à petits volants de dentelle (« Ça fait pute, n'est-ce pas ? »), piqua entre ses cuisses la serviette périodique qu'elle lança dans le brasier. Fascinée, elle la regarda se tordre dans les flammes, se transmuer en un fragile édifice de cendre blanche, qui s'écroula bientôt :

– J'aime, dit-elle, voir les choses se recroqueviller.

C'était là un mot que j'avais à de multiples reprises entendu dans sa bouche. Je le retrouvais, lancinant leitmotiv, dans la poésie japonaise, pour caractériser les feuilles mortes symbole de l'automne.

Je tirai sur le fil blanc entre ses jambes. Jeté au feu à son tour, le Tampax grilla en dégageant un fumet de gibier.

Je baisai ses cuisses, ses genoux, ses pieds, chacun de ses orteils. Je lui expliquai en même temps qu'en Thaïlande j'avais été frappé un jour d'un lumbago. Une vieille masseuse s'était occupée de moi, commençant par travailler mes doigts (mains et pieds) puis remontant peu à peu les jambes et les bras, pour n'arriver qu'après une lente progression, de très minutieux travaux d'approche, à la source du mal, la vertèbre défaillante : au bout de deux heures, miraculeusement, j'étais guéri. Digressant sur le sujet, j'ajoutai que les mandarins, en Chine, devaient ainsi se faire caresser par les femmes de leurs harems, pendant des heures, sans jouir.

Tamako, sautant sur l'idée, me fit asseoir à sa place sur le fauteuil, me déchaussa et commença moins à me baiser qu'à me bouffer chaque pied : *les doigts, entre les doigts, la plante, le dessus*, écrit-elle. Elle le faisait avec une étonnante voracité. On eût dit une chienne affamée croquant un os.

– C'est comme si vous aviez dix sexes, un pour chaque orteil.

– Ce serait plus confortable sur le lit, dis-je.

J'ajoutai que la chambre était froide, qu'on pourrait apporter le matelas devant le feu.

Il a étalé un batik au sol, devant la cheminée, puis on a posé le matelas dessus, avec les draps et deux oreillers. On s'est allongés alors devant le feu, on a dit : « Y'a toujours le même programme à cette télé, mais c'est le meilleur programme. » On a bu du vin blanc en picorant des cacahuètes et du saucisson. J'ai dit : « Je vais appeler le Méchant. » J'ai téléphoné du premier étage, il était 20 heures. Heureusement, le Méchant n'était pas là. Je lui ai laissé un message sur le répondeur : « Je visite Aix sous la pluie, après-demain je serai de retour à Paris comme prévu. » J'aurais bien voulu rester trois jours à la campagne, mais ça aurait paru louche. Et puis je n'ai jamais passé plus d'une nuit avec lui... ça me fait peur un peu... Ça m'intimide... Quand je suis redescendue, il avait éteint les lumières et avait allumé deux bougies, une sur le rebord d'une petite fenêtre, à gauche du feu, l'autre sur une étagère, à droite, de sorte que la pièce était plongée dans une demi-obscurité fauve, des ombres tremblantes se dessinant par instants sur les murs blancs.

En revenant, Tamako s'est allongée à mes côtés. Elle m'a dit :

– Je veux t'attacher, cette fois c'est mon tour...

Avec ses cheveux ébouriffés et ses yeux bizarres, où les flammes de la cheminée projetaient des lueurs hallucinées, elle avait une allure tout à fait inquiétante : adorablement inquiétante.

– Tu as vu tes yeux, non ? Tu as des yeux de dingue ! Si tu essaies de me couper en morceaux, ici, j'aurai beau crier, personne n'entendra : les murs de la maison ont près d'un mètre d'épaisseur. A Paris encore, l'expérience est envisageable… euh…

J'étais allongé sur le ventre, un verre à la main, où j'avais versé les dernières gouttes de la bouteille de meursault. Elle se mit à genoux, à côté de moi, cul nu, un tee-shirt sur le buste, puis, posant ses mains à hauteur de mon visage, elle fut à quatre pattes… On eût dit quelque animal mythique engendré par la nuit, engendré par la montagne, par les forêts.

– Si, si, je veux t'attacher ! supplia-t-elle, puisant, pour l'intonation de sa voix, dans le registre « petite-écoliere-jap-chieuse-en-tenue-de-marin ». Je t'attache… symboliquement.

Je finis le meursault et, me mettant sur le dos, les bras croisés derrière la nuque, la tête dirigée vers le feu, j'acceptai de me « livrer à elle ».

– Pour ne pas salir la maison, dis-je, tu mettras les morceaux de mon corps dans un sac poubelle puis au frigo (et j'évoquai un fait divers vieux de dix ans : un Japonais anthropophage avait conservé ainsi, plus d'une semaine, les organes de sa maîtresse hollandaise dont il se repaissait chaque jour).

Elle poussa un inquiétant ricanement, type : « hi hi »…

Je la vis alors se dresser sur ses jambes, cul nu : son ombre, tremblante, gesticulante, fut projetée derrière elle, sur le mur, démesurément agrandie par les mouvantes flammes du brasier.

– Elle est où, la corde ? dit-elle.

– Dans le placard là-bas, rétorquai-je, désignant, dans un coin de la pièce, une porte en bois brut, donnant sur une cavité creusée dans le mur.

Elle ouvrit le placard. Avec un délicat sens esthétique, elle ne pensa pas un instant à allumer l'électricité, ce qui eût tout dépoétisé, brisé le jeu rembrandtien de clair-obscur baignant la pièce. Elle prit une lampe de poche, posée en évidence sur le buffet, et fouilla à sa lueur le placard.

– Il n'y a que du fil de fer, se plaignit-elle, on essaie avec…

Elle était inquiétante, vraiment. Je lui dis de mieux chercher. Elle trouva une bobine d'épaisse cordelette.

– Il faut un couteau, pour couper la corde...

Elle semblait prise de frénésie. Je n'avais jamais vu ses cheveux aussi hérissés : ça lui donnait l'air de quelque porc-épic géant ! Sinon d'une Gorgone, à la chevelure de serpents...

– Un couteau, tu veux un couteau ?

Je lui indiquai le tiroir droit du buffet, marmonnant par-devers moi : je suis fou de lui révéler où ils se trouvent, je suis vraiment fou.

Un éclair d'or déchira la pièce : le triangle incendié de la lame d'un couteau, un énorme couteau de cuisine (elle ne se fût pas contentée d'un canif !) qu'elle tenait au bout de son bras. A ce triangle lumineux faisait écho celui, obscur, de sa toison, poinçonnant au bas-ventre l'ombre de son corps dressé, incendié par la luminescence cuivre de la cheminée.

La silhouette armée de Tamako s'approcha de moi. Se mit à croupetons sur moi.

– Couche-toi sur le ventre, dit-elle.

Je résistai :

– Non, je reste sur le dos. Je préfère te surveiller. Et si je dois mourir, ce sera en connaissance de cause.

Elle eut un nouveau petit rire, « hi hi », accompagné par l'illumination d'une double braise écarlate dans ses yeux, « hi hi ». Elle baissa mon pantalon, mon caleçon, puis je me laissai ôter la chemise.

Me découvrant un gobe-sue, elle explosa :

– Un marcel, il a un marcel ! Un marcel d'ouvrier !

Il sue, il a un marcel, comme un ouvrier, écrirait-elle. Ça fait viril. *On dirait un travailleur des mines, un bûcheron, un homme des bois,* UN BOUCHER, *c'est chouette les hommes des bois ! Je craque, je craque, il me fait craquer !*

« Après son trip vigneron, songeai-je, elle se fait un trip ouvrier. J'en sors plus. »

A regret, elle me dépeça de mon marcel. Le roula en boule entre ses mains (la dextre étant toujours armée du couteau), le pressa contre son nez (son groin de fauve plutôt), le huma :

– Ton marcel d'ouvrier, il sent l'ouvrier, Marcel Marcel, je craque ! Ça n'est pas toi que j'aime, Marcel, c'est ton marcel… Marcel, Marcel, Marcel !

De ce jour, j'eus un nom de baptême. Elle ne m'appellerait plus que Marcel.

Elle frotta le marcel sur mon ventre, mon sexe, puis le baisa, le rebaisa :

– Je t'aime, Marcel.

– Je t'aime, Ginette.

– Pourquoi Ginette ?

– Ginette, ça fait ouvrier : les filles du peuple s'appelaient souvent ainsi, avant guerre. Ou Julie ! Ou Gisèle !

Ginette posa, roulé en boule, le marcel à côté du corps nu de Marcel. Elle promena ensuite (passant aux choses sérieuses) la pointe aiguisée du couteau sur le flanc droit de mon torse, de l'aisselle jusqu'à la hanche. Entourant mon cou avec la cordelette, elle me fit une sorte de collier de chien (c'est toi le Poti), y nouant mes deux mains croisées derrière la nuque.

La lame du couteau brilla au-dessus de mon front. Elle trancha la corde. Puis, à quatre pattes, braquant vers moi son cul animal, elle avança vers mon pied gauche, en noua la cheville. Elle tira alors sur la corde et en attacha l'autre extrémité au pied gauche du lourd buffet placé contre un mur, face au feu. Elle attacha mon pied droit au pied droit du buffet.

J'essayai de tirer. Ça semblait tenir assez bien. Nul doute qu'elle aurait le temps de me trancher la gorge… ou le reste avant que je puisse me délivrer. (« Je suis fou, fou, fou », me répétai-je). Elle jubilait. Jamais je ne la vis si euphorique, pétillante, inquiétante, hystérique, extatique.

Dans le buffet, elle découvrit une bouteille de miel en plastique (*« Tartimiel, marque Lune de miel »*, note-t-elle très précisément) munie d'un bec verseur. Elle en versa sur chacun de mes pieds, le long de mes jambes, jusqu'à l'aine, et sur ma poitrine, jusqu'à l'orée du pubis. Chaque goutte me donna une sensation de froid. On eût dit qu'elle traçait ainsi des pointillés (ceux mêmes qu'on voit aux carcasses de bœuf dessinées dans les dictionnaires), déterminant les lignes selon lesquelles, avec précision, on devrait me découper en steaks, rumstecks, contre-filets et autres macreuses. A la façon de ma masseuse thaïlandaise, elle commença par les orteils, qu'elle suça les uns après les autres, les décapant de leur gangue de miel (« Un pied de cochon au miel », dit-elle).

Elle fit ainsi la toilette de chaque pied, puis, suivant ses pointillés, de chaque jambe. Ce fut ensuite le tour de mon torse. Se gardant bien, cependant, de jamais frôler mon sexe, durci, reposant sur mon ventre *(« C'est la technique et la tactique*, écrit-elle, *j'attaque tout autour sans toucher son objet, parce que c'est meilleur de faire patienter... En léchant, j'observe du coin de l'œil son visage, ses réactions... Je le caresse comme s'il était une femme, lui faisant ce que j'aimerais qu'on me fasse, je lui pince les tétons, promène mes doigts, comme les pattes d'un insecte, sur sa poitrine, jusqu'à son cou, sa nuque... »)*

A un moment, au cours de sa diabolique cuisine, elle tourna sa croupe vers mon nez. Je ne pus que remarquer sa mouille qui jaillissait de la chatte, dégoulinant sur les cuisses. C'était une source, une cascade, un torrent, une Amazone ! Je m'y abreuvai.

– Jamais je t'ai vue mouiller autant, dis-je.

– Ça m'excite, ça m'excite.

– Quoi ?

– De t'avoir... d'avoir un homme à ma merci !... Toi aussi tu mouilles, tu mouilles !

A l'extrémité de mon sexe, juste sur l'orifice du méat, perlait un goutte transparente qu'elle regardait, comme fascinée.

– Ça n'est pas du sperme, je dis.

– Non, c'est ta mouille, tu mouilles comme une femme !

– On dit que le sexe masculin est un clitoris développé.

– Tu mouilles.

Elle donna un coup de langue, lapa la perle liquide, comme un chat, et, continuant ses travaux d'approche, observa désormais régulièrement mon sexe, guettant l'apparition d'une nouvelle perle.

– Tu es ma femme ! dit-elle.

Je lui racontai alors que, vingt ans auparavant, à Vientiane, un soir que j'étais complètement « défoncé », j'avais emmené dans mon hôtel une très belle fille, qui s'avéra en fait un travesti.

– Moi aussi, dit-elle, un jour je ne jouirai que par-derrière, comme un mec !

Ses fantasmes (spécifiquement nippons ?) devenaient donc de plus en plus complexes : d'une part elle voulait être homme (et me transformer en femme), mais, une fois métamorphosée en homme, elle désirait se retransformer en femme, en devenant un travesti.

Elle finit par faire couler du miel sur ce qu'elle appelait « mes boules » et « mon trou », qu'elle lapa, les éclairant par ailleurs avec la lampe électrique (*Son trou devient humide comme celui d'une femme*, écrit-elle). Elle emboucha mon sexe.

– J'ai soif, lui dis-je !

La bouteille de meursault était vide.

– Il y a du faugères, là sur l'étagère, c'est un petit vin, mais pas mauvais.

Elle se leva : et, dans un même mouvement, son ombre démesurée grandit sur le mur blanc, en face de la cheminée. Elle prit la bouteille, chercha un tire-bouchon, en trouva un dans le tiroir du buffet. Elle posa la bouteille sur le lit, à mes côtés, et ce fut spectacle fort divertissant que de la voir essayer de l'ouvrir : il s'agissait d'un tire-bouchon à double levier. Elle ne comprenait pas qu'il fallait visser la vis du tire-bouchon en laissant s'élever les deux leviers, afin, ensuite, d'appuyer sur ceux-ci pour extraire le bouchon. J'avais l'impression d'être un entomologue, un zoologue étudiant le comportement de tel bizarre animal face à un problème qu'on lui a scientifiquement créé de toutes pièces : avec ses cheveux hérissés, elle jouait assez bien, d'ailleurs, son rôle de hérisson savant. Elle finit par trouver la solution. Nouveau problème : me faire boire, moi qui étais attaché, cloué à mon lit comme un moribond. Elle essaya de porter un verre à mes lèvres, le vin rouge se déversa sur mon visage, inondant mes narines. J'éternuai. Elle tenta alors de mettre le goulot de la bouteille dans ma bouche. Ce ne fut pas mieux !

– Il faudrait une tétine, dit-elle.

– Plutôt un biberon.

Elle était à la fois la nourrice, prenant soin d'un lardon, et l'infirmière dorlotant son « petit vieux », son grabataire préféré.

– Mon quoi ? demanda-t-elle.

Je lui épelai et expliquai le mot *grabataire* (qu'on retrouverait dans ses carnets).

Elle pressa le goulot contre ses lèvres, levant le cul de la bouteille (et son ombre agrandie se projeta avec l'ombre de la bouteille : on eût dit la silhouette d'un hussard sonnant la charge dans son clairon). Se penchant ensuite sur moi, elle m'embrassa, faisant couler dans ma gorge le nectar.

– C'est délicieux, dis-je. Tu es mon outre, ma grosse outre de chair vivante, ma loutre.

– C'est quoi une outre ?

Je réclamai encore et encore et encore du vin. Et l'outre généreusement, tel un sein maternel, m'abreuvait.

– J'ai faim, j'ai faim ! Comment on dit « maman » en jap ?

– Oka-a-san.

– Oka-a-san, j'ai faim...

Elle glissa entre mes lèvres des tranches de saucisson, des cacahuètes. Je réclamai à nouveau du vin, jouant à me faire autoritaire, tyrannique, odieux autant qu'un odieux nourrisson, ou un infernal « petit vieux ». Puis je me plaignis qu'il commençât à faire froid :

– Mets du charbon dans le poêle, et rajoute du bois dans le feu.

Servante zélée, elle chercha le seau à charbon. Il fallut que je lui explique comment ouvrir le poêle et y introduire le charbon. Fébrile, elle courut en tous sens en quête d'une pelle. Elle s'enquit ensuite des bûches. Elle en trouverait dehors, sur la terrasse où s'ouvrait la porte de la maison, avec pas mal de planches. Elle jeta plusieurs planches au feu, qui se mit à fumer.

– C'est des planches pourries, on ne fait pas brûler des planches pourries ! lançai-je, jouant l'arrogant mépris du spécialiste vis-à-vis du débutant. Coupe plutôt une bûche.

– Elle est où la hache ?

– Elle est...

Soudain j'eus des sueurs froides. Allais-je lui dire où se trouvait la hache ? Elle semblait en plein délire, en pleine frénésie.

– Et la chie, demanda-t-elle, la chie, j'ai jamais chié !

– Chié ?

– Scié !

Elle avait ôté son tee-shirt, se trouvant complètement nue, suante, trépidante, exultante. Je la vis alors, munie d'une hache, frapper, maladroitement mais pleine de fiévreuse bonne volonté, sur une énorme bûche. (Ma bûcheronne ! Comme tu étais belle ainsi, tes cheveux dressés sur le crâne, la hache à la main, comme une guerrière viking, une infernale Walkyrie, une rubensienne bacchante ! Ton Administrateur t'a-t-il jamais vue ainsi ?) En moi retentirent les vers de Racine : *Eh bien, filles d'Enfer, vos mains sont-elles prêtes/ Pour qui sont ces serpents qui sifflent sur vos têtes* ?

Elle jeta dans l'âtre une demi-bûche.

Humide, la bûche crépita, déclenchant un feu d'artifice d'étincelles écarlates : une petite braise me sauta sur la poitrine.

– Garce bourreau assassin !

Elle aspergea de faugères ma brûlure :

– C'est bien, dit-elle (épuisée autant qu'Hercule au terme de ses douze travaux), c'est bien d'être un eskrave… un esclave attaché, c'est un bon boulot : on peut pas travailler. C'est les autres qui doivent tout faire.

Je continuais de lui aboyer des ordres, avec l'impériale arrogance d'un nourrisson caligulesque, et la hargne triomphante du kapo. Jusqu'au moment où je dis :

– J'ai envie de pisser, détache-moi !

Mais elle ne voulut pas me détacher.

Il dit qu'il a envie d'uriner, écrit-elle dans ses carnets. *Comme avec les grabataires, il faut être complètement à sa merci, et s'occuper même de ses besoins… Je prends son objet dans la bouche. Il la remplit… à plusieurs reprises, cinq ou six fois, ça a un parfum de pain grillé, un goût salé, et à chaque fois que ma bouche est pleine, je vais cracher dans l'évier d'où j'avais enlevé la vaisselle. Il rit en me regardant faire l'aller-retour. Moi aussi, ça me fait bien rigoler… Je dis que ça excite les femmes d'avoir envie de faire pipi. D'ailleurs j'ai envie moi aussi ! Je veux monter aux toilettes. Elles sont au premier étage. Il me demande de pisser devant lui, dans une casserole…*

– Et tu me donnes quoi en échange ?

– Que veux-tu ?

– Ton âme !

Je ne trouve pas de casserole, alors je mets une chaise devant l'évier, je pose mon derrière sur le bord de l'évier. Ça a fait beaucoup de bruit, ça lui a plu, il a été bien content !

(Sept mois plus tard, se livrant devant moi, dans la même pièce, au même exercice, mais dans une casserole cette fois, elle me dirait qu'au Japon, au début de l'été, lors de la cérémonie du thé, on conserve bien humide le chiffon avec lequel on nettoie les bols, et – ce qu'on ne fait pas en hiver – on tord le chiffon sur une bassine, de sorte que l'eau en coule et, coulant, provoque un bruit qui évoque la fraîcheur : ce bruit, expliquerait-elle, lui a toujours rappelé celui de l'urine jaillissante.)

Elle voulut à nouveau m'attacher : sur le ventre. J'hésitai. Puis acceptai. Ayant beaucoup bu, faut-il dire à la décharge de ma témérité. Je fus cependant un peu rassuré du fait que les nœuds, à mes pieds, semblaient moins sérieux. Les liens s'étaient par ailleurs relâchés à mon cou et mes poignets.

Je défais les cordes, c'est pas pour le libérer mais pour le mettre sur le ventre... Je promène mes doigts, du haut vers le bas, le long de sa colonne vertébrale, et ensuite ma langue, du bas vers le haut, des fesses jusqu'à la nuque... Je luis dis :

– La cascade descend, le saumon remonte.

Il éclate de rire. Il lance :

– Vous êtes obsédée, sale saumon !

Puis je lui verse du Tartimiel tout au long de l'échine. Il frémit, ça doit lui faire froid. Il crie comme une femme, vraiment comme une femme. Je lèche, du bas vers le haut toujours, n'oubliant aucune goutte : sous les bras, sous les oreilles, puis je m'assois sur sa nuque. Il me demande de presser mes cuisses sur sa nuque. D'y coller ma « chose ». J'obéis. Ensuite je renifle sa nuque. Mon odeur forte s'y est transmise. Ça sent le crustacé, la crevette... J'attaque alors ses fesses, j'y fais couler le miel. Elles s'élèvent : on dirait une femme qui s'offre, qui veut tout donner. J'AI L'IMPRESSION QUE C'EST MOI QUI SUIS A SA PLACE ! Je sens ma mouille qui coule...

– Je comprends maintenant, dis-je, la sensation que doit éprouver une femme quand elle a un type sur le dos, ça doit être dingue non ?

– Oui. Je fends.
– Vous fendez ?
– Je fonds…

… Il s'est délivré d'un coup. Il m'a sauté dessus. Devant-par-derrière. Puis il m'a mis la main, deux doigts devant, un derrière, un sur le clitoris, il m'a caressée ainsi, j'ai joui. Puis il m'a prise derrière-par-derrière. Il a voulu me caresser devant en même temps, je lui ai dit que non, que je voulais jouir avec le derrière seul, j'ai senti dans mon ventre monter des vagues, mais, comme j'ai compris qu'il allait bientôt jouir, j'ai triché : j'ai touché mon clitoris, j'ai joui en même temps que lui. Quand les hommes caressent les femmes avec la main, ils peuvent être violents, surtout au moment où ils vont jouir. Je crois que c'est plus facile de faire jouir une femme en la caressant délicatement. Je suis très sensible aux attaques qui viennent doucement, lentement, tout autour…

A un moment donné je l'avais placée à genoux, le front contre le matelas, la croupe bien écartée, braquée vers le brasier qui l'aquarellait d'or (dans la position à peu près de la « damnée » de van der Weyden que nous avions vue à Beaune) : sa vulve, béante, s'écarquillait comme le gosier rose d'un oisillon avide réclamant sa becquée. J'y plongeai. Et nos ombres confondues redoublaient fantomatiquement notre mouvante étreinte sur le mur où les projetait le feu.

Il m'a dit de lui lécher les yeux, il avait mal aux yeux. J'ai introduit ma langue entre ses paupières, comme un couteau entre les valves d'une huître : c'était rond, gélatineux, glissant, ça donne envie de les gober. Il dit :
– C'est affreux ! Désagréable ! Ça les dessèche !

On avait faim. Je suis montée prendre une douche. Quand je suis redescendue, la table était servie. Une table à gibier, ronde, pliante, en bois, qui était posée contre un mur. Il l'a dépliée. Il a mis dessus des bougies, trois bougies allumées. Ça faisait une jolie lumière. Sur la braise, dans la cheminée, des côtelettes d'agneau grillaient. Il a fait chauffer des lentilles... Il portait son marcel, et un pantalon en velours. Moi j'avais enfilé une espèce de gilet doublé à l'intérieur avec de la fourrure acrylique (un gilet d'ours, un gilet de bûcheron), des bas noirs courts et, par-dessus, des chaussettes en laine blanche. J'ai facilement froid aux pieds. Il m'a dit en riant : « Ça... votre manie des chaussettes, c'est bien. On pourrait faire un Goncourt avec des anecdotes comme ça. Il en faudrait encore une quinzaine ! Le reste... c'est trop hard, trop de sexe ! » Comme mes cheveux me tombaient dans la figure, je les ai attachés sur le haut du crâne avec une pince à dessin. Ainsi déguisée, je ressemblais à un petit personnage de bande dessinée japonaise, Sasuké le singe sauteur (Saloutobi-Sasuke).

Ainsi, sans maquillage, avec cette pince dans les cheveux, elle avait retrouvé – s'arrachant à l'image de magazine qu'elle m'avait présentée au Fouquet's – sa beauté classique d'estampe, pure, simple, fascinante (estampe auquel l'éclairage des bougies, dans l'ombre, donnait des airs de De la Tour). Et ce fut un délice pour moi que de la regarder prenant délicatement par le bout de l'os les côtes d'agneau que j'avais portées sur la table, et y croquer, essayant de faire en sorte, pas toujours avec succès, que le jus ne lui dégoulinât pas sur les joues.

– Qui aurait dit, lançai-je, quand je vous ai vue, si chic, si hautaine, au Lutétia la première fois... que vous finiriez ici, dans cette caverne d'ours enfumée, à croquer avec les doigts des côtes d'agneau !

Jouant les sommeliers, un torchon sale posé sur l'avant-bras, je me levai, me plaçai derrière elle et, après une courbette de respect, lui versai, comme s'il se fût agi d'un pommard, une rasade de faugères. J'étais son majordome, son serviteur, son domestique sexuel et métaphysique, son valet de pied, de cœur et de cul. Je sentais dans mon dos un courant d'air glacial. La température avait considérablement baissé, le froid se glissant par les interstices de la porte. J'y coinçai quelques feuilles de journal.

– Vous êtes un bouche-trou, dit-elle.

J'éclatai de rire. Son usage erratique de la langue française l'amenait à commettre d'involontaires calembours qui trahissaient parfois des pensées secrètes dont elle était peut-être en grande partie inconsciente. N'étais-je pas triplement pour elle un bouche-trou : bouche-trou dans le sens sexuel ; bouche-trou dans le sens pratique (je bouche les interstices de la porte) ; bouche-trou dans le sens temporel : je lui servais de passe-temps, de divertissement (de *geisho* donc !) en attendant qu'elle décroche le propriétaire d'un compte en banque conséquent. Ou...

Elle s'esquiva. Me disant :

– Vous êtes comme moi, vous êtes frilou.

– Filou ?

– Non... frileux.

Elle voulait téléphoner au Japon, à sa mère. Celle-ci lui avait laissé un message chez elle, et, avant son départ à Anzière, elle n'avait pu la contacter. Je l'entendis parler en japonais (il était 0 heure 28 selon la note Télécom : 21 unités). De retour à table, elle me dit que sa mère était inquiète (une bombe avait été posée à Paris par des terroristes islamistes, au métro Port-Royal, juste à côté de la Closerie, et des touristes japonais avaient été blessés).

Nous nous allongeâmes devant le feu... Observant les flammes ronger les grosses bûches dont craquait l'écorce et grésillait la résine, elle murmura :

– Le mal chasse le bien.

– De notre roman, dis-je, je ne sais pas ce qui va advenir. C'est difficile à dire. Jusqu'à présent, quand j'écrivais une histoire que j'avais vécue, c'était toujours après qu'elle eut trouvé sa conclusion : soit que j'aie rompu avec l'héroïne, soit que la distance, l'oubli, la mort, aient fini par y mettre naturellement un terme ! Vous, je n'ai pas réussi à vous liquider. J'écris sur vous, et à chaque fois vous revenez à la charge, vous m'apportez de nouvelles péripéties, c'est un cercle sans fin, une boule de neige !

– La cascade descend, les saumons...

Lors de sa seconde visite à Anzière (j'avais écrit déjà une soixantaine de pages du roman), nous mangerions à nouveau avec les doigts : point des côtes d'agneau, mais des écrevisses (ce serait la saison). Arrosées de champagne... Nous les achèterions au marché du samedi, à Le Vigan. Un « vrai marché » où, « vraiment », elle ferait avec moi, « authentiquement », « les courses ». Elle en paraîtrait enchantée, bouleversée.

C'est avec un ensorcelant rictus de jouissance qu'elle précipiterait les crustacés dans la casserole brûlante :

– Cric cric cric ! J'aime leur cri ! dirait-elle.

– Ces pauvres bêtes ! Vous n'avez aucune pitié ! Pas plus que vos ancêtres du XVIIe siècle pour les chrétiens qu'ils jetaient au feu.

– Pourquoi avoir pitié des chrétiens ? Ils sont moins savoureux que les écrevisses !

Elle m'observerait avec une distance attendrie, amusée, m'en fiche plein les doigts en mangeant.

– Je veux faire pareil ! lancerait-elle.

Elle broierait à ma façon la tête d'une bestiole entre ses dents.

– Oh ! Regardez celle-là, s'exclamerait-elle, m'en montrant une énorme. Un vrai nomard !

Nous avions posé sur la table un magnéto, pour enregistrer « scien-ti-fi-que-ment » notre conversation (qui, réentendue à froid, *post festum*, entrecoupée de bruits de bouche et de couverts, ressemblait à une goinfrerie de porcs. C'est chose effrayante que de s'écouter ainsi dans le plaisir : de la table, du lit et autres...). Comme j'avais quitté un instant la terrasse où nous dînions, sous une pleine lune joufflue qui semblait pendre aux branches des châtaigniers, elle enregistrerait en douce un message, que je n'entendrais qu'après son départ : « Mon ours, le préféré de tous mes ours. »

Après les côtelettes d'agneau, j'apportai des desserts, achetés à la grande surface du coin, des crèmes caramel de marque Flanby :

– Des Flanby, des Flanby, là, je craque, je craque encore plus ! Il mange des Flanby !

– J'essaie de vous plaire en parlant de Proust ou Marie de France, et c'est sur Flanby que vous craquez, quand c'est pas sur mon marcel, décidément je ne comprends rien aux femmes...

Il aime les laitages, les choses sucrées, écrit-elle, *comme un petit garçon. C'est tellement loin de l'image que je me faisais de lui, plus adulte, plus dandy : appréciant les choses amères, sèches. Le vin... Il est vraiment mignon, oui mignon...*

Sherlock Holmes, elle avait l'œil, non seulement pour repérer toutes les traces d'une possible autre maîtresse qui l'aurait précédée dans les lieux, cheveux, marques de rouge à lèvres, bouteille d'acétone, etc., mais aussi toutes ces petites choses, un peu ridicules parfois, qu'on découvre quand on commence à partager la vie quotidienne d'un homme – particulièrement un homme qui, comme moi, vivait en demi-sauvage à la campagne. Ainsi *craquerait*-elle quand, le lendemain, un froid glacial sévissant, je mettrais, pour faire de la moto, de vieux collants rouges de femme dénichés dans le grenier, ou quand, à cause de la pluie cette fois, je protégerais mon porte-monnaie en croco et les papiers d'identité qui s'y trouvaient dans un sac en plastique, avant de le mettre dans mon blouson... Tout ça, pour elle, était « mignon ». Au début je trouvais son « mignon » mignon.

N'y voyant qu'une sorte de tendresse amusée, celle, par exemple, avec laquelle Proust décrit tel ou tel ridicule de certains de ses personnages. Mais peut-être y avait-il aussi, dans ce « mignon », de l'ironique férocité. C'est au cours de ce dîner d'écrevisses, sept mois plus tard, que j'en pris la mesure. Avait-elle bu trop de champagne (... quoique, question alcool, elle eût appris de plus en plus à se contrôler) ? Elle avait évoqué certains traits « mignons » de l'Administrateur : chez lui, dans sa chambre, il avait un vélo fixe. Il l'enfourchait chaque matin, torse nu, en slip, queue-de-cheval au vent, et pédalait avec fougue pendant une bonne demi-heure, haletant, ahanant, hoquetant et ingurgitant régulièrement de généreuses rasades d'une bouteille de Vittel située à portée de main. Il sortait de cet exercice liquéfié, écarlate, les yeux vaguement exorbités, mais empreint d'on ne sait quelle olympienne sinon olympique fierté. C'est ainsi que, jubilant de secrète ironie, elle l'avait vu à leur premier matin. Qu'elle le reverrait tous les matins suivants pendant cinq ans, sans rien lui en dire jamais : c'était « mignon ».

Le concept de « mignon », dans la pensée tamakienne, implique donc qu'elle a repéré chez l'homme (l'homme, c'est-à-dire l'Ennemi ?) une faille, où plonger son levier : pour tout y bouleverser et l'investir. Était-ce grâce à la faille de cette quotidienne pathétique balade sur vélo fixe qu'elle avait réussi à planter sa tente chez l'Administrateur ?

– Vous aimez les hommes-enfants et les petits vieux. Les faibles, donc, par certains côtés…

Elle eut cette intéressante réponse :

– Peut-être parce que j'ai peur des autres.

A vrai dire cette analyse sci-en-ti-fique du concept de « mignon » dans la pensée tamakienne est un peu courte : il est certain que, spontanément, innocemment, Flanby la faisait jubiler, mais (technique encore de la profiterole mêlant chaud et froid) il n'en restait pas moins qu'une noire ironie cohabitait, en secret, dans les soubassements de cette enfantine jubilation.

C'est à sa première visite dans les Cévennes qu'elle avait fait le récit de sa rencontre avec l'Administrateur. Elle m'avait confié ses espoirs de former avec lui un foyer, d'avoir des enfants.

– J'y ai cru quelques mois, et puis il m'a dit que c'était impossible, concluant par : si j'avais plus d'argent peut-être.

Une fois dévorée sa troisième côte d'agneau, elle ajoutait :

– Après quatre ans de vie commune, il a commencé à se désintéresser de moi, et puis il s'y est réintéressé : depuis six mois…

Six mois (j'eus vite fait le calcul), c'est-à-dire l'époque où elle m'avait rencontré, et où elle avait fait passer un test à quelques autres candidats.

– Ainsi donc, ricanai-je, je suis l'ingrédient, le starter qui fait repartir le moteur ? Il faudra qu'il me remercie… Je vais lui envoyer des notes de frais, à l'Administrateur.

Avais-je été utilisé pour « réamorcer » celui-ci, le temps du moins qu'elle trouve un appartement à Paris, et de quoi payer son loyer ? Ou qu'elle décroche un meilleur aubergiste ?

Elle me réaffirma que, à part un bref flirt qui n'avait pas abouti, elle n'aurait eu, depuis cinq ans, d'autre aventure que moi… En y réfléchissant plus tard, j'en douterais : son sang-froid, son savoir-faire en matière de tromperie ne témoignaient-ils pas d'une expérience certaine ? Innombrables étaient les petites ruses, les trucs qu'elle connaissait pour ne pas se trahir, ou pour mieux répandre autour d'elle un propice nuage d'encre : elle savait qu'il ne fallait pas appeler avec le portable de l'Administrateur, car il enregistrait les numéros contactés ; qu'il fallait faire le douze après avoir donné un coup de fil avec l'appareil ordinaire de son appartement, car, en appuyant sur la touche bis, le jaloux pouvait déterminer quel numéro avait été appelé auparavant. Elle salissait souvent (les mouillant un peu et les frottant dans la poussière) ses socquettes et son polo de tennis, jetant par ailleurs au hasard sa raquette sur son lit, avant de me rejoindre, ainsi pouvait-elle justifier, par une prétendue activité sportive, son absence au domicile (au cas où l'on y téléphonerait, l'heure de l'appel étant enregistrée par le répondeur). Ce qui autorisa l'Administrateur à déclarer un soir, devant ses convives :

– Tamako est une grande sportive, elle joue tous les jours au tennis.

Elle savait jouer. Ces ruses, à ce qu'elle m'affirmerait plus tard, elle les avait apprises peu à peu, tout au long de sa liaison avec moi.

Le lendemain donc j'avais enfilé ces vieux collants rouges qu'elle trouva craquants et mignons (elle voulut même me photographier avec, ce que je refusai). Je remarquai qu'elle prenait souvent des photos de moi en situation ridicule (Marcel mettant son linge à sécher ; Marcel faisant cuire une omelette ; Marcel en position de fœtus dans sa baignoire sabot ; Marcel grimpant dans la montagne, avec à l'épaule un sac de boy-scout tyrolien ; Marcel ligoté sur un lit…). Ma paranoïa s'était rapidement mise à fonctionner : était-elle quelque agent secret dépêché par… Staline ? Ou le Mikado ? Ne pourrait-elle pas (elle ou ses employeurs ?) utiliser tout ça un jour contre moi ?

Au demeurant, aucun de ces accès paranoïdes, comme je montais avec elle sur ma moto, sous la pluie tombante, hivernale, ne me traversait alors l'esprit. Nous avions décidé d'aller piqueniquer dans la neige, près du lac de Pise, lac situé dans les montagnes au-dessus de ma maison. Pour se tenir chaud, elle sortit un drôle de gadget nippon, des sachets autocollants-chauffants Hokaïro, qu'on se met sur la poitrine ou la peau du ventre.

– C'est pour les frilous.

J'aime la moto, écrit-elle dans ses carnets, *je peux m'accrocher à lui, me serrer contre lui. Et puis on voit le paysage directement. On sent vibrer le moteur. C'est vivant* (en été je glisserais ma main derrière moi sous ses jupes soulevées par la vitesse, fouaillant entre ses cuisses).

Du paysage, en remontant la route bitumée au-dessus de ma maison jusqu'au col de Mouzoulès, puis empruntant une route de terre à flanc d'abîme, nous ne vîmes pas grand-chose. A mesure que nous montions, la brume s'épaississait : à peine si la crevaient, çà et là, des pics de rochers saillants qui lui rappelèrent l'architecture gothique.

– On se croirait, dit-elle, dans un film de Mizoguchi....

Le brouillard, métamorphosé en authentique purée de pois, nous empêcha de poursuivre notre route. Le pique-nique était à l'eau ! Nous stoppâmes, au milieu d'une chênaie, devant une bergerie en ruine, construite d'énormes pierres grises en granit. Sa toiture s'étant, depuis longtemps, effondrée, seules des poutres couvertes d'une gangue de belle mousse verte en demeuraient.

Je fus ému de voir Tamako poser son cul nippon sur ces antiques pierres huguenotes et cévenoles, qui, à ce jour sans doute, n'avaient jamais dû se frotter à quoi que ce fût d'asiatique. Je la fis se déculotter, pour photographier le contact de ses chairs nues contre la pierre froide.

– Il y a quinze ans, dis-je, revenant en bus de Londres avec Yasuko (cette journaliste japonaise que j'avais connue sur un ferry), notre véhicule s'est arrêté quelques instants devant la cathédrale de Canterbury. J'ai entraîné Yasuko dans l'ombre de ses vieux murs : il faisait nuit, je l'ai déculottée, je l'ai prise, contre les pierres gothiques de la cathédrale... Depuis je l'appelais Canterbury berry.

– Je suis jalouse !

Je la pris contre les pierres non gothiques de la bergerie : pieds au sol, le ventre et le visage plaqués sur un pan de mur horizontal, cul à l'air. Une main sur sa nuque, ma bouche pressée contre une de ses oreilles, je lui murmurai :

– Je suis un berger... le berger Acis, toi, tu es un petit mouton. Le préféré de mes moutons. Un mouton enrubanné de rose. C'est toi, toi seule que je baise et, pendant ce temps, tous les autres, tout le troupeau, des centaines, en cercle, nous regardent faire, jaloux.

Doucement, avec une voix étrangement cristalline, elle se mit à bêler, à bêler infiniment, jusqu'au moment où, dans un spasme, son cri s'infléchit en râle... On eût dit un agneau geignant sous le couteau du sacrificateur. Et je clamai l'Agnus Dei.

Malgré le froid, elle resta ainsi longtemps, affalée sur le muret, inerte, les fesses nues, criblées de chair de poule, comme si elle eût joui d'être contemplée par les buissons, les arbres, par la nature tout entière, le ciel, d'être léchée par le vent, baignée par la pluie fine. Je ramassai au sol une brassée de feuilles de chêne et les jetai sur elle. S'arrachant à son extase, elle en ramassa à son tour, et m'en jeta. Ce fut, au milieu des rires, un combat, comme de confettis.

La pluie tomba plus drue, le brouillard se fit plus épais encore. Nous décidâmes d'aller au restaurant.

Et in Arcadia ego.

En chemin, me retournant sur la moto, je hurlai, pour me faire bien entendre :

– On aurait dû laisser nos noms gravés sur un arbre, à côté de la bergerie. Avec un beau cœur et la date ! Ainsi vous pourriez y revenir dans vingt ans en pèlerinage, avec tous vos petits métis.

– On n'est pas des *comme si* professionnels ! hurla-t-elle à son tour dans mon casque.

– Moi je serai mort depuis longtemps !

– Non !

– Comment ça, non ?

– Je vous retiendrai par un pied...

Elle s'enchaîna à ma taille.

A l'auberge du mas de Chastagne, à dix kilomètres d'Anzière, nous avons déjeuné à deux reprises : en ce début d'hiver, et l'été suivant.

Les deux fois nous commandâmes une bouteille de faugères et, en hors-d'œuvre, une terrine de canard qu'accompagnait une confiture d'oignon au coriandre (le coriandre rappela à Tamako les graines de *sincho* japonais). Les plats de résistance différèrent :

une daube de sanglier pour la fin d'automne, des écrevisses (encore) pour le plein été.

C'est en croquant ces écrevisses que, jetant régulièrement un œil à son carnet, ouvert sur la table, tête-bêche avec le mien, elle commencerait à traduire les notes prises sur sa première visite à Anzière.

Chose amusante, elle en viendrait à évoquer le jour où, sept mois auparavant, nous avions mangé dans cette même auberge. Intentionnellement nous avions choisi la même place, près d'une fenêtre (fermée la première fois, ouverte la seconde), et d'un radiateur (ouvert la première, éteint la seconde), sur lequel les deux fois j'avais posé côte à côte nos casques de moto. J'avais en face de moi une cheminée. La seconde fois, bien sûr, c'était le mois d'août, aucun feu n'y brûlerait. La seconde fois encore, un pinçon noir ornerait mon annulaire droit, sous l'ongle (je me l'étais coincé dans une porte). Je dirais, sur un ton de nostalgie mêlée d'enjouement :

– Quand l'ongle aura suffisamment poussé, la tache aura disparu. C'en sera fini de nos amours.

En face de Tamako, contre le mur, était dressée une vieille horloge de bois roux, au cadran brisé, dont les aiguilles, immobiles, étaient, lors de nos deux visites, et à jamais – symboliquement ? – arrêtées. Le Temps, pour nous, suspendait son cours, emmêlait ses heures, confondait ses eaux.

– *Il a beaucoup bu,* traduirait Tamako, entre deux écrevisses (et, cependant, je boirais davantage encore). *Moi, je n'ai vidé qu'un verre. Il a dit :*

– J'ai vidé seul la bouteille. Il faudra que je trouve une maîtresse qui aime le vin, sinon je vais finir alcoolique...

– J'ai le corps plus petit... Je ne peux pas boire en proportion.

Puis j'ai dit, montrant une cabine téléphonique, au fond du restaurant, à côté d'un portemanteau (et, poursuivant sa traduction, elle me montrerait du doigt la même cabine) :

– Il faut que j'appelle le Méchant... Mais... avant... je veux voir la tête que j'ai !

(Elle alla aux toilettes. C'était comme si, pour mieux mentir, il lui avait fallu s'assurer de son image, de son visage, quoique au téléphone ils soient invisibles.)

Mes cheveux, sans gel, sont catastrophiques, ils tombent sans arrêt sur mon front. Je suis obligée de les redresser avec la main. Je dois avoir un tête affreuse, avec un nez rouge à cause du froid. Ça m'intimide qu'il m'observe avec son regard habituel : comme s'il regardait quelque chose d'éblouissant.

J'ai eu le Méchant. Je lui ai dit que j'étais à Aix, que je sortais de table : « Les Japonais ont refusé de manger du steak, à cause du virus de la vache folle, ils ont préféré le sanglier... »

(Encore ces petits détails vrais visant à cacher la vérité. Lesdits Japonais, ignorant les manières françaises, avaient aussi – à ce qu'elle en raconta –, « dévoré tout le plateau de fromages sous le regard effaré du restaurateur ».)

Quand je suis retournée à table, il m'a assuré qu'il s'est beaucoup diverti en me voyant sans arrêt toucher mes cheveux tandis que je téléphonais : c'était comme un numéro de marionnettes, le « visible mime de mon embarras et de mes mensonges ».

– Comment faites-vous pour si bien mentir ?

– Ça m'étonne moi-même... Mais avant de venir ici, j'ai bien étudié le guide Michelin, pour Arles et Aix-en-Provence, afin d'établir un *programme* crédible.

A quoi elle ajouta, me sondant du regard :

– Ça vous fait quoi, que je l'appelle, ça ne vous rend pas jaloux ?

– Vous voulez que je m'intéresse à ça ?

– Euh... non.

– Ça me gênerait si c'était un nouvel amant !

(Cette remarque prouve assez que mes soupçons concernant le, ou « les », Troisième Homme, n'étaient en mon esprit que passagères lueurs. Et puis... j'aimais le vin. Que m'importait la lie !)

Après le café nous décidâmes d'essayer de joindre le lac, par une autre route, bitumée celle-là. Récemment, à hauteur du col du Minier, elle était encore couverte de neige. Mais les chasse-neige l'auraient peut-être déblayée. Le corps réchauffé par le vin, je démarrai. Je pris de l'essence à la pompe automatique de l'Intermarché. Au moment où je plaçais le tuyau dans le trou du réservoir, elle murmura, avec une voix fluette :

– *Ipaïni shité !* Remplis-moi !

– C'est une bonne petite Jap, rétorquai-je, flattant le flanc de ma Honda. Économe, nerveuse, fidèle…

– Une imbécile, quoi !

Nous fonçâmes sur la route du Minier. Nous en grimpâmes les innombrables lacets, dans une demi-ivresse, avivée par le froid.

Dans le monde du bas, écrit Tamako (qui m'expliquerait que par monde du bas elle entendait le monde vulgaire, les sommets étant sacrés pour les Japonais), *il y avait peu de brouillard. Mais plus on montait plus il s'épaississait, et plus mordait le froid. Je répétais sans cesse : « Ils sont fous, les frilous, ils sont frilous, et ils font de la moto dans la neige. » J'aimais dire ce mot, « frilou ». Elle ajoute : Quand il fait de la moto, il est très sérieux. Très prudent. Il a l'air d'être fou, d'être bordélique, mais, en fait, il réfléchit avant d'agir. Pas moi. C'est moi le kamikaze… Parfois, pour s'amuser, il cogne son casque contre le mien, tapant de sa tête vers l'arrière, je lui rends coup pour coup. Je ne nous aurais jamais imaginés, comme ça, tous les deux, sur une moto. C'est beau : comme un tableau…*

La route, au col du Minier, était toujours enneigée, impraticable. Nous ne pourrions donc atteindre le lac. J'y vis un signe néfaste *(nous nous y baignerions l'été venu. L'été venu nous plongerions dans toutes les cascades alentour : je me souviens de Tamako, nue, dans l'eau d'un torrent, faisant tourner son index devant le « nez » d'une libellule bleue. « Comme ça, on les hypnotise », m'avait-elle dit. Et « comme ça » elle l'hypnotisa et l'attrapa ; je me souviens de Tamako, encasquettée, buvant sec son pastis entre deux parties de pétanque, sous les yeux admiratifs de « petits vieux » du coin comme elle encasquettés (« Vous êtes chinoise ? » lui demandaient-ils) ; je me souviens de Tamako, jambes écartées, pubis au vent, que je caressais en face d'une énorme montagne sauvage, « Et la montagne m'a fait jouir », dit-elle, quand surgirent soudain une trentaine de spéléologues polonais, casqués et bottés, redescendant le torrent ; je me souviens du cul de Tamako, braqué, au sommet d'une montagne, vers le soleil couchant. Je l'avais prise ainsi, faisant en sorte de ne jouir qu'au moment précis ou l'astre finirait de disparaître à l'horizon. Des cloches alors avaient sonné, au loin, dans la vallée : l'angélus ; je me souviens...)* Je la photographiai, sous les sapins, cul nu dans la neige.

Les frilous rentrèrent au bercail, frigorifiés. Je pris une douche brûlante. Quand je revins dans mon bureau-salle-à-manger, elle faisait une drôle de tête. Je devinai qu'en douce elle avait regardé mes carnets. Nous replaçâmes le matelas devant la cheminée.

Et nous aimâmes une bonne part de la nuit, jusqu'à ce que mourût le feu. Au cours de celle-ci, rappelant la maladie imaginaire (où diplomatique ?) qui l'avait fait se rendre à l'hôpital Necker, et ces prétendus 36° qui seraient la température normale des Japonais, je lui lançai un étrange humoristique défi, la conviant à un concours de température. Les chiffres furent éloquents : elle avait 37° 4, moi 36° 7 ! Elle m'avait raconté n'importe quoi.

Elle repartait le lendemain.

Il s'endort à deux heures du matin sa main posée sur ma chose. J'aime ses soupirs comme le vent, on dirait une bête sauvage terrifiante. A l'aube, je porte à la bouche son objet durci. Le liquide amer, épais, envahit la bouche, descend la gorge.

Un peu plus tard, il m'a dit :

– Grâce à vous, avant-hier soir, quand vous m'avez attaché, j'ai pu deviner un peu ce que ressent une femme dans l'amour.

– C'est pas grâce à moi, demandez à vos maîtresses.

– Vous êtes spécialiste.

Nous prîmes un café. Dehors, une pluie froide, implacable, ne cessait de tomber. Je songeai que je ne pourrais pas la raccompagner au bus en moto. J'appelai un taxi, pour qu'il vînt la chercher dans deux heures. Ces deux heures qui lentement s'égrèneraient, se chargeraient, à mesure que s'approcherait le moment de la séparation, d'une croissante mélancolie. Le feu était éteint, ses cendres froides. Froides étaient les nappes de cire laissées, çà et là, par les bougies qui s'étaient tout entières consumées. Sur le matelas, rentré dans la chambre, les draps, jetés à la hâte, conservaient, figures abstraites, les traces brunes de ses menstrues. Elle m'avait vaguement reparlé du cinéaste japonais, « Il a travaillé avec Pasolini » ; puis d'un Chinois, un ingénieur (nouveau possible Troisième Homme ?), qu'elle avait connu à la piscine. Il l'avait invitée à déjeuner ; quand elle était montée dans sa voiture, un bouquet de roses rouges, dans une boîte transparente, était posé sur le siège où elle devait s'asseoir. Il lui avait alors proposé le mariage, ému jusqu'aux larmes. C'était touchant, et kitsch. Elle avait parlé aussi de sa première rencontre avec la France, des hommes qui, sur elle, se retournaient dans la rue. Un ouvrier du bâtiment lui avait lancé un jour, rue Daguerre, la sifflant au passage : « Pour vous j'abandonnerais ma mère. » Ça l'avait flattée. Elle lui avait répondu : « Merci ! » Je dis que c'était une des plus belles paroles qu'un homme puisse dire à une femme.

Je les lui rappellerais quand, dans la chambre sordide de l'hôtel Terminus, passage de Flandre, XIXe arrondissement, Paris, nous finirions par nous retrouver : « Pour toi j'abandonnerais ma mère ! »

Elle évoqua encore l'Administrateur, dont la vie était aboutie, finie, et dont elle savait qu'elle ne tirerait rien. Elle parla des crises de dépression dont il était parfois frappé : « C'est impressionnant, tout d'un coup il fond en larmes, comme un enfant, il est pris de tics nerveux… et ça ne s'arrête plus. On ne sait quoi faire. » Elle revint sur son désir d'être indépendante économiquement, d'avoir son « pied-à-terre » à Paris.

– Le Prétendant m'a dit, en plaisantant : « Pourquoi ne restes-tu pas chez l'Administrateur, tu y es bien, c'est confortable. Si tu veux, je lui verse une pension pour que tu y restes. »

Ce qu'elle conclut par :

– Ça l'arrange !

Et, me regardant :

– Vous aussi, ça vous arrange.

Était-ce le trait d'esprit d'un « Prétendant » platonique ? Ou d'un amant cynique ?

– En fait, rétorquai-je, votre Prétendant… il vous a déposée chez l'Administrateur comme à la consigne ?

Elle me dit encore : « je ne suis qu'une petite Japonaise » ; « l'Administrateur m'appelle simplette » ; ou : « vous perdez votre temps avec moi, je suis vide » ; ou bien : « au café, à la sortie de l'hôpital Necker, je vous ai dit que vous m'aviez déçue, maintenant, c'est moi qui vais vous décevoir ».

(Un jour, longtemps plus tard, je lui demanderais pourquoi elle prenait ainsi, comme argent comptant, ces jugements qu'on portait sur elle ? Qui s'avisait de la juger ? Ne valait-elle pas mieux que ces gens-là ? Elle me répondrait, en bonne adepte de l'art du thé : « Peut-être ai-je trop le goût de la perfection... Aussi suis-je toujours mécontente de moi. »)

On a jeté les os des côtelettes d'agneau au Poti du voisin, écrit Tamako dans ses carnets. *Il nous regardait avec un air impatient.*

Cette scène de séparation (hasard ou sens inconscient du théâtre), c'est dans cette même maison d'Anzière, mais en été, et juste avant une nouvelle séparation, que, sept mois plus tard, elle me la traduirait. Quelques heures auparavant, j'avais couvert son corps nu de gouaches multicolores, qui la faisaient ressembler à un sauvage d'Amazonie, et nous avions ainsi fait l'amour, nous entre-barbouillant d'écarlate, de vert, de jaune, de bleu. Un peu après, nous nous étions lavés avec un jet d'eau, sur la terrasse éblouie de soleil. L'heure avait passé, sans que nous y prêtions attention. Nous avions sauté au dernier moment sur ma moto et, d'un bond, avions rattrapé son bus déjà sur le départ.

... On s'est embrassés dans son bureau. Il a dit, en regardant sa machine à écrire : « Qu'est-ce que je vais faire ici, tout seul. Pourquoi suis-je venu ici ? » Il m'a prêté sa parka, à cause de la pluie, et un chapeau de pseudo-clochard. Le taxi était là, sur la placette d'Anzière, garé sous le prunier dépouillé. Il m'a demandé si j'avais des sous. J'ai dit que oui. Il m'a dit « salut », je n'aime pas qu'il me dise « salut ». J'ai essayé de l'embrasser. Il a dirigé ma bouche vers ses yeux. J'ai demandé pourquoi. Son regard a semblé me dire que c'était mieux que je l'embrasse sur les yeux ; c'est son regard qui me parlait ; j'ai refermé la portière de la voiture ; j'ai pleuré ; sur la lunette arrière, quand l'auto a démarré, j'ai plaqué la paume de ma main... (Sa paume plaquée sur la vitre arrière m'a fait songer à quelque anémone marine collée à la vitre d'un aquarium.) *Déjà je ne le vois plus, mais si je ne le vois pas, il me voit peut-être, lui ; peut-être qu'il est resté sur la place, à regarder la voiture descendre dans la*

vallée. Je pleure. Les larmes coulent le long des joues. Pour que le chauffeur ne me voie pas dans le rétroviseur, je me décale. Je me mouche. « Vous avez pris froid, mademoiselle. » Il me donne deux pastilles. Il m'a laissé à Le Vigan. Devant le café de l'Avenir.

Plus tard, elle me dirait :

– Dans le taxi, j'ai pensé : « Pourquoi dois-je partir ? »

Je lui répondrais :

– C'est mieux, parfois, la distance...

– Pour vous !

Le bus allait lentement. Elle s'inquiétait d'arriver en retard à Nîmes et de rater le train. A mi-chemin, son bus et celui rentrant vers Le Vigan se sont arrêtés face à face, de part et d'autre de la route. Les chauffeurs ont alors permuté. Tamako s'est dit : « C'est triste, aucun d'eux ne voit la fin du voyage. »

Je rentrai dans la maison, regardai, effaré, ma machine à écrire. J'y pianotai du bout d'un doigt. J'étais vide ! Un pantalon en cuir noir était posé juste à côté, sur le bureau. C'était celui que j'avais prêté à Tamako, pour faire de la moto. Je le pris. Le retournai. Humai l'entrejambe, y cherchant l'improbable souvenir d'un parfum. Voracement, j'y mordis.

Je pénétrai dans la chambre. Elle m'y avait laissé une petite *œuvre d'art* à sa façon, une sorte d'ex-voto postmoderne : au sol, l'un derrière l'autre, parallèlement à un mur, étaient disposés deux chaussons et, dans ces deux chaussons, ses deux chaussettes de laine blanche, appuyées à la paroi qui les maintenait perpendiculaires. On avait l'impression que les chaussettes, habitées par de fantomatiques pieds, avaient pris ainsi leur départ, sur les traces de Tamako.

Le lendemain elle m'appellerait, pour me faire son rapport : à son retour à Paris, elle avait dîné chez elle avec l'Administrateur. Il l'avait interrogée sur son voyage. Inquiète, elle s'était rendu compte qu'il connaissait fort bien Arles et Aix-en-Provence. Pouvait-il être vraiment dupe de ce qu'elle lui raconterait ? Ses soupçons l'avaient mis en rut. Elle portait un pagne. Il l'avait défait et l'avait « forcée » en quelques secondes, sur la table de la cuisine, renversant bouteilles, saladier, assiettes, verres et couverts (scène qu'on retrouve dans *Le facteur sonne toujours deux fois* : il semblait assez influencé par le cinéma). Il lui avait dit : « Tu sens fort. » Elle n'avait pas joui, mais « ça n'était pas désagréable » (commentaire de Marcel, c.à.d. moi : « Salope ! »). Elle lui avait demandé ensuite : « Dans un couple, chacun apporte quelque chose, moi je t'apporte quoi ? » Plaisantant, il avait répondu : « Ton gros cul ! » Le lendemain, faisant comme chaque matin sa séance de vélo fixe, il lui avait lancé, entre deux halètements : « Moi, il faut que je fasse *ça* (l'amour), au moins une fois par semaine. » Croquant au lit un croissant assaisonné de café, elle avait rétorqué, désabusée : « Parle pas de *ça* comme si c'était du sport... »

Il gela : les torrents se figèrent en stalactites de diamant. Les cascades ne « descendaient » plus. Les saumons remonteraient-ils ? Je tournais en rond autour de ma machine à écrire. Je la regardais. Elle me regardait.

Une semaine plus tard, et six jours avant son départ au Japon, j'étais (lâchement, veulement) de retour à Paris : avec armes, bagages et machine à écrire. Nous nous revîmes trois fois. La première dans le décor feutré et douillet d'un salon de thé de la rue de Rivoli, chez Angelina (Ier arrondissement). Cela contrastait joliment avec la grotte d'ours des Cévennes. Elle était élégamment vêtue d'une robe mi-longue crème : « Vous n'êtes plus le même, me dit-elle, vous ressemblez à un petit enfant. » Elle but un chocolat surmonté d'un mont Fuji de chantilly qui lui fit une éphémère moustache au bord de la lèvre supérieure. Elle ajouta : « Je veux être la seule », puis, tristement : « J'arrive toujours trop tard ». Qu'avait-elle lu, en douce, dans mes carnets ? Le lendemain elle passait chez moi, après un déjeuner avec un businessman nippon dans un restaurant libanais. Elle me tint des propos tout à l'opposé :

– A midi, au dessert, j'ai mangé un gâteau au miel, plein de filaments. J'ai pensé à vous, à mon Arabe, et je me suis dit : « Un gâteau au miel, c'est trop gros, c'est écœurant, on peut bien le partager. »

Nous fîmes l'amour, en nous entre-recouvrant de chantilly (c'était le chocolat de chez Angelina qui m'en avait donné l'idée).

– Tu es mon énorme baba !

Plaisantant, j'ajoutai :

– Tu as couché avec ton businessman, après déjeuner ?

– C'est normal, non, qu'une interprète couche avec son client ? ironisa-t-elle d'une petite voix minaudante.

– Ça s'est passé où ?

– Dans mon bureau, par terre. Il m'a prise devant-par-derrière...

Je regardai ses genoux :

– C'est faux, tu aurais les genoux égratignés.

Du bout de ses ongles elle fit le geste de les écorcher, puis éclata de rire.

– Je raconte n'importe quoi !

Comme je la prenais, elle me dirait :

– Je voudrais que tu restes en moi, comme ça, toute la nuit.

Et nous nous aimâmes en égrenant cette étrange litanie :

Tamako : Je t'aime autant que je te déteste.

Marcel : Je te déteste autant que je t'adore.

Tamako : Je t'adore autant que je te hais...

Marcel : Je te hais autant que...

Quelques heures plus tard nous sautions dans le métro, afin de nous rendre à la résidence du Japon, rue Saint-Honoré. J'avais reçu une invitation pour la célébration de l'anniversaire de l'empereur. Dans la rame elle regardait, fascinée, la cravate de soie bleue à pois blancs qu'à la hâte j'avais nouée à mon cou. Je n'en portais jamais. Nul doute qu'elle trouvait ça... « mignon ».

– Je jouis rien qu'à la regarder ! me dit-elle.

Ajoutant :

– Ça vous donne l'air d'un collégien anglais.

L'ambassadeur, pendant tout le cocktail ou presque, c'est-à-dire plus de deux heures, resta debout, à l'entrée, en kimono, flanqué de son épouse, en kimono elle-même, pour recevoir ses hôtes. La scène m'impressionna. C'était la première fois que j'observais Tamako en contexte nippon. Dans son costume Kenzo, toute rosissante, une écharpe Saint-Laurent posée sur l'épaule, elle louvoyait entre des officiers en uniforme et des dames en robe décolletée ou kimono. Ce fut bizarre de la « voir » (plus que de l'entendre) parler japonais. Ses expressions, ses mimiques étaient autres. Régulièrement, comme pour ponctuer ses phrases, elle hochait la tête vers le bas, en signe de respect, usant d'intonations que je ne lui connaissais pas et poussant de bizarres gloussements. C'était comme un spectacle raffiné, de marionnettes, de *Jôrouri*, auquel j'assistais. Elle ressemblait à une étrange, hypnotisante, poupée mécanique.

Un peu plus tard, désignant de loin une jeune femme, elle me dit :

– Je la connais, elle sort d'une grande université. Moi j'ai fait une petite fac pour gosses de riches.

Elle semblait, au milieu des siens, comme marginale : presque étrangère.

Je fis d'elle, avec son Espio, plusieurs photos. Élégante, aérienne. Du Japon elle me les enverrait, avec d'autres clichés pris à Anzière où l'on nous voit, demi-nus, devant le feu, croquant avec les doigts des côtes d'agneau. *Belle dualité du monde*, écrirait-elle en commentaire, *sauvagerie/civilisation*. Les laboratoires Fuji avaient refusé de tirer plusieurs clichés « pour atteinte aux bonnes mœurs » (« L'influence du puritanisme américain », expliquerait-elle).

– Vous étiez si belle en sauvageonne, dans les Cévennes ! Et si drôle...

– L'Administrateur dit que je suis sinistre.

Je ris :

– Je n'ai jamais vu un clown comme vous.

– Mais ça n'est pas de l'humour, toutes ces bêtises que je fais, ça n'est pas du second degré. J'ai une idée, je fonce, c'est tout, je fonce !

– Dans un an, dis-je, mon roman sera achevé. Vous le ferez traduire en japonais. Vous serez mon agent... mon agent secret : avec cinquante pour cent des droits !

Et j'ajoutai, plaisamment, en désignant les invités :

– Je veux que tous ces gens-là, bientôt, soient à nos pieds... Ainsi commencera la conquête du Japon.

Elle rit et rougit.

– Vous voulez des soucis… euh… des sushis.

Elle me montrait un buffet. Nous noyâmes de champagne soucis et sushis.

– J'aimerais les dévorer sur ton ventre !

En sortant de la résidence, elle aperçut la vitrine de la boutique Yves Saint-Laurent. Elle me conta alors un nouvel épisode de la saga du parfum (mon parfum) qu'elle avait offert au « Méchant » :

– Je le lui ai changé. J'ai acheté du Saint-Laurent à la place. Ça me mettait mal à l'aise. Ça devenait insupportable.

Elle avait sa permission de minuit. Nous hantâmes quelques bars et quelques soirées. Et nous retrouvâmes sur les une heure du matin, au pont de Bir-Hakeim (XVIe). Au loin, illuminée, on voyait la tour Eiffel.

– Faisons-la, dis-je.

Nous marchâmes dans la nuit le long du quai Branly, à partir de l'emplacement de l'ex-Vel d'Hiv où s'entassèrent, en 1942, 16 000 déportés juifs qu'on enverrait en Allemagne et en Pologne : sans retour.

– Les chiens de garde de la police française les ont parqués dans le plus beau quartier de Paris : vue sur la Seine et sur la tour Eiffel ! ironisai-je.

Symboliquement, c'est une annexe du ministère de l'Intérieur qu'on avait construite en lieu et place de ce camp. Elle eut quelques mots sur l'incapacité du Japon à faire l'histoire de ses propres crimes.

J'étais ivre, je la pelotai, la pinçai parfois, l'insultant souvent dans une sorte de sarcastique marivaudage :

– Garce, pute, ton Méchant n'a pas le droit de toucher tout ça, c'est à moi ! (Propos qu'elle me rappellerait plus tard, étant quant à moi trop saoul pour en avoir gardé aucun souvenir.)

– On va partir tous les deux, aurais-je dit aussi, en Australie. On aura un élevage de kangourous, 6 000 kangourous ! Un ranch, un ranch à kangourous, et on sera heureux, et je te ferai plein de petits kangourous !

Nous arrivâmes sous la tour. Ses cafés et restaurants venaient de fermer. On ne pouvait y monter. Regardant ses immenses voûtes d'acier, vertigineusement arc-boutées au-dessus de nos têtes, Tamako murmura :

– C'est obscène !

Des papiers gras, laissés par les touristes, traînaient au sol, balayés par le vent froid. On eût dit qu'on se trouvait sous le ventre d'un monstrueux animal, au milieu de ses déjections.

Nous traversâmes la Seine par le pont d'Iéna, et dérivâmes vers le Trocadéro. J'évoquai l'aigle hitlérien et le couple de kolkhoziens statufiés qui s'y confrontèrent. A un moment, arrivés au haut des marches du palais de Chaillot, nous nous retournâmes, jetant un dernier coup d'œil, au loin, vers la tour Eiffel illuminée.

Ses projecteurs soudain s'éteignirent tous à la fois. D'un coup, effet saisissant, elle fut engloutie par les ténèbres, effacée. Tamako dit :

– Elle s'est carbonisée !

Quand elle arriva chez elle, l'Administrateur était déjà endormi, à poings fermés, sur le *waterbed*. Il lui sauta dessus, la violant en quelques secondes.

– Tu trouves pas que t'exagères ? dit-elle.

– Ça-t'apprendra-à-arriver-à-deux-heures-du-matin !

– Qu'est-ce qu'on t'a enseigné à l'école ? On t'a pas dit qu'il fallait caresser… avant ?

(« Il m'a fait mal, expliquerait-elle plus tard. J'étais sèche. J'avais versé toute ma mouille dans l'après-midi. »)

Marcel et Ginette (ainsi nous amusions-nous à nous appeler) connurent encore quelques belles heures d'amour : le lendemain, jour de son départ, elle passait chez moi.

– Son *waterbed*, un de ces quatre matins, me dit-elle en riant, j'y donnerai un coup de ciseau.

L'attraction, ce furent cette fois les « pomponnettes » : des verres sans pied, coniques, qu'on ne pouvait poser donc, et qu'il fallait boire cul sec. Je remarquai qu'ils n'étaient pas très propres.

– Je vais les laver, dis-je.

– Non, ça donne du goût.

Entre deux baisers, elle m'avait traduit plusieurs pages de ses carnets. A un moment, il s'était passé quelque chose dans sa tête. On ne sait quel doute l'avait traversée. Elle m'avait lancé, froidement :

– Quand vous aurez écrit votre livre, vous me jetterez ! Au caniveau ! Ce sont mes notes qui vous intéressent, pas moi !

Une semaine plus tard, je recevrais de Tokyo cette poésie du XIe siècle :

... Notre avenir d'amour
Ressemble à ce rameur qui a perdu ses rames
Et son chemin flotte sur le fleuve Yula.

23

La nuit où je pense à lui
L'oreiller et moi nous causons
Oreiller, vite, parle-moi
L'amour me brûle...
(Poème du folklore japonais, anonyme, sans date.)

L'hiver : 13 janvier, 18 janvier

Cela fait un mois que je ne l'ai vu. Je ne peux m'empêcher de l'aimer. Qu'est-ce que je dois faire ? J'étais si contente de le retrouver... On a déjeuné dans un petit café du boulevard Richard-Lenoir. C'était tout juste le lendemain de mon retour à Paris. On est allés ensuite chez lui : accrochés par l'élastique à un tableau, il y avait des masques, un loup noir et un doré en forme de papillon, ailes étendues. Par terre se trouvait un serpentin jaune à moitié déroulé et un sachet de confettis. J'ai senti en moi monter la jalousie. Je me suis dit qu'il n'avait cessé de faire la fête pendant mon absence. Ramassant plusieurs rouleaux de serpentins, il les a jetés dans ma direction, en les faisant se déployer dans l'air. Puis ce fut une pluie de confettis. C'était pour moi qu'il les avait achetés ! Il avait découvert une « boutique magique » (disait-il), boulevard Voltaire : Au cotillon de Paris. *Il avait pensé que ce serait joli de me photographier déshabillée, masquée, et le corps entortillé de serpentins multicolores. J'étais flattée : on dirait qu'il pense sans arrêt comment mon corps nu soit plus beau* (sic). *On s'est mis les masques : ça lui donne un air bizarre, suspect, dangereux ! Il m'a montré un autre de ses achats : un biberon, disant :*

– Comme ça, si on s'attache, ça sera plus facile de continuer à boire !

Il m'a rappelé les difficultés que nous avions eues, à cet égard, dans la maison des Cévennes. J'ai répliqué :

– Il est trop petit ! Il faudra trouver un biberon-magnum.

Il a débouché une bouteille de meursault rouge et rempli le biberon. Il a essayé de téter. Ça ne marchait pas. Il a fallu qu'il agrandisse le trou de la tétine avec un ciseau. Les premières gorgées avaient un peu goût de caoutchouc.

Tout ça l'amusait au plus haut point.

A vrai dire, je n'avais cessé de songer à Tamako pendant son absence, et de façon de plus en plus obsessionnelle. Je réfléchis à de nouveaux lieux, hôtels, bars, etc., à de nouveaux arrondissements qui seraient les décors des prochains chapitres de nos amours. J'imaginai de nouvelles saynètes libertines… Errer dans les grandes surfaces, en poussant mon Caddie, était devenu pour moi une aventure érotique : fruits, légumes, confitures, crèmes pâtissières en boîte, pâte de coing, bisques, sirops, liqueurs, caramel liquide, miel, mayonnaise, poivre, vins, tout produit (détourné par mon imagination pervertie, comme on « détourne » un mineur), se trouvait à mes yeux investi d'une nouvelle dimension, d'une nouvelle fonction : « accompagner », « condimenter », « épicer », « relever », « arroser », « napper » la chair de Tamako que, cuisinier fou, grand chef cannibale, je rêvais d'assaisonner à toutes les sauces, de rôtir, de mijoter, de mitonner à tous les feux !

J'avais par ailleurs (travail de bénédictin) recopié sur ordinateur l'intégralité de mes carnets. « Je vous ai mise en boîte, comme les petits pois », lui avais-je dit, l'ayant appelée à Tokyo. « Avec date limite de consommation ? » rétorqua-t-elle, ajoutant, ce qui deviendrait un leitmotiv : « C'est notre roman qui vous intéresse, pas moi. Vous m'abandonnerez au dernier chapitre ! »

J'avais imprimé la copie de ces carnets, l'avais rangée dans quatre classeurs, intercalant, aux dates voulues, nos photos, plusieurs centaines. Ces carnets, ainsi composés, auxquels il ne manquait, en contrepoint, que la traduction des siens, constituaient déjà à eux seuls une sorte d'œuvre d'art : comme une fugue infinie sur la fuite du Temps, comme un vaste tableau où s'épinglaient une multitude de menus instants d'amour abolis.

– Ça a été toute une comédie d'acheter ce biberon, expliquai-je, y tétant démonstrativement de larges rasades. Il fallait voir le regard que m'a lancé la pharmacienne, une brave vieille dame à lunettes. Manifestement je n'avais pas l'allure de l'acheteur-de-biberon-type ! Elle m'a regardé soupçonneuse (j'étais d'ailleurs mal rasé). N'étais-je pas un sadique, un pédophile ? Puis ses yeux se sont attendris : sans doute a-t-elle fini par découvrir en moi l'âme d'un papa encore inexpérimenté (*un véritable papa qui pense bien à ses enfants*, écrit Tamako).

Je la déshabillai. Son dos était en sueur.

– Je mouille, dit-elle, pendant tout le voyage en métro j'ai mouillé, il n'y a que vous qui me fassiez mouiller ainsi.

L'Administrateur l'avait prise la veille, « juste une rapide petite chose », précisa-t-elle. Elle avait au cou, caché par une écharpe, le collier de Poti (qu'elle avait emporté au Japon pour le montrer à ses copines !) et, sous une minijupe, des bas noirs, des jarretelles « de pute ». Je la déshabillai et la ficelai, nue, avec des serpentins, rouges, jaunes, verts, bleus, entortillant sa taille, ses poignets, son cou, son front, ses cuisses, ses chevilles, glissant les fins rubans de papier entre ses fesses, ses seins, dans la rainure de la chatte, de sorte qu'elle ressembla bientôt, surgie d'un magique sarcophage, à une surréaliste savoureuse momie, tout enrubannée d'un arc-en-ciel de bandelettes. C'était Néfertiti ressuscitée. Utilisant son Espio, je la mitraillai.

Ces photos, je les regarderais le samedi suivant. Elle les avait posées devant moi, à côté d'un plat d'huîtres, sur le couvercle d'une poubelle en plastique vert de la ville de Paris. Le Baron rouge était si plein, ce jour-là, que les consommateurs buvaient et mangeaient à l'extérieur, malgré le froid : qui sur un capot ou un toit de voiture, qui sur le rebord d'une fenêtre. Plusieurs poubelles avaient été mises aussi à contribution. D'un œil apeuré Tamako, agrippée des deux mains à la nôtre (poubelle nº 23154297), observait les va-et-vient d'un camion de ramassage d'ordures, murmurant, incessant et drolatique refrain :

– *Il va nous prendre notre table !*

– N'est-ce pas le comble du chic, dis-je, le nec plus ultra du snobisme : manger sur une poubelle ? Même chez Ledoyen on ne fait pas ça !

– Et c'est pratique, dit-elle, à la fin du repas on peut jeter les restes… sous la table !

Elle se promit de faxer l'anecdote le soir même à sa confidente de Kobé : « En France on mange sur des poubelles ! »

Au-dessus de notre « table », un panneau de la circulation indiquait : *Interdit de stationner*.

L'atmosphère était euphorique. Les gens riaient et buvaient. Un accordéon jouait du musette : *le bon petit vin blanc/ qu'on boit sous la tonnelle*.

Nous buvions du chablis.

On se fût cru soixante ans en arrière, dans une guinguette, au temps du Front popu.

C'est une semaine en arrière que je remontai, grâce aux clichés de Tamako : elle était devant moi, frileusement drapée dans son manteau violet, gobant une huître ; elle était simultanément dans mes mains, sur papier glacé, nue, somptueusement belle et désirable telle que l'Espio l'avait saisie le lundi précédent : gros plan sur sa chatte, cuisses écartées, pieds en l'air, un serpentin bleu barrant le buisson sombre du pubis. Des confettis multicolores jonchant son ventre. Son corps est allongé, sur le dos, au milieu du canapé « couleur terre » du salon. On aperçoit un de ses seins, l'autre est tronqué par une cuisse, elle-même tronquée par le cadre de la photo. De sa main gauche elle tient le biberon, goulûment enfoncé dans sa bouche. Son visage est doublement masqué : par le loup noir et, juste au-dessus, par celui en forme de papillon doré, tout scintillant de lumière. Ses yeux, ses yeux étranges, n'en sont que plus visibles et plus étranges : énormes, globuleux, derrière les trous du masque, et comme d'émail blanc bleuté et noir. L'ensemble est à la fois humoristique, lubrique, inquiétant (« Ça me fait une tête de terreur ! », dit-elle). Ses cheveux, encore bien peignés et gominés, témoignent qu'à cet instant nous n'avions pas commencé à nous étreindre.

– On a envie de croquer là-dedans, de vous bouffer toute crue, dis-je, c'est beau !

– Il n'y a que vous, dit-elle, qui m'ayez fait de si belles photos.

– C'est parce que je vous désire. Je sais aussi vous regarder : je pourrais vous regarder des heures, des journées, des mois. Je méditerais une semaine sur un seul de vos grains de beauté ! Il faudrait photographier chaque parcelle de votre corps, comme autant de pièces d'un puzzle... Et puis on les rassemblerait.

Je digressai sur les « blasons du corps de la Femme » qu'on faisait au Moyen Age et à la Renaissance.

Piquant une huître sur le couvercle de la poubelle, j'y fis pleuvoir quelques gouttes de citron. Je montrai à Tamako comment, sous l'effet de l'acide, les franges noires du mollusque se rétractent à sa périphérie. Coupant son pédoncule, je gobai l'huître et son jus iodé.

Comme j'avais croqué sa chatte juteuse. Elle avait chu du canapé couleur terre. Je l'avais prise, reprise, rereprise et rereprise encore : *Mae-mae ; usilo-usilo ; mae-mae ; mae-usilo*, note-t-elle laconiquement.

– Comment j'ai pu rester comme ça, un mois, sans rien faire ! Une vraie nonne ! m'avait-elle murmuré à un moment.

– Ne me contez pas de sornettes. Vous n'avez pas touché là-bas la peau d'un seul Japonais ?

– Non !

– Pas même du petit vieux de quatre-vingts ans ?

– Il était malade, je n'ai pu le rencontrer.

– Et le Prétendant ?

– Je l'ai vu à Kyoto. On a assisté ensemble à un spectacle de kabuki... Et puis il m'a laissée, seule, dans un hôtel sordide, un hôtel traditionnel, en bois, d'un quartier populaire de la ville. Le lendemain il m'a accompagnée à la gare, je retournai à Tokyo. Il est monté dans le train avec moi. Il a fait l'aller-retour Kyoto-Tokyo, simplement pour me tenir compagnie. Il ne m'a pas touchée, rien...

– Je ne vous crois pas !

– Il est ainsi.

Et puis, comme nous continuions de faire l'amour, tétant régulièrement, tels des nourrissons pochards et lubriques, le biberon de meursault (chose infiniment pratique dans ce genre d'exercice :

je proposai de déposer un brevet), elle me dit qu'au Japon elle s'était beaucoup caressée : en pensant à « l'après-midi de l'eskrave ».

– A quel moment en particulier ?

– Celui où son jus m'a jailli sur la face.

Elle ajouta :

– Comment peut-il accepter d'être ainsi utilisé ?

– Il est comme ça, rétorquai-je, lui renvoyant une de ses récentes répliques.

– Il est À VOUS !

Elle me conterait ensuite, entre deux soupirs, un véritable petit roman, genre roman noir : elle ne m'avait pas tout dit, non... Elle n'avait pas osé... A Kyoto, dans cet hôtel traditionnel, les portes ne fermaient pas, c'étaient des portes à glissière... Un homme, un inconnu, était entré dans sa chambre, au milieu de la nuit. Il l'avait surprise dans son sommeil et l'avait violée.

– J'ai joui !

Elle jouit.

Comme notre étreinte s'était défaite, elle éclata d'un petit rire, « hi hi ! », m'assurant que cette histoire, et tout le reste, elle l'avait inventée de toutes pièces. Pour épicer notre conversation, pour « faire décor ». (Comme elle montait des films érotiques à l'Administrateur.)

Bientôt elle s'allongerait sur moi et, maman abusive, brandirait au-dessus de mon front le biberon de meursault, telle une menaçante épée de Damoclès, me lançant, avant de me l'enfoncer d'autorité dans la bouche :

– Tu vas boire, jusque-là ! (Et elle désignait le niveau quatre-vingt-dix millilitres.)

Et comme j'y tétais déjà, elle murmura :

– C'est bien, ça, c'est un bon bébé, qui obéit à sa maman.

Un peu plus tard, elle dirait :

– Maintenant, j'ai peur des hommes japonais. Ça fait trop longtemps que je n'en ai plus touché. Dire simplement des mots d'amour dans ma langue, ça me paraîtrait trop cru, trop direct. J'ai une amie de cinquante ans, japonaise elle-même, qui n'a jamais eu que des Blancs pour amants. C'est bizarre : les mâles de son pays sont pour elle des êtres exotiques, des étrangers. C'est ce qui est en train de m'arriver.

– Hypocrite ! Et ton ami, le cinéaste japonais ?

Six jours plus tard, comme je finissais de contempler les photos, sur notre table-poubelle-ultra-chic, je l'interrogeai à nouveau sur ce cinéaste (qu'elle avait connu juste avant de venir me voir dans les Cévennes).

– Faites-moi un rapport.

–... *Quand les filles sont belles / du côté, du côté, du côté de Nogent !* chantait l'accordéoniste.

Avec le cinéaste, expliqua-t-elle, il n'y avait rien eu de « concret ».

– Je l'ai revu hier midi. On a déjeuné à La Tartine, puis on a pris un café place Sainte-Catherine.

Le vin aidant, elle s'était cependant contredite : au début du repas elle avait déclaré qu'elle n'était jamais allée dans son appartement, assurant en fin de repas qu'elle s'y était rendue (« ... Euh... non... à son studio »). Il lui avait fait quelques photos, gentilles...

Malgré la musique et le vin, elle devenait de plus en plus froide (la température n'arrangeant rien). Régulièrement, elle se mettrait à me jeter de petites piques méchantes, type :

– Vous avez les ongles noirs, c'est avec la black que vous les avez salis ? Qu'avez-vous fait aux fêtes de fin d'année ?

Ces traits négatifs, accumulés, me plongeraient (malgré l'ivresse et les photos magnifiques qu'elle m'avait montrées) dans un certain malaise. L'électricité, entre nous, ne passait plus, le charme ne jouait pas. J'étais triste ! Je bus, mais plus je buvais, plus le vin tournait aigre.

Nous allâmes, étape désormais rituelle, prendre un café au bistrot du square Trousseau. En chemin, sur un trottoir, elle verrait serpenter un ver de terre.

– C'est moi ! dit-elle.

– Au siècle prochain, rétorquai-je, des millions de touristes japonais, lecteurs de notre roman, viendront voir ce trottoir, et diront : « C'est ici que Tamako a dit, montrant un ver de terre : "C'est moi !". »

Elle rit. S'assit à mes côtés, au bar de zinc, sur un haut tabouret. Elle regarda ses bottes se balancer sous son siège :

– Quand j'étais petite et que j'étais assise dans le bus ou le métro, mes souliers ne touchaient pas le sol : mon désir le plus vif, c'était d'avoir les pieds sur terre ! De devenir « une grande » ! Maintenant, j'aimerais avoir les jambes en l'air !

J'éclatai de rire, lui expliquant le sens figuré de l'expression.

Nous prîmes le métro. Station Ledru-Rollin : Il s'y trouvait une cabine Photomaton. Nous réalisâmes un nouveau cliché : de ses seins cette fois, à deux fois seize exemplaires (« Mon derrière, ce sera la prochaine fois ! ») Remontant bientôt la rue Oberkampf, près de chez moi, elle dit, nostalgiquement :

– Les trottoirs ne sont plus bleus.

– C'est l'hiver ! Ils bleuiront au printemps ! L'unique saison que nous n'ayons pas connue... Ainsi le cycle sera bouclé... On ira au Terminus.

– Non, pas le Terminus !

Ces mots s'arrachèrent de sa bouche comme un cri de douleur. Elle semblait émue. Mais n'en demeurait pas moins enjouée.

Elle me rappela que nous nous étions rencontrés en fait au printemps, fin avril, mais qu'ensuite un long laps de temps, « un creux », avait précédé nos retrouvailles : au milieu de l'été :

– On s'est aimés la première fois le jour du solstice : le jour le plus long !

Des dattes, des raisins secs, nous attendaient chez moi (les fruits de l'hiver ?), une bouteille de cassis et un bouquet de chrysanthèmes rouges à cœur jaune. En entrant, elle redevint désagréable, lançant un nouveau trait :

– Ça sent la graisse !

J'ouvris une fenêtre pour aérer, et, cherchant un dérivatif à son humeur changeante, je dis :

– On travaille !

J'apportai du vin, le biberon et un magnéto. Elle avait ses

carnets. Elle m'avait fait déjà un récit oral de « l'après-midi de l'eskrave ». Je lui demandai cette fois une traduction minutieuse des pages de son journal concernant l'épisode. C'était jeu de ma part (je n'avais plus rien à apprendre sur le sujet). Je voulais l'attiser, la tisonner avec cette scène qui, vécue par elle à l'aveugle, comportait, dans son imaginaire, une puissante charge érotique. Le jeu fonctionna : au bout d'une dizaine de lignes, elle était tout empourprée. Elle voulut arrêter. Je l'obligeai, tel un prof abusif, à traduire jusqu'à la conclusion. Elle explosait presque. Je m'assis à ses côtés, sur le canapé, glissai ma main entre ses jambes. C'était trempé...

Je la déshabillai (« c'est ma minijupe du jour de l'eskrave », dit-elle). Elle portait encore au cou son collier de Poti. J'attachai ses mains, non pas dans son dos, mais derrière sa nuque, au collier, de sorte que ses deux bras pliés et relevés formaient autour de sa tête comme deux ailes de papillon, dévoilant ses jolies aisselles, blanches, glabres, et rehaussant ses seins. Je nouai ensuite l'extrémité de la corde liant ses mains à un crochet, planté la veille au-dessus de la porte du salon dans l'embrasure de laquelle elle se tint debout, nue, comme, au milieu de son cadre, quelque martyre chrétienne figurée par un peintre pompier. J'entortillai à nouveau son corps de serpentins, et la fis tourner sur elle-même, au bout de la corde, à la façon d'une toupie... J'apportai le cassis.

Il m'a prise ainsi en photo. J'avais un peu honte, car je ne suis pas très bien faite. Ça se voit quand je me tiens debout, pas quand je suis assise. Il a versé le cassis sur ma nuque, et l'a regardé descendre le long de mon dos, jusqu'aux fesses, lentement. Il a dit :

– Je pourrais regarder ça des heures, des journées...

Il m'a léchée. Sa langue était chaude : une grosse langue d'ours qui aime le sucre.

Je l'entraînai vers la chambre. La fis s'allonger, le ventre sur un énorme coussin lui-même posé sur une valise – mise en scène que j'avais mûrement, maniaquement, maladivement élaborée pendant de longues heures fiévreuses, au lieu de les consacrer à l'utopique étude de mes défuntes douloureuses années trente – de sorte que sa croupe, unique et dernier objet de mes « recherches », se présentait à moi, bien écartée, bien rebondie, offerte : telle l'hostie sur l'ostensoir. J'attachai ses pieds chacun à un des pieds du lit, enfonçai sur sa tête le bonnet noir du jour de l'eskrave (*le bonnet nostalgique*, écrit-elle), ce qui l'aveugla. Puis je la fessai, délicatement, pour que les bleuets ne fleurissent pas trop son derrière. Celui-ci fut bientôt tout rose, comme la paire de joues d'une jeune fille intimidée. Je fis alors couler du cassis dans sa raie. La vulve, que je tenais écartée, tel un gynécologue à l'ouvrage, s'ouvrait et se refermait, avidement : Je pus ainsi observer, pour la première fois – secrète photographie de chair, trace occulte d'un moment aboli – les déchiquetures de son hymen tel que, vingt ans auparavant, l'avait brisé un jeune lycéen de Kobé : le Temps ici aussi s'était fossilisé. Le cassis sanguinola jusqu'à l'hymen : comme pour ressusciter, rejouer, le moment de sa défloration. Je l'y dévorai... Je la pénétrai ensuite, *mae-usilo* devant par-derrière : et ce fut bientôt ma semence volontairement répandue à l'extérieur qui suivit le chemin où le cassis l'avait devancée.

J'arrachai alors la valise de dessous son ventre, d'un coup, tirant sur la poignée et la faisant glisser entre ses jambes écartées. Je détachai ensuite ses pieds, la retournai sur le dos, et (chose encore maladivement mûrie à l'avance lors de sataniques et indignes nuits d'ignominieuses « études ») j'allai chercher un morceau de bois, un manche à balai, où je les rattachai, comme à une entrave, à chaque extrémité (elle me dit qu'à l'époque Edo on avait entravé ainsi des femmes). J'entrai à nouveau en elle... Son corps était couvert de sueur. Des bris de serpentins, rouges, jaunes, bleus, collaient à sa peau chaude et humide, luisante, rissolante. Elle était comme une poupée désarticulée entre mes bras, une délicieuse chaude marionnette, un mannequin de Hans Bellmer, une rôtissante volaille.

Je lui dis qu'elle n'était pas elle, qu'elle était la *sculpteuse*, non, pas la *sculpteuse*, mais la Chinoise, que c'était la *sculpteuse* (ou la Chinoise) à qui j'étais, en ce moment, en train de faire l'amour, et elle, elle la Japonaise, elle était allongée à côté de nous, à nous regarder, verte de jalousie.

– Tu as pas le droit de leur donner ta semence ! souffla-t-elle alors.

– Comment pourras-tu m'en empêcher ?

– Je te tirerai sur l'oreille.

– Et si je continue quand même de… ?

– Je t'arracherai l'oreille !

– Et si je ne m'arrête pas pour autant ?

– Je couperai la CAUSE DE TOUT !

– J'ai des fourmis ! dit Tamako.

Je déliai ses poignets et ses chevilles, ôtai le bonnet qui l'aveuglait. Et bientôt, renvoyant au placard aux accessoires de l'inconscient le bric-à-brac stéréotypé des entraves, des colliers de Poti, des cordes, des bouteilles de cassis, des biberons, des eskraves, des *sculpteuses*, des Chinoises, je la pris, tout simplement, *mae-mae*, devant-par-devant, la cramponnant de mes mains aux épaules tandis que sa tête, pendant sur le rebord du lit contre lequel elle se balançait, balayait de ses cheveux éployés le tapis en contrebas. Je l'embrassai. Ses yeux, dans cette perspective rapprochée, s'accolèrent l'un à l'autre, comme des amandes jumelles.

… Il m'a regardée, les yeux dans les yeux, tout près. Il m'a dit : « Ainsi on est beaucoup plus seuls, tous les deux, rien que nous deux ! » Il m'a appelée : « Ma chérie comme si. » Et puis il m'a dit : « Je t'adore, je t'aime. » Même si ce sont des mots usés, banalisés, c'est irremplaçable qu'il me les dise : « Je t'adore, je t'aime. »

Je la possédai ainsi, avec une violence extrême, décuplant ma force en prenant appui, de mes pieds, sur le mur derrière nous. Les draps, la couette, les couvertures, frappés d'épilepsie, bouillonnaient, s'élevaient, jaillissaient : on eût dit *La Grande Vague de Kanagawa*, d'Hokusai, déferlant, furieuse et écumante, sur notre bringuebalant matelas comme sur le pont d'un sampan ivre tourneboulé par l'océan. Et, naufragés d'amour, nous nous accrochions l'un à l'autre, désespérés, non comme à une salvatrice bouée, mais à une ancre, un roc réciproque qui, plus sûrement, nous entraînerait vers l'abîme. Elle se cabra, creusant ses reins, faisant saillir son ventre en transes, comme pour s'immoler.

– Vous voyez que je vous adore, lui dis-je.

– Pas assez.

Elle pleurait.

A cheval sur moi bientôt – quand fut passée la tourmente –, elle pencha vers mon visage l'ovale pacifié de sa face que, ultimes remous de la tempête, lacéraient encore les arabesques de quelques mèches folles : et je crus entrapercevoir sur ses traits rajeunis, comme lavés, purifiés, l'éphémère éclat du bonheur. Son haleine à mon haleine se mêlait. Elle murmura ces mots, ses premiers vrais mots d'amour peut-être, auxquels se mêlait l'ombre implicite d'un aveu :

– Quand on fait l'amour avec amour, il y a quelque chose qui s'ouvre : on pleure...

Nuançant bientôt d'humour son émotion, elle ajouterait :

– Ce sont mes yeux qui mouillent !

Mon esprit se mit au même moment à battre dans des contrées plus prosaïques : je songeai à cette phrase de Romain Gary sur l'argent et l'amour où, inversant le raisonnement platement économique, il dit combien l'amour donne de la valeur à l'argent. Combien ça donne de la valeur à un billet de cent balles, qu'on puisse, avec, baiser cinq minutes une pute : « L'amour, ça fait du bien au pognon. » Sans doute l'esprit de Tamako vaticinait-il aussi dans de similaires contrées : Edmond, m'expliquerait-elle, son vieux monsieur, était malade. Elle avait définitivement décidé de ne pas s'installer chez lui. Mais elle avait décidé aussi de quitter le Méchant : la veille encore, il l'avait prise. Elle avait voulu se mettre sur le ventre, pour « tricher » (se caresser), mais le maladroit l'avait remise sur le dos. Il lui avait dit, me réembauchant à nouveau dans sa filmographie : « Fais comme si j'étais... » (et il avait donné mon nom). Juste après, elle lui avait expliqué qu'il fallait qu'elle le quitte : « Si je reste chez toi, je ne trouverai jamais personne avec qui avoir un enfant » Il avait répondu : « Tu as raison. » Je ne fus pas peu étonné de l'entendre bientôt me faire un semblable reproche : « Tous les amis que tu me présentes, ce sont des pédés ! » Plusieurs d'entre eux l'étaient, en effet. Mais qu'attendait-elle de moi ? Que je fusse son « mac », comme, amusée, elle me l'avait proposé la première fois qu'elle s'était donnée à moi, presque un an auparavant ? Bouche-trou, sommelier, majordome, tour-et-sex-operator, devais-je coiffer aussi la casquette d'entremetteuse ? Prenant le ton gouailleur du marlou d'avant guerre, de l'apache, du Marcel, je lui dis, faisant allusion à l'Administrateur :

– Vampe-le, il t'épouse et je te fais un lardon.

Froide, Ginette-la-gagneuse rétorqua :

– J'y ai pensé !

Je ramassai sur ma droite, dans le grand séisme de notre lit, un long tronçon de serpentin jaune. J'en mis une extrémité dans ma bouche, la serrant entre mes incisives, et l'autre dans la sienne. Nous étions chacun à quatre pattes, face à face, dans un coin du ring du matelas, comme deux lutteurs de sumo : reculant un peu ma tête, je fis en sorte que le ruban de papier se tendît au maximum entre nous, tel un pont de lianes pendu au-dessus d'un torrent dans la jungle. « Ce qui nous relie, murmurai-je entre mes dents, est aussi fragile que ce fil. » Et comme s'il se fût agi d'un prosaïque spaghetti, nous le mâchonnâmes, chacun d'un côté, en écourtant de ce fait, peu à peu, la longueur ; et, peu à peu, nous rapprochant l'un de l'autre pour qu'il ne se brisât pas, nous finîmes par sceller nos lèvres dans un baiser.

Soudain je sentis un lien se nouer à mon cou, violemment, presque à m'en étrangler, et ce même lien, Tamako, à quatre pattes sur moi, l'avait semblablement lié à son cou – c'était une ceinture de robe de chambre qu'elle avait dénichée je ne sais trop où –, de sorte que nous nous trouvâmes l'un à l'autre arrimés, comme deux épaves à la dérive.

Elle rit.

– Tu aimes pas ça, hein ? lança-t-elle, me fixant de ses yeux d'allumée, écarquillés.

Ma main aveugle trouva le biberon encore à demi plein de vin, sur la table de chevet :

Nous levâmes un toast, sinon une tétée, aux mânes de ce nouvel après-midi enseveli (très exactement, selon mes carnets, notre 31e après-midi d'amour : elle allait avoir prochainement trente et un ans). Il était 19 heures.

– Il faut que je me dépêche, l'autre soir je suis arrivée en retard. L'Administrateur avait commencé de dîner. Il était furieux ! Il m'a dit : « Ça suffit ! Cette fois tu-vas-prendre-tes-cliques-et-tes-claques-et-faire-ton-balluchon ! Il faut que tu trouves un appart, et vite ! »

Nue, à quatre pattes dans la chambre, le bureau, le salon, elle partit en quête de ses vêtements dispersés au cours d'un strip-tease erratique et frénétique. Fouinant sous une table, sous le canapé, derrière l'énorme pot de plantes grasses, elle s'en allait, moderne glaneuse, non ramasser des épis de blé dédaignés, mais son soutien-gorge, un bas (« où ai-je fourré ma petite culotte ! »). Comme, la rejoignant dans le salon, je la surpris dans ces *bucoliques* activités, elle dit :

– J'aime chercher mes habits éparpillés !

Et c'était comme si, de son *Être*, son *Monde* déglingué, elle eût voulu, semblablement, rassembler les morceaux.

Je lui montrai la photo d'une Vénus accroupie du IVe siècle, une Vénus romaine. Elle était décapitée. Mais son dos aux larges hanches, bien cambré, me rappelait celui de Tamako.

– Il faudra me couper la tête, dit-elle.

Sa tête, ronde, lunaire, pâle – ou plutôt sa face –, je la verrais surgir à chaque palier de mes escaliers, braquée vers moi, comme je me penchais sur la rampe pour la voir descendre. On eût dit quelque figure de stand de tir, quelque diable de fête foraine, faisant mécaniquement, amoureusement, une brève et rythmique apparition à chaque tour de manège.

– J'aime Marcel, cria-t-elle.

– Ginette, je t'ai dans la peau, cria Marcel. J'vais me faire tatouer ton nom sur la poitrine : « A Ginette pour la vie »…

Et, dans la cage d'escalier, je lançai vers elle, comme des filins d'abordage, un, deux, trois, dix serpentins qui, dans le clair-obscur, déployèrent leurs fugitifs rubans.

Le vaste entonnoir, la vertigineuse volte de l'escalier l'emporta, volée par volée, dans le tourbillon dévorateur de ses marches convolutées : où elle s'engloutit soudain, aspirée comme par un siphon, disparut.

– *Sayonara !*

Le sol de mon appartement, de la chambre surtout, était couvert de serpentins brisés, de confettis épars, d'habits dispersés, froissés, de taches de vin rouge. Pathétique, le biberon gisait là, vide désormais. Un véritable foutoir. Je me pris en photo, assis sur mon lit, dans le miroir où s'était évanouie l'image du corps extasié de Tamako. J'avais l'air, au milieu de ces draps, ces coussins, ces couvertures tourneboulés, ces masques de carnaval abandonnés, d'un histrion shakespearien méditant seul, à la fin du spectacle, au milieu d'une scène désertée, sur quelque incommensurable problème métaphysique. J'étais triste. Je passai une robe de chambre en satin vert et, m'asseyant à mon bureau, j'écrirais, à chaud, *in vivo*, le récit de ces instants à peine écoulés – et déjà, déjà ! devenus du passé –, comme si, de mes mots maladroits, j'eusse voulu les engluer, tout frétillants encore, les prendre au piège, à la nasse, les empailler, les momifier, les cryogéniser... les capitaliser !

(« Ton con, c'est ma tirelire ! Je t'exploite ! Chaque instant que je passe avec toi, chaque goutte de semence que je verse en toi, c'est un investissement ! » avais-je dit un jour à Tamako, non sans ironie.)

21 heures 30. Ou irais-je dîner ?

Lors de ma quête de nouveaux endroits où poursuivre la mise en scène de nos amours, j'avais rassemblé un certain nombre de chroniques gastronomiques du journal *Le Monde*. L'une d'elles m'avait spécialement attiré : elle concernait un restaurant du XXe – arrondissement que nous avions peu exploré : Chez Raymonde. Et puis la rue où il se trouvait avait un nom des plus poétiques : rue de la Chine.

J'ai étudié un plan de Paris... La rue de la Chine est très longue. Elle traverse à elle seule, depuis l'avenue Gambetta, un bon quart de l'arrondissement. Elle se trouve en parallèle avec une autre rue, minuscule, dont j'ignorais jusque-là l'existence : la RUE DU JAPON.

... Rue du Japon. Rue du Japon... Je suis mélancolique à souhait. Et tout à fait d'humeur à rendre visite à cette petite rue du Japon : comme si cette rue du Japon pouvait m'apprendre quelque chose sur Tamako, comme si elle recelait un secret la concernant ! Et n'était-ce pas étrange que Chine et Japon ainsi se côtoient sous forme de deux rues parallèles ?... Sans doute irais-je, ensuite, dîner Chez Raymonde, s'il n'était pas trop tard... Il pleuvait. J'ai pris le métro à Parmentier. Un jeune SDF m'a demandé l'aumône. A son cou pendait une pancarte : J'ai faim, j'ai honte. *On eût dit que les SDF faisaient des petits, qu'ils se reproduisaient. On se serait cru en pleine crise, au début de mes chères années trente. Ô Céline, ô Döblin, ô* Berlin Alexanderplatz *! Je lui ai filé deux francs. Je suis descendu station Gambetta : la nuit était froide. J'étais engoncé dans le col de mon épaisse gabardine grise. J'ai remonté l'avenue Gambetta. Et voilà la rue du Japon ! Courte, elle débouche au sud-est sur la rue Belgrand, au nord-ouest sur l'avenue Gambetta, se trouvant prise entre le square Vaillant, d'un côté, et, de l'autre, l'arrière de la mairie du XXe : un haut mur, froid, aveugle. Avec cela, un commissariat de police monte la garde à l'une de ses extrémités. Je l'ai parcourue du sud au nord, du nord au sud, une, deux, cinq, six fois, dix fois ! Regardant, à la lueur des lampadaires, mon ombre autour de moi clabauder comme un chien fou, s'allonger devant moi, s'étrécir, disparaître, pour renaître à mes trousses à chaque fois que j'approchais puis dépassais une source de lumière... D'elle, de cette rue du Japon, on pouvait dire ce que l'Administrateur et ses amis disaient de Tamako, ce que Tamako disait d'elle-même : elle était ordinaire, vide, simplette, pas bizarre, quelconque, banale, sinistre ! un ver de terre, une miette, une-pauvre-petite-Japonaise-que-je-jetterais-au-caniveau-à-la-fin-de-notre-roman, RIEN ! On l'avait traversée en moins de trois minutes, en moins de trois minutes on en avait « fait le tour ».*

Humant son air, scrutant son bitume, étudiant les voitures qui y stationnaient et le grillage vert du square qui la bordait, j'ai continué de l'arpenter en long, puis en large, d'en tourner les invisibles feuillets. Serait-elle l'image de l'âme de Tamako ? N'ai-je pas rêvé – volontairement rêvé, scientifiquement rêvé, artistiquement rêvé, bachiquement rêvé – Tamako ? La vida es un sueño y los sueños sueño son ! *Mon roman n'est-il qu'un roman ? Una sombra, una ficción ! Et ma vie un songe, un songe calculé, prémédité ?* Is all that we see and seem/ But a dream within a dream ? *Ce soir, la rue du Japon ne voulait pas me parler. Mais peut-être, un autre jour, me livrerait-elle son secret ? Me le murmurerait-elle fraternellement, amoureusement à l'oreille ? Je lui ai tourné le dos et, sous la pluie redoublante, je me suis engagé dans la rue de la Chine, flanqué, précédé, suivi de mon ombre.*

... Il était tard. Chez Raymonde on ne servait plus, mais l'endroit m'a paru infiniment sympathique, français, provincial. J'ai marché jusqu'à l'autre extrémité de la rue de la Chine. Ménilmontant. Ménilmuche ! Tranchée illuminée, la rue de Ménilmontant dévalait de ses hauteurs jusqu'au cœur de Paris en contrebas, infini toboggan de phosphorescence. Je l'ai descendue, l'âme troublée : de temps à autre je humais mes mains, précieuses cassolettes où demeurait le parfum de Tamako. Leurs paumes éprouvaient encore la cambrure de ses reins, le renflé de ses fesses, de ses seins... Que voulais-je d'elle ? Que voulait-elle de moi ? Qu'y comprenais-je : sinon que je l'avais, comme disent (ou disaient) les Marcel, dans la peau. Ginette. Que n'étais-je un vrai Marcel qui sût simplement t'aimer ? Mais aime-t-on simplement ? Je sentais encore dans ma chair la chaleur de sa chair : elle tournait contre mon ventre comme une vague caressante, déferlante, amoureuse : comme un chat. Un hôtel particulier du XVIIIe siècle, une « Folie » se dressait non loin : construit sans doute jadis pour une « cocotte ». Et je songeais à la cocotte de La Cousine Bette *dont j'avais naguère parlé à Tamako.*

Sur la droite, j'ai repéré une petite rue. Étonnamment, elle était encore pavée : d'énormes pavés mal équarris, comme avant guerre. Les pavés humides luisaient sous la pluie fine à la lueur de réverbères qui paraissaient anciens, eux aussi. On se fût cru dans un film de Carné ou Claude Autant-Lara. Des maisons basses, minables, avec un jardinet miteux (un jardinet d'ouvrier) la flanquaient. Ça rappelait encore le décor des romans de Simenon. J'ai songé à y photographier Tamako : en tapineuse, en gagneuse – en Ginette ! – adossée à un réverbère, relevant sa jupe pour affriander le chaland, publiant sa chatte !... J'ai quitté l'impasse (c'était symboliquement une impasse) de l'Ermitage avec tristesse, et continué de descendre Ménilmontant : tout du long, des bars arabes, avec des putes trop blondes, et des bars branchés, bondés de jeunes gens (le quartier, que je découvrais, devenait à la mode). Je suis entré dans un bois-charbon, converti en établissement dans le vent. J'ai commandé une bière. L'endroit était bourré de jolies filles... tout en rembrandtien clair-obscur. Un nez, une joue, une face entière, un fragment de menton apparaissaient puis se rengloutissaient dans l'ombre, comme dans une incessante Ronde de nuit. *J'ai bu une autre bière. Comme je sortais, une femme noire m'a rattrapé : elle avait l'air ahuri, drogué. Elle m'a demandé l'heure. Sans doute cherchait-elle autre chose que l'heure ? Je lui ai donné l'heure : 2 heures du matin. Et j'ai poursuivi ma route, sous la pluie toujours, précédé, poursuivi par mon ombre...*

Chez moi j'ai fini le meursault, avec un plat de spaghettis. C'était tout ce qu'il restait dans mon garde-manger. Je me suis repris en photo, nu cette fois, dans le miroir, assis sur le bord du lit, au milieu du foutoir de ma chambre : histoire d'« immortaliser » ma gueule, et ce moment. Et dans l'idée amusée aussi de montrer à Tamako une image, une preuve de ma « tristesse », de mon « authentique » tristesse : un vrai Marcel vraiment triste. Mais cette tristesse était étrangement agréable, délicieuse. J'en jouissais. Je jouissais d'y mariner. Je m'en imbibais : comme un gros concombre de son vinaigre. Je la savourais : en éprouvant je ne sais quelle mystérieuse gaieté ! La devais-je à Tamako, cette triste gaieté ? A la rue du Japon ? Au Japon ?

« Si elle me quitte un jour, songeai-je, ça ne sera pas *gai d'être triste ! »*

« *Aujourd'hui, c'est de plus en plus pénible de le* TROMPER, écrit-elle à mon sujet. Elle ajoute : ... *En me disant ça, sur le chemin du retour, je trouve ça* RIGOLO... »

Telles étaient les idées qui pétillaient dans sa tête ce soir-là, quand elle me quitta. Elle me les confierait sept mois plus tard au mas de Chastagne, en traduisant ses carnets. Les écrevisses que nous mangions me resteraient plutôt dans la gorge. J'avais un souvenir si... attendri en effet de cet après-midi...

Ce qu'elle trouvait « rigolo » ? Le sentiment, tout récent chez elle, que c'était moi désormais qu'elle trompait quand elle couchait avec l'Administrateur : le renversement de situation donc.

– L'arroseur arrosé ? dis-je. Le trempeur trempé ? Le trompeur trompé ? C'est banal ! L'épouse qui revient au mari délaissé... La presse de faits divers est pleine de ce genre d'histoires ! Le meilleur article que j'ai écrit jadis sur le sujet s'intitulait : « Elle trompe son amant avec son mari. »

– Je n'aime pas ce qui est banal.

Ce « rigolo » me chagrinerait. Et me ferait mieux prendre mesure – poids-et-mesure – de l'expression « je flotte », qu'elle utilisait pour définir son comportement dans la vie : flotter d'instant en instant, comme la feuille oublieuse du lotus sous laquelle défile le cours incessant du fleuve, le cours infini du temps. Flotter de plaisir en plaisir, d'oubli en oubli.

Ce ton, si léger et insouciant de ses carnets, tranche avec celui, pathétique, théâtralissime, qu'elle employa, au bout du fil, le lendemain de cet après-midi d'amour :

– J'ai honte. Je vous ai trompé. Le Méchant m'a prise hier soir.

Non seulement le Méchant l'avait prise, *mae-mae*, autrement dit « par-devant », mais, selon le rapport détaillé qu'elle me communiqua alors, il avait fait de nouvelles avancées coloniales vers des territoires tamakiens sur lesquels, à ce jour (à ce qu'elle en disait du moins) il n'avait prélevé aucune dîme, aucune gabelle, aucun loyer. La caressant derrière *(usilo)*, il lui aurait demandé après cinq ans d'indifférence à cet égard : « Tu aimes ça aussi ? », et elle aurait répondu : « J'aime TOUT ! » Cependant, il ne le lui aurait pas « fait ». Vieux tabou judéo-chrétien ? calvinisme ? Sodome, Gomorrhe... Ou bien jouait-elle, pour attiser ma jalousie et me déstabiliser, à « mettre aux enchères » cette partie encore non *locative* de son anatomie ?

– Il faut que j'arrête, poursuivit-elle au bout du fil. Que j'arrête de vous tromper !

Ce à quoi elle ajouta :

– Il faut que je le quitte. Que je quitte l'auberge ! Et trouve un appartement. Mais j'appréhende aussi d'être libre, d'avoir tout mon temps à moi.

– C'est rassurant un papa qui vous gronde quand vous arrivez en retard le soir et qui, pour vous punir, vous fait l'amour à la hussarde !

– Vous vous en fichez ! Ça ne vous fait ni chaud ni froid que je vous raconte ça ?

– Mais si.

– Je ne l'entends pas dans votre voix ?

– Je joue… mais, dans mon for intérieur d'Arabe, je suis jaloux ! Je vais vous liquider.

– Me lapider ?

– Oui, comme dans le Coran les femmes adultères ! Je vais vous mettre en pièces !

– Et moi je ferais de vous un tajine, un méchoui, un gros méchoui bien grillé !

Pendant son voyage de retour en métro, méditant sur combien c'était « rigolo » de me « tromper », elle avait senti toutes sortes de choses couler, dans sa culotte, et le long de ses cuisses, sous son collant : « J'ai serré les fesses. » Elle était sortie, comme d'habitude, à la station Jasmin. Dans la rue du même nom, elle avait aperçu la Jaguar blanche de l'Administrateur. Elle s'était dit : « Il va sans doute faire les courses au Prisunic… » Elle s'est hâtée de rentrer. Elle a fabriqué « les indices du tennis » (polo souillé et raquette sur le lit), elle a ôté sa culotte, et l'a mise dans le sac de linge sale idoine : « L'Administrateur la lavera ! »

Dans la division du travail de leur couple, c'était lui en effet qui avait charge de la machine à laver (Il aimait ça. Et, quoi qu'ils eussent une bonne, il tenait à s'occuper de la lessive.) Insomniaque, il se levait même la nuit pour la faire fonctionner !

Lui prêtant plus de poétique fantaisie qu'il n'en avait, sans doute, je l'imaginais assis méditativement devant le hublot, menton posé sur son poing, à regarder tourbillonner pendant des heures, l'œil ému, nabokovien, les coupables petites culottes de Tamako, tout emperlées d'effervescentes bulles, roses, bleues, noires, à dentelles, à volants, à froufrous, en sirotant son coutumier whisky.

– La machine n'a pas de hublot, dit-elle, dépitée.

Quand, sept mois plus tard, finissant de croquer ma quinzième écrevisse, je lui demanderais si, à l'époque, elle ne se moquait pas « un peu » et même « beaucoup » de moi… autant que de l'Administrateur d'ailleurs. Elle répondrait, les lèvres délicieusement emmoustachées de sauce rouge qu'elle lapait d'un subreptice coup de langue :

– Au début j'ai pensé que je pourrais jouer sur les deux tableaux, me partager. Mais c'était enfantin. J'ai vite compris que la chose n'est pas possible. C'est intenable.

(Elle ne m'en avait pas moins dit un jour : « Quand j'ai eu des rapports rapprochés avec deux hommes, ce que je compare, ça n'est pas la différence des sexes, la différence de dureté, mais la différence de durée. Et puis, c'est psychologique… » Au demeurant cette machine, ce « jeu » qu'elle avait mis en branle, semble l'avoir vite dépassée. Le visage défait, elle m'avait confié, peu de temps après : « Je suis fatiguée, il faut que j'arrête TOUT ! »)

– Cormoran !

– Je ne suis pas un cormoran ! Je n'ai pas d'ailes ! Je ne peux les croiser ! dit la mangeuse d'écrevisses.

Y avait-il eu chez moi quelque prescience poétique, quand, à son retour du Japon, je la masquai d'un double masque ? Comme si, refusant de me plonger dans les bas-fonds de ses stratégies, et les arrière-cours de son économie, j'en avais, avec tous les avantages du plaisir, inventé la concrète festive métaphore (ainsi le rêve, si l'on en croit Freud, transforme en jouissance, sur la scène de l'imaginaire, les prosaïques embarras de la vie) ? Le théâtre, carnavalesque, la commedia dell'arte, dans laquelle je la voulais entraîner ne jouaient-ils pas le rôle du rêve, en l'occurrence ? Et le vin donc ? J'avais fait agrandir plusieurs photos que j'avais prises de son visage, masqué : le joli dessin de sa bouche rose pâle, si délicat, l'étrange expression, hallucinée, de ses yeux, s'en trouvaient accentués. « Elle est si belle », songeai-je. Et cette idée, aussitôt, s'imposa à moi : j'allais la perdre.

24

Vous ne m'aimez pas ? C'est tant mieux.
Vous m'aimez ? C'est tant pis.
Croyez-vous que je n'aie pas
D'autres amoureux...
(Poème du folklore japonais, sans date.)

Fin janvier

Plus tard, je lui demanderais ce qui lui plaisait ou l'amusait tant dans cette idée : être « pute ». Elle me dit que c'était une idée « romanesque ». Jeune bourgeoise de Kobé, ça l'avait fascinée, à vingt ans, de s'envoyer en l'air, avec son photographe japonais qui en avait quarante, dans les maisons de passe sordides du quartier réservé. Il lui avait fait découvrir beaucoup de choses, les milieux populaires et artistes.

Je n'en sus pas plus.

Quand, vingt jours auparavant, elle était passée chez moi (le lendemain de son retour du Japon), elle m'avait dit, dans un éclat de rire : « Ça y est, je suis en train de devenir pute ! » Et encore : « Je vais me faire gangster, yakuza. On me tatouera partout, et surtout les fesses, ainsi on ne verra pas mes bleuets ! » Ou bien : « Quand j'aurai mon appart, je le meublerai comme un bordel. Comme le bordel des *Belles Endormies* : avec des rideaux cramoisis ! » Cet appart, il fallait qu'il fût impérativement situé dans le sud de Paris, très précisément dans le XIIIe (c'était son « orientation », lui avait dit un astrologue nippon, partout ailleurs son installation serait désastreuse). Mais n'était-ce pas aussi l'arrondissement du cinéaste japonais ? Celui-ci avait-il proposé de l'aider à condition qu'elle vécût près de chez lui ? Edmond, le « vieux monsieur », lui servait par ailleurs de caution vis-à-vis des agences immobilières.

Elle hésitait cependant à se jeter à l'eau :

– J'ai un bel appartement dans le XVIe, une Jaguar, un chauffeur, et je vais tout plaquer ! Je suis folle !

Aubergiste, l'Administrateur était aussi chauffeur. Tour operator, n'avais-je pas la fonction supplémentaire de « bouche-trou » ?, Edmond était son garant... Le personnel à son service comportait-il d'autres individus ? Difficile à savoir, elle cloisonnait bien ses relations. Mais se pouvait-il qu'elle s'abandonnât avec les autres autant qu'avec moi ? Ce serait métier épuisant !

– Je prends des vitamines ! ironisait-elle.

Dans la dernière semaine de janvier, nous fêtions ses 31 ans. Nous vidâmes chez moi (via le biberon) une bouteille de champagne. Nous fêtions aussi la parution d'un de mes livres (conçu à l'époque prétamakienne où j'écrivais encore). Je venais d'en recevoir quelques exemplaires. Je le lui dédicaçai : *A Ginette. En attendant le prochain : le nôtre !... et le résultat de nos recherches scientifico-érotico-artistiques. Contrat de cent ans. Marcel.* Elle le brandirait au-dessus de sa tête en criant : « Banzaï, banzaï, banzaï ! » (ce qu'elle agrémenta de plusieurs aboiements : « ouaf »). A son tour elle me fit un présent, deux petits sachets, l'un rouge, l'autre blanc : des amulettes d'amour. Il ne fallait surtout pas que je les sépare... Comme les amulettes, nous nous entre-nouâmes sur mon lit.

A un moment je m'étais amusé à tracer, au feutre noir, sur chacune de ses fesses, les idéogrammes Aï (愛) et Koï (恋), désignant l'un l'amour pur, l'autre l'amour charnel et passionnel, tels que je les avais trouvés dans un livre d'anthropologie. Je les photographiai. Nous n'avions pas vu le temps passer : à 19 heures 30 elle fit à la hâte sa toilette, mais voulut à tout prix conserver sur sa croupe ces inscriptions.

– Tu es folle, et ton Méchant ?

– Je suis sûre qu'il ne « m'examinera » pas ce soir.

Elle en parlait comme d'un douanier ou d'un pion. Sinon d'un geôlier... Cette réflexion me plongea, au demeurant, dans des abîmes de réflexion. Comment pouvait-elle être si sûre qu'il ne l'« examinerait pas » ? De toute manière, effacer ces idéogrammes n'eût pris que quelques secondes. J'avais l'impression qu'elle avait en fait envie de les montrer : mais à qui ? Au Méchant lui-même ? J'en doutais. A quelqu'un d'autre qu'elle devait retrouver après moi ?

– Deux hommes, dis-je, pourraient correspondre entre eux en s'écrivant ainsi sur la chair de leur maîtresse commune. Elle ferait la navette de l'un à l'autre. En l'occurrence, vous seriez une jolie carte postale !

Quel en était le destinataire ?

Le lendemain elle reviendrait chez moi avec, au bras, un sac Hermès.

– Je l'ai trouvé hier soir dans une poubelle du XVIe, dit-elle. J'ai appelé une copine. On a fait toutes les poubelles du quartier. En vain…

J'étais grippé. Elle avait insisté pour me voir.

– Je veux vous montrer la morsure que vous m'avez faite hier !

Je ne me souvenais pas l'avoir mordue. Était-ce une « réponse » à ma « carte postale » ? Délirais-je ? Une sorte de malaise – ce sentiment de décalage, à plusieurs reprises éprouvé en sa compagnie – m'envahit à nouveau. Nous devions prendre le thé : j'ai en mémoire l'image de Tamako, à genoux entre mes jambes (j'étais assis sur le fauteuil couleur haricot rouge) et s'abouchant à mon bas-ventre… et du regard oblique, inquisiteur, entomologique dirais-je, que, ce faisant, elle me lança. Je la regardais, elle me regardait, et nous nous demandions sans doute ce qu'elle, ce que nous faisions là. Vidé de désir, cet acte perdait tout sens. C'était obscène et triste. Elle s'amusa à verser sur mon sexe du sirop bleu de curaçao (dernière « attraction » que j'avais dénichée à la grande surface) et le pourlécha. Le contact de l'alcool le fit durcir. Elle s'empala sur moi, appuyant ses cuisses écartées sur les accoudoirs du fauteuil.

Mais ce fut raté. Ou presque.

Se penchant vers mon visage, elle dit :

– Vous êtes blou. Non… bleu comme du néon. C'est à cause de la lumière peut-être ?

– Ou du curaçao ?

Elle ajouta, me fixant dans les yeux :

– L'allumé, c'est vous, c'est pas moi. A moins que je me reflète dans votre regard !

Avant de partir elle lança, maniant de façon implacable l'antiphrase :

– Demain c'est pleine lune, vous devriez m'en priver, pour me punir… et me priver de vous voir pendant trois jours. Vous devriez aussi tremper votre queue trois jours dans le curaçao !

Commençant à descendre les escaliers, elle conclut sa tirade par :

– On se retrouvera dans une poubelle !

Je prenais la mesure de ce qu'elle pouvait devenir quand le mépris s'emparait d'elle (le mépris des autres… et d'elle-même peut-être aussi). Je dînai le soir chez la black. En mon absence le répondeur avait enregistré un appel, sans message. Je lui donnai un coup de fil le lendemain, à son bureau, vers les 15 heures. Elle me dit que, la veille, nous avions fait du « gâchis », qu'on se voyait trop souvent :

– La prochaine fois qu'on prend rendez-vous je consulterai avant l'astrologue, pour vérifier si ça n'est pas jour néfaste !

Tirade qu'elle conclut par :

– Le sexe sans sentiment, c'est le vide ! (Écho ironique aux jolis mots d'amour qu'elle m'avait murmurés, quelques jours auparavant : « Quand on fait l'amour avec amour, il y a quelque chose qui s'ouvre, on pleure ! »)

Je dis que j'avais eu cette impression de vide la première fois que j'avais vu les « trains noirs », mais que, pour des ouvriers comme nous, des scientifiques, même l'échec, même le ratage étaient un matériau intéressant.

– Pour vous, moi je ne suis pas artiste !

Autre gentillesse, elle me lança, sur un ton très « pro » :

– Votre livre, il est tiré à combien ? On saura quand le chiffre des ventes ?

Elle raconta que, la veille, après m'avoir quitté, elle avait dîné avec une amie japonaise de quarante ans, Komako. Elles avaient parlé de la lente détérioration physique. Les dents qui se déglinguent, la peau qui ramollit, le tout en mangeant des soucis… des sushis dans un bar japonais de la rue des Ciseaux. Son amie, me dit-elle, était une authentique kamikaze : elle allait toujours jusqu'au bout des choses, amour, sexe, alcool, etc. Elle avait couché avec plein de types, « blancs, noirs, arabes, sud-américains », elle se donnait toute, toujours, tout entière…

– Pas vous, vous n'êtes pas si kamikaze, dis-je.

– Non… je garde des réserves de carburant pour le retour !

– On se voit samedi ?

– Peut-être ! Cette semaine je suis très prise.

– Des amants ?

– Non, rétorqua-t-elle sèchement, je suis prise physiquement. J'ai mes règles, comme ça vous saurez tout !

25

Ni moi, ni les gens qui ont bu avec moi...
(G. Debord, *Panégyrique*, 1993.)

Vendredi 31 janvier ; samedi 1er février...

– Je suis sans abri !

La voix de Tamako, dans l'écouteur, était faible, triste, contrite, une voix de chien battu entrecoupée de pathétiques quintes de toux. Elle m'avait appelé sur les 10 heures du matin, ce vendredi.

– Le Méchant me met à la porte ! Il veut que je parte ! Hier soir, je suis allée à un cocktail, avec des hommes d'affaires, des amis ! On a dîné et puis on a fait la tournée des bars japonais du quartier de l'Opéra. Je n'étais jamais sortie avec eux, j'ai voulu voir comment ils s'amusaient. Ils vont peut-être me prendre comme associée dans leur business, il me suffit d'un peu d'argent. En principe je devais rentrer chez moi à 11 heures du soir. Je suis arrivée à 3 heures du matin, et je n'ai pas prévenu. Quand j'arrive en retard, et que ce n'est pas à cause de vous, j'ai la conscience tranquille. Lorsque je suis entrée dans la chambre, le Méchant s'est réveillé, il a allumé. Il a grogné : « Tu pars demain, tu-prends-tes-cliques-et-tes-claques-tu-fais-ton-balluchon ! » Je vais peut-être loger chez Edmond. Il faut que j'aille aussi dans les agences immobilières. On ne pourra sans doute pas se rencontrer, demain.

– Vos parents vont vous aider à vous réinstaller ?

– J'ai déjà trop abusé d'eux... de mon père... mais ils me soutiendront quelques mois. Le Prétendant aussi... Il m'a promis au téléphone qu'il viendrait à Paris, si j'en avais besoin. Je vous rappelle pour vous dire quand on se voit.

– Si je ne vous vois pas, au moins cinq minutes, je meurs ! essayai-je de plaisanter.

A la vérité cette histoire obscure, tissu de mensonges peut-être, ou de dissimulations, me troublait profondément. Tamako m'apparaissait comme une araignée s'empêtrant dans ses propres fils, pataugeant dans un incompréhensible brouet où se mêlaient ruses, sentiments, sensiblerie. Geisha donquichottesque égarée dans le crépuscule de ce siècle, il me semblait la voir errer, traînant les pans fantomatiques de son somptueux kimono dans les flaques d'huile de parkings ténébreux, ou les coinçant dans la roue d'acier d'un ancillaire Caddie. Le livre de nos amours, encore non écrites, agitait ses pages débrochées, à tous vents. Elles s'en arrachaient, virevoltaient comme des feuilles mortes, folles.

(– C'est quoi « une femme moderne » ? me demanderait-elle un jour.

– Un fille qui trimballe un attaché-case, une calculette et un téléphone portable, plaisanterais-je.)

Je fais un petit « balluchon » pour le soir, écrit Tamako... Je vais dans quelques agences. J'ai vu une chambre de bonne minable : 2 200 F ! Je n'en pouvais plus. Je me sentais abandonnée, comme un chien... Alors, en fin de journée, je me suis rendue au bureau du Méchant, pour lui présenter mes excuses.

– Quand il m'a vue arriver à son bureau, avec mon balluchon, le Méchant a éclaté de rire. Il m'a trouvée comique !

Elle me racontait ça le lendemain, dans un bistrot, en face d'une assiette de bœuf miroton. Le bistrot que j'avais choisi pour déjeuner – non sans un à-propos poétique tout a fait inconscient – portait un nom de circonstance : Le Vin perdu. N'était-elle pas « perdue », comme un « chien des rues », disait-elle entre deux larmes, un « chien perdu sans collier », poursuivait-elle, entre deux reniflements, n'avait-elle pas rejoint le grand troupeau désespéré des SDF, elle que j'avais vue si jolie, si délicieuse, à Anzière, dans son costume de pseudo-clochard ? Ce nouveau personnage qu'elle incarnait avait en effet, pour reprendre le mot de l'Administrateur, quelque chose de « comique », mais de douloureusement comique. Le Vin perdu m'était cher. C'était un écrivain, ami des bonnes bouteilles, qui me l'avait fait découvrir. Il s'était récemment suicidé. L'établissement, « à l'ancienne », avait pignon avenue de Choisy, dans le XIIIe arrondissement. C'était dans le XIIIe qu'elle avait voulu me voir, parce que c'était là qu'elle cherchait son appartement.

– Et puis, m'avait-elle dit, le XIIIe on ne l'a pas encore fait.

L'éclat de rire du Méchant voyant débarquer la veille, dans son bureau, oreille basse, queue entre les jambes, une Tamako repentante, contrite, soumise, humiliée, « fille prodigue » pour tout dire, retentissait en moi, amer et triomphal, comme celui d'un monsieur Homais regardant passer devant le seuil de sa boutique une madame Bovary déconfite, belle et misérable *(« Madame Bovary, c'est moi », me dirait-elle longtemps plus tard après en avoir lu une traduction. Le regard qu'elle avait porté sur ce livre, moins curieux de l'ensemble que des détails, des plus subtiles petites notations – la façon dont l'héroïne fait voluptueusement osciller, au bout de son orteil nu, sa babouche dorée, par exemple – avait soudain « japonisé » Flaubert à mes yeux).*

– On ne met pas sa maîtresse à la porte, comme ça, au bout de cinq ans, parce qu'elle arrive en retard, dis-je.

– C'est entièrement de ma faute.

Elle toussa.

Son visage était pâle, ictérique, étrangement rond, quasi lunaire. Tout boursouflé. Par les larmes ? La fatigue ? Ses paupières avaient enflé. Elle n'était pas maquillée. Elle ressemblait ainsi, avec ses cheveux courts, à un joli petit garçon, à un écolier qu'on a grondé, mis au piquet. Elle assumait sa « faute », l'intériorisait. On eût dit qu'elle en jouissait. Comme elle jouissait, semblait-il, à se flageller des jugements que sur elle s'autorisait à porter l'Administrateur : « Vide, lourde, simplette. » A quoi s'ajoutaient encore, comme je l'apprendrais plus tard, des « Tu parles mal le français » ou « Tu prononces mal, on comprend rien à ton charabia, c'est du petit nègre » et autres délicatesses bien de *chez nous* dont il l'épinglait, souvent en présence de tiers. Quel type de rapports étaient les leurs ? J'avais raconté à Tamako comment je pus observer, dans ces intéressants laboratoires que sont les bordels (de Bangkok en l'occurrence) les divers comportements des hommes, selon leurs nationalités. En gros, et toutes particularités individuelles mises à part, l'Américain était pragmatique. J'avais vu des GI's louer des filles au mois, à l'année et, sans drame ni sentiment, se séparer d'elles en fin de contrat. Les Saoudiens achetaient de la femme comme du cheptel. Allemands et Japonais avaient quelques points communs dans leur côté grégaire et industriel. Ils participaient en groupes de vingt ou trente à des sex-tours, prenaient des filles par dizaines, et les faisaient, la même nuit, circuler dans toutes les chambres de leur hôtel. Le Français, lui, avait un côté artisanal, individualiste. Il préférait les tête-à-tête vaguement romantiques. Il mélangeait tout, amour et prostitution. Esquissait des idylles, au terme desquelles la plupart du temps il ne voulait pas, surtout pas PAYER !

– Ça ne sert à rien (avait lancé sèchement le Méchant, après avoir bien ri) que tu ailles dormir ici ou là avec ton petit *balluchon*, en laissant tes affaires chez moi ! Tu n'as qu'à rester jusqu'à ton déménagement définitif.

Ils avaient dîné. Ils étaient rentrés. Le Méchant avait regardé la télévision jusqu'à minuit en sirotant son habituel whisky.

– Et... vous avez payé votre « loyer » ? demandai-je.

Rapport de Tamako : après la télé, il lui avait sauté dessus. Elle avait joui « un peu » parce qu'il l'avait prise *mae-usilo* (devant-par-derrière) et qu'elle avait donc pu « tricher » (se caresser).

Elle ajouta, scrutant mon visage du coin de l'œil :

– Il était étrangement actif !

– Vous humilier l'excite ! dis-je. Être humiliée vous excite sans doute aussi...

Elle me faisait songer à un vase Ming qu'en toute innocence des rustres utiliseraient comme pot de chambre. Ou comme potiche.

Je la photographiai avec mon Espio. Ces clichés, comme autant de radiographies, semblent dévoiler chez elle l'expression d'on ne sait quel amollissement, ou quel désarroi.

– Vous avez triché ! ironisai-je. Vous n'aviez pas à tricher ! Une vraie « pro » ne jouit pas. C'est une faute professionnelle de jouir, quand on est une « pro ». On va de ce pas au Terminus !

– Je-ne-veux-pas-aller-au-Terminus-parce-que-je-triche ! rétorqua l'apprentie-pro.

Et d'ajouter un peu plus tard :

– Alors il ne me reste plus que ça, mon cul !

Nos dialogues retentissaient à mes oreilles de façon décalée, comme si nos voix eussent été « doublées » et qu'elles concordassent mal avec nos images. Ma madame Butterfly toussa encore : c'était la Dame aux Camélias !

– Je tombe toujours sur des femmes paumées, cassées, dis-je. Les héroïnes de mes livres ? Des putes, des folles, une meurtrière même… des *misfits* ! Je ne le fais pourtant pas exprès. Quand je vous ai rencontrée au Lutétia, vous sembliez avoir de l'aisance, de l'assurance, de l'arrogance même. Et maintenant…

– Vous aimez les cassées, les poubelles !

– Vous êtes la poubelle de toutes !

N'avais-je pas senti – dès le début – que son arrogance était pure façade, qu'elle était une égarée ? Qu'en cela, elle me ressemblait ? On eût dit que le destin nous avait rapprochés, liés, pour mieux nous couler, mieux nous faire toucher le fond de la détresse.

J'avalai un verre de vin : un somptueux saint-joseph.

– Les premiers temps, ajoutai-je, je vous rêvais à travers les modèles d'Utamaro. Je feuilletais toujours, avant de vous voir, des livres d'estampes. Et puis, peu à peu, le Japon ancien s'est écroulé. J'ai découvert l'horreur moderne.

– C'est normal, vous n'êtes pas ringard.

Au bar, où elle s'était rendue l'avant-veille, en fin de soirée, avec ses amis businessmen, elle avait pas mal bu : le barman et un businessman s'étaient assis, l'un à sa droite, l'autre à sa gauche. Ils s'étaient « amusés », dit-elle, à lui peloter les cuisses, lui répétant sans cesse « tu n'as pas d'âge ».

– On ne s'« amuse » pas à peloter des cuisses, dis-je, surtout des cuisses comme les vôtres : on les pelote, un point c'est tout !

– On badinait ! C'était une comédie ! Je leur ai dit, pour rire : « Je pourrais être une bonne entraîneuse ! » Le businessman m'a répondu, très sérieux : « Surtout ne fais jamais ça ! »

Elle but une gorgée de vin, ajouta :

– Il ne faut plus que je retourne dans ce bar. La communauté japonaise est petite, à Paris. On a vite sa réputation.

Au-dessus de sa tête, sur une grande ardoise noire, encadrée de rouge, était affiché le menu. Il figure sur les clichés que j'ai pris d'elle : gâteau forêt noire, tarte Tatin, tarte aux pommes. A côté, une pancarte : beaujolais, vente à emporter.

Elle eut une nouvelle quinte de toux. Sortit une boîte de pastilles mentholées portant une inscription en idéogrammes.

– C'est papa qui me l'a donnée, lors de mon dernier voyage au Japon.

(Pour essayer de comprendre ce goût masochiste qu'elle avait d'être « écrasée », j'avais fait avec elle un peu de psychanalyse de bazar : son père était « parfait ». Il n'avait jamais eu qu'un moment de violence à son égard : « J'avais quatorze ans. Je téléphonais à mon petit ami (le lycéen macho de Kobé). Papa m'a demandé de libérer l'appareil. J'ai refusé. J'étais très *petite princesse* à l'époque. Il m'a donné une gifle et fichue dehors. Pieds nus, dans la neige ! J'y ai piétiné une demi-heure ! » « D'où votre goût pour les grosses chaussettes ? » avais-je conclu dans un sourire.)

– Ça m'est difficile, dit-elle, de quitter le Méchant. Avec lui, c'est devenu... familial ! Je le considère un peu comme... mon oncle.

– On ne couche pas avec son oncle.

– Et puis... j'ai pitié de lui. Il est si fragile... Il joue les chefs, je le laisse croire.

– Vous n'avez pas envie, parfois, de vous venger ?

– Ça *sert* à quoi, se venger ? Il faut que je règle mes problèmes d'appartement... et de sentiment.

J'appréciai la hiérarchie.

– Vous auriez voulu que je dise : prenez vos affaires, venez chez moi ? demandai-je.

– Non. Je vous connais.

Nous nous levâmes. J'allai aux toilettes. Quand je revins, plusieurs consommateurs, au bar, des hommes, l'entouraient, la couvaient, la questionnaient. C'étaient des artisans, des ouvriers en bleu de travail, des peintres en bâtiment, des commerçants... Elle enchantait son monde.

– Encore dix ans, lançai-je, et ce type de bistrot, ça n'existera plus !

Nous sortîmes. Dans la rue, une affiche me « sauta » aux yeux : L'ASIE CHEZ VOUS (y figurait en photo une jolie Asiatique, aux cheveux ébouriffés, jonglant avec de précieuses porcelaines). En légende : *Tout Paris retrouve l'Extrême-Orient à la Samaritaine.* Avenue de Choisy, nous passâmes devant plusieurs hôtels minables. Aucun ne s'appelait Terminus.

– De toute façon, dit-elle, ils ne sont pas assez sordides.

26

... Et telle une tige de bambou, un bras blanc et gracieux se tend vers lui, lui offrant une coupe de vin. « Bois une goutte », murmure la Courtisane. La vie, à cet instant, lui semble ne jamais pouvoir être aussi belle et son cœur aussi léger...

(Asai Ryoi, *Contes du monde flottant*, XVIIᵉ siècle.)

Février, mars

Pendant un mois, Tamako fut emportée par une sorte de frénésie psychologique et érotique.

– Je ne sais pas ce que j'ai en ce moment, disait-elle, je suis folle, je n'arrête pas de me caresser. Il faut que je me calme, que je me calme, ou je vais exploser ! Ça va être soit le hachis sous vide, soit les boulettes de viande !

Quand je lui demandai ce qu'elle entendait par ces expressions, je crus comprendre, à sa confuse réponse, que « le hachis » ou les « boulettes de viande » en question seraient ce qu'il resterait de nos deux corps mélangés, confondus, si elle ne se « calmait pas ». Elle ajouta :

– J'en ai marre de l'Administrateur, j'en ai marre des vieux ! Je dois être un peu dingue. Ça fait au moins six mois que je n'ai pas rencontré de gens de mon âge !

– Vous en avez marre de moi ?

– Non, vous, vous êtes un faux vieux, mais vous avez votre art, votre monde ! Moi je n'ai rien, je n'en peux plus !

Et d'ajouter :

– J'ai été déjà comme ça avec d'autres hommes... hystéro !...

mais je ne le leur disais pas, c'est trop humiliant. Je le fais avec vous à cause de notre contrat... de nos recherches. Je me sacrifie à la Science !

– Il faut garder quelques distances, des barrières... si j'entrais tête la première dans votre logique, que resterait-il de moi ?... du « hachis » ! Je serais comme le pauvre professeur Unrath que Lola a transformé en pantin.

Nous tenions ce dialogue tout juste après avoir vu *L'Ange bleu*, au Grand Action, rue des Écoles. Nous n'y étions plus retournés depuis *Ninotchka*, c'est-à-dire neuf mois auparavant. Neuf mois déjà. Nos pas à nos pas perdus se mêlaient. Au moment où elle avait vu le malheureux professeur asservi s'agenouiller devant la chanteuse de cabaret Lola-Marlène Dietrich et, tremblant, enfiler délicatement un bas de soie noire sur la jambe fine et blanche de celle-ci, Tamako, blottie contre moi, avait pressé ma main, dans l'ombre.

Une demi-heure plus tard nous remontions la rue de Jussieu. Elle me dit dans un sourire :

– Vous avez remarqué sa technique, à Unrath... pour le bas.

– Sa technique ?

– Il l'enfile d'abord sur sa propre main, puis, saisissant de cette main ainsi recouverte les orteils nus de Lola, il fait glisser délicatement le bas de sa main jusqu'au pied et le déroule lentement le long de la jambe et de la cuisse.

Je ris.

– Quand réduirez-vous à ça l'Administrateur ? Prenez le pouvoir. Au lieu de vous laisser humilier et mettre à la porte.

Elle continuait de chercher, sans trop de conviction, un appartement.

– Imitez Lola ! Faites-vous désirer ! Vous le dominerez ! poursuivis-je. Vous recevrez alors royalement vos amants chez lui, c'est-à-dire chez vous, et vous les régalerez à sa table !

– Je ne sais pas faire ça. J'apprendrai. Mais... il n'en vaut pas la peine.

– *Ein Mann, ein richtiger Mann !*

Je chantonnai l'air de *L'Ange bleu* (je cherche un homme, un homme véritable).

– Qu'est-ce que je suis pour vous ? demandai-je, cognant dans une vieille boîte vide de Coca, sur le trottoir.

– Ma maîtresse !

– Vous n'avez pas les moyens !

Elle regarda, attristée, la paume de sa main droite :

– J'ai les mains plates. Je n'aurai jamais d'argent.

Je cognai à nouveau dans la boîte. Et me lançai dans une tirade ironique : je traçai d'elle le portrait d'une gentille-petite-geisha-débutante qui aurait reçu une bourse du gouvernement japonais pour préparer à Paris, à la Sorbonne, un doctorat en putanat. Studieuse, sérieuse, son carnet de notes sous le bras, elle irait voir tous les films, tous les spectacles susceptibles de lui apporter quelque enseignement, elle lirait tous les livres utiles : *Fanny Hill, Manon Lescaut, La Dame aux Camélias, La Cousine Bette, Les Liaisons dangereuses*, etc.

Nous dépassâmes le métro Jussieu. C'est là que nous nous étions séparés, après *Ninotchka*. Flânant devant un bazar où, sur un étal en plein air, était exposé un bric-à-brac d'objets bon marché, Tamako poussa plusieurs petits cris de surprise : elle observait, fascinée, une fleur en plastique mauve, très laide, qu'elle avait cueillie sur le présentoir, un iris. A ses pétales étaient accrochées des gouttes de rosée en plastique elles aussi.

Nous continuâmes de dériver par la rue Geoffroy-Saint-Hilaire jusqu'au salon de thé de la mosquée de Paris.

Me regardant assis à ses côtés, au milieu des tapis, des coussins, des moucharabiehs, des lampes de cuivre aux verres multicolores, tout un capharnaüm exotique qui semblait arraché à une toile orientaliste de Delacroix, elle me dit, avec on ne sait quel pétillement dans le regard :

– Vous êtes chez vous, ici !

– L'Alger de mon enfance n'était pas si coloré. Ça ressemblait plutôt à Marseille.

– Vous avez le même front que votre mère, sur la photo... la même attache de cheveux, avec une pointe vers le bas, tout au milieu. Au Japon on appelle ça le « front Fuji », à cause du sommet pointu du mont Fuji.

Elle choisit, parmi les gâteaux au miel que nous présenta le garçon, sur un plateau, le plus dégoulinant, le plus spongieux, le plus filandreux, le plus fourré de pâte d'amandes et, y mordant à petites bouchées, elle me fixait avec des yeux anthropophages :

– Marcel, mon gâteau au miel, mon Arabe, mon tajine, mon méchoui !

Cependant, je songeais à l'implacable décadence du professeur Unrath, je le voyais encore compter ses derniers sous, même les plus petites pièces de monnaie (le terme de mon contrat était dans quelques mois, et je n'avais toujours pas écrit une ligne d'aucune espèce de roman !). Je m'imaginais, comme lui, en fin de course, agrippant amoureusement, désespérément, ma table de travail désertée, m'écroulant dessus pour pousser mon dernier soupir de vaincu.

– Toutes les femmes qui ont compté pour moi, dis-je à Tamako, étaient solides, c'étaient des combattantes. Vous êtes tellement fragile… et allumée… Avec vous je finirai sous les ponts, clodo, SDF, ou au mieux plongeur… Je me vois, tiens, dans une gargote à Marseille ou Saigon… Vous, vous feriez des passes avec les marins du port.

– C'est romantique…

– Oh, un confetti ! s'exclama-t-elle.

Mouillant avec sa langue le bout de son index, elle cueillit un confetti bleu dans un des plis de la pochette de ma veste, où il s'était niché.

– Je n'arrive pas à m'en débarrasser, dis-je. Il y en a partout chez moi, et des morceaux de serpentins, sans compter les paillettes. J'ai beau passer l'aspirateur, ça repousse…

Depuis trois semaines, nous nous étions enfoncés dans un délirant carnaval. Je m'étais délecté, entre autres, à la recouvrir, comme une statue de Bouddha, avec des paillettes d'or (j'avais essayé aussi la céruse blanche des actrices nipponnes), prenant à chaque fois des photos. Et m'étonnant à chaque fois, ou quasi, lorsque j'allais les chercher à la FNAC, de son envoûtante beauté. Récupérer ces photos était devenu pour moi une sorte de rite, un rite religieux, sinon une perversion. J'en ouvrais l'enveloppe avec l'impression de commettre un sacrilège ou de participer à une profane communion. On eût dit que voir, caresser, embrasser Tamako, ne me suffisait plus, qu'il me fallait – pour mieux la voir justement, mieux la désirer, mieux la caresser – la contempler au second degré, distanciée, figée dans l'espace et le temps : représentée.

Je me souviens de Tamako, le visage barbouillé d'or, nue, debout, avec un marcel blanc sur le buste et de grosses chaussettes enfilées sur les mains, ce qui lui donnait l'allure désopilante d'un boxeur arborant ses gants ; je me souviens de Tamako-Profiterole, allongée sur une planche inclinée, un flot de crème au chocolat dégoulinant le long de son échine : posture que je retrouverais dans le tableau d'Oscar Dominguez, *La Machine à coudre électrosexuelle* (1934) ; je me souviens de Tamako portant au cou, à la façon d'une cravate, un préservatif plein qu'elle avait accroché à son collier de Poti (« Une cravate, quelle élégance ! »). Ses yeux, sur ce cliché, sont complètement hallucinés. On la dirait droguée (« Je vais l'emporter à la piscine, avait-elle dit de sa "cravate", je la crèverai dans l'eau, comme ça ça fécondera toutes les baigneuses, et ça fera des milliers de petits métis. » Comment comprendre la logique de cette phrase, sinon par le fait qu'elle s'était mentalement approprié cette semence : ne fallait-il pas en effet, pour produire des métis, que cette (ma !) semence fût asiatique, puisque les baigneuses de sa piscine ne pouvaient être qu'en majorité blanches ?) Dans la même veine, elle pouvait lancer des phrases type : « C'est vrai qu'il y a des femmes qui éjaculent ? » Ou : « Je voudrais exploser comme un homme ! »

– J'ai pas besoin de cocaïne, me dit-elle un soir. Je suis allumée naturellement.

Je me souviens des fesses de Tamako, photographiées en gros plan, épanouies, comme elle était attachée, à genoux, sur le fauteuil couleur haricot rouge, et, plantés dans ces fesses où ils creusaient d'artificielles fossettes, des ongles douteux, cassés : les ongles d'une main mâle arborant au poignet une montre-bracelet métallique bon marché. Et je me souviens de Tamako qui, observant cette photo (photo d'une seconde séance avec l'eskrave) dirait, à la façon d'un critique artistique étudiant froidement une œuvre d'art : « J'aime ça, cette matière, cette chair, sous cette main, on dirait de la glaise que triture, que malaxe, que façonne un potier, un grossier et stupide potier. » Elle parlait d'elle comme d'une autre personne… ou comme d'une chose ! Je me souviens du buissonnant pubis de Tamako sur lequel des confettis jetés par poignées, se superposant ou se soutenant l'un l'autre, construisaient d'éphémères édifices.

– C'est beau…

J'essayais avec elle de conserver un minimum de distance. De la tenir – de me tenir – en bride et, par discipline, de ne la rencontrer que le samedi. Mais j'avais du mal à le faire. A cette époque elle m'appelait, me rappelait. Le jeu s'emballait, tournait à la folie.

– Je suis complètement obsédée, dit-elle, en sortant de la mosquée. Je vais me trouver un jeune, un gigolo !

– Vous en avez un en vue ?

– L'ami d'une amie, un voyou, métis, très beau !

– Garce !

Regardant le minaret blanc de la mosquée se teinter d'or rouge, sous les rayons du soleil déclinant, elle murmura :

– La saison change, il fait plus clair le soir.

– Bientôt le printemps ! Et la fin de notre contrat. On aura bouclé la boucle… il faudra se rendre au Terminus !

– Non, non, j'aime Marcel ! lança-t-elle se pressant contre moi.

– Ginette, j'suis accro ! dit Marcel.

Nous prîmes le métro à Censier. Nos directions étant opposées, nous nous retrouvâmes, face à face, sur les quais, de part et d'autre de la double voie ferrée. Sa rame arriva la première. Elle y grimpa et colla son front à une fenêtre, me regardant à la façon d'un gros poisson à travers la vitre d'un aquarium. Comme le train s'ébranlerait, je la verrais ouvrir sa bouche qui dessinerait, à plusieurs reprises, en silence, la double syllabe du mot : MARCEL.

Dans l'obscurité du cinéma, j'avais pris une photo, sans flash, de la scène où Lola, haut-de-forme sur le crâne, chante en allemand son air fameux. Ce cliché bien sûr serait trouble. On n'y lirait pas moins, en lettres tremblées, ce sous-titre : « DE LA TÊTE AUX PIEDS, JE SUIS FAITE POUR AIMER ».

Le lendemain, comme je faisais semblant de feuilleter le *Staline* de Souvarine, elle m'appela : elle voulait voir en ma compagnie un autre film de Sternberg, dans la même veine – qui s'avéra un misérable navet : *La Femme et le Pantin*, avec Marlène Dietrich, toujours, mais une Marlène à mantille et accroche-cœurs, kitsch au possible, jouant les Andalouses fatales.

– Le film date de 1935, dis-je, cinq ans après *L'Ange bleu*, c'est du Sternberg hollywoodien. Le naufrage de la vieille Europe déjà…

– Il a suffi de cinq ans…

La geisha apprentie semblait prendre très au sérieux ses études de « Pute ». Nul doute qu'elle décrocherait un jour l'agreg (« J'ai regardé sous la table de la salle à manger, me dit-elle, pour voir comment je pourrai vous faire du pied quand je vous recevrai à dîner chez l'Administrateur »). Du moins ce film enrichit-il son vocabulaire d'un nom. Celui de ces persiennes aux lames obliques, merveilleusement photographiées, que je lui avais montrées sur l'écran.

– Cela s'appelle, dis-je (et le terme, du fait que je le lui apprenais, m'en parut plus nouveau, plus beau), des jalousies.

Le vendredi suivant, 14 mars, elle me téléphona, vers les 10 heures du matin :

– Je ne vais pas me calmer, je vais éclater !

Sur les 17 heures, elle me rappela :

– Je pars en week-end demain. Je ne pourrai vous voir… Je crains votre vendange. Euh… votre vengeance.

– Vous me privez de *notre* samedi ?

– Le méchant veut aller à Étretat.

– A Étretat par ce froid ?

J'avais l'impression d'assister au remake d'une scène déjà vécue : la veille du jour où nous nous étions rendus à l'hôpital Necker. Là encore, elle devait partir (en automne !) à la mer.

– Je croyais que vous et votre Méchant étiez fâchés. Qu'il vous mettait à la porte. Pourquoi ce week-end avec lui ?

– Par politesse.

– Hypocrite, cormoran, renard ! (Et je lui récitai quelques vers de la fable de La Fontaine, *Le Corbeau et le Renard*, très connue au Japon.) Ça n'est pas plutôt avec le beau métis, le gigolo que vous partez ?

J'ajoutai :

– De tout cela je vais tirer une terrible vendange. Demain j'inviterai la Chinoise au Baron rouge et ensuite je l'emmènerai chez moi.

– Non, non, je vous en supplie, ne faites pas ça, ne vous videz pas, je vous en supplie.

– Implacable sera ma vidange !

– Eh bien, vous m'en ferez rapport lundi et après on ne se verra plus, plus jamais.

Je trouvais tout cela (joint à l'espèce de frénésie sexuelle qui l'animait, depuis quelque temps) louche au plus haut point. D'autant qu'après ce marivaudage, elle me dit qu'elle partirait très prochainement au Japon pour un stage : cela lui permettrait de travailler en France, légalement, dans une société nipponne d'import-export. S'agissait-il vraiment d'un stage ? Ce stage prenait place d'ailleurs au moment où je devais effectuer un voyage à Saint-Pétersbourg. J'avais pensé l'y emmener.

Le lendemain samedi 15 mars, « par représailles », j'invitai la Chinoise au Baron rouge. Elle passerait ensuite quelques heures chez moi. Je me souviens d'une paillette d'or égarée qui s'était collée accidentellement à sa joue. C'était comme si la Japonaise, omniprésente, impérialissime, eût ainsi voulu la coloniser, l'assimiler.

L'Administrateur travaillait en principe le samedi. Je trouvai dans l'annuaire le numéro de son bureau, et y fis téléphoner par un ami à 17 heures. Cet ami affirma qu'il l'avait eu au bout du fil. Tamako, donc, avait menti. Si elle était partie en week-end, ça n'était pas avec l'Administrateur, ou si c'était le cas, elle était partie après 17 heures. Elle aurait donc pu passer l'après-midi avec moi. La jalousie referma sur mon âme sa double persienne à lames obliques. J'étais mordu… plus mordu que je n'avais imaginé. Le dimanche matin, comme je sortais de mon lit, je trouvai à mes pieds, sur le tapis, deux confettis, deux de ces satanés inéliminables confettis : l'un était jaune, l'autre était blanc. Ils se chevauchaient à demi. On eût dit un couple.

– Garce !

Le lundi suivant, nous déjeunions à la brasserie Lipp, à Saint-Germain-des-Prés. Décor art nouveau non encore utilisé dans ce « roman expérimental » (qui, à chaque instant, me dépassait, me débordait, m'engloutissait. Quel en était l'auteur ?). C'est à une « scène de ménage », la première de ce livre, que Lipp, avec ses cuivres, ses boiseries et ses céramiques, servirait de cadre. Le visage de Tamako était froid, sinon méprisant. Elle portait une robe shanghaienne – chinoise ! – noire, fendue haut sur la cuisse, mais ras du cou. En satin. Très « pro », femme fatale, vamp, tueuse. Elle attaqua la première :

– C'était bien, avec la Chinoise ?

– Délicieux. On n'a pas arrêté, tout l'après-midi. Et vous, ce week-end ?

Corbeau jouant les renards, je demandai au Cormoran s'il y avait eu des embouteillages sur la route, le samedi. Le Cormoran répondit qu'ils étaient partis à 13 heures, que « ça avait bien roulé » jusqu'à Étretat.

– Renard ! dis-je.

Elle parut interloquée.

Je répétais trois ou quatre fois « renard ». Ce à quoi j'ajoutai :

– J'ai mes espions, partout ! Mes services secrets, Guépéou !

Et je jetai alentour un œil soupçonneux sur les clients de la brasserie…

Après une rapide réflexion, dont je crus voir les étapes se dessiner sur son visage, elle dit bientôt :

– J'ai compris, vous avez trouvé le téléphone du bureau de l'Administrateur. Vous avez appelé ?

Le corbeau sourit :

– Mon espion l'a appelé à 17 heures, il l'a eu au bout du fil.

– Votre espion est un amateur. C'est à un collaborateur de l'Administrateur qu'il a parlé, un remplaçant.

Elle avait balancé ça avec un implacable aplomb. Qui me désarçonna en partie. Après tout, mon « espion » ne s'était-il pas trompé ? Mais quand on ment, en bonne « pro », ne doit-on pas mentir jusqu'au bout, coûte que coûte ? Je me trouvais dans la position du « mari » de théâtre, du barbon… et de l'Administrateur soi-même.

Forte de sa position, elle réattaqua.

– Moi je ne fais rien, et pendant ce temps, vous, avec la Chinetoque, vous faites du… *crédit* ! Jusqu'où êtes-vous allé avec elle ?

Le Corbeau recula, se justifia, assura qu'il avait plaisanté tout à l'heure, qu'en fait il n'avait fait que déjeuner au Baron rouge. Il se trouva traité de menteur.

Je payai : *sancerre rouge, choucroute garnie, sauté de veau, deux cafés, 456 francs, table 8*. Une heure plus tard nous étions chez moi. Je lui dirais que la Chinoise y était venue (« Vous m'avez caché ça tout à l'heure ! »), mais seulement pour prendre un café.

– Qu'est-ce que vous lui avez raconté ? Vous l'avez touchée ?

Je me mis à genoux, aux pieds de Tamako, assise sur le canapé couleur terre. Je lui pris les mains (comme j'assurai que je l'avais fait à la Chinoise) et, jouant les histrions, je clamai une tirade que je prétendais avoir récitée à la Chinoise :

– C'est toi que j'aime, toi, la seule, l'unique. J'ai rompu avec l'autre (la Japonaise), elle est sotte, stupide, ordinaire, simplette, vide, banale, quelconque, une miette, un ver de terre ! Elle m'indiffère. Tu es belle, dix fois plus belle qu'elle, c'est toi que je veux…

Et j'entraînai la Japonaise (comme je prétendais avoir entraîné la Chinoise) vers la chambre, en compagnie d'un biberon plein de champagne.

Je troussai la robe shanghaïenne de la Japonaise, allongée sur le ventre, au milieu du lit :

– Je t'aime, je t'adore, lui soufflai-je à l'oreille, en l'étreignant. La Japonaise n'est rien pour moi, juste une roulure que je saute !… euh… une traînée !

– Ça suffit, j'en peux plus, arrête arrête arrête, hurla Tamako, hystérique, me griffant les flancs.

– Fiche le camp, la Chinoise, lançai-je alors, du vent ! (jouant à repousser la Chinoise/Tamako, et à serrer contre mon cœur

Tamako/la Japonaise). Il n'y a que la Japonaise que j'aime, ma Tamako, mon Poti, mon petit Poti...

Et j'expliquai qu'à nouveau j'avais plaisanté, que je n'avais rien fait avec la Chinoise. Elle avait pris un café. Je l'avais emmenée dans la chambre. Curieuse et méfiante, elle avait ouvert la table de nuit. Y avait vu un magnéto. Ça l'avait refroidie, elle était partie, très en colère.

– Menteur !

Quelques instants plus tard, au cours de la même étreinte (déjà fortement arrosée de plusieurs tétées de champagne), je demandai à Tamako, sur un ton très sérieux :

– Tu veux vraiment que je t'aime ?

– Oui.

– Je me méfie... Et toi, tu m'aimes ?

– Je t'aime.

– Pourquoi ?

– Parce que tu es là... dedans...

– Où, là ?

Pour toute réponse, elle arc-bouta sa croupe frémissante contre mon ventre, s'empalant davantage.

– N'importe qui peut y être, dis-je... Là ?

– Oui, n'importe qui !

– Garce !

Lors d'une seconde étreinte, je lui murmurai à l'oreille :

– Tu n'as rien compris ! Tout à l'heure, j'étais romantique, fleur bleue ! Je voulais que tu me dises : « Il n'y a que toi, tu es unique, ta queue est unique ! »

Et comme je lui demanderais à nouveau :

– Alors, n'importe qui peut y être ?... Là ?

Elle arc-bouterait derechef sa croupe, répondant avec l'implacable logique d'un ordinateur :

– Non toi, toi seul, tu es unique ! Ta queue est unique !

Ces jeux d'ironie s'emberlificotaient à un tel point qu'il était difficile, à la fin, de savoir ce qui était jeu, et ce qui ne l'était pas, quel était l'envers de cette comédie, quel en était l'endroit, si la pièce était tombée côté pile, ou côté face.

Elle prit une douche, debout dans la baignoire. Faisant pivoter son tronc et son visage vers l'arrière, elle regarda sa fesse droite qu'en se déhanchant elle exhaussa légèrement. Un confetti rouge y était collé, encore un confetti.

– Chez les brocanteurs, dit-elle, quand on met comme ça une estampille sur un meuble, ça veut dire : VENDU.

Nous allâmes d'un bond de taxi au Quai d'Orsay, pour un cocktail (*in extremis*, Tamako s'accrocha aux oreilles des pendentifs – offerts par l'Administrateur ? – qu'elle gardait opportunément dans son baise-en-ville magique). Sous les ors du plafond des grands salons, à la lumière des énormes lustres en cristal, percée de cent regards admiratifs ou envieux, elle jubilait, elle triomphait. Elle aimait voir, être vue. De son œil scrutateur de Sherlock Holmes, elle notait tout, s'enquérant du nom des personnes, de leurs activités (« Un carnet d'adresses, me dirait-elle un jour, c'est de l'or ! » Tour operator, étais-je aussi son public-relations ?) Nombre d'auteurs et d'universitaires japonais se trouvaient là, dont les traducteurs de Ronsard et Rabelais. La quintessence de la France. Mais leurs cheveux étaient blancs.

Répétant, inconsciemment sans doute, les mots que lui avaient adressés, un mois avant, ses amis businessmen, elle me disait sans cesse, l'œil pétillant :

– Vous n'avez pas d'âge.

Quittant bientôt le cocktail, nous traversâmes la Seine à pied par le pont Alexandre III (un pont que nous n'avions pas « fait »). La Seine s'écoulait dans la nuit, semblable à sa propre allégorie. Des perles lumineuses, en infinie perspective, brochaient le velours d'ombre de ses rives. Sur la gauche, du côté des Tuileries, une espèce d'énorme couronne, en clignotants diamants, s'érigeait dans le ciel : la grande roue. Une fête foraine s'était installée là.

– On y ira ! dis-je.

Je montrai à Tamako la rambarde du pont Alexandre III, si baroque, toute de fonte enrichie d'or :

– Un jour, murmurai-je, drapée de vison, harnachée de bijoux, vous passerez au bras d'un richissime petit vieux. Et vous ne verrez pas le clochard vautré là. Ce sera moi : le pauvre professeur Unrath, réduit à la misère par vos forfaits.

– Il est mignon, Unrath.

De l'autre côté du pont, devant les arcatures sombres du Petit Palais, le Japon nous fit un clin d'œil : sous forme d'un arbre. Un arbre en fleur. A la lumière artificielle des lampadaires, il prenait l'allure d'un arbre de théâtre – d'une pièce de décor – aux branches duquel on aurait noué des papillotes roses.

– Un cerisier ! assura Tamako.

J'en cueillis une branche, toute fleurie, et la lui offris. A côté du cerisier, sur une colonne Morris, une affiche, illustrée d'un tableau de Max Ernst, arborait en lettres rouges et noires les mots : ANNÉES TRENTE EN EUROPE, TEMPS MENAÇANTS. Une exposition sur la peinture d'avant guerre venait d'ouvrir au Musée d'art moderne.

Tamako ajouta :

– Cela fait cinq ans que je n'ai plus vu le printemps au Japon. Ça m'émeut d'y repartir pour cette saison.

(La chose était décidée, elle participerait à ce stage. Elle s'envolerait pour Tokyo la semaine suivante et resterait là-bas un mois.)

Nous remontâmes un tronçon des Champs-Élysées jusqu'au rond-point, lentement, nous embrassant à chaque pas, entremêlant nos pas. Dans le ciel, pur, une parfaite moitié de lune argentée se dessinait, au loin, au-dessus de l'Arc de triomphe incendié de projecteurs.

– Je vais vous manquer ? demandai-je.

– Comme la demi-lune à la demi-lune.

27

– Je préfère la nuit, on ne peut nous voir.
– Je préfère le clair de lune, je peux te voir...
(*Les Deux Vies de Wankyû*, XVIIe siècle.)

– Vu à la télé vu à la télé !

Ce furent les premiers mots exaltés qu'elle me lança au téléphone, quelques jours plus tard. Pour la sortie de mon livre, j'étais passé la veille dans une émission littéraire.

– Le Méchant l'a regardée avec moi. Il a dit : « Il met de l'animation, ton Chateaubriand, c'est bien ! »

– Je lui ai dit : « C'est qu'il a du tempérament ! » Il a demandé : « Comment tu sais ? » J'ai répondu : « Euh... il est du Sud ! »

Soudain, dans mon écouteur, j'entendis des petits cris, (exactement : « hi hi hi ! »), cris de belette effarée, ou de petite fille vicieuse, qui furent suivis d'un : « Oh oh oh ! ».

– Y'a un monsieur dans la cabine à côté de la mienne ! dit-elle.

– Vous appelez d'une cabine ?

– Oui ! Le monsieur... il a sorti son sexe, oh oh oh... il se branle... oh oh oh... Qu'est-ce qu'il fait ? Oh oh oh ! Qu'est-ce que je fais ? Oh oh oh !

– Donnez-lui un coup de main !

– Oh oh ! J'ai peur ! Oh oh ! Ça m'arrive souvent, ça, dans le métro ! Oh oh ! C'est votre espion ! Oh oh ! Qu'est-ce qui arrive ? Oh oh ! Il éjacule ! Oh oh !

Chose étonnante, quand toute autre à sa place eût très logiquement pris ses jambes à son cou, elle décrivait cette scène, « à chaud », l'agrémentant de force détails, à la façon d'un journaliste sportif, commentant, micro en main, un match de foot se déroulant sous ses yeux. Pour bien camper le tableau, nous indiquons ici, par anticipation, que, dans le type de cabine où elle se trouvait (dressée en l'occurrence à l'angle de la rue des Pyramides et de l'avenue de l'Opéra), elle n'était séparée du « monsieur » en question, placé dans une cabine contiguë, que par une paroi de verre...

– Il éjacule où ? Sur la vitre ? dis-je, tel un rédacteur en chef qui, bien à l'abri des balles et des bombes, demande d'inutiles précisions à son reporter plongé, à l'autre bout du fil, dans quelque sanglante révolution sud-américaine.

– Non, non... sur... Oh oh ! Il en a mis plein par terre !

– Il se reboutonne ?

– Oh oh ! Il me sourit ! Oh oh ! Il s'en va !... Ces types, ces mecs... Ils prennent n'importe quelle femme !

Il y avait, étrangement, comme de la rancune, de la déception, dans sa voix.

– Non, dis-je, il vous a choisie, choisie entre toutes. Peut-être vous suit-il depuis des semaines. Il était très excité ! Ça n'a pas duré cinq minutes !

– Non, non ! Ils prennent n'importe quelle femme ! Ces mecs...

– Mais non...

– ... Il faisait semblant de téléphoner, dans la cabine à côté...

– C'est un peep-show !

– Gratis ! Ho ho !

Deux jours plus tard (c'était le premier jour du printemps), Tamako venait déjeuner chez moi (et écouter à la radio un débat littéraire où il était question de mon dernier livre. Après un bref commentaire sur celui-ci, le journaliste lança : « Au suivant. » Les livres défilaient sur le plateau, comme des clients chez le dentiste. « Circulation accélérée des marchandises et du capital ! dis-je, éteignant mon appareil. Sans doute en sera-t-il ainsi de notre roman ! La durée de vie d'un bouquin aujourd'hui ? Deux mois tout juste et hop, on l'enlève des rayonnages : poubelle ! »).

Au moment où elle avait franchi ma porte, Tamako, non sans jubilation, avait ouvert son blouson de cuir noir râpé de voyoute, révélant au-dessous un gobe-sue noir lui aussi, qui laissait à nu ses jolies épaules et ses bras : un marcel donc, mais stylisé. Sur la poitrine était écrit, en grandes lettres blanches : MARCEL. Elle l'avait acheté, m'expliqua-t-elle, dans un magasin « chic » de la rue de Rennes (V[e]) qui s'appelait lui-même « MARCEL » et où ne se vendaient que des marcels, exclusivement des marcels :

– Des rouges, des bleus, des verts ! Des marcels de toutes les couleurs !

Je l'embrassai. Et, d'un geste qu'elle ne comprit pas, mais dont je refusai de lui révéler le sens, je soulevai quelques secondes ses paupières, juste à hauteur du coin interne, puis j'en caressai, j'en baisai le doux velours.

– J'ai fait une découverte, dis-je, jouant les mystérieux. Une découverte sci-en-ti-fi-que !

Nous pique-niquâmes dans mon salon. Le biberon, placé dans un seau plein de glaçons, était rempli de champagne. Évoquant la scène du « sadique du téléphone » elle me dit, entre deux tétées :

– Je vous ai fait une *émission* en direct.

J'éclatai de rire :

– Émission, c'est le mot !

Je lui en expliquai le double sens : émettre des ondes, émettre un liquide, un jet.

– Il (le sadique) portait un bonnet de laine, noire, comme celui que j'avais sur la tête, l'après-midi de l'eskrave. Je le regardais. Avant de s'enfuir, il m'a fait un sourire bizarre. J'ai raconté l'anecdote au Méchant. Il m'a engueulée. Il m'a dit : « Tu as participé à son jeu, tu aurais dû partir, tu es vicieuse ! Et puis on ne se balade pas dans la rue avec une robe fendue, c'est de la pro-vo-ca-tion ! » (J'avais ma robe shanghaïenne.) Il était furieux.

Reporter zélée, elle sortit alors de son sac et me montra, à moi, son admiratif rédac-chef, des photos qu'elle avait prises aussitôt (son Espio ne la quittant jamais) de la cabine téléphonique/peep-show, et du dégoulis de semence que le sadique avait laissé derrière lui, sur la paroi métallique située sous le téléphone.

Cette cocasse présence d'esprit, et ce sang-froid toujours, ce sang-froid de paparazzi, me mettaient dans un état de stupéfaite jubilation. Tout comme cette constatation qu'elle était en train de devenir à elle-même son propre personnage, son propre sujet d'étude.

– Dites-moi, il y en a une sacrée quantité ! Vous l'avez inspiré... ou ça faisait une semaine au moins qu'il se retenait !

– En plus, renchérit-elle, y'en avait plein par terre ! Ça se voit pas sur la photo.

– Vous lui avez vraiment fait de l'effet...

– Moi ou une autre c'est pareil, c'est ça les mecs !

Elle me raconterait qu'au Japon, jadis, un sadique, vêtu d'une parka orange et portant des lunettes noires, la guettait tous les soirs, à la sortie de l'école. Il était à vélo, braguette ouverte, le sexe et les testicules posés bien en évidence sur la selle. Au moment où elle apparaissait, il démarrait et lui passait sous le nez.

– Vous voyez bien qu'ils choisissent, les mecs !

On entendit des cognements sourds, au bas de mon escalier, qui, peu à peu, retentirent avec plus de clarté. Un claudiquement.

– Je veux la voir, je veux la voir ! s'exclama Tamako.

Elle entrouvrit la porte. Guetta ma vieille voisine, qui péniblement, s'appuyant sur sa canne d'une main, se tenant à la rampe de l'autre, grimpait les marches.

– Elle est belle...

Comme, accompagnés du biberon dans son seau à champagne, nous nous étions retrouvés sur mon lit, je caressai à nouveau, avec plus de douceur, l'arcature soyeuse de ses paupières, le guillochis délicat de ses cils, le mystère de ses yeux.

Elle me dirait :

– Je pars au Japon lundi ! Comment peut-on quitter ce Marcel... Marcel ! Marcel ! Ce méchoui ! Je n'ai jamais mangé un méchoui si nourrissant.

– Et moi un sushi si délicieux !

– On en mange, on en mange, et y'en a toujours ! Il reste toujours des bouts de viande accrochés à l'os. C'est inépuisable...

Elle griffa ma peau.

– A quoi ça sert la peau ? Je voudrais te l'arracher ! T'écorcher ! Pour que tu sois plus sensible !

Ce mystère de ses yeux, le mystère de leur étrangeté qui, dès le premier jour, m'avait intrigué, j'avais fini par le percer, la veille à peine : en examinant, à la loupe, tel un philologue penché sur un précieux manuscrit (et n'était-elle pas l'ultime livre que j'étudiais encore ?) des photos de son visage. Je la fis se mettre à genoux, à mes côtés, devant le miroir, au-dessus du lit. Et, joue contre joue, nous comparâmes nos reflets. Elle ne voyait aucune différence évidente dans la morphologie de nos yeux. Je lui révélai alors ma « découverte », ma « découverte sci-en-ti-fique fondamentale » ! Là, là, ça se situait du côté du larmier ! Non, elle ne voyait toujours rien ! Et pourtant, ça crevait les yeux ! Comme chez la plupart des Jaunes (dès que j'en verrais un dans la rue, dans le métro, je vérifierais sci-en-ti-fi-que-ment la chose) la peau de sa paupière supérieure chevauchait très légèrement, à la commissure interne, la naissance de la paupière inférieure, de sorte qu'elle occultait le larmier. On eût dit que, métaphore d'on ne sait quelle subtile pudeur asiatique, c'était la source des larmes qui se trouvait ainsi dissimulée. De mon index, j'écartai la paupière supérieure droite de Tamako, afin qu'elle ne recouvrît plus le larmier. Son œil, du coup, s'occidentalisa. Et l'estampe s'effaçait…

– Je n'avais jamais remarqué, dit-elle.

Je soufflai sur son image, dans le miroir. Elle s'opacifia et disparut sous une fine couche de buée bleutée où, bientôt, comme un nageur remontant les abysses d'un lac embrumé, elle réémergerait ; elle souffla sur mon image qui disparaîtrait pareillement pour à nouveau resurgir. Nos haleines se donnant le relais, nous jouerions ainsi, tour à tour, infiniment, à nous supprimer, nous noyer… Elle voulut embrasser mon reflet. Il s'éclipsa au moment où ses lèvres, touchant la froide glace, ne baisèrent jamais qu'elles-mêmes.

Elle s'affala sur le ventre.

– Dis-moi « viens chercher » ! murmura-t-elle, comme je me

couchais sur elle, ma bouche posée sur sa nuque, humant sa nuque comme j'entrais en elle.

– Il y a longtemps, longtemps, poursuivit-elle (dans mes carnets je découvrirais que c'était le soir du Ritz) tu m'avais dit ça, « Viens chercher ! », et... j'avais aimé.

Et je le lui dirais, « viens chercher ! », éloignant mon ventre de sa croupe frémissante, qui viendrait, et reviendrait, et reviendrait encore animalement s'y replaquer comme je m'en éloignerais, m'en rééloignerais, et m'en rééloignerais encore.

– Quand tu seras au Japon, tu viendras chercher aussi ?... par-delà les mers ?

– Oui, je te veux : TOUT !

– Tu ne m'as pas ?

– Non.

– Tu me veux prisonnier, à tes pieds, comme un chien ?

– Oui.

– Tu ne veux pas que je sois à la black.

– Non.

– A la *sculpteuse* ?

– Non.

– A la Hollandaise.

– Non.

– A la Chinoise ?

– Non, non, non. Je te veux tout, même chacun de tes poils, même les poils blancs.

Quelques instants plus tard, elle se tenait assise sur le lit. Les talons de ses pieds enchaussettés pressés contre son cul nu, ses genoux embrassés amoureusement contre sa poitrine, comme si elle eût voulu elle-même s'étreindre. Elle dit :

– Le Poti a pris son pied... non... sa patte !

Elle raconterait qu'au Japon, en ce moment, la mode était aux chaussettes « désélastisées ». Il fallait qu'elles retombent, en accordéon, sur les chevilles. Toutes les lycéennes en avaient.

Soudain – on eût dit un truc de comédie – on entendit un effrayant fracas : un clou, un énorme clou, traversait un des murs de ma chambre, fort heureusement à un mètre au-dessus de nos têtes et du lit. Ce qui fut suivi, peu de temps après, par plusieurs coups de sonnette à ma porte. C'était un voisin, dont l'appartement était contigu à ma chambre. Il venait s'excuser. Il posait des étagères, il n'avait pas pris mesure du peu d'épaisseur de la cloison...

Je refermai sur lui ma porte que, nu, je n'avais qu'entrebâillée. Et rejoignis Tamako.

Prenant un petit air sérieux, presque solennel, elle me dirait :

– Si tu pars écrire à la campagne, dans les Cévennes, et que j'ai mon appartement, je te serai fidèle, j'attendrai.

Je souris.

– Tu te rends compte que c'est une déclaration ? ajouta-t-elle.

– Une déclaration sur un biberon ? dis-je, lui tendant l'objet en question où j'avais aspiré une notable tétée.

– Un biberon vide ! conclut-elle.

Il l'était en effet.

Tout juste après, elle me dit qu'elle ne serait pas libre, encore une fois, ce samedi.

– Je pars lundi, je suis débordée.

– Que fais-tu samedi ?

– Une cérémonie du thé.

– Tu es débordée et tu vas à une cérémonie du thé ?

– C'est important.

– On se verra alors samedi matin, dis-je, afin d'en savoir plus.

– Non, c'est une cérémonie non-stop, toute la journée.

– Tu te moques, tu mens !

– Je mens assez à ce pauvre Administrateur ! Ça me suffit comme ça.

– Tu te moques de moi.

– De toi... toi si arrogant... tu ne te rends pas compte de ton poids...

– 75 kilos contre 49 !

Nous avions roulé en bas du lit, sur le tapis. Et je la repris, étant couché sur son ventre cette fois. Ses mains, rejetées derrière sa tête, et comme agitées par des tremblements parkinsoniens, ne cessaient de cogner leur dos au poil rêche du tapis. Elle geignait, haletait, trépidait, on eût dit qu'elle souffrait.

– Il va falloir que j'y aille, murmurerait-elle bientôt. Je veux retourner rue de Rennes, chez Marcel, acheter un autre marcel. Il y a un marcel où est imprimé sur la poitrine *Love Marcel*. Je veux l'emporter au Japon, me balader avec, dans les rues, chez moi, le montrer à tout le monde. Ainsi je jette Marcel, le vrai, et j'en achète un en tissu, en série, industriel, un marcel *Love Marcel* !

– Comme ça, dis-je, il ne vous ennuiera plus, Marcel, le vrai ?

– Oui, oui… Comme ça… On peut même acheter Marcel !

– Le mettre dans une machine à laver ! dis-je.

– L'utiliser comme papier-cul.

– Tee-shirt Marcel ; papier-cul Marcel ; caleçon Marcel !

– Kleenex Marcel !

– Hum… (j'étais un peu à court.)

– Tampax Marcel ! conclut-elle.

Tandis que je continuais de l'étreindre, elle se laissa emporter par une frénésie à la fois linguistique et physique. Secouée de soupirs et cognant à nouveau la moquette du dos de ses mains, comme avec des avirons fous, elle poursuivit son étrange logorrhée :

– Comment peut-on quitter ce méchoui, méchoui, méchoui ?

Le « i » de ce méchoui parut s'allonger dans un trille infini, son ventre, spasmodique, se cabra.

– Je flottais, je flottais dans l'air ! dirait-elle un peu plus tard. C'est la première fois que ça m'arrive. J'ai joui au fond, tout au fond du ventre, dans l'utérus !

Je suggérai qu'elle s'était peut-être trop caressée, enfant.

C'est alors qu'elle avait raconté comment, dès l'âge de quatre ans, elle se frottait le pubis contre les arêtes du téléviseur familial.

– On m'a dit, ajoutai-je, que certaines femmes ont découvert l'orgasme, l'« orgasme vaginal » comme on écrit dans les revues médicales, après avoir eu un enfant.

– J'ai un enfant, et puis je le jette ! Je le jette ! Je le jette comme un Kleenex !

(Longtemps plus tard elle m'expliquerait que le plaisir, chez elle, montait comme des vagues successives. Elle se concentrait. Elle choisissait sa vague. Et, si c'était la bonne, elle jouissait.
– C'est comme du surf ? avais-je dit.
– Exactement.)

Elle regarda mes genoux. Tout écorchés de s'être frottés au sol, pendant l'amour.
– Oh les pauvres, les pauvres petits ! murmura-t-elle, maternelle. La prochaine fois il faudra leur mettre des genouillères !
Elle les embrassa.
– On se mettra aussi des mentonnières et des casques, comme les footballeurs américains ! suggérai-je.
Ses mains, pour s'être hystériquement cognées à la moquette, étaient elles-mêmes lacérées. Elle les lécha et soudain, me regardant dans les yeux (de ses yeux étranges, étrangers), elle posa contre un de mes genoux blessés le dos blessé de sa main droite, prenant soin que, telles deux bouches béantes et sanguinolentes, les égratignures s'en scellassent dans un baiser.

Quand je suis allée chez lui ce jour-là, rapportent ses carnets, *j'étais mal à l'aise, j'avais peur que ce soit un gâchis. Lorsque je suis repartie, j'étais heureuse. J'aurais voulu manger ses joues, ses joues de méchoui. J'étais au printemps !*
A ma fenêtre, la lune apparaîtrait, énorme, blême, au-dessus des toits turquoise de Paris. Elle serait pleine, trois jours plus tard : jour du départ de Tamako.
J'étais épuisé, physiquement. Et mentalement saturé. Ne fallait-il pas arrêter tout « ça » ?

Et cependant… j'insistai pour la voir le samedi. Elle me donna le téléphone de sa prof de thé (« Comme ça, vous pourrez vérifier que je ne mens pas. Je suis chez elle de 10 heures du matin jusqu'à 17 heures »). Elle me fixa rendez-vous à la sortie du cours de thé, dans un café du boulevard Exelmans, à 17 heures 30. Comme j'allais la rejoindre, n'ayant pas mis les pieds dehors de la journée, je découvris dans ma boîte aux lettres une enveloppe que boursouflaient des objets légers placés à l'intérieur. C'était une carte, qu'elle m'avait adressée le 15 mars d'Étretat. Elle s'y était donc bien rendue. mais avec qui ? S'y trouvaient joints cinq petits coquillages ramassés au bord de l'eau. La présence des coquillages était cause sans doute du retard de ce courrier : presque une semaine ! La carte représentait une plage au sable sombre, triste. *Sans vous même Tamako n'est plus jaune, elle est grise*, avait-elle écrit. Ajoutant : *Surtout, n'oubliez pas de regarder le timbre*. J'y jetai un œil. Il représentait la scène de la fable de La Fontaine : un corbeau, sur une branche, tenant en son bec un fromage, et le renard, en bas, qui, le flattant, essaie de lui faire ouvrir le bec. M'étais-je trompé ? Mon espion avait-il mal fait son travail ? J'arrivai en avance à notre rendez-vous du boulevard Exelmans. Je fis quelques pas vers un kiosque à journaux. Les titres des magazines féminins, *Biba, Vingt Ans*, etc., annonçaient : *La chasse aux mecs est ouverte* ; ou : *Frigidité, le remède imparable* ; ou : *Impuissance, éjaculation précoce : bientôt la pilule miracle*. J'achetai le *Nouvel Obs* qui titrait sur la montée en France de l'extrême droite. Au lieu de le lire, au bistrot où je m'installai, je griffonnai sur sa couverture les idées qui me passaient par la tête. Elle apparut. Sanglée dans un joli costume noir.

– Oh, vous avez un cheveu blanc… là !… me dit-elle, caressant une mèche sur mon front. Avant vous n'en aviez que deux ou trois sur la tempe gauche.

– C'est vous qui me les donnez ! Vous en êtes fière ?

– Oui !

Elle avait peu de temps. Nous sautâmes dans le métro, et nous rendîmes rue de Rennes, chez Marcel, où elle tenait à tout prix à acheter son marcel *Love Marcel*.

– Je veux que toutes mes copines le voient !

La boutique était petite. Sur des étagères : rouges, jaunes, bleus, verts, noirs, mauves, c'était une véritable orgie de marcels que Tamako, de l'aile de sa main, caressait amoureusement en passant de rayon en rayon.

– Des marcels, des marcels partout ! murmurait-elle, l'œil égaré, comme d'une aliénée, ou d'une sainte extasiée, ou d'une comédienne enivrée par son rôle. Et elle répétait : Marcel, Marcel, Marcel !…

Elle en choisit un, mauve avec, imprimé en blanc, *Love Marcel*, donc.

– Tout le monde ment, dit-elle. Un tee-shirt ça ne ment pas !

Elle alla à la caisse. Et, geste qu'elle n'avait jamais fait jusqu'à présent, elle refusa que je paie. Elle sortit sa carte de crédit.

Nous descendîmes la rue de Rennes. Elle n'avait plus qu'une demi-heure devant elle. Il était autour de 18 heures 30. J'avais, quant à moi, rendez-vous à vingt heures à la Coupole, toute proche. Nous dérivâmes jusqu'à la rue de Vaugirard, apercevant, au passage, dans la vitrine d'un McDo, une famille, père, mère, fille, attablée devant des boîtes en carton grasses pleines de frites, et des gobelets de Coca en plastique blanc, image hyperréelle de la moderne misère.

– Ce sont les nouveaux eskraves ! dis-je.

Balançant dans l'air son sac en papier imprimé du sigle *Marcel*, où se trouvait son marcel *Love Marcel*, Tamako me dirait :

– Je ne comprends pas que les femmes achètent ça. Ils sont moches, ces marcels ! Chez moi, c'est un second degré ! J'ai une raison unique et belle d'en acheter.

Nous fîmes escale dans un minuscule minable café de la rue de Vaugirard, à l'angle de la rue Jean-Bart : A Tabago. Je commandai un Martini blanc, elle commanda un Perrier. Des coupes sportives, dorées et argentées, posées sur des étagères, ornaient les murs. Dans un coin une fille en jean jouait au flipper. Je sortis alors la lettre qu'elle m'avait envoyée d'Étretat.

– Où vous étiez avec votre gigolo ?

– Vous y croyez encore ?

J'étalai, sur le Formica marron de la table, les cinq petits coquillages rainurés.

– Autrefois, dis-je, dans le Pacifique, ça servait de monnaie.

– Avec cinq coquilles, je pourrais vous acheter quelques mois ?

– Cent ans.

– Mille ans !

Elle évoqua l'image d'une Vietnamienne, quinquagénaire à peu près, qu'elle avait vue dans la rue, le matin même, au bras de son fils, un métis :

– Il était beau, elle était fière !

Elle finit son Perrier, je finis mon Martini. Sans cesse, mécaniquement, maladivement, elle répétait Marcel, Marcel. A plusieurs reprises, elle dit aussi, me prenant la main : « Les *comme si*, les *comme si.* » J'enserrai entre mes doigts un de ses poignets tremblants, le tâtai, trouvant bientôt le doux, le tiède battement de son pouls.

Cinq mois plus tard, à l'Auberge de Chastagne, elle traduirait et commenterait les quelques lignes de son carnet consacrées à cette journée :

Quand je pars au Japon, ça me met dans des états de déséquilibre extrême, je me sens partagée, éparpillée entre deux mondes. On dit, chez nous, que la veille de leur suicide, le visage des gens s'efface, parce que leur âme est déjà passée dans l'au-delà. Moi, à la veille du jour où je rejoins mon pays, c'est la moitié de mon âme qui s'y envole, quand l'autre reste en France.

Elle me dirait aussi :

– Longtemps, la France, c'était pour moi comme un rêve, et le Japon c'était le réel, maintenant je ne sais plus, j'ai l'impression que cela s'inverse.

Nous nous prîmes en photo, à l'intérieur du Tabago : moi avec mon imperméable moutarde, elle avec ses cheveux gominés plaqués en arrière, nous y avons l'allure d'acteurs d'avant guerre, interprétant un film réaliste et sentimental. Sur une de ces photos, mon visage, arborant un sourire béat – niais ? jubilant ? triste ? – se superpose parfaitement à une lampe-applique, accrochée au mur, derrière lui, et qu'il dissimule complètement. De sorte que la lumière qu'elle diffuse semble émaner de mes propres traits, à la façon d'une sulpicienne auréole. Les lignes de la face de Tamako, la douce arcature de ses paupières, le dessin des fossettes de ses joues, à la commissure des lèvres, expriment on ne sait quelle mélancolie sans doute, mais peut-être aussi une ironie subtile et désabusée. Quel rôle jouais-je, dans son théâtre, son kabuki, mêlé à tant d'autres personnages de comédie : le Prétendant, l'Administrateur, le Cinéaste, le petit-vieux-de-80-ans, etc. ? Quel rôle dans sa stratégie ?

– Nous autres Japonaises, me confierait-elle plus tard, nous sommes obligées de ruser, de calculer, c'est une question de survie.

– Il y a quelques minutes encore, dit-elle, je n'avais pas vraiment pris conscience qu'on allait se séparer.

Ses yeux s'embuèrent de larmes.

– Maintenant je le sais.

– Il faut être dure, dis-je.

– Vous êtes dur ! J'admire votre travail !

« Quel travail ? » songeai-je.

Je pensai à la Mexicaine, cette fille à marins, que j'avais connue dans les bars de Veracruz. Si belle et désuète elle aussi. Et si « moderne ». Nous nous entr'appelions *camarada*, ou *compañero*. Étrange vocable guerrier pour des amants. Mais l'amour n'est-il pas une sorte de guerre ?

Je lui demandai :

– Comment dit-on « camarade », en japonais ? Le « camarade » des communistes ?

– *Doshi !*

– *Doshi !* répétai-je, lui caressant les cheveux.

Elle passa sa main dans les miens.

– Jeune, sur vos photos, vous n'aviez pas de boucles, dit-elle.

Je payai. Elle ajouta :

– Je ne veux pas aller au Terminus, jamais ! Mais à l'hôtel du Départ. Votre roman, il faut que ce soit comme les manga : à suivre, à suivre, à suivre sans fin !

Nous sortîmes.

Remontâmes vers le Luxembourg. Dans la nuit, au-dessus des grilles noires du parc, et des marronniers dont les branchages se découpaient sur un ciel très clair, brillait une énorme lune…

– Elle sera pleine, la nuit de votre départ, dis-je, lundi. Vous la regarderez ?

– Par le hublot de l'avion.

– Et moi par ma fenêtre.

– Comme ça on regardera la même chose.

Nous nous sommes séparés. En s'éloignant, il s'est retourné plusieurs fois. Soudain il est revenu vers moi, il m'a enlacée, il m'a dit :

– *Tu es dans mon cœur !*

J'eus alors ce geste bizarre, à moi incompréhensible, qui m'échappa, ou s'arracha de moi plutôt : j'élevai mon poing fermé, prolétariennement.

Et cette fois, le *Nouvel Obs* sous le bras, je la quittai.

Montparnasse brillait de tous ses feux. L'enseigne écarlate, phosphorescente, de la Rotonde s'allumait, s'éteignait, sur la gauche du Boulevard. Et l'enseigne verte du Sélect. Et celle, blanche, du Dôme... La lune, voyageuse, trônait au-dessus. On se fût cru au temps d'Hemingway, de Scott Fitzgerald.

Paris est une fête.

Mélancolique.

La Coupole, bâtiment d'un seul étage, a été détruite dans les années 80. Un building plus rentable a été dressé à sa place. Et on l'a reconstruite, au rez-de-chaussée, à l'identique. Ou à peu près. Sur les piliers, s'étageant dans son immense salle, on a conservé les anciennes peintures, style 1925. Mais on n'a pu garder au velours des banquettes refaites à neuf son usure ; au bois du bar, des tables et des sièges, sa patine. L'âme du lieu s'est évanouie. Et les fantômes de ceux qui le hantèrent. Je bus en vain, assis sur un haut tabouret du bar, quelques pouilly-fumé, afin de ressusciter les ombres de Klaus Mann, de Heinrich Mann, de Modigliani, l'ombre de Walter Krivitsky, l'agent de Staline, que j'avais pensé mettre en scène dans mon roman des années trente, et l'ombre d'Ignace Reiss aussi : assassinés tous deux par Staline. Nul mort n'a répondu à mon appel. Je regardai les gribouillis que j'avais faits sur mon *Nouvel Obs*. Je fus un instant bizarrement surpris d'en voir un qui n'était pas de mon écriture. Qui donc avait pu l'inscrire ? Quand je me rendis compte que c'était en fait une phrase, rédigée à la main, mais imprimée, qui légendait une photo de pub pour les parfums Guerlain. Cette photo montrait l'actrice Sophie Marceau échevelée, manifestement en proie à la passion, qui courait, la nuit, l'air égaré, sur les Champs-Élysées. La légende – une de ces légendes « libertaires » conçues sans doute par un ancien gauchiste reconverti, dont on doutait si elle n'était pas ironique – disait : LA VIE EST PLUS BELLE QUAND ON L'ÉCRIT SOI-MÊME.

Je partis – m'enfuis ? – une semaine à Saint-Pétersbourg. Pour renouer avec mes années 30 ? Nouant les lacets de mes souliers, dans ma chambre de l'hôtel Astoria, je découvris, coincé dans le revers de mon pantalon de velours, un de ces inéliminables confettis qui, jusque-là, m'avait suivi : miette de temps aboli.

Je téléphonai à Tokyo.

– Au Japon, me dit Tamako, l'amour est mort. Je n'ai plus rien à faire ici. Mon stage, c'est raté. Je rentre à Paris.

La Néva, tout près de l'hôtel, charriait des blocs de glace. Il neigeait.

28

Ô fleurs de cerisiers
Tombez en nuages tels
Qu'on ne reconnaisse pas le chemin...
(Anonyme, période de Heian.)

Printemps : 24 avril

Moins d'un an plus tard, nous étions revenus sur nos pas, piétinant les ombres mauves des marronniers du Luxembourg. En entrant dans le jardin, par la rue Guynemer, elle avait vu, accrochée au portail, une pancarte arborant le dessin stylisé d'un chien, barré d'un trait rouge :

– C'est interdit aux Potis, avait-elle dit. Il faut me mettre en laisse.

Montrant les « petits vieux » qui, torse nu, prenaient le soleil assis sur des chaises de fer, à l'abri du mur de l'Orangerie, j'avais suggéré :

– C'est sympathique. On pourrait s'installer là pour poursuivre la traduction de vos carnets.

Nous avions commencé d'y travailler une demi-heure auparavant, à l'hôtel Lutétia où nous avions commémoré notre première rencontre. Elle était de retour du Japon depuis trois jours.

– Vous oubliez... on va à la fontaine Médicis !

C'était le but en effet qu'elle avait fixé à notre promenade, ou plutôt notre pèlerinage. Elle n'avait pas voulu venir chez moi. Nous avions eu la veille un après-midi d'amour, mais étrange. Elle s'était montrée contractée, angoissée. Malgré le vin qu'en abondance nous avions bu à La Tartine, elle avait semblé se retenir, se refuser, crispant son corps. Des marbrures mauves, allergiques, s'y étaient imprimées d'ailleurs, à hauteur de la poitrine. Plus tard elle me dirait qu'elle se sentait « bloquée » et encore qu'elle n'avait pas désiré se donner mais me « regarder jouir ». Qu'avait-elle enduré au Japon ? Son voyage semblait avoir été désastreux. Pas seulement à cause de son « stage » raté... Elle m'avait raconté un pique-nique où on l'avait invitée, près de Kyoto, sous les cerisiers en fleur. Beaucoup de jolies jeunes filles s'y trouvaient. Elle, on ne la regardait pas. Ou peut-être la regardait-on déjà comme une « vieille », à 31 ans, ou du moins comme une étrangère, un être bizarre ? Dans les yeux des hommes elle lisait : « C'est qui cette fille ? Pourquoi vit-elle en France ? Qu'y fait-elle ? » Je lui dis qu'à Saint-Pétersbourg j'étais tombé sur un article du *Herald Tribune*, écrit par un psychiatre nippon. Sans doute exagérait-il quand il prétendait que les quadragénaires et quinquagénaires mâles, au Japon, effrayés par l'affranchissement des femmes, se rabattaient sur les lycéennes : *« For japanese men school girls provide ultimate erotic lure... »* Était-ce là l'explication du mystère de son « platonique » Prétendant, si vraiment il était platonique ? A son sujet elle m'avait dit, très « pro » :

– Avec lui, j'ai raté le *timing*.

Elle avait rapporté un gadget, qui, au Japon, faisait fureur, mais qu'on ne connaissait pas encore en France. Une sorte de mini-poupée à laquelle, par un jeu de boutons, on donnait des caresses, de la nourriture, et on faisait faire ses besoins : le Tamagotchi.

– De l'amour électronique, pouah ! m'étais-je exclamé.

Il faisait doux. J'avais chaud sous ma veste de lainage à chevrons. Une orgie de fleurs odorantes s'épanouissait sur les plates-bandes et aux branches des hauts marronniers. Les pigeons roucoulaient.

Nous longions les bâtiments du Sénat. Devant nous, au loin, le géant de bronze vert Polyphème, accroupi sur son rocher, guettait à ses pieds Acis et Galatée.

– Une histoire à trois, dis-je, m'arrêtant devant la fontaine Médicis, un antique vaudeville. Au début j'ai songé que vous et l'Administrateur étiez complices. Que vous jouiez un jeu pervers, tanizakien, lui racontant vos aventures.

Froide et pragmatique, elle répondit :

– Ça m'aurait servi à quoi ? Qu'est-ce que j'aurais gagné, moi, là-dedans ? C'est, comme vous dites, un parpaillot. Un puritain, rien de plus !

Son ciré noir scintillait sous les déferlements du soleil. Nous nous accoudâmes aux vasques en pierre de la fontaine.

L'Administrateur lui répétait tout le temps qu'elle était frigide. Je ris. Je lui dis que c'était un homme d'autrefois. Qu'il se faisait une bizarre idée de la virilité, de la féminité. Et du plaisir. Peut-être, dans nos sociétés, le plaisir dérangeait-il, effrayait-il ? Parce qu'il nous entraîne dans une dimension *autre* du Temps, non comptabilisée ? Certaines personnes ne paraissaient-elles pas faire l'amour pour s'en débarrasser, à la hâte ? Sans doute était-il passé à côté des années 60. Elle me dit qu'elle avait l'impression qu'elle était « longue ». Contradictoirement, elle ajouta qu'elle faisait souvent en sorte aussi de se retenir, afin que l'homme jouisse avant. Je lui dis que je ne connaissais pas le Japon, mais que c'était peut-être là une attitude de geisha, un peu dépassée. Citant Casanova, je lui expliquai que le plaisir de l'amant réside plus, sinon autant, à voir jouir sa maîtresse qu'à jouir lui-même.

– C'est que, répondit-elle, non sans une attendrissante poésie, je n'aime pas être dans les bras d'un homme... *comme une fleur fanée.*

– C'est beau, une femme qui a fané : elle est toute... épanouie !

Je me souvenais des photos que j'avais prises d'elle, non pas au moment même de l'extase, qui crispe les traits, et les défigure, mais tout juste après, lorsque, la tourmente passée, ils s'apaisent : sa face ressemblait à celle du Bouddha.

J'avais senti, lui expliquai-je, comment elle entrait dans les désirs de l'homme, les précédait, s'adaptant à leurs fantasmes, et les développant même. N'était-elle pas allée très loin avec moi à cet égard ? Cependant ne fallait-il pas qu'elle aussi, à un moment, abandonne toute tactique, trouve le fil de son propre désir et aille jusqu'au bout ?

– C'est beau : *faner* ! Vous êtes bizarre, vous rêvez d'être un homme sous sa pire forme : le macho qui tire son coup sans jouir ! Le « maître » ou le pseudo-maître. Quand moi, lorsque je ne verse pas du moins dans mes mauvais penchants, j'essaie de me faire femme, de saisir la femme dans sa fantaisie, son mystère.

Nous avions contourné la fontaine Médicis. Derrière elle, dans un petit bassin que surmontait un bas-relief représentant Léda et Jupiter métamorphosé en cygne (en phallus ?), on avait jeté une chaise de jardin. Les pieds en l'air, elle surnageait.

– Il faut réinventer l'amour ! dis-je.

– On ne peut pas changer l'amour.

Longtemps plus tard j'évoquerais le souvenir de la fontaine Médicis, devant Tamako. C'était dans les Cévennes, au bord d'une cascade. Elle me demanderait alors :

– Quelle fontaine Médicis ?

Sur le moment, je n'entendrais rien à sa question. Après réflexion, je finirais cependant par en saisir le sens profond, prenant du coup mesure de l'abîme séparant Orient et Occident. N'aurait-elle pas pu dire tout autant : quel Baron rouge, quel bistrot du square Trousseau, quel bar du Train bleu, quelle Bourgogne ? Si, dans son esprit, c'était moins à des lieux qu'à des instants *que référaient ces mots, chaque être, chaque chose, pour elle, étant moins tissé d'espace que de* temps. *Ainsi y avait-il deux fontaines Médicis, celle du début de notre liaison, et celle de sa commémoration, comme il y avait vingt, trente Baron rouge. Comme il n'y aurait qu'un seul Terminus.*

Devant nous un troupeau de pigeons fuyait en se dandinant sur le gravillon de l'allée. Ils s'envolèrent d'un coup, ouvrant en éventail leur queue gansée de noir, rétractant leurs pattes, virevoltant sur notre droite, sur notre gauche, en désordre, dans un battement d'ailes sourd, pour aller bientôt se percher sur les branchages des marronniers.

Quittant le Luxembourg, nous descendîmes le boulevard Saint-Michel, sur le trottoir de gauche.

– C'est ce trottoir que vous avez emprunté avec la Chinoise, la première fois… après votre dîner à la Closerie ?

Elle ne l'oubliait pas, sa Chinoise !

– Non, dis-je. On était sur le trottoir de droite. On est allés au Balzar, rue des Écoles.

– Où vous avez pris une glace.

Elle voulut voir la table du Balzar où nous l'avions mangée, et l'hôtel, rue Racine, où nous étions allés ensuite, s'enquérant même du numéro de la chambre.

Il y avait deux hôtels, l'un en face de l'autre, un deux étoiles et un trois étoiles. J'avais pris le moins cher.

– C'est cher quand même pour une Chinoise, dit-elle, regardant, affichée sur la porte de l'établissement, la liste des prix : 350 francs.

Je ne me souvenais pas du nom de l'hôtel, que je redécouvris : hôtel des Facultés.

– Et vous avez fait combien de fois l'amour avec elle, ce soir-là ?

– Une fois, dis-je, mais c'était pas grand-chose.

Elle mit sous mes trous de nez son index et son majeur droits, bien ouverts en V de victoire, et me lança :

– Non, deux, deux fois, c'est ce que vous m'avez dit ! Je l'ai noté dans mes carnets.

Ainsi, mi-sérieux, mi-plaisants, marivaudant avec des souvenirs cruels, descendions-nous la rue Racine jusqu'au début de la rue de l'Odéon, retrouvant la route que nous avions empruntée, moins d'un an auparavant, après avoir quitté la fontaine Médicis (et, au feutre rose, sur le plan de son guide de Paris, nos chemins, par-delà le temps, se rechevaucheraient). De manière contournée, elle aborderait à nouveau son désir d'avoir un enfant (elle m'avait d'ailleurs montré au Lutétia une photo d'elle, à Tokyo, portant, sur les genoux, le nourrisson que venait d'avoir sa sœur aînée). Et bientôt, m'épiant du regard, elle me lança tout à trac :

– J'ai choisi de qui j'en aurai un !

– Vous me faites un roman, je vous fais un enfant ! rétorquai-je, continuant de marivauder. Avec les droits d'auteur faramineux que vous toucherez, vous n'aurez plus à vous ennuyer d'un mari !

Il y avait entre nous on ne sait quel charme, quelle électricité, quel magnétisme : j'avais envie d'elle. Sans doute était-ce réciproque, je le sentais. Et, nous effleurant à peine de la main, de temps en temps, nous baignions dans ce désir retenu, nous nous en imprégnions, nous en imbibions, nous y confisions. Ne pas se toucher était chose plus savoureuse encore que de le faire. C'était comme si nos âmes se caressaient, se pourléchaient, se faisaient l'amour. Évoquant les sarcastiques réflexions d'un héros des *Liaisons dangereuses* qui, pour séduire une prude, avait joué les Tartufe, se dépensant en actes charitables, à quoi il avait découvert un plaisir nouveau, raffiné, et de lui tout à fait inconnu, je dis que l'amour platonique, plus que la charité encore, était bien délicieux, que les puritains étaient pervers, et la vertu un vice suprême.

Nous nous séparâmes dans le métro. A la station Odéon. Ma rame stoppa net, soudain, au milieu d'un tunnel. Mendiant dans les wagons, un SDF, rageant contre le peu de générosité des voyageurs, avait tiré sur le signal d'alarme.

29

Mais leur existence demeurait aussi précaire que celle de la rosée...
(Ihara Saikaku, *Cinq Amoureuses*, XVIIe siècle.)

26 avril

Sur les 10 heures, deux jours plus tard, un samedi, elle m'appelait :

– Je suis épuisée, dit-elle, le Méchant m'a fait l'amour toute la nuit !

– Garce !

– C'est pas vrai, je plaisante.

– Garce !

– Vous m'aviez dit que ça vous était indifférent, parce que « ça fait partie du menu » !

– Garce !

– Il m'a parlé de vous, il m'a dit : « Ton Chateaubriand, c'est pas grand-chose... je suis passé à La Hune, il n'y avait même pas ses livres en rayon ! Demande-lui un peu à combien sont ses tirages ! Je te dis ça, toute jalousie mise à part »... « Parce que tu as des raisons d'être jaloux ? » Il m'a dit encore : « Tu es contente d'être revenue du Japon ! Tu vas pouvoir retrouver tes amants ? » Je lui ai dit : « Oui, je voudrais les avoir tous à la fois ! »

Ce à quoi elle ajouta, apparemment sérieuse :

– Maintenant, ça va mieux ! Mes rapports avec lui s'améliorent. Je ne suis plus stressée ! Avant, quand il regardait des jolies femmes, ça me rendait jalouse. Maintenant je me sens coupable vis-à-vis de lui et cette culpabilité se transforme en tendresse.

Elle ajouta que, « ce soir », ils recevaient des amis à dîner, et que, pour pouvoir rester plus longtemps avec moi dans l'après-midi (nous devions nous voir en effet), elle avait la veille « préparé une charlotte » (elle était spécialiste de la charlotte), « fait tremper les biscuits » et « épluché les asperges ».

– Vous devenez une parfaite maîtresse de maison.

Était-ce l'échec de son voyage au Japon ? Elle semblait avoir renoncé à son déménagement, et vouloir reconquérir l'Administrateur.

Ce que Ginette-la-gagneuse me confierait quelques secondes plus tard semble apporter de l'eau au moulin de cette hypothèse :

– J'ai réfléchi à ce que vous m'avez souvent dit, sur mes rapports économiques avec le Méchant. Pour la première fois, j'ai fait le calcul : je n'y perds pas. Si on compte le loyer et les sorties, ça fait 375 000 francs ! Sans lui, j'aurais dû repartir au Japon.

– En cinq ans, 375 000 balles, c'est qu'dalle, rétorqua Marcel l'Apache.

– Pas tout à fait cinq ans.

– C'est pas l'salaire d'une bonniche ! poursuivit Marcel le marlou – lequel, se métamorphosant bientôt en universitaire marxiste professant en chaire devant un large parterre d'étudiants, renchérit : Et puis vous ne comprenez décidément rien au capitalisme. Si on raisonne en termes économiques, purement économiques, il ne faut pas voir simplement, simplistement ce que vous avez gagné, ou plutôt évité de dépenser, grâce à lui, mais ce à quoi vous avez renoncé en ne vous investissant pas ailleurs, chez un plus riche aubergiste. Les Anglo-Saxons appellent *opportunity cost* cette différence : tout cet argent que vous n'avez pas gagné, à cause de lui, vous l'avez en fait *perdu* ! Le capital et le travail, ça circule ! C'est ça, la mondialisation ! Vous êtes belle, il est moche, vous êtes jeune, il ne l'est plus… Cette rente, éphémère, qu'est votre beauté, doit être mise en valeur, exploitée au maximum tant qu'il est temps, investie. Or vous l'avez immobilisée dans des mains impropres à la faire fructifier ! Vous êtes son escort girl, sa confort girl, sa cuisinière, sa dactylo parfois, son infirmière même ou sa nourrice lorsqu'il est déprimé. J'entends bien : il vous lave parfois vos petites culottes. Cependant, ne serait-ce qu'au prix des putes bas de gamme sur l'actuel marché, ça n'est pas 375 000 francs que vous avez gagnés, mais un million dont vous êtes flouée. Camarade !

Ce raisonnement humoristico-économique, elle l'assimilait mal. Cynique, elle était sentimentale aussi. C'est ainsi que font faillite les petits patrons. Mais, au demeurant, je me délectais en songeant à la scène qu'elle m'avait narrée : Tamako, assise à son bureau, un stylo à la main (dont, de temps à autre, elle devait porter le bout à sa bouche) et faisant « ses comptes ». Je la visualisais ainsi, à la façon de l'épouse de quelque prêteur flamand, pesant avec son conjoint ses louis d'or, telle qu'un Quentin Metsys eût pu la représenter à l'aube du XVIe siècle.

Elle vint donc déjeuner chez moi. Nous devions en principe poursuivre la traduction de ses carnets. Mais elle les avait oubliés.

Je l'entraînai dans la chambre. Comme je humais son corps, mes narines, peu subtiles, furent « déroutées ».

– Tu as changé ton parfum ? demandai-je.

– Oui… Je mets le tien ! J'en ai acheté hier.

Bizarrement, elle crut bon d'ajouter :

– Sur le paquet il n'est pas précisé si c'est pour homme ou pour femme.

J'avais pensé ce feuilleton achevé. Il me surprenait par un nouvel épisode. S'appropriait-elle ainsi, rêveusement, amoureusement, anthropophagement, mon Essence ? Après avoir tenté d'en investir l'Administrateur ?

– Comme ça, dis-je, tu es moi. Et quand je te baise, c'est moi que je baise.

– Oui.

– Et toi, tu es quoi là-dedans ?

– Ton futon !

Nous éclatâmes de rire.

Je me mis à genoux au milieu du lit, l'allongeai sur le dos et accrochai ses jambes à mes épaules. Puis, la saisissant aux hanches et soulevant ses fesses, je la pris (sans l'en avertir : l'idée me trottait depuis trois ou quatre jours dans la tête) *usilo-mae*, derrière-par-devant. Nous ne l'avions jamais « fait ».

– J'ai eu l'impression, dirait-elle plus tard, que mon *koumon* (mon « trou-de-derrière » selon la terminologie tamakienne) avait glissé devant, à hauteur de ma chatte. Vous avez touché des endroits qu'on ne m'a jamais touchés.

Sur le marché, la veille, j'avais acheté des iris mauves, en souvenir de ceux ornant le paravent peint par Ogata Korin (sans doute inspirèrent-ils Van Gogh ?). Ils étaient tout épanouis. A leur côté elle *fanerait.*

Nous *fanerions.*

Elle téléphonerait le lundi suivant :

– Le Poti a besoin de son collier !

Ce furent ses premiers mots, à quoi elle ajouta :

– Il y a des jours, je résiste, pour ne pas vous appeler. Je me retiens et, quand vient le soir, je suis contente d'avoir résisté. Samedi après-midi, avec vous, j'ai fané deux fois.

– Le dîner s'est bien passé ?

– Il y avait un journaliste, il m'a dit : « Vous êtes faite pour régner ! » Je lui ai dit : « Je cherche un appartement ! » Il m'a dit : « Vous avez un nouvel amant ? »

– Et vous avez *travaillé* ce week-end. Ginette a payé son loyer ?

– Ce matin. Il me l'a fait. C'était trop rapide encore... Il a remis son slip et commencé sa séance de vélo fixe. Je lui ai lancé :

– J'ai pas joui, recommence !

Il a ri. Et a continué ses exercices. J'ai ajouté :

– Ça te ferait quelque chose si, samedi, j'avais fait l'amour tout l'après-midi avec mes amants ?

– L'essentiel, c'est que tu sois heureuse !

– Alors tu veux que je le fasse ?

Il est devenu tout rouge. Arrêtant de pédaler, il a bafouillé :

– Non !

– Tu m'aimes, alors ?

– Patate, tu ne vivrais pas avec moi sinon...

– Maintenant, je suis une patate !

Nous nous étions donné rendez-vous au pied de la grande roue dressée dans le jardin des Tuileries : cela aussi, nous ne l'avions pas « fait ». Dans les fenêtres des immeubles de la rue de Rivoli, qui la reflétaient, sa mouvante architecture d'acier se brisait, comme dans une composition constructiviste du photographe Rodtchenko. Le soleil brillait. Son blouson de voyoute plié sur le bras, Tamako m'attendait, vêtue d'un pull noir et d'un pantalon de même couleur. J'achetai à la caisse des jetons de plastique à vingt francs pièce, pour faire plusieurs tours, et nous montâmes dans une cabine du manège. Peu à peu elle s'éleva. Le sol, sous nos pieds, s'affaissa, les façades des immeubles s'effondrèrent comme les cubes d'un jeu d'enfant, et bientôt seuls leurs toits de zinc bleuté surnagèrent à la surface de la ville. Paris s'était aplati, on eût dit qu'on en eût déplié, un à un, les monuments, les bâtiments, les jardins, les rues, pour les étaler sur une table, à la façon d'une carte géographique. Vers l'ouest, la colonne Vendôme, dont on ne percevait que le sommet, les toits ardoisés du Ritz (où nous avions bu un verre jadis, jadis...), et celui vert oxyde de cuivre de l'opéra. Plus loin l'Arc de triomphe, la tour Eiffel, le Trocadéro, et tout au fond, immense porte de frigo, l'arche de la Défense. Au nord, la meringue blanche du Sacré-Cœur s'érigeait sur la Butte (nous n'y étions jamais allés) ; au sud, la Sorbonne, le Luxembourg et son invisible fontaine Médicis. A l'est, les quatre tours translucides de la nouvelle Bibliothèque nationale. Avec cela, la Seine, couleuvre de verre, qui serpentait au milieu. Et puis, comme on ôte d'une table une nappe pour la jeter au panier de linge sale, tout ça se rengloutit d'un coup dans l'immense océan gris des toits de Paris, quand notre cabine, accrochée à sa vertigineuse roue, se remit à descendre : jusqu'à ce que devant nous se dressassent encore, immense paravent, les façades de la rue de Rivoli. Telle l'Atlantide, Paris avait disparu... Pour réémerger bientôt quand notre cabine recommencerait son ascension.

Et c'est le dôme doré des Invalides, où s'étaient pris en photo les *comme si*, à la sortie de l'hôpital Necker, que me montrerait du doigt Tamako.

– Cette fois, dit-elle, on est des *vrais*...

– Des vrais ! répétais-je. Il faut qu'on demande un diplôme d'amoureux au maire de Paris.

L'air frais défaisait la coiffure gominée de Tamako. Son visage, tour à tour, s'illuminait de joie enfantine ou d'effroi. Peureusement elle s'agrippait à moi, ou à la barre chromée de notre siège.

– On est des vrais, des vrais, répétait-elle.

Et devant Paris étalé à leurs pieds, telle une descente de lit, les *vrais* s'embrasseraient…

Nous flânerions ensuite de stand en stand, dans la fête foraine. Il fallait tout « faire » : le labyrinthe de l'horreur, les autos-tamponneuses, la galerie des glaces, le toboggan, le grand huit. Il « fallait » aussi manger une barbe à papa. Au tir au fusil, moi qui ai si mauvaise vue, j'abattis, sans jamais manquer une fois mes cibles, un crocodile, un ours, un éléphant, une girafe et un tigre. Cinq balles, cinq fois dans le mille.

– Vous avez des dons cachés !

– Non, vous me portez chance.

J'avais droit à un lot. Elle choisit un instrument à faire des bulles en savon. Flânant sous les marronniers des Tuileries, elle trempait régulièrement le petit cerceau en plastique dans son réservoir. Puis y soufflait, les yeux braqués vers le ciel bleu : les bulles, tout irisées de soleil, s'élevaient vers le feuillage des arbres, pour se dissoudre soudain, ou s'écrasaient lamentablement au sol, dans le gravillon. Certaines montaient haut, très haut dans l'azur, et s'y *anéantissaient.*

– Tout cela, dis-je, est très bouddhiste. Très japonais. Ou très janséniste ?

Et je montrais au loin la superbe architecture tournoyante de la grande roue :

– La roue du Karma ?

Parfois se formaient des bulles siamoises. Collées l'une à l'autre, elles partaient pour une brève aventure, un éphémère voyage de noces.

– Ce sont des amoureux !

J'ai 31 ans, écrirait-elle dans ses carnets. Il en a 49. Et on se donne rendez-vous pour aller à la grande roue !… C'est incroyable. Parfois, quand je me regarde dans la glace, le matin, sans maquillage, je me trouve une tête de bébé, la même tête que quand j'avais quatre ans.

– On est deux Tamagotchi qui essaient de s'aimer, murmura-t-elle, deux machines, sans cœur. On imite les humains, on se cherche des décors, des lieux, des jeux… pour faire comme eux, mieux qu'eux !

– Et les humains nous envient ! conclus-je.

30

Puis, confuse, elle cacha son visage sous sa manche...
(Suikyôan, *La Lascive Petite Haie en broussaille*,
XVIIe siècle.)

30 avril

Sur les 14 heures 30, je poussai la porte à tambour vitrée de la Closerie des Lilas. Tamako se trouvait au fond du bar, à gauche, assise, seule, sur un coin de banquette, et baignée par la lumière tiède, orangée, d'une lampe à abat-jour accrochée aux boiseries du mur, juste au-dessus d'elle.

– C'est la place de Maurice Barrère ! me dit-elle, faisant allusion au nom gravé sur une plaque de cuivre, cloutée au coin de sa table.

– Maurice Barrès, corrigeai-je.

– C'est qui ?

Comment expliquer Maurice Barrès en trois mots à un Japonais ?

– Vous auriez mieux fait de vous asseoir à la table de Hemingway, ça m'aurait facilité la tâche.

Et je montrai le nom de l'écrivain gravé sur la plaque d'une table voisine.

Elle rit.

Le pianiste, au fond du bar, égrenait les notes de *Singing in the rain*.

Je baisai la superficie de ses lèvres, ce simple contact m'électrisa. Je l'enlaçai, éprouvai sa taille souple, glissai ma main subrepticement le long de ses cuisses.

Nous nous retrouvions pour « travailler » (juste quelques heures : elle avait à 17 heures un cours d'esthétique à la Sorbonne, tout à côté). Je voulais continuer la traduction de ses carnets.

Plus gominée que jamais, elle était vêtue d'une minijupe très courte, noire, de bas noirs et d'une sorte de chemise en tulle, noire elle aussi, fermée sur le devant par une double cordelette. Je trouvai ce vêtement ravissant.

– Ça vous va très bien cette… chemise.

– Elle appartenait à ma grand-mère. On mettait ça autrefois par-dessus le kimono.

J'ai hésité pendant une heure, ne sachant trop quoi me mettre afin d'être jolie, écrirait–elle plus tard dans son journal : où ces *moments*, encore suspendus, vierges, virtuels, potentiels, que nous allions vivre, se retrouveraient notés, épinglés, transmués en passé.

Il me semblerait que ça n'était pas seulement sa vêture, mais le sujet de conversation où elle se lança, qu'elle avait, par habile délicatesse, mûrement préparé. Il y avait je ne sais quoi d'un peu emprunté, d'artificiel, dans sa façon de s'exprimer. Elle disserta doctement (ce qui n'était guère dans ses habitudes) sur la beauté des anciens kimonos et de leur décoration, m'expliquant que le port de cet habit était régi par des règles très strictes que peu de gens connaissent aujourd'hui, au Japon. Ainsi est-il exclu d'arborer, dans telle saison, des ornements symbolisant cette saison, des fleurs de cerisiers au printemps, par exemple. Il faut toujours qu'il y ait un décalage. Ce monde de la tradition la fascinait de plus en plus.

– Je lui appartiens, dit-elle, j'ai envie de m'y enfoncer. Avec mon professeur de thé (c'était une femme), j'apprends aussi à couper, coudre, et réparer les kimonos. Ma mère fait partie de la génération des Japonaises qui ont cessé d'en porter, rompant avec le passé. Je lui ai donné l'envie d'en mettre à nouveau, mais elle craint de faire des erreurs. A son âge ce serait ridicule, au mien on peut se permettre des fantaisies.

Je commandai un café. Elle avait pris un Perrier. Ouvrant son sac Hermès, elle sortit le premier volume de son journal : un carnet noir, à coins rouges. J'aperçus, à côté, un éventail replié.

– Vous vous promenez avec un éventail ?

Elle l'ouvrit sous mes yeux, d'un geste bref et sec. Il était orné de chrysanthèmes blancs à cœur jaune.

– Vous m'avez envoyé le même, dis-je, à notre retour des vendanges.

Elle répondit par un imperceptible sourire et commença à traduire la suite de notre premier après-midi d'amour, reprenant son récit là où nous l'avions laissé au Lutétia (au moment précis où « avec habileté », dit-elle, j'avais « pris un préservatif dans ma table de nuit ») et le poursuivant jusqu'au second après-midi d'amour, quelques jours plus tard.

– J'ai numéroté nos rendez-vous, lui dis-je, scien-ti-fi-quement. Combien y en a-t-il, d'après vous ?

– Soixante, peut-être.

– Non, quarante-neuf ! Mais je n'ai pas encore quantifié le nombre d'étreintes, leur durée, intensité, répétitivité. Je vais dresser des courbes sur papier millimétré !

Elle sourit.

Abandonnant mon rôle de savant fou, je sortis d'une poche de ma veste la dizaine de pages, reliées entre elles par une agrafe, où figurait une première esquisse de chronologie, et la numérotation, très télégraphique, de nos rendez-vous : 22e fois, 23e fois, 24e fois, etc.

Elle jeta un œil amusé sur ces feuillets, jusqu'à hauteur de « 43e fois », soit le 1er mars 1997. Puis son œil, de Sherlock Holmes, ce à quoi je ne prêtai pas attention, dériva un peu plus loin.

– J'aurais aimé avoir, dis-je, le récit de vos autres amours… de ce week-end du 15 mars à Étretat par exemple. Cela ajouterait une note plus… réaliste… à notre roman ! Avec qui êtes-vous partie là-bas, soyez sincère ? Je ne suis toujours pas sûr que ce soit avec l'Administrateur. Nous sommes des scientifiques, n'oubliez pas. On n'a pas le droit de mentir ! Juste avant, vous étiez dans un véritable état d'hystérie érotique. J'ai noté les phrases que vous m'avez dites alors : « Je n'arrête pas de me caresser », « Je vais exploser », « J'en ai marre des vieux », « Je vais me trouver un jeune », « un gigolo », etc.

Mi-badin, mi-sérieux, je lui indiquai du doigt ces phrases, griffonnées dans ma chronologie. Quand sa voix m'interrompit soudain, une voix sèche et sévère qui claqua à mes oreilles comme un coup de fouet :

– Vous n'auriez pas dû me montrer ces notes !

Il soupçonnait encore le jour d'Étretat, écrit-elle, *il m'a mis sous le nez sa chronologie... A un moment j'ai vu, sur la droite de la feuille, flottant un peu dans l'air « Baise XXXX » (le nom de la Chinoise). J'ai regardé plus attentivement et, à côté de la date du 15 mars, était inscrit à nouveau « Baise XXXX ». J'ai pensé une seconde qu'il s'agissait peut-être de l'année 96. Mais non, c'était bien 97. C'était bien le jour où je me suis rendue à Étretat. Je ne pouvais le voir, alors il m'a remplacée par la Chinoise... Mon cœur s'est serré, mes paupières se sont échauffées, mes larmes étaient prêtes de couler. Quand vais-je lui parler, quand vais-je lui dire ? Tout ce qu'il raconte, je ne l'écoute plus, je ne l'entends plus. Il m'avait expliqué déjà qu'il l'avait emmenée au Baron rouge puis chez lui, mais que rien ne s'était passé. Elle s'était enfuie parce qu'elle avait vu un magnétophone dans la table de nuit. Et maintenant je vois « Baise XXXX »...*

– Qu'est-ce que c'est, ça !

Sur ma chronologie elle pointe du doigt le fatidique « Baise XXXX ». La foudre me tombe dessus. J'avais gribouillé ces notes avant son départ au Japon, ne les ayant plus relues sérieusement depuis, et cette histoire avec la Chinoise m'était sortie de la tête. Point de la sienne.

– Je me suis vendangé, plaisantai-je, non vengé ! Vous êtes peut-être partie avec l'Administrateur en week-end à Étretat, mais tard le soir. Pas à 13 heures, puisqu'à 17 heures mon espion l'a contacté à son bureau ! Vous m'avez menti !... Avec qui avez-vous passé votre après-midi ? Un businessman ? le cinéaste ? le gigolo ?

– J'aurais dû !

Ainsi c'était donc vrai, ça n'était pas une plaisanterie. Mon sentiment se raidit, se glace... Il dit que c'est une façon de parler « Baise XXXX », mais « Baise XXXX » ça ne peut pas être une façon de parler, ça veut dire ce que ça veut dire. Il va falloir qu'il me raconte tout, tout !

– J'ai mal, là ! soupira-t-elle, portant sa main droite, sous sa jolie chemise noire en tulle, à hauteur du cœur.

Elle était toute pâle...

– J'ai eu mal pareillement, chez vous, dans les Cévennes... quand j'ai vu les deux oreillers sur le lit en entrant dans la chambre... puis la bouteille d'acétone.

Ses yeux s'embuèrent. Mais soudain, un éclair froid, métallique, y passa. D'un coup, elle se reprenait en main, resserrait tous ses boulons un instant relâchés. Se reboutonnait. Et c'est non sans admiration que je la vis ainsi se raidir, moralement autant que physiquement.

– Qu'est-ce qu'elle vous a fait, la Chinoise ?

Il dit qu'elle lui a tâté son objet, rien de plus ! Je lui demande comment : « A cru ? » Il ne comprend pas l'expression.

– Directement ou par-dessus le tissu ?

– A cru, nu, directement !

Je lui demande si elle lui a mis la main dedans ? Dans le pantalon. Simplement ? Ou si elle le lui a sorti. Il dit qu'elle le lui a sorti. Je demande si elle a enlevé la ceinture, baissé le pantalon, ou si elle l'a simplement déboutonné. Il dit qu'elle l'a sorti après avoir déboutonné. Ça se passait dans le salon, sur le canapé. (En écrivant tout ça je deviens nerveuse, triste, et tout d'un coup je me dis que j'ai oublié de lui demander s'il bandait !) Je le questionne sur ce qu'il lui a fait, lui, à elle. Il dit qu'il l'a caressée. Comment ? Pour me le montrer, il passe son bras gauche, autour de mon cou, par-dessus le dossier de la banquette, et il me caresse un sein, le gauche (il est assis à ma droite). « Et le bas, je lui demande, vous lui avez caressé le bas ? » Il dit que oui. « Directement ? » « Oui. » « Vous l'avez embrassée ? » « Oui. » « Où ? Sur le cou ? les lèvres ? » Il dit qu'il l'a fait sur les lèvres. « Et vos langues se sont mêlées ? » « Oui ! » Il était excité, c'est sûr ! Comment peut-on s'exciter avec une telle fille. Je ne veux pas de ça. Finalement, cette queue s'excite avec n'importe quoi ! Si la Chinoise n'était pas partie, parce qu'elle a découvert le magnétophone, il serait allé jusqu'au bout. Mais l'important ça n'est pas qu'il soit allé jusqu'au bout ou pas, non. C'est la tentation... C'est son désir, son simple désir qui, à mes yeux, constitue déjà un crime... *un crime répugnant ! J'ai vu l'expression de son visage, j'ai entendu ses soupirs, quand il m'aimait, quand il me voulait, j'ai goûté sa langue, ses lèvres. Comment supporter que ces mêmes lèvres, cette même langue, ce même visage réagissent semblablement avec une autre femme. Ces belles choses ! Je ne veux pas les partager, ces belles choses ! Je le refuse !*

– Je vous veux pour moi toute seule. Je veux être la seule, la seule qui vous regarde VIEILLIR !

C'est peut-être ça, la différence entre les femmes et les hommes, poursuit-elle. *Un homme, ça peut s'exciter sans sentiment. Pas une femme. Il me demande* :

– Peut-on aimer plusieurs personnes à la fois ?

– Non, un sentiment ne se partage pas. Si c'était possible, la vie serait plus facile, plus... cool !

– Mais vous, avant-hier soir, ce que vous avez fait avec l'Administrateur... c'est la même chose que ce que j'ai fait avec la Chinoise. Vous couchez avec lui.

– C'était compris dans le menu, depuis le début ! C'est vous qui m'avez dit ça !

– Mais moi aussi j'ai des... menus. D'anciennes maîtresses. Si je vous comprends bien, les anciennes maîtresses sont comprises dans le menu ! Donc je peux faire l'amour avec elles ?

– Oui ! Oui ! dit-elle.

Puis, se corrigeant :

– Non, non ! Vous n'avez droit qu'à un plat ! Un seul plat ! Ni entrée ni dessert !

Reprenant son souffle, elle ajouta :

– J'en ai marre des mecs, marre, marre ! Il faut se venger des mecs !

– Vous voulez m'éliminer !

Elle se tut un instant et ajouta :

– Peut-être faudra-t-il rompre le contrat, notre contrat... Mais non, je ne pourrai jamais rompre avec vous ! Ou peut-être faudrait-il que j'aime une femme, ce serait la solution.

Avant de venir le voir je me suis pomponnée, je me suis faite jolie ! Quelle belle idiote je suis ! L'essentiel, pour lui, c'est qu'il y ait un trou avec des poils autour ! Il est comme l'Administrateur, comme tous les autres mecs ! Quel désespoir ! C'est un écrivain, mais quelle est la différence ?

Elle paraissait froide, figée. Et à la fois bouleversée. J'arrivais mal à la saisir. Que saurais-je jamais d'elle ? Tout ça m'attristait. Mais pesait sur moi aussi, m'étouffait. Elle parla de son cours, à 17 heures. Il était 17 heures. Je demandai la note *(table 306, Stéphane barman, 52 francs)*. Elle dit :

– Il faut que j'aille là.

Elle montra l'escalier descendant aux toilettes. La regardant s'éloigner je vis que, pour la première fois, elle portait de petites chaussures plates, ce qui épaississait légèrement ses mollets. Ils en étaient d'autant plus jolis, émouvants. Elle disparut dans les escaliers. Comme dans une trappe de théâtre.

Derrière le bar un garçon en veste blanche agitait au-dessus de sa tête, entre ciel et terre, un shaker chromé, comme Jupiter sa scintillante foudre. Le pianiste égrenait *Roses of Picardy* :

And the roses will die with the summertime...

Nous sortîmes. Descendîmes le long du square Marco-Polo (*1254-1323, Découvreur de l'Asie*, précisait une plaque), empruntant le chemin que nous avions parcouru, neuf mois auparavant, pour nous rendre à la fontaine Médicis.

– J'aime cette perspective, dit-elle (montrant la double rangée de marronniers en fleur s'étendant jusqu'au Luxembourg), même si ça manque un peu de...

– Fantaisie ?

Je l'épiai du coin de l'œil. Elle frissonnait légèrement, sous sa fine chemise de tulle. Le soleil brillait, mais l'air était froid.

– Je suis un homme du Sud, dis-je, un peu latin de tempérament. J'ai l'impression parfois que vous êtes si froide. Ça me fait penser que vous dissimulez : que vous êtes fabriquée comme les poupées russes, emboîtées l'une dans l'autre, à l'infini.

– Si je suis comme les poupées russes, c'est peut-être parce que je deviens de plus en plus petite.

– Nos codes sont différents…

– Il faut trouver le code.

– Vous ne seriez donc, en fait, qu'un Poti sentimental ?

– Oui !

Elle frissonna derechef.

En marchant vers la Sorbonne, il avait l'air d'être étonné que moi, apparemment si froide et arrogante, je puisse être en même temps sensible. Je lui ai répondu que je trouvais ce contraste beau ! J'ai toujours aimé ça, chez moi, ce contraste ! Mais en même temps c'est si douloureux : je ne veux plus supporter d'être à la fois exilée, ainsi, à l'étranger, et blessée au fond du cœur. Peut-être faudrait-il s'arracher de la poitrine la possibilité d'aimer, d'être heureuse ! Ainsi éliminerait-on la possibilité de souffrir. Je me moquais autrefois d'une Américaine qui, par prévention, s'était fait amputer des seins parce que, dans sa famille, il y avait eu plusieurs cas de cancer du sein. Et maintenant je voudrais faire comme elle... Je n'en peux plus !

Il m'a répété que ce que je faisais avec l'Administrateur c'était la même chose que ce qu'il avait fait avec la Chinoise. Mais s'il m'aime et s'il supporte ça, c'est son affaire ! Moi je ne puis le supporter, c'est peut-être égoïste de ma part, lâche... Je ne peux pas jouer à ce jeu, non, je quitte la scène... Il faut qu'il y ait entre nous une confiance, une confiance réciproque, forte. Alors peut-être l'amour pourra-t-il naître, se développer, s'approfondir. Sinon ça ne m'intéresse pas. Je préfère tout rejeter. Il faut remettre les compteurs à zéro. Ou on rejette tout, ou on s'aime. C'est l'un ou l'autre, il n'y a pas de milieu... malheureusement.

Nous entrâmes dans la cour de la Sorbonne. Elle était pleine de jolies filles. Elles fleurissaient partout dans Paris avec le printemps. Nous passâmes devant une bibliothèque.

– Le bibliothécaire me fait peur, dit-elle. Il y a quelque chose de monstrueux dans son visage.

Je dis que la dernière fois que j'étais venu à la Sorbonne, c'était pendant la grande fête insurrectionnelle de mai 1968.

– Trente ans ! dit-elle.

Ce chiffre « trente » m'effara. S'y mesurait le précipice du Temps.

– Vous étiez à peine née, dis-je. J'avais vingt ans...

Son amphi était vieillot. Les murs étaient couverts de boiseries mal entretenues. Ça sentait le manque de fric, l'ennui. Le prof, derrière son bureau, était à l'avenant. Je dis à Tamako je ne sais trop quelle vulgaire banalité, en la quittant, du genre :

– On se téléphone.

J'étais fatigué. Recru de tristesse, d'ennui.

Sur le boulevard Saint-Michel, je passai devant l'étalage en plein air d'un libraire. Des livres en solde s'y vendaient : je trouvai *Les Communistes* de Louis Aragon. Cela me rappela, avec on ne sait quelle douloureuse nostalgie, ce projet de roman sur les années trente. J'achetai *Les Communistes*. Le livre sous le bras, je rentrai chez moi, après un saut au marché de la rue de Bretagne, où je pris des fraises gariguettes, des côtes d'agneau. Sur les étals on revoyait des abricots, jaunes et rosés... Je croisai un écrivain qui eut son heure de gloire et croupissait désormais dans la dépression :

– Ça va l'inspiration ? dis-je.

Il leva une de ses mains, puis la plongea vers le bas.

– Des hauts, des bas, vous savez ce que c'est...

J'entrai chez moi. Le voyant rouge du répondeur, signalant qu'un message avait été enregistré, se trouvait allumé. J'appuyai sur la touche Message.

Je n'ai rien écouté de l'exposé du prof : un exposé sur un peintre russe de la fin du XIXe siècle. A la place, j'ai pris en note ce que nous nous sommes dit à La Closerie. J'avais hâte que le cours finisse. Je voulais me venger, mais de quoi ? Lui laisser un message téléphonique avant qu'il ne soit rentré chez lui. A 18 heures 30, je suis sortie de la Sorbonne. J'ai pris à rebours le chemin que nous avions suivi, tout à l'heure. Ces arbres, dont nous avons piétiné les ombres... Ces arbres, je ne veux plus les revoir. Les cabines téléphoniques n'étaient pas libres. Alors j'ai appelé d'une cabine du métro. J'avais longuement réfléchi à ce que j'allais dire. Au départ j'avais pensé à : « Je ne veux plus vous voir que pour travailler sur les carnets, le passé et plus l'avenir », mais finalement j'ai laissé un autre message.

– Bonjour, c'est Tamako... euh... (bref silence)... Excusez-moi de vous avoir fait perdre beaucoup de temps... à peu près... un peu plus d'un an maintenant... Je ne pourrai plus vous donner la suite. Au revoir !

Le ton du message téléphonique était froid. « Pro ». Méprisant peut-être. J'en fus glacé, pétrifié. Blessé mais soulagé à la fois. Écrasé.

J'ai pris ensuite le métro. J'étais triste. Dans mon wagon, ce soir, j'étais la plus triste des passagères. Tous les sentiments que j'avais éprouvés pour lui avaient perdu leur sens. Seul restait un grand vide.

A 21 heures 20, il m'a téléphoné. Heureusement, l'Administrateur était en train de prendre sa douche. Il m'a dit :

– On va au Terminus Lyon ou au Terminus Est ?

– Ça n'est pas la peine d'y aller.

– Il faut y aller. C'est dans le contrat... Nous sommes liés. Ça nous dépasse... C'est métaphysiquement nécessaire.

– Eh bien on ira...

– Samedi ? Vous m'appelez samedi...

– Euh...

– Vous ne pouvez pas parler maintenant ?

– Non.

– J'attends votre coup de fil samedi.

– Oui, au revoir...

Je n'ai plus de force. La douleur dans mon cœur s'accroît de plus en plus. Et pourtant je sais bien que le temps règle tout.

De mon côté, je téléphonai, « pour supplément d'information » à plusieurs anciennes maîtresses. J'allais « aux femmes » comme on va à Damas. J'avais revêtu ma robe de bure de pénitent. Humble, triste, je les prierais de « m'expliquer », puisque, à tout ça, je ne comprenais rien. Aline, vingt-cinq ans (étudiante en histoire de l'art), m'assura – après que je l'eus questionnée sur le sujet – qu'on pouvait très bien payer une fois ou deux son loyer par semaine avec un aubergiste et, par ailleurs, aimer son amant et être jalouse de lui.

Ce qu'elle conclut par :

– Moi aussi, ça m'est arrivé de payer mon loyer. Ça se fait de plus en plus !

Je lui avais expliqué auparavant comment je m'étais lancé dans cette aventure : à ce jour, on n'avait jamais écrit de roman qu'à partir de la vie, à la retombée de la vie ; or, c'est à l'idée préconçue d'un roman que j'avais voulu plier la vie ! Évidemment, cet échafaudage farfelu s'est écroulé, la vie s'est rebellée, et c'est elle qui a fini par écrire « mon » roman…

– C'est du Borges, me dit Aline, qui connaissait ses classiques. Mais tu veux quoi, au bout du compte ? Ton roman ou ta Jap ?

– Je ne sais pas. Les deux…

Je me plongeai dans *Les Communistes* d'Aragon.

Le lendemain était premier mai : fête du Travail !

31

... La malédiction du travail...
(Paul Lafargue, *Le Droit à la paresse*, 1873.)

1er mai

Le lendemain, assis sur le canapé couleur terre, j'ai pris mon petit déjeuner, les yeux fixés sur le fauteuil haricot rouge, en face de moi : il reposait là, au sol, sur ses tubulures chromées, témoin muet, ou sans mémoire. Depuis que Tamako m'avait lu sa description de mon appartement, telle qu'elle l'avait vu la première fois, je regardais mes meubles, ma moquette râpée, la bibliothèque, les livres qui y étaient rangés dans le désordre, les plantes grasses, avec un œil tout différent. Elle les avait, dirais-je, « japonisés ». Ainsi, aurais-je jamais fixé sans elle mon attention sur le revers grenat des feuilles de ces plantes grasses ? Aurais-je porté pareil intérêt à la lumière jouant sur leur face vernissée ? Et puis, il y avait cette gerbe de blé, plus que sèche désormais, accrochée dans un coin de mur ; il y avait cette carte de Shanghai 1930, épinglée non loin, comme un morceau de Temps arrêté ; ces masques, l'un noir, l'autre doré, pendant au cadre de ce tableau, au bout de leur élastique ; cette chapka abandonnée dans un coin ; cette coupe de verre où j'avais pris l'habitude de jeter quelques-unes des fleurs de mes bouquets, quand elles avaient séché... Chacun de ces objets symbolisait un ou plusieurs moments d'amour abolis. Rassemblés tous ensemble, dans mon regard, ils s'y articulaient comme des mots dans une phrase, pour former, par-delà la linéarité du temps, un récit : un roman. C'était, en quelque sorte, des pictogrammes. Qui, tous, me parlaient d'elle.

De nous. Elle m'avait colonisé. C'était ça peut-être aussi, la conquête du Japon...

Les iris, dans un vase posé au sol, avaient *fané*. Mais ce mot là, *fané*, n'était-il pas pour moi, et à jamais, japonisé lui aussi : depuis que, sur son cul, ses bleuets avaient *fané* ; depuis que, dans les bras des hommes, elle m'avait dit qu'elle ne voulait pas être comme une fleur *fanée* ? La grande sphère de coprospérité de l'Empire du Soleil levant s'étendait jusqu'aux objets les plus dérisoires, jusqu'à ces trois confettis, tiens, là, qui, sur un coin de moquette, têtus, vindicatifs, inéliminables, persistaient dans leur être...

Je me suis habillé. J'ai cueilli dans ma bibliothèque un annuaire, alphabétique, et j'ai cherché le mot Terminus. Il en existait vingt-deux : hôtels, cafés, restaurants. J'ai décidé d'en faire la tournée, afin de choisir celui qui conviendrait le mieux à notre rencontre (notre ultime rencontre ?) de samedi. Il faudrait qu'il soit triste, implacablement triste, définitivement triste :

Terminus du Châtelet, 5 rue des Lavandières-Sainte-Opportune, Ier.
Terminus Victoria, 10 avenue Victoria, IVe.
Hôtel Terminus Austerlitz, 12 boulevard de l'Hôpital, Ve.
Terminus Montparnasse, 59 boulevard Montparnasse, VIe.
Le Terminus, 5 rue du Bac, VIIe.
Terminus Est, 5 rue du 8-Mai 1945, Xe.
Terminus Nord, 23 rue de Dunkerque, Xe.
Terminus viennois, 112 rue de Maubeuge, Xe.
Terminus viennois Nation, place de la Nation, XIe.
Terminus Lyon, 19 boulevard Diderot, XIIe.
Terminus, 15 boulevard Poniatowski, XIIe.
Café La Chope Terminus, 6 place de Rungis, XIIIe.
Terminus, 197 boulevard Brune, XIVe.
Terminus Vaugirard, 403 rue de Vaugirard, XVe.
Terminus Saint-Cloud, 234 avenue de Versailles, XVIe.
Le Tabac du Terminus, 8 place de Saint-Cloud, XVIe.
Terminus viennois porte de Champerret, place Stuart-Merrill, XVIIe.
Le Terminus, 4 place Jacques-Froment, XVIIIe.
Café Terminus Clignancourt, 35 boulevard Ney, XVIIIe.

Terminus hôtel Flandre, 6 passage de Flandre, XIXe.
Hôtel Terminus et des Sports, 96 cours de Vincennes, XXe.
Terminus Vincennes, 111 cours de Vincennes, XXe.

Le Terminus Lyon était éliminé d'office. Tamako le connaissait. Elle l'avait jugé « pas assez triste », et « trop cher ». Quant au Concorde Saint-Lazare, ex-Terminus Saint-Lazare (le Terminus de *Ninotchka*) je m'y étais rendu déjà : refait à neuf, il était insignifiant.

Le Terminus Nord, de par la connotation de « froid » qu'impliquait l'adjectif qui le déterminait, m'est apparu, avant vérification, le plus approprié. J'ai arraché la page de l'annuaire, griffonné dessus : *Il nous faudra tous les faire à la fois*, signé *Marcel*, et je suis descendu la poster à Ginette ou du moins à Tamako. Non sans en avoir auparavant tiré une photocopie.

J'ai pris ensuite un autre café, à la terrasse ensoleillée de la brasserie Au Métro, boulevard Voltaire. Il faisait chaud, un beau soleil. La foule s'assemblait aux alentours de la dondon en bronze de la place de la République, des étendards, des banderoles encore roulées, à la main, en vue du grand défilé de la fête du Travail. Les gens étaient en chemise, en tee-shirt. On se serait cru en été. Sur mes carnets, avec un feutre, j'ai rédigé le récit de la journée de la veille. Je suis allé après dans un chinois, le Long Huan, où j'avais mes habitudes. J'ai commandé, comme chaque fois, du porc au basilic. Le garçon ne me présentait même pas le menu. Ça l'amusait que je mange toujours le même plat. J'ai songé à ce que m'avait dit Tamako, la veille : « Non, pas de menu, ni entrée, ni dessert, un seul plat ! »

A une table voisine se trouvait assemblée toute une famille, mari, épouse, grand-mère, et un berceau où se trouvait un bébé blond en pull rose, frisé, avec une tétine dans la bouche. Je l'ai trouvé immonde. Sur la table était posé un biberon plein de lait. Ça m'a rappelé notre biberon. Regardant le bébé, j'ai songé à la photo que m'avait montrée Tamako, avec le nourrisson de sa sœur en équilibre instable sur ses genoux. Elle avait sur ce cliché, avec ses yeux d'allumée, une allure extrêmement peu maternelle. Ça lui « allait mal »... Soudain, la maman, posant son bol de riz, s'est levée pour rattraper le bébé qui, quittant son berceau posé au sol, commençait à s'aventurer, à quatre pattes, entre les tables du restaurant :

– Marcel, Marcel ! l'a-t-elle appelé.

Là, c'était le comble : Marcel ! J'ai fini à la hâte mon porc au basilic, j'ai payé et me suis enfui. Dehors, les manifestants avaient commencé à défiler de la République vers la Nation... Les haut-parleurs des camionnettes hurlaient des slogans : « TOUS ensemble ! » Ou bien : « De vrais emplois, de vrais salaires, une vraie relance est nécessaire ! » Ou bien : « Un vrai travail, un vrai salaire, à bas les emplois précaires ! » Les enfants, certains sur les épaules de leurs parents, tenaient des ballons rouges, gonflés à l'hélium, qui flottaient dans l'air, au bout d'un fil. Sur les ballons était inscrit le sigle FO : Force ouvrière... Des pancartes indiquaient l'appartenance syndicale et la provenance des groupes de personnes qui défilaient : CGT Créteil, CFDT Bagnolet, etc. Une femme, coiffée d'un bonnet phrygien et debout, micro en main, chantait : « Ça ira, ça ira, ça ira, les aristocrates à la lanterne, ça ira, ça ira, ça ira, les aristocrates on les pendra. » L'air était envahi d'odeurs de grillades. Des merguez cuisaient çà et là, sur des barbecues dressés dans la rue... J'ai acheté un brin de muguet. Je l'ai accroché à la boutonnière de ma veste en lainage.

J'avais fait le même geste, un an auparavant, en assistant au même défilé du 1er mai. Le cercle se refermait, le cycle. C'était bizarre : notre roman s'achèverait-il comme il était prévu qu'il s'achevât ? Au printemps. Tout juste après la date anniversaire de notre première rencontre. Y avait-il eu quelque secrète ruse de mon inconscient, dans le fait que j'avais montré à Tamako cette chronologie, avec son fatidique « Baise XXXX », cause de sa décision de rupture ? Il fallait une fin ! Je l'avais ! Et j'en étais navré.

J'ai pris le métro à Oberkampf. C'est direct pour la gare du Nord. Dans les wagons, la RATP affichait des poésies, sans doute pour distraire les voyageurs. En l'occurrence, c'était un haïku japonais, traduit par Paul Claudel : *Ce ne sont pas mes épines qui me défendent, dit la rose, c'est mon parfum.* Je suis sorti rue de Dunkerque. Sur la façade d'un haut immeuble de style haussmannien, tout au long du balcon de l'avant-dernier étage, s'étalait, en lettres blanches, l'inscription HÔTEL TERMINUS NORD. Inscription qui se répétait en écho, légèrement modifié, sur le store écarlate, au rez-de-chaussée : TERMINUS NORD RESTAURANT 1925. Ainsi, ai-je songé, nous dînerions au restaurant Terminus, puis nous nous retrouverions dans une chambre de l'hôtel du même nom. Un Asiatique, vietnamien sans doute, trop petit et trop maigre dans sa veste rouge à col doré de portier, faisait le pied de grue à l'entrée, à côté d'un arbre en pot. L'hôtel, du début du siècle, avait été entièrement refait à l'intérieur : cela puait un luxe extrêmement vulgaire. C'était un trois étoiles. Je m'enquis auprès de deux jolies réceptionnistes (qui me regardèrent avec un œil méfiant : je ne m'étais pas rasé) du prix des chambres : 990 F avec douche. C'était trop cher. Pas plus de 150, avait dit Tamako naguère. Et puis, ce sordide luxueux était certes un triste sordide, mais ça n'était pas le sordide qui convenait. Je suis ressorti, non sans avoir pris plusieurs photos (j'avais sur moi mon Espio) de l'intérieur et de la façade extérieure. J'ai acheté aussi une carte postale de l'hôtel qu'aussitôt j'ai postée à Ginette.

Marcel a repris le métro. Je m'y suis égaré, incapable de trouver ma direction : place d'Italie. Mon cerveau était déconnecté. Une boussole folle. Des larmes me montaient aux yeux. J'avais huit ans, neuf ans, j'étais un enfant perdu. J'ai fini par trouver ma ligne. Sur le quai, deux blacks draguaient une blonde, la charriant gentiment. Une folle, très vieille, avec la tête étrangement emmaillotée de bandelettes, s'est dressée devant eux, sur ses ergots, et a fait, sans rien dire, le salut nazi. J'aurais pu m'arrêter au Terminus Est, la gare de l'Est était sur ma ligne. Mais c'en était trop. J'avais le cœur crevé. Je suis rentré chez moi. C'était bizarre, ce mélange de sentiments en moi : cette souffrance, mais ce plaisir qu'en même temps elle me procurait. Comme si, tout en l'éprouvant bien réellement, je la contemplais, au second degré. J'étais libre. Mais quelle tristesse de l'être !

La veille, Tamako m'avait dit qu'elle dînerait sans doute, le lendemain soir, chez Uncle Ho, tout près de chez moi, avec l'Administrateur et des amis. Sur les 21 heures, je me suis rhabillé.

Incertain d'y aller ou pas. J'ai descendu la rue Oberkampf, traversé le boulevard des Filles-du-Calvaire (chemin que j'avais si souvent pris pour rejoindre Tamako à nos rendez-vous de la place des Vosges). J'ai repéré, non loin de chez Uncle Ho, une Jaguar blanche, garée. Celle de l'Administrateur, sans doute. Passant devant le restaurant (« Spécialités vietnamiennes », était-il précisé sur le store vert), je me suis décidé soudain, in extremis, à ne pas y aller. Mes yeux ne sont pas très bons. J'ai cru entr'apercevoir, à une table proche du bar, le visage tout pâle et gominé de Tamako dont le regard était braqué vers la porte d'entrée ouverte. Je suis passé, nonchalamment, comme un qui se rend à un autre rendez-vous. A nouveau m'a poignardé la souffrance. La jalousie aussi, mais en même temps est remontée en moi cette impression qu'au fond je la savourais, cette souffrance, comme une friandise délicieusement amère. Était-ce l'âge qui me donnait cette possibilité de distancier les choses, de les théâtraliser : c'est-à-dire la présence de la mort ?

2 mai

Le lendemain, vendredi, j'ai appelé Tamako sur les 10 heures. Je lui ai fait écouter l'enregistrement de son message téléphonique de rupture :

– Marcel, il a entendu ça, ai-je dit, alors, Marcel, qu'est-ce qu'il devient, avec ça ?

Elle n'a pas répondu. Elle a dit :

– Je vous ai vu hier soir, de chez Uncle Ho. Pourquoi n'êtes-vous pas entré ?

– Je n'ai pas voulu. Je n'ai pas osé. Je passais seulement...

– Vous alliez quelque part ?

– Non, je me baladais... Et puis j'ai songé : comme ça, elle m'aura vu... En ce moment je fais la tournée de tous les Terminus, il y en a vingt-deux.

– Ah bon ?

– Je vous ai envoyé la liste, vous la recevrez demain sans doute. Samedi, on fera les vingt-deux d'un coup.

– Ça n'est pas la peine !

– Si, je vous l'ai dit, c'est obligatoire, métaphysiquement obligatoire : Marcel et Ginette doivent se dire adieu. C'est triste, dégueulasse…

– C'est vous qui êtes dégueulasse !

– Qu'est-ce que j'ai fait ?

– Des conneries.

– J'en ai fait toute ma vie…

(Il est à noter que si je puis rendre, dans tout son implacable pathétique *réalisme*, ce dialogue de Ginette et Marcel, c'est que je l'ai enregistré sur mon magnétophone.)

– Vous ne changez pas, a poursuivi Ginette.

– Cette histoire de la Chinoise, ça n'est rien, un détail, vous êtes…

– Infantile, je sais.

– Non, vous êtes *bidon-vide-une-miette-pas-assez-bizarre-un-ver-de-terre-lourde-ordinaire-une-pauvre-petite-Japonaise-un-Poti-sans-collier-sinistre-que-j'abandonnerai-à-la-fin-du-livre*… mais, infantile, vous ne m'avez jamais dit que vous l'étiez !

– Je suis infantile ! Vous perdez votre temps avec moi, voilà ce que vous faites !

– Et le roman ? Et la conquête du Japon ?

– Il y en a d'autres pour le faire !

– Vous voulez que j'engage une doublure ? Mais c'est vous la star et, au milieu du film, vous désertez !

– Je ne joue pas la comédie, moi. Je l'ai jouée un petit peu au début, c'est tout !

– Et vous croyez que je joue la comédie, moi ?

– Certainement ! (Voix glaciale.) Et ça ne m'intéresse plus !

– Je ne joue pas la comédie.

– Si…

– Ça n'est pas parce qu'il y a un jeu que je ne suis pas sincère !

– Je ne marche pas, je ne marche plus !

– On ne peut parler de ça au téléphone. Je veux vous voir… demain. Comment pouvez-vous penser que j'ai pu, pendant un an, jouer la comédie ?

– Je vois le résultat, le 15 mars !

– Il n'y a rien eu avec la Chinoise le 15 mars !

– Y'en a marre des mecs !

– Je n'ai pas agi avec vous comme un mec !

– Vous êtes comme les autres ! Je suis déçue…

– Vous m'avez dit ça, déjà, en sortant de l'hôpital Necker… Bon… je suis un peu fou… je joue… si vous voulez… mais si nous ne jouions pas, nous serions des animaux, ou des primates piétinant dans le pied de la lettre… C'est la Beauté qui m'intéresse, et j'ai passé avec vous des moments… beaux !

– Je ne savais pas.

– Comment vous ne saviez pas ?

– Ça n'a plus de sens ! Ça avait un sens avant ! J'ai eu mal !

– Moi aussi… J'étais malheureux hier, c'est pourquoi je suis passé devant chez Uncle Ho… Je veux vous parler… Les femmes oublient si vite.

– Et les Japonaises totalement !

– Vous êtes une dure, je vous l'ai dit déjà, souvent… Je veux vous voir !

– Je ne veux pas que vous me *touchiez* !

– Je n'ai violé personne, jamais : on ira dans un Terminus ! On s'assiéra sur le lit, on regardera la télé en buvant une bière tiède, ça sera triste.

– C'est pourquoi je ne veux pas le faire !

– Il le faut ! Il FAUT être triste !… Je réserverai une chambre, et vous appellerai demain vers 9 heures 30.

– Dix heures.

– N'y manquez pas, je suis trop malheureux, vous me croyez capable de l'être ?

– Non !

– J'étais persuadé que vous me mentiez ! J'ai joué… Mais… *On ne badine pas avec l'amour*… Et puis… il y a notre travail !

– Trouvez d'autres documents !

– Il ne s'agit pas de documents, mais d'une aventure.

– Vous me faites du mal !

– La vie est une chose, mais il faut aussi la penser et, pour la penser, se regarder vivre ! Je vous en prie, demain, appelez-moi, sinon je souffrirai trop. Mais il y a aussi je ne sais quel plaisir dans cette souffrance.

– Vous êtes sûr de vous.

– Non, je suis égaré… Mais je veux que vous restiez ma… mon compagnon d'armes, mon compagnon de combat, *doshi* ! Je vous adore, à bientôt…

Sur les midi, le même jour, je suis allé voir mon éditeur qui m'a promis de me renouveler mon contrat, l'année suivante : « Faites-moi confiance comme je vous fais confiance ! » m'a-t-il dit. La maison d'édition était à Saint-Germain. J'en ai profité pour dériver tout au long de la rue du Bac, jusqu'au restaurant Le Terminus, au 5 de la rue. Je me suis d'abord trompé de sens, la remontant, au lieu de la descendre vers la Seine. A la fin, je l'ai déniché : sur son store vermillon était inscrit, en lettres dorées : *Brasserie, breakfast, quick lunch…* Les murs étaient tendus de papier peint mauve. A droite de l'entrée, un bar en cuivre. Aucun intérêt : un troquet comme un autre ! Je n'y ai même pas pris un verre. Celui-là non plus ne pouvait être « notre » Terminus !

J'ai traversé la Seine par le Pont-Royal, puis le jardin des Tuileries, rejoignant bientôt la place des Pyramides et sa statue de Jeanne d'Arc. J'ai longé les colonnades de la Comédie-Française. Des affiches annonçaient un prochain spectacle : *LA VIE PARISIENNE*. Rue Molière, je suis passé devant un hôtel où j'avais vécu avec ma mère, après notre départ d'Algérie. Il était en travaux. Sur sa façade, un certain nombre de lettres, composant son nom, avaient été arrachées. Celles qui restaient formaient une sorte de rébus : HÔTEL D............IEU. Les lettres arrachées demeuraient cependant lisibles, grâce à l'empreinte d'humidité qu'elles avaient laissée derrière elles, sur le mur, de sorte qu'on pouvait décrypter le nom complet : HÔTEL DE RICHELIEU. Une plaque commémorative indiquait que le poète péruvien César Vallejo avait vécu là avant guerre. De lui, je me rappelais quelques vers : *Hay golpes, en la vida, tan duros, como de la rabia de Dios* (il y a des coups, dans la vie, si durs, comme de la rage de Dieu)… J'ai pressé le pas devant la Bibliothèque nationale, triste, honteux, comme un déserteur. J'ai lancé un œil vers le café Amalthée, square Louvois, où j'avais bu un café naguère avec Tamako. J'ai déjeuné à La Vigne : côtes d'agneau et Vittel. Aucune envie de boire du vin. Ma serveuse Fragonard était toute pâle ce jour-là, jaune de teint. Elle semblait épuisée, amaigrie. Quand, posant son calepin sur ma table, elle avait appuyé dessus son pouce et son index gauches, étonnamment musclés, puissants, pour gribouiller de sa dextre l'addition, je me suis rendu compte que ses doigts étaient rougis, rongés par l'eau de vaisselle : elle travaillait. C'était un modèle de toile réaliste-socialiste que mon Fragonard. Un Samokhvalov ! Un Deïnéka ! J'ai appelé ensuite une autre amie : pour avoir un nouvel avis sur le cas Tamako. Sandra m'a donné rendez-vous à côté de chez elle, à Ma Bourgogne, place des Vosges. Elle avait 25 ans, je l'avais connue quand elle en avait 17. C'était une très jolie blonde, aux yeux clairs, une poupée. Quelques mèches sur son front formaient une fine résille d'or.

Quand elle a eu entendu mon histoire, elle m'a lancé, railleuse :

– Alors, comme ça tu t'es dit : je vais écrire un roman d'amour. Il est 12 heures 32. A partir de 12 heures 33 je tombe amoureux.

– C'est peut-être ça, dans un certain sens ! ai-je répondu.

– Mais elle, elle est amoureuse ! C'est évident ! Et la fin de ton roman, tu l'as ?

– Elle est prévue depuis le début : le Terminus.

Un vague brouillard de rêverie émue passa dans les grands yeux verts de Sandra :

– C'est joli. Une jolie méditation sur le temps.

Puis elle a ajouté :

– Surtout, surtout ne la touche pas !

Et j'ai cru entendre le *Noli me tangere* évangélique.

J'ai traversé la cour de l'hôtel Sully et arpenté la rue de Rivoli jusqu'au Châtelet. J'ai découvert la rue des Lavandières-Sainte-Opportune et le Terminus Sainte-Opportune. Son nom était inscrit en lettres blanches sur un store vert. C'était un restaurant, il était fermé. Je me suis souvenu y avoir mangé autrefois. Il datait des années vingt. J'ai pris le métro à Châtelet. Et je suis descendu à la station Porte de Vincennes. C'était direct. J'ai marché le long du cours de Vincennes jusqu'au numéro 92 : Hôtel Terminus et des Sports, deux étoiles. Il vous avait un air province tristounet pas désagréable. Peut-être pourrait-il « faire l'affaire », d'autant qu'à côté un restaurant, semble-t-il de qualité, portait un nom de circonstance : Comme autrefois. J'ai dérivé ensuite vers le 111 cours de Vincennes, me confrontant (lettres blanches sur store vieux rose) avec le Terminus Vincennes. C'était un café. Minable, pourri, crasseux ! On y boirait un apéritif, on déjeunerait au Comme autrefois et on finirait à l'hôtel Terminus et des Sports ? J'ai repris ma dérade vers la place de la Nation. J'ai entendu, soudain, un épouvantable fracas. Deux voitures s'étaient rentré dedans. Le conducteur de l'une gisait, en sang, sur son volant, mort. Il venait d'échapper au Temps.

J'ai continué ma route. Le soleil, perché au-dessus des deux colonnes de la Nation, éblouissait. J'étais épuisé. Mais en même temps comme grisé de cette fatigue mêlée de tristesse. Sur le quai du métro, une affiche publicitaire des grandes surface AUCHAN a attiré mon attention. Un poste de télé y était présenté et, sur l'écran du poste, on voyait une geisha : l'héroïne de *Madame Butterfly*, du moins du film qu'on avait tiré de l'opéra. L'actrice était asiatique, très jolie, elle ressemblait à Tamako. En légende : *Toute l'émotion du cinéma chez vous*, et encore : *La vie AUCHAN, elle a quelque chose de plus*. Avec ça le prix du téléviseur : 1990 F… Le « gauchisme » publicitaire avait encore frappé ? J'ai pris en photo l'affiche. Elle était collée aux voussures faïencées du métro, à coté d'un distributeur automatique « Selecta » de boisson gazeuses : Sprite, Coca, Fanta, Évian…

J'avais l'impression, dérivant de Terminus en Terminus, non de marcher dans la ville, mais de la lire, de tourner à chaque pas plusieurs de ses feuillets. De l'écouter bruire, et me raconter ses secrets. Je suis rentré chez moi, j'ai téléphoné aux huit ou neuf Terminus qui restaient. La plupart semblaient des hôtels de qualité. L'un d'eux, isolé dans une petite rue d'un arrondissement populaire, le XIXe, passage de Flandre, m'a intéressé. La femme qui m'a répondu, d'une voix rauque, cassée, marquée d'accent arabe, m'a dit que dans son établissement on ne « réservait » pas. J'ai immédiatement songé que c'était un hôtel de passe. Et j'ai cru – simplement à entendre la voix de cette femme – en deviner le papier peint bouffé d'humidité, le bidet faillé, les draps sales. Images, rêve dont j'avais envie d'entourer, d'embaumer, d'embrasser – d'envelopper Tamako : comme d'un linceul. J'ai étudié mon plan de Paris pour repérer l'hôtel. Mécaniquement, mes yeux sont redescendus vers le sud : passant du XIXe au XXe arrondissement. Et venant s'arrêter sur la rue du Japon.

32

Seul celui qui, en esprit, a achevé l'inachevé peut découvrir la véritable beauté.
(Okakura Kakuzô, *Le Livre du thé*, 1906.)

... Nous avons cessé d'être des artistes dans la vie quotidienne...
(V. Chklovski, *Résurrection du mot*, 1914.)

Samedi 10 mai

La pluie nous a surpris, comme nous redescendions la rue de Ménilmontant. Nous avons couru nous abriter dans le premier café venu. Tamako, juste au moment où nous y sommes entrés, m'a fait remarquer son nom, sur le store : L'Abri. C'était un café arabe, avec des tables en Formica jaune citron. J'ai pris un Coca-Cola, elle a pris un thé. Elle portait encore aux oreilles, en pendentifs, deux paires de petites cerises vertes que je venais de cueillir sur un arbre, dans l'impasse de l'Ermitage voisine. Je lui ai demandé si elle voulait poursuivre notre travail de traduction. Elle a dit :

– On traduit quoi ?

– La journée où nous sommes allés au Terminus...

Elle a sorti de son sac un classeur, l'a ouvert : s'y trouvaient des feuilles dactylographiées. Elle les a posées sur la table, à côté de sa tasse de thé, puis soudain elle les a remises dans le classeur qu'elle a rentré dans le sac.

– Non... ça n'est pas possible, a-t-elle murmuré, émue. C'est trop proche...

Une semaine à peine avait passé. J'ai insisté :

– Seulement le début…

Elle a ressorti le classeur. Rougissante, elle a commencé à traduire :

Samedi 3 mai

A 10 heures, il m'appelle. Je lui demande :

– Comment allez-vous ?

Après une seconde de silence, il dit :

– Bien !

On sent que c'est de façon très réfléchie qu'il a prononcé ce mot, qu'il l'a longuement mâché, remâché. Je suis un peu déçue. D'où vient ce mot, « bien », qu'est-ce qu'il signifie ? Plusieurs hypothèses me viennent alors à l'esprit : 1) Il n'est pas mécontent que cette histoire s'achève, il se sent débarrassé. 2) Il a préparé des éléments pour me convaincre, il est sûr de lui. 3) Il a trouvé une belle fin à son roman.

– Vous êtes « bien », comme ça ?

– Je vous expliquerai.

Il me dit qu'il a fait, la veille, la tournée de plusieurs Terminus. Que plus ils sont luxueux, plus ils sont sordides. Il a ajouté qu'il avait trouvé l'endroit qui convenait à notre rendez-vous, l'endroit idéal. C'est, a-t-il dit, la rue la plus minable, la plus triste de Paris. Quand il l'a nommée : rue du Japon, j'ai immédiatement pensé à l'hypothèse 3. Il a trouvé une belle fin au roman. Il a dit :

– A 11 heures 30 précises à l'angle de l'avenue Gambetta et de la rue du Japon. Ensuite on va marcher dans Paris…

Je ne comprends pas pourquoi il veut qu'aujourd'hui on marche dans Paris. Depuis la dernière fois qu'on s'est vus, j'ai mal au ventre. J'ai maigri. J'ai perdu tout le poids que j'avais regagné au Japon. Mon buste est squelettique. C'est triste, ce buste que je n'aime pas. Je n'ai vraiment pas envie de toucher son corps sale, répugnant, ni qu'il me touche. Cependant, par précaution, je me parfume, je prépare ma trousse de maquillage et ma trousse de toilette. Je range tout ça dans mon sac. Un sac en gaze, noir. Son tissu me fait penser à celui des kimonos d'été. J'enfile une paire de collants. Comme chaussures, je choisis des sandales vernies à boucles d'argent. C'est un cadeau du Prétendant. Elles ont été dessinées par un ami à lui, un styliste. Je mets une robe courte noire qui ressemble à une combinaison de sous-vêtement. Je me demande d'ailleurs si ça n'est pas un sous-vêtement. Par-dessus, un cardigan en dentelle blanche, tout froissé. J'ai emprunté ces habits à Komako... C'est un plaisir de porter les habits d'autrui. On a l'impression d'être QUELQU'UN D'AUTRE *!*

10 heures 30 : Il fait très beau. La météo a annoncé : un puissant anticyclone s'installant pour quelques jours entre la Grande-Bretagne et la France qui dirigera un flux d'est puis de sud propice à un assèchement et à une nette remontée des températures. Pour le samedi 3 mai température prévue 24° ...

J'ai mis un polo noir et, pour la première fois de l'année, un costume d'été : beige en toile souple. Celui-là même que j'avais enfilé, un an auparavant, le jour de *Ninotchka*. Le téléphone a sonné. L'opticien m'a annoncé que mes nouvelles lunettes étaient prêtes. A un moment donné je me suis pincé un doigt dans la porte de la salle de bains : l'annulaire droit. J'ai fait couler dessus de l'eau glacée. Dans la poche intérieure de ma veste, j'ai rangé mon carnet et, sans savoir pourquoi, la photo de ma mère, celle des studios Harcourt. Dans une poche de côté, j'ai glissé mon Espio. Je suis sorti. Boulevard Richard-Lenoir, une affiche collée sur une colonne Morris a attiré mon regard. Elle annonçait la représentation d'une pièce élisabéthaine de John Ford : *Dommage qu'elle soit une putain*. J'ai dérivé jusqu'à ma banque, la Société Générale. Pour retirer du liquide. Le guichet carte bleue, à l'extérieur, était maculé d'excréments. Je suis entré dans la banque. J'ai retiré 2 000 francs : en billets de deux cents, des nouveaux billets à l'effigie de Eiffel. J'ai rejoint le métro Parmentier. Et suis descendu à la station Gambetta. Sur les murs du métro, une pub pour un nouveau journal féminin : *Jalouse*. J'ai acheté au Relais H le journal *Libération*. La station Gambetta s'ouvre sur le parvis de la mairie du XXe arrondissement. Une mariée, toute de blanc vêtue, et son conjoint en frac posaient pour les photographes. Nombre de gens, endimanchés, les entouraient. Par subite association d'idées m'est revenue en mémoire la scène du mariage (et la si belle mariée) du film d'Ozu, *Le Goût du saké*, que j'ai vu récemment. Je me suis représenté à mon tour en marié, au Japon, avec au bras Tamako, vêtue aussi splendidement que la mariée du film d'Ozu : vivre une autre vie. La vie d'un autre ! Cette vague idée, jolie, a flotté dans mon esprit. Mon esprit flottait. Ma cervelle baignait dans mon crâne comme dans un bac de formol.

J'ai remonté l'avenue Gambetta jusqu'à la rue du Japon. De jour, elle était encore plus insignifiante que lorsque je l'avais découverte de nuit, plus d'un mois auparavant. J'ai examiné le commissariat de police, au coin. Dire que j'ai fixé notre rendez-vous devant un commissariat de police ! J'ai dérivé dans le square Vaillant, ensoleillé, fleuri, j'ai pris en photo la statue de pierre grise, pompeuse, de Gambetta. Des tulipes orange s'épanouissaient à ses pieds. Je suis sorti du square, et me suis promené dans le marché qui se dresse dans la portion de la rue de la Chine longeant l'hôpital Tenon. Les vendeuses des quatre-saisons criaient : « De l'oseille, de l'oseille, 8 francs l'oseille ! » ; ou : « 16 francs la barquette de gariguettes ! ». Il était 11 heures. Je suis allé m'installer à la terrasse d'un bistrot, sur la place Gambetta, face à une fontaine composée d'énormes blocs de verre... J'ai pris un café, parcouru *Libération*. Je suis tombé sur un article : « L'allure *kogaru* ou midinette japonaise ». Il y était question d'un styliste nippon, Shinishiro Arakawa, qui s'inspirait de l'univers des jeunes filles japonaises de 13-14 ans : *Au Japon*, lisait-on par ailleurs, *le lycée représente une période extrêmement enrégimentée où l'on apprend à subir le poids d'une hiérarchie. C'est la première fois que les jeunes filles parviennent à se rebeller... Elles sortent de l'école et ne pensent qu'à frimer, sans vraie conscience de ce qu'elles font. Elles veulent juste ressembler aux vedettes du show-biz.* Il est dit que nombre d'entre elles se prostituent simplement pour se payer de jolis habits.

11 heures 30. Je suis allé m'asseoir sur une borne, juste en face du commissariat, à l'extrémité de la rue du Japon. Jambes croisées, j'avais un œil sur *Libération*, l'autre vers la bouche de métro d'où devait sortir Tamako... Elle est arrivée, pâle, les traits tirés, cheveux plaqués en arrière, mais la démarche sûre. Martiale. Elle avait un drôle de chemisier blanc ajouré et une robe tout à fait

bizarre, qui ressemblait à un sous-vêtement. Ça lui donnait une allure pathétique.

– Vous êtes belle.

– Merci, a-t-elle rétorqué, froidement.

Je n'ai pas esquissé le geste de l'embrasser.

Elle a ajouté :

– C'est ça, la rue du Japon ? Elle n'est pas si moche ni si petite !

(Pauvre rue du Japon ! écrit-elle dans ses carnets. *Il n'y a rien. Juste un commissariat de police, le mur arrière, sans fenêtres, de la mairie, un parking. Ce qui la sauve peut-être, c'est le square qu'elle longe, de l'autre côté. La verdure, les fleurs de rhododendron y sont abondantes. On sent déjà la fraîcheur du début de l'été...)*

Je conserve d'elle une photo, posant au bas de cette plaque de rue.

– Et la rue de la Chine ? a-t-elle demandé presque aussitôt.

Du doigt, je lui ai montré une artère étroite, grimpant vers Ménilmontant, disant, non sans tendre ironie :

– Elle est dix fois plus longue...

– Il y a toute l'Asie dans le coin. J'ai repéré aussi une rue du Cambodge.

Elle avait bien étudié son plan...

– Et une rue d'Annam ! ajoutai-je.

– C'est quoi, Annam ?

– L'ancien nom du Vietnam.

Je lui ai raconté comment, un nuit de tristesse, le pauvre Marcel, portant encore sur lui l'odeur du corps de Ginette, était venu en pèlerinage dans cette rue du Japon qu'il ne connaissait pas. Elle n'a pas voulu visiter le square. On a dérivé vers le marché. Un marchand de pralines, l'air arsouille, nous a harponné. Il lui a tendu un bonbon (*avec un* TIMING *extraordinaire*, note Tamako).

– Elle préfère les pralines ou les nougats, la demoiselle...

Tamako a hésité, semblant ne pas comprendre. J'ai lancé :

– Les pralines.

– 36 francs.

– C'est cher...

Le marchand a rétorqué :
– L'amour n'a pas de prix.
– Mais c'est joliment dit.

Le vendeur a dû faire un trait d'esprit. Car ils rient tous les deux. Je mets les pralines dans mon sac. On va au marché. Il explique qu'il aime regarder les étals de poissons, simplement pour la beauté de la chose. Il y a un hôpital tout à côté. L'hôpital Tenon. Il plaisante :
– Ça n'est pas un hôpital pour les enfants malades, comme Necker !
– Une amie y est allée. On y trouve les meilleurs spécialistes pour femmes enceintes âgées.
– De plus de 31 ans ?

Nous avons traversé l'avenue Gambetta, et commencé à remonter la déclive de la rue de la Chine.
– Ça me rappelle Kobé, ce paysage urbain en pente !
– Ainsi, ai-je dit, j'aurai visité le Japon sans passeport…
Le soleil rutilait.

Le samedi suivant, la pluie ne cessait de tomber. Tamako avait interrompu sa traduction… Par la baie vitrée de L'Abri filtrait une lumière tiède. J'avais fini mon Coca-Cola. Elle avait achevé son thé. Elle a donné un coup de fil du bar, à l'Administrateur. Puis elle a rangé ses carnets dans son sac. Elle y a rangé aussi les cerises vertes qu'elle portait en pendentif. Nous reprendrions la traduction plus tard.
– Demain ?
– Après-demain.

Jeudi 12 mai

Le surlendemain, elle est passée chez moi. Quand j'ai ouvert, elle a braqué dans ma direction le bout de son index taché de bleu. Les ouvriers qui rénovaient la cage d'escalier venaient d'achever de repeindre ma porte. Elle s'y était tachée.

– Venez voir, m'a-t-elle dit.

Elle m'a entraîné, quatre marches plus bas. Et m'a montré, sur le chambranle d'une fenêtre, une mouche, engluée là, dans la peinture fraîche.

– Son abdomen est tout blou.

Soufflant dessus, elle a fait s'agiter ses ailes translucides finement nervurées. On eût dit que l'insecte allait s'envoler. Il était mort.

– C'est triste !

Elle s'assiérait bientôt sur le canapé couleur terre. Moi je m'installerais juste en face, sur le fauteuil haricot rouge. Au centre de la table basse, j'avais placé une assiette pleine de grosses cerises rouges, bien joufflues. Elle reprendrait sa traduction. Régulièrement, tout en parlant, elle piquait une cerise, la croquait, et en déposait délicatement le noyau sur le rebord de l'assiette. Je balançais quant à moi les noyaux dans le pot de plantes grasses.

– Ça donnera de beaux cerisiers plus tard, plaisantai-je.

Elle avait recommencé à traduire au moment où, neuf jours auparavant :

Samedi 3 mai

... nous avons remonté la rue de la Chine. Au milieu de celle-ci se trouve un restaurant, Chez Raymonde. Il paraît qu'on y mange bien. Le restaurant fait angle avec une ruelle. Quand il en a vu la plaque : PASSAGE DES SOUPIRS, il a éclaté de rire. Tout exalté il a dit, sortant son Espio :

– Je veux vous prendre en photo sous cette plaque !

Je refuse de poser.

Je dis :

– C'est vous que je prends en photo.

Il s'appuie, bras croisés, l'épaule gauche contre le mur de brique jaune. J'essaie de cadrer pour qu'on ne voie pas, derrière lui, un sac poubelle en plastique bleu. Mais je n'y parviens pas. (... Sur la photo, plus tard, je remarquerais au bas du mur un graffiti que ni elle ni moi n'avions alors repéré : « MERCI », malhabilement et mystérieusement tracé à la peinture blanche par une main anonyme.) *Il me dit que le mot « soupir », en français, a un sens négatif et positif. Qu'il y a des soupirs d'amour et des soupirs de douleur. Ainsi le pont des Soupirs, à Venise, a été baptisé de cette façon parce qu'y passaient jadis les condamnés à mort. On se promène jusqu'à l'autre extrémité du passage. Il est bordé de petites maisons avec un jardin. Dans l'un d'eux se trouve une treille d'où pendent des grappes de fleurs mauves. Je connais leur nom en japonais,* fuji, *mais pas en français. Il le demande à une vieille dame, qui prend le soleil. Elle répond : « Des glycines. » Il dit que c'est un luxe aujourd'hui, dans Paris, d'avoir un jardin. La dame répond : « Ça sent bon. » Il comprend : « On s'en va ! » (c'est-à-dire : « On doit déménager. ») Il dit : « C'est dommage ! »*

On retourne rue de la Chine et, laissant derrière nous Chez Raymonde, on marche jusqu'à la rue de Ménilmontant. Elle est en pente. On la redescend. Il veut me montrer une jolie impasse qu'il a découverte la première fois qu'il s'est rendu rue du Japon : la villa Ermitage : elle est pavée, avec des lampadaires. Il dit que, de nuit, l'atmosphère en est plus poétique encore. Il voudrait m'y photographier un soir « en uniforme de Ginette ». De part et d'autre de l'impasse, il y a des jardins potagers. On ne se croirait pas à Paris. Et un grand cerisier, avec de toutes petites cerises, vertes, comme des olives. Il dit : « Vous êtes sûre que c'est un cerisier ? » Je réponds : « Nous autres, Japonais, nous connaissons ça ! » Il monte sur un muret. Il cueille une paire de cerises. Il chantonne une vieille chanson, Le Temps des cerises : *« Mais il est bien court, le temps des cerises... » Il dit qu'autrefois le jour de la cueillette, les filles s'en accrochaient une paire, sur chaque oreille, comme des pendentifs. J'accroche la paire qu'il m'a donnée sur mon oreille droite. Je dis : « Au Japon, c'est pareil qu'en Angleterre, les cerises ne sont pas vraiment rouges. » « J'en connais pourtant une jolie paire de bien rouges ! »*

Il fait allusion à mes joues, quand j'ai bu.

– Elles sont encore vertes ! s'exclamerait-elle, le samedi suivant, en regardant le même cerisier (nous étions revenus là, en pèlerinage).

J'en cueillerais à nouveau, mais deux paires cette fois et les poserais sur chacune de ses oreilles.

– Avec vos grosses oreilles, c'est pas pratique !

– Au contraire, ça tient mieux.

Je l'embrasserais à l'ombre du cerisier. Elle serait vêtue d'une veste imperméable en Nylon marron, moi d'une veste en lainage. Le temps serait couvert cette fois-ci. Un petit garçon ne cesserait d'aller et venir dans l'impasse, nous épiant. Elle me parlerait du cerisier de son jardin, du jardin plutôt de son ex-maison, celle de Kobé, détruite par le tremblement de terre : il donnait des fleurs très roses, à cinq pétales. Son père le trouvait moche, il disait : « Il ressemble à une femme trop maquillée. » Ses fleurs étaient laides, mais elles donnaient des fruits. En général, les cerisiers des villes ne donnent pas de fruits. A l'école, son instituteur faisait faire aux élèves des exercices de haïku. Elle en avait écrit un sur la fleur de kaki. Elle l'avait encore en mémoire : *La fleur du kaki/ se sacrifie/ pour donner des fruits/ C'est beau... Et pourtant elle n'est pas jolie...* Tamako, dans l'ombre du cerisier, semblerait extasiée, emportée par un songe. Je ferais mine de partir... Mais elle ne bougerait pas, comme prisonnière de l'aura magnétique, magique, hypnotique de l'arbre... *(« Je ne voulais pas le quitter, expliquerait-elle plus tard, je ne pouvais pas. »)* Je dirais : « Son tronc monte au ciel, mais ses branches retombent. » Elle dirait : « Elles sont chargées de fruits. » Je lui demanderais ce que symbolise, au Japon, le cerisier. Elle répondrait : les cycles de la nature, la vie, la mort, la renaissance ! Elle montrerait au sol des cerises noires, écrasées. « Des cadavres », dirait-elle. Ajoutant : « Quand tombaient au sol les feuilles de cerisier, dans mon jardin, elles pourrissaient... Et, en dessous, ça grouillait de vers... »

Dans l'impasse fleurissaient des iris jaunes, violets. Des glycines. Il y avait aussi des carrés de salade et de carottes. Elle regarderait ce petit bout miteux de nature, ces pavés mal équarris, mangés de mousse aux interstices, ces murs lépreux, ces grilles rouillées, comme fascinée *(... je songerais au petit escalier « japonais », dans le hameau, juste au-dessus d'Anzière)* et n'arriverait à s'en extraire, ou plutôt s'en arracher, qu'avec une douloureuse nostalgie : comme d'un bain tiède où on s'est trop longtemps prélassé ; d'un lit douillet où on a si bien rêvé. L'averse nous surprendrait à la sortie de l'impasse. Nous dévalerions Ménilmontant. Un café nous ouvrirait les bras : L'Abri...

Une semaine plus tôt, quittant cette même impasse de l'Ermitage et son cerisier, nous étions revenus rue de la Chine, Chez Raymonde. Tamako avait gardé sur son oreille droite le pendentif de cerises que je lui avais offert. En chemin j'avais parlé des romantiques, de Hugo, de *La Tristesse d'Olympio*, de Lamartine, qui avaient si bien décrit la fuite du Temps, de Chateaubriand aussi.

Et j'ironisais sur le « ton Chateaubriand » de l'Administrateur, ajoutant, un peu tristement :

– Il faudrait dire maintenant « ton ex-Chateaubriand ».

– Il n'y a pas d'ex, parce qu'il n'a jamais été, il n'a jamais été puisqu'il n'était pas officiel, ou c'était un Chateaubriand au noir.

Chez Raymonde, il n'y a personne, écrit-elle. On s'assoit face à face, de part et d'autre d'une table ronde dont la nappe est imprimée de grosses roses (... une semaine plus tard, nous nous y assiérions, mais côte à côte). Là encore, on n'a pas l'impression d'être à Paris, ça fait restaurant de province, auberge. Au-dessus du bar restent suspendues des décorations de Noël : branches de sapin desséchées où sont accrochées des boules dorées et des cheveux d'ange argentés. La patronne nous apporte un apéritif. Elle dit :

– Il n'y a que moi qui le fasse à Paris. Cherchez partout ailleurs, vous n'en trouverez pas !

C'est un vin rouge, pétillant, dans lequel elle a versé une goutte de cassis (... de framboise selon mes carnets).

– Devinez quel vin c'est !

On goûte. C'est bizarre.

Elle montre la bouteille. C'est un bourgogne rouge pétillant. Du rully. On commande : en entrée, des escargots, six et douze. Il veut prendre une bouteille de ce rully. La patronne l'en dissuade. Elle nous le fait goûter sans framboise. C'est amer. On a l'impression de lécher du fer rouillé. Il choisit un pouilly fumé. Elle apporte tout de suite des radis, avec du beurre. Le beurre est très « travaillé », peut-être le fait-elle elle-même ?

... Il boit. Il semble à l'aise. Je lui dis :

– Je trouve ça très français de se retrouver ainsi, autour d'une table, pour régler une rupture ! C'est impensable au Japon !

– On rompt où, au Japon ?

– Je ne sais pas : au téléphone, dans la rue, en voiture...

J'ai l'impression qu'il prend ça, cette rupture, comme on prend un apéro. Comme on pose sur une table des fleurs, pour faire joli, pour décorer. A moins que ce soit seulement l'effet de son aisance naturelle, de son assurance ? L'atmosphère est le plus souvent assez tendue. Je n'arrête pas d'élever entre nous un mur. Je fais exprès d'être froide. Et lui, comme il parle de choses et d'autres, il ne fait qu'attraper des nuages...

Elle paraissait sévère, méprisante. J'essayais d'être distancié, plaisant, drôle même. Je lui ai rappelé le jour où, de retour de Bourgogne, elle m'avait raconté sa rupture avec un de ses amants, le restaurateur, qui « pleurait comme un gros chien ». J'avais alors prédit qu'un jour elle romprait avec moi aussi cruellement :

– J'aime bien ce côté dur, chez vous, voyoute !

C'est à peu près à ce moment qu'elle m'a exposé les trois hypothèses qui lui sont passées par la tête quand, le matin, au téléphone, je lui ai dit que j'allais « bien », l'hypothèse qu'elle avait retenue étant que j'avais trouvé « la fin du roman ». Était-ce le vin, l'émotion, ou un effet de la lumière, sa face, sa poitrine amaigrie (... dans le décolleté de son cardigan blanc les clavicules saillaient) semblaient s'altérer, se décomposer. L'ocre de la peau, comme attaqué par on ne sait quel mal, se divisait en plaques mauves, rosées, s'aquarellait de géométriques blêmités. C'était un Utamaro revu par Picasso.

Je lui ai expliqué que rechercher une quelconque « authenticité » dans la vie était une illusion. La vie était un jeu, mais ça ne voulait pas dire que je ne la prenais pas au sérieux : un jeu, comme les échecs, le poker sont un jeu ! Comme le théâtre est un jeu, tragique ou pas... Ne jouait-elle pas ? avec l'Administrateur ? avec moi ? d'autres ?

– Vous voulez tout, dites-vous ? L'horreur aussi ?

Quand elle m'avait vu passer devant chez Uncle Ho, l'avant-veille, elle avait pensé que j'allais revenir sur mes pas, entrer dans le restaurant. Ça l'avait inquiétée, angoissée... Juste après elle avait eu une altercation avec l'Administrateur. Celui-ci avait bu dans le verre d'une de ses amies thaïlandaises, qui dînait avec eux. Elle lui avait dit : « Ça ne se fait pas de boire ainsi dans le verre des autres ! » Il lui avait répondu, hautain et méprisant : « Tu ne connais rien aux bonnes manières françaises, en France ça se fait. » « Moi j'ai jamais vu ça. »

Une semaine plus tard, comme nous reviendrions Chez Raymonde, une seconde fois, Tamako me raconterait que l'Administrateur l'avait « forcée » la veille (bien qu'elle eût mal au ventre : des saignements). Il avait « joui ». Après avoir « joui », il lui avait dit : « Tu n'as aucune réaction, tu es un cadavre, un cadavre immobile ! » « Ça bouge, les cadavres ? » « Tu es frigide ! Tu n'aimes pas *ça* ! Tu ne pourras jamais satisfaire un homme ! » Elle avait rétorqué : « Je suis quoi, pour toi, un trou ? » Il avait dit que non. Elle avait demandé : « C'est quoi, pour toi, une femme ? Tu as déjà aimé une femme ? Tu sais ce que c'est l'amour ? » Il avait dit qu'il ne savait pas s'il avait jamais aimé, ajoutant : « Je ne m'aime pas moi-même ! »

– Vous aussi vous jouez ! lançai-je, le samedi précédent, tandis que, sous nos yeux, finissaient de refroidir les escargots. C'est bien là la beauté et le tragique de nos pauvres existences : elles se déroulent sur une scène. On ne quitte pas la scène car, en dehors d'elle, il n'y a rien, le néant ! Même un enfant qui naît ne fait qu'entrer en scène... Vous ne pouvez pas me quitter !

J'ai ajouté, avec une tristesse enjouée :

– Et puis, comment ferais-je, que ferais-je de mes...

J'ai déboutonné le col de mon polo noir, et fait mine de regarder ma poitrine, par son entrebâillement.

– Que ferais-je de mes tatouages : « A Ginette pour la vie » ?

Sans sourire, elle a rétorqué :

– Que vais-je faire de mon marcel *Love Marcel* ?

– Que vais-je faire du biberon ?

Je lui ai lu, pour la convaincre de « la tristesse de Marcel », les carnets que j'avais rédigés la veille au soir, après avoir erré de Terminus en Terminus. Bizarrement, en lisant ce texte, j'ai été envahi d'une prenante émotion, d'une envoûtante mélancolie. Des larmes ont embué mes yeux.

– C'est enfantin, a-t-elle dit.

J'ai expliqué que – sans doute à cause de l'âge –, je n'arrivais plus à être vraiment tout à fait triste. Ni vraiment jaloux. A vingt ans, de tristesse ou de jalousie, je pouvais crever. Ça me tordait l'estomac, me donnait la fièvre.

– Moi je suis comme ça, dit-elle, je crève.

J'ai évoqué alors le Terminus du passage de Flandre, dans le XIXe, sans doute un hôtel de passe. Je lui ai dit que j'avais le sentiment que c'était « le bon ».

Madame Raymonde s'est approchée de nos tables.

– Ça se mange pas froid, a-t-elle dit, lorgnant nos escargots intacts. Je vais vous les faire réchauffer...

Nous n'avions pas faim.

Jeudi 12 mai

– J'ai faim, dirais-je, neuf jours plus tard, en regardant l'assiette de cerises, à moitié dévorées, sur la table de mon salon.

Un petit tas de noyaux, posés délicatement sur le bord de l'assiette, montrait que Tamako en avait eu sa part. Un autre tas, dans le pot de plantes grasses, attestait ma participation.

– On va déjeuner au chinois en face de chez moi, poursuivrais-je. On reprendra ensuite la traduction.

Nous laisserions donc celle-ci en plan, au milieu de ce premier déjeuner chez Raymonde (« aux escargots ! »), pour aller à nouveau déjeuner, non pas au chinois (je changerais d'avis) mais dans un restaurant tout proche, Le Richard-Lenoir, dont nous avait justement parlé madame Raymonde : un auvergnat. En chemin, Tamako me dirait :

– La première fois, quand vous avez couché avec la Chinoise, ça n'avait pas trop d'importance à mes yeux. Je ne vous connaissais pas. Mais la seconde, c'était tout différent : je connaissais vos gestes, vos soupirs. Je ne pouvais m'empêcher de reconstituer virtuellement cette scène avec elle. Je vous voyais comme en « vrai ». C'était insupportable.

Nous mangerions de la saucisse, d'Auvergne bien entendu. Sur notre table, une nappe à carreaux rouges et blancs, au mur, accrochée, une tête de sanglier empaillée, poussiéreuse. Pendant le repas elle parlerait des lais de Marie de France, dont elle avait lu une traduction japonaise. Le lai intitulé *Guigemer* l'avait tout particulièrement touchée. Il y est question d'un chevalier qui n'a jamais connu l'amour. Il va chasser... Ayant blessé un cerf avec son arc, la flèche a rebondi vers lui et l'a blessé à son tour. Le cerf mourant lui parle. Il lui dit : *« Tu resteras ainsi blessé, malade, jusqu'à ce que celle-là te guérisse qui souffrira pour l'amour de toi plus grande peine que jamais femme ne souffrit ! Et toi, tu souffriras tellement pour elle, que tu feras l'émerveillement de tous ceux qui ont aimé, qui aiment et qui aimeront. »* Tamako dirait :

– J'aime Marie de France, c'est un de ces auteurs qui vous reste dans la mémoire, il y en a tant d'autres qu'on oublie...

Je lui demanderais un peu plus tard (question que je lui avais souvent posée) comment on pourrait appeler l'héroïne de notre roman.

Après quelque temps d'hésitation, et non sans que ses joues s'empourprent soudain sous l'effet d'une indéfinissable confusion, l'héroïne de ce roman se donnerait à elle-même son nom :

– *Tamako !*

– Qu'est-ce que ça veut dire ?

– *Ko* signifie « enfant » ; quant à *Tama*, ce terme contient l'idée de « précieux ». Il désigne, en quelque sorte, une chose ou un être qui a de la valeur. Il implique encore l'idée de rondeur, de sphère. *Tama-ko* veut donc dire « la fille de la sphère », d'une précieuse sphère. On appelle aussi *Tama* les petits chats. En quelque sorte, c'est le *Poti* pour chats.

Nous quitterions le restaurant Richard-Lenoir. Un clochard nous interpellerait presque aussitôt :

– Enfin des amoureux, enfin des gens qui sourient !

– Nous plaisons aux clochards ! dirais-je.

– Ça n'est pas un clochard !

– C'est donc un... SDF ! ironiserais-je.

Nous reviendrions chez moi pour poursuivre la traduction.

Mangeant des cerises, nous nous remettrions à table : Chez Raymonde, neuf jours auparavant, devant nos escargots réchauffés :

– Je vais me trouver un petit vieux riche et l'épouser ! a-t-elle dit, mastiquant un escargot.

– Et vous m'inviterez chez Maxim's ! Ça vous irait bien d'être riche ! J'aimerais qu'un jour ce soit vous qui m'invitiez ! J'aimerais vous voir payer l'addition, c'est important ça, payer l'addition !

Les dialogues ci-dessus figurent dans mes carnets, pas dans les siens. Sur une photo, que je prendrais, lors de notre second déjeuner chez Raymonde, on voit une affiche, au mur, derrière la chaise où, les deux fois, elle s'était assise, une ancienne affiche de music-hall annonçant un spectacle : *Le Milliardaire*. Y figure le portrait stylisé d'une jolie femme, arborant des gants montants, un profond décolleté et un immense fume-cigarette. A côté, sur une ardoise noire, le « menu » écrit à la craie blanche : *Persillé Duval, 98 F ; maquereau braisé au vin blanc 110 F ; rognons à la berrichonne 115 F*... Sur cette photo, je porte mon veston à chevrons. Elle porte un tee-shirt noir, ras du cou, laissant ses bras nus, et son foulard tigré Yves Saint-Laurent. Au milieu de la table, mon carnet rouge, un guide de Paris, et un brin de muguet fatigué finissant de faner dans un petit vase. En plat de résistance, lors du second déjeuner, nous prendrions des rognons.

Lors du premier, nous avons pris des ris de veau :

Il dit, au sujet de cette histoire avec la Chinoise, qu'il a agi comme un enfant. Que je ne dois pas rompre notre contrat de cent ans à cause de ça. Il dit encore :

– Et si j'écrivais pour vous, grâce à vous, un beau livre, est-ce que je serais pardonné ?...

Est-ce sérieux de noter ça : entendre ces mots, ça me ravit, j'en suis baignée, comme par une rosée, est-ce sérieux de noter ça ? Il demande l'addition. Avec l'addition la patronne pose, sur la table, la carte du restaurant. C'est alors que nous nous rendons compte que le véritable nom de cet établissement ça n'est pas Chez Raymonde (qui est le nom de la patronne) mais BISTROT DES SOUPIRS.

– Chez nous, dit la patronne en souriant, il n'y a que des soupirs de bonheur.

En sortant du restaurant, nous nous sommes à nouveau engagés, sur la droite, dans le *passage des Soupirs*. Elle marchait à mes côtés, mais un peu en retrait. Je lui ai demandé si elle voulait aller au Terminus, le Terminus du… passage de Flandre (un autre *passage*). Elle m'a répondu :

– On peut y jeter un œil !

Elle a eu vite étudié son guide de Paris (où figurerait bientôt, tracé au feutre rose fuchsia, notre cheminement de la rue du Japon jusqu'à Ménilmontant). Et c'est elle-même qui, zélé tour operator, m'indiquerait la meilleure, la plus efficace façon de se rendre au terme de ce roman : nous irions, à pied, jusqu'à la station de métro Père-Lachaise, ensuite ce serait « direct jusqu'à Stalingrad ». Nous avons descendu l'avenue Gambetta, le long du cimetière du Père-Lachaise. J'ai alors repéré, dans une rue montante, sur la droite, un terrain vague, où gisaient les gravats d'un édifice abattu. Les parois internes de cet édifice restaient collées aux murs des immeubles voisins, étayées par d'énormes madriers noirs. Y demeuraient accrochés des papiers peints lacérés, aux couleurs diverses, vert pâle ici, jaune là, bleu plus loin, les carrelages blancs d'une salle de bains, les vestiges d'une cage d'escalier. Témoins misérables d'un vie qui a fui. On en sentait encore la respiration, de cette vie, aux traces de gras auréolant certains papiers peints, désignant l'endroit (une tête de lit sans doute) où avait dû se frotter le cuir chevelu d'un locataire ; ou, à ce quadrilatère de teinte plus foncée qu'aura protégé des atteintes du soleil quelque croûte bradée en salle des ventes ; à ce miroir faillé resté accroché à un pan de mur beige ; aux rubans charbonneux tracés par de défunts conduits de cheminée où à ceux, ocre, pisseux, rongés de rouille, signalant l'ancienne présence de tuyaux d'évacuation des eaux sales. Et, dans cette espèce de viol de tant d'intimités qu'avaient commis grues et bulldozers en abattant une façade d'immeuble, il m'a semblé découvrir comme un symbole de la Littérature. Nous sommes revenus sur nos pas vers l'avenue Gambetta. J'ai jeté un coup d'œil à la plaque de la rue que nous avions arpentée. Rue Désirée.

Ma désirée !

Paris, tout bas, continuait son murmure.

– Nous travaillons, nous travaillons ! ai-je dit. Nous travaillerons jusqu'au bout ! Nous sommes des scientifiques, des ouvriers, des ouvriers stakhanovistes, des soldats.

Un vers de Rainer Maria Rilke s'envola dans ma mémoire : *Libérez un peu l'aile de votre cœur.*

Un peu plus loin, nous sommes passés devant une boutique, véritable capharnaüm où, en vitrine, s'entassaient de vieilles poupées poussiéreuses, des sucreries avariées, des casseroles, des poires à lavement, des ciseaux, des pelotes de laine bouffées par les mites, des masques de carnaval gondolés, des paquets de confettis. Une vieille femme était assise devant, sur un fauteuil pliant. Obèse. Les jambes énormes, entourées de bandelettes *(elle jouait aux mots croisés, comme les Français font souvent).* La vitrine était barrée transversalement par une banderole portant l'inscription : BAIL À CÉDER.

Nous avons pris le métro donc (c'était un métro aérien) et sommes descendus à Stalingrad. J'ai fait la remarque que c'était peut-être (depuis l'effondrement du communisme) le dernier lieu d'Europe qui portât encore le nom de Staline.

On sort du métro par une porte tournante formée de barres de fer, qui ressemble à la porte d'un zoo. Sur le sol, sous la voie du métro aérien, il y a plein d'ordures étalées, des boîtes de bière vides, des sacs-poubelle en plastique éventrés. On n'y prête même pas attention tant tout cela semble appartenir au paysage. Il dit : « C'est moderne. » Je réponds : « Oui... » On marche jusqu'au grand canal de La Villette. Des gens y font de l'aviron... D'autres, attablés à la terrasse d'un café, les regardent... Il fait beau. On se croirait au bord de la mer... Il dit : « Ça pourrait être n'importe où, à Miami, à Marseille ! Il n'y a rien dans l'architecture, dans l'habillement des gens qui indique une quelconque identité »...

Son plan de Paris à la main, elle se repérait parfaitement dans ce quartier qui nous était inconnu. Parfaite guide touristique !

– C'est là ! a-t-elle dit, indiquant une toute petite rue, encadrée par deux hauts buildings vitrés : passage de Flandre. A l'autre extrémité du passage on apercevait trois enseignes portant le mot HÔTEL, sans autres précisions. On s'est avancés... Le premier panneau HÔTEL était écrit en lettres blanches sur fond bleu. L'hôtel semblait minable à souhait. Deux plaques en flanquaient la porte étroite. Des plaques en faux marbre où, en lettres noires, était inscrit : Hôtel Terminus.

Le premier donc était le bon. J'ai eu un mouvement de recul. J'ai jeté un œil vers les deux autres hôtels. Lâchement, j'ai dit :

– Les autres ont l'air mieux, on peut y aller à la place.

Elle a répondu, implacable :

– Non, on va au Terminus.

L'hôtel, sur la gauche, est NOTRE *Terminus. Les murs sont blancs. Il a l'air propre. La réception est à droite de l'entrée. Une femme, arabe, en blouse bleue se trouve là. A ses pieds, il y a un chien. Et des draps sales en boule. Elle demande : « C'est pour quoi ? » ; il dit : « Pour quelques heures seulement ! » ; elle dit : « C'est 140 F ». Je ne sais trop pourquoi, je fouillai alors dans mon sac... Comme il tend son argent, l'hôtelière lance en me regardant : « Ah, c'est pas la dame qui paie ? » L'hôtelière dit : « Je vous conduis. » Elle prend quelque chose dans un tiroir, puis elle nous précède dans l'escalier. Il me dit : « Vous êtes folle ! » Je lui réponds : « C'est vous ! » L'hôtelière me rappelle les serveuses des hôtels de passe de Kobé où j'allais souvent avec le photographe. On pouvait choisir une chambre occidentale ou japonaise. La plupart du temps il prenait une chambre japonaise. La serveuse marchait devant, avec un plateau où se trouvaient des tasses, une théière et une Thermos... On entre dans la chambre.* JE NE SAIS PAS POURQUOI ON EST VENUS JUSQU'ICI. *Qu'est-ce qu'on va faire ? Sur une table en Formica (une table pour téléviseur, mais il n'y a pas de téléviseur), l'hôtelière pose ce qu'elle a dans la main : deux petites savonnettes. Puis elle s'en va. Je dis :*

– La chambre est propre.

Il dit :

– Elle pensait que c'était vous qui alliez payer ? En général ce sont les putes qui paient l'hôtel, c'est inclus dans le prix de la passe.

On reste debout au milieu de la chambre. On ne sait pas ce qu'on va faire. On étudie le mobilier. Quoi faire d'autre ? Les murs sont tendus d'une espèce de tissu de jute bleu clair, brûlé par endroits, râpé, jauni ; les rideaux sont rouges, comme la tête du lit ; le couvre-lit est crème ; une armoire, style 1925 ; un miroir ; au plafond une lampe, rose, qui ressemble à une fleur ouverte, assez pitoyable ; deux chaises, une en moleskine marron, à côté du lit ; une couverte de tissu orange, à côté de la fenêtre ; un chauffage en fonte ; une table de chevet... La salle de bains est carrelée de blanc, elle est propre, ça brille...

Au-dessus on entend un lit qui grince.

– Un couple qui fait l'amour ! il dit.

Ça a l'air de l'amuser. Il ajoute :

– Même l'hôtel Terminus, avec vous, c'est drôle ! C'est beau !

Quand il a quitté l'Algérie, et qu'il s'est retrouvé avec sa mère, à demi folle, à Paris, ils ont vécu dans des hôtels semblables. Au-dessus du lit, dans l'un d'entre eux, il y avait un vieux miroir écaillé. Il a demandé à sa mère : « Ça sert à quoi ? » ; elle a répondu « Au vice ! »

Il s'agenouille à mes pieds. Pour la première fois de la journée, il me touche. Il pose ses mains sur mes cuisses. Il dit : « Vous êtes belle. » Il ouvre un à un les boutons de mon cardigan blanc. J'en referme les pans. On s'embrasse. On se serre l'un contre l'autre. Je me demande si on va faire l'amour... Il dit :

– Pour vous, il faudrait que j'abandonne ma mère !

Je ne comprends pas bien ce qu'il entend par là.

– Vous êtes si fragile ! lui ai-je dit. Que voulez-vous de plus que ce que je vous ai donné ? Vous avez eu le meilleur, l'amour, le vin ! Le meilleur de Marcel, le plus drôle, le plus sain ! Pourquoi désirer le reste ? L'angoisse, l'horreur... Sans compter le travail. Cela, vous seriez incapable de l'assumer...

– Je n'ai pas eu que le meilleur...

Je m'assieds sur la chaise en moleskine, à côté du lit. Il dit :

– Laissez-moi le temps, laissez-moi réfléchir.

Qu'est-ce que ça veut dire ? Je ne veux pas qu'il me donne des illusions... des espoirs... Mais je ne sais même pas quels sont mes espoirs. Assise, le dos au mur, j'ai en face de moi la porte de la salle de bains. Je ne sais pourquoi, depuis tout à l'heure, j'ai envie de me laver les dents, mais je n'ose pas le dire. Ça me fait rire toute seule, cette situation...

Dans ce décor, *banal à crever*, j'ai l'impression de me trouver plongé dans une chanson réaliste de Piaf, ou un roman de Carco. Je l'enlace et l'entraîne sur le lit, craignant à chaque instant que le charme soit brisé, qu'elle me repousse, s'enfuie. J'enlève tout à fait son chemisier, dégrafe son soutien-gorge noir, trousse jusqu'à sa poitrine son étrange robe sous-vêtement, baisse ses collants. Mais, au demeurant, je n'esquisse aucun geste trop cru...

Tout d'un coup, il enlève le couvre-lit, crème. Et tout d'un coup, il y a comme un champ de roses qui s'étend dans mes yeux : les roses qui sont imprimées sur le drap. Il y avait les mêmes roses sur la nappe du Bistrot des Soupirs. On éclate l'un et l'autre de rire, à cause du champ de roses...

– Et les draps ne sont même pas sales ! je dis...

Il parle d'un hôtel, aux Indes, où il avait trouvé des draps sales, maculés de taches douteuses, de rouge à lèvres et autres. Il avait demandé qu'on change les draps. « No problem ! » avait dit le domestique. Qui lui avait mis d'autres draps sales...

Je parlais de tout et de rien, pour voir venir les choses.

J'enlève mes sandales vernies. Il se déshabille lui-même. J'ôte ma robe, qui était restée troussée sur ma poitrine. Discrètement je touche mon sexe, pour voir si c'est mouillé. Je ne savais pas dans quel état j'étais. A 16 ans j'avais honte, quand j'étais trop mouillée. Je m'essuyais en cachette. Je pensais que ça n'était pas bien qu'une femme montre ses désirs. Je suis très mouillée. Ça déborde à l'extérieur, alors que je craignais le contraire.

– Je vous répugne ? Encore ?

– Répugner ?

– Ça veut dire dégoûter.

– Oui.

– Vous aussi, vous m'avez répugné. Et à plusieurs reprises : quand, sadiquement, vous me racontiez comment l'Administrateur vous faisait l'amour. Je me souviens spécialement de la scène, au Fouquet's. Vous m'aviez dit : « Pour la première fois le Méchant a joui dans ma bouche ! » Et cependant, du coin de l'œil, vous m'observiez, tanizakiennement.

– C'est vous qui m'avez fait lire Tanizaki…

Je l'ai embrassée, m'allongeant sur elle, sans cependant rien esquisser d'autre. J'ai murmuré à son oreille :

– Ginette !

Il veut mettre sa main entre mes jambes. Je dis :

– J'ai honte d'être dans cet état.

– Quel état ?

Il ne comprend pas tout de suite. Il a dû comprendre que j'ai honte de faire l'amour avec lui. Il dit :

– On va simplement rester allongés l'un à côté de l'autre.

Je dis :

– J'ai honte d'être toute mouillée.

Il met la main. Il dit :

– ELLE est toute trempée !

Je ne comprends pas mes réactions physiques, si violentes, ça me surprend. Peut-être qu'ELLE pleurait, qu'ELLE pleurait pour moi, pour mon cœur. J'avais plein de mépris dans le cœur, et, cependant… ELLE… C'était de cette contradiction que j'avais honte…

Une gelée translucide, comme une gelée de tapioca, inondait les lèvres de sa chatte.

– Vous êtes mouillée depuis quand ?

– Je ne sais pas, on ne peut pas savoir, parfois je sens… je craignais plutôt d'être sèche… comme un désert.

– Pourquoi ça n'est pas sec ?

– L'émotion.

– Ainsi votre bouche me tenait des propos de mépris et votre ventre, en secret… disait tout autre chose ?

– Ou si c'est mon ventre qui ment !

Je suis entré en elle. Ça glissait.

Il entre en moi. Il soupire de joie. C'est comme si les vagues du sentiment venaient du bas vers le haut. Je les sens monter, monter... du ventre jusqu'au cœur.

Cependant, à l'étage supérieur, on entend toujours grincer le lit. Les grincements sont entrecoupés parfois de soupirs.

– On travaille, je dis, on travaille.

Puis continuant de la prendre avec douceur, tendresse, j'ajoute :

– Je suis Marcel. On fait l'amour dans un hôtel pourri de Marseille. Toi, Ginette, dans la journée, tu bosses comme serveuse dans un boui-boui du port ! Moi j'y fais la plonge.

– La plonge ?

– Je lave la vaisselle !

– Avec ces mains... si douces... ces mains ?

Me reviennent en mémoire les paroles de la chanson de Piaf : *Moi je lave les verres/ au fond du café/ j'ai autre chose à faire/ qu'à m'laisser rêver...*

– Je connaissais l'air, mais pas les paroles, dit Ginette.

J'explique le thème de la chanson : deux amants beaux comme le jour arrivent dans un hôtel. La serveuse, misérable, les envie. Ils font l'amour. Mais le matin on les retrouve morts, côte à côte, dans le lit. Ils se sont suicidés.

– Nous aussi, j'ajoute, il faut qu'on se suicide... après !

– Elle s'appelle comment, la chanson ?

– *Les Amants d'un jour.*

– Un seul jour ?

... et cependant Marcel continue de prendre Ginette, avec plus de tendresse qu'il ne l'a jamais fait. Il lui explique alors qu'il est un écrivain raté.

– On est à Marseille, toujours. Tu vois cette petite table, au fond (je montre la table à téléviseur sans téléviseur), c'est là-dessus que j'écris, avec une mauvaise Remington : des polars, de mauvais polars. Ou du porno ! Et toi, cependant, tu travailles dans la chambre, juste au-dessus ! Tu fais des passes avec les marins de passage, arabes, jaunes, blancs, noirs. Toute la journée, je t'entends faire l'amour, là-haut. J'entends le lit qui couine (et le lit en haut continuait de couiner), je t'entends soupirer, gémir. J'écris cinquante pages, toi tu fais cinquante passes. En ce moment c'est un gros Noir qui te baise…

– Oui, un gros Noir, oui ! soupire Ginette.

– Et puis, il te foutra le sida, et puis tu me foutras le sida. Et, avant de mourir moi-même, je te regarderai mourir dans un grand lit blanc, à l'hôpital, avec plein de tuyaux multicolores qui te rentreront dans les narines et des fleurs partout…

Cependant je retourne Ginette, l'allonge sur le ventre. Lui pénètre la chatte, mais par-derrière, tout en la caressant. *(Il me caresse devant, écrit-elle, en changeant régulièrement de main, la droite, puis la gauche. A chaque fois qu'il change de main, il me fait lécher les doigts, tout mouillés. Lécher ma mouille, ça m'excite…)*

– La queue du gros Noir est énorme ! dit Marcel, elle défonce la pauvre petite chatte de Ginette, elle déchire la pauvre petite chatte de Ginette qui gémit…

– Ça ne fait rien, dit Ginette, je travaille pour mon Marcel, je souffre pour mon Marcel…

– Et pour notre enfant. C'est une fille…

– Pourquoi une fille ?

– Parce que… quand… on sera vieux, elle fera le tapin pour nous. Elle nourrira ses vieux parents…

– On l'appellera comment, notre fille ?

– Norberte !

– Norberte ? Ça veut dire quoi ?

– Rien, c'est le féminin de Norbert. Ça sonne bien avec Ginette et Marcel !… C'est bon, hein, d'avoir une queue, n'importe quelle queue dans le ventre ?

– Non ta queue, ta queue unique, mon Marcel… Enfonce-toi, plus profond, plus profond !

– Je t'engrosse, tu veux ?

– Oui, oui !

– Tu veux que je t'emplisse de mon foutre ?

– Oui, au fond…

Marcel s'assied quasi sur le haut des cuisses et sur la croupe de Ginette, allongée toujours sur le ventre, de sorte que son sexe, presque à la verticale, la pénètre au maximum. Cependant il continue de la caresser avec les mains. Ginette gémit de plus en plus.

Je lui demande :
– Plus profond !
Il me demande de le dire en japonais. Je dis :
– MOTO OKUNI ILETE ONEGAÏ, ONEGAÏ (plus profond ! Mets-le, je t'en prie je t'en prie).
Et je deviens une fleur fanée.
Il me demande :
– Tu as fané ?

– Oui fané, fané, fané.
Et bientôt je fane à mon tour. Elle est encore plus trempée :
– Ta mouille ! je dis.
– Et ta mouille ! elle dit.

... Il a fané. Et sur les draps couverts de roses, les deux sont étalés, affalés : deux fleurs fanées.

Il me dit qu'il m'a fait l'amour simplement, sans perversions, sans miroirs, sans instruments, sans masques, sans confettis, sans collier de Poti, sans eskraves, comme un ouvrier, comme « un vrai Marcel ! ».
Je luis dis :
– C'est encore plus beau, parce que c'est plus attendrissant.

Elle a regardé son nombril. Elle a dit que le photographe japonais, qu'elle avait connu à Kobé, assurait que c'était le plus beau nombril du monde. Mais on l'avait opérée, de la vésicule. Pour ne pas laisser de cicatrice, on avait fait une incision dans le nombril. Ça l'avait un peu déformé, étiré. Depuis, ça n'était plus le plus beau nombril du monde... Elle dit que le photographe avait voulu faire un album sur les filles de Kobé. Elle aurait aimé y figurer.

– Même nue ?

– Ça m'aurait un peu gênée.

De toute façon, il n'avait pas publié l'album. La dernière fois qu'elle était allée au Japon, elle avait essayé de le retrouver. Elle s'était rendue dans un bar, où il avait ses habitudes. Elle y avait laissé un message, parce qu'elle ne pouvait pas lui téléphoner, à cause de sa femme. Sur le message, elle avait écrit : *Je pense beaucoup à vous !*

En disant cela, Ginette regardait, observait, épiait du coin de l'œil son Marcel. J'ai pris des photos de Ginette, au milieu du lit semé de roses, au milieu des roses où elle avait fané. L'Espio, quand il stoppe automatiquement, et que son zoom se rétracte, pousse comme des vagissements : des cris de nourrisson.

– C'est Norberte, notre fille ! j'ai dit.

Je l'ai reprise : d'abord par-devant.

... Et puis il est venu derrière (derrière-par-derrière) et il a recommencé à me caresser devant avec sa main droite puis la gauche alternativement.

... Je lui répétais, me retirant d'elle à demi, régulièrement : « Viens chercher ! », comme elle aimait que je le lui dise, et elle « revenait chercher », plaquant ses fesses frémissantes à mon ventre. J'ai parlé de la Galatée de Raphaël, qui monte de la mer vers le ciel, tractée par des dauphins, pour devenir une étoile, après s'être égarée dans la vulgarité des amours terrestres. J'ai parlé aussi de Suzanne, la belle et pure juive, surprise au bain, nue, par des vieillards lubriques.

– Je connais ! a-t-elle soupiré...

A nouveau elle a fané. J'ai fané.

Je suis allé prendre une douche. Étonnamment, il y avait de l'eau chaude. C'était un Terminus de luxe. Je suis revenu. Elle m'a dit qu'elle avait rendez-vous devant Notre-Dame, avec deux amies. Deux Japonaises, à 20 heures 30.

– Jolies ?

– Pas très.

Et pour les définir elle a ajouté :

– Elles ne SENTENT PAS L'HOMME !

Je lui dis :

– C'est moi maintenant qui te prends en photo.

Il est nu. Il dit :

– Attends, je veux que tu me prennes en tenue de véritable Marcel.

Il va dans la salle de bains, il revient avec, pendant autour du cou, une serviette-éponge blanche. Il ramasse par terre une chaussette et lance :

– Prends-moi en train de mettre ma chaussette !

Il ajoute :

– Je deviendrais ouvrier, on vivrait dans une HLM, on aurait des enfants, on regarderait la télé, on s'engueulerait devant la télé, ce serait le bonheur.

Je dis :

– Non tu serais pêcheur. Et moi, ton épouse. Je recoudrais tes filets cassés. Avec une amie, à Kobé, on s'est souvent demandé ce qui ferait le meilleur mari, un paysan ou un pêcheur.

Je prends une douche à mon tour. Comme il n'y a pas de toilettes, j'ai du mal à évacuer la saleté. Je le fais avec mes doigts, sous la douche. Je lui fais remarquer qu'il n'a pas utilisé les savonnettes.

– J'ai oublié...

– C'est propre pour 140 F.

J'ai regardé Ginette, nue, se sécher avec la serviette blanche. Puis enfiler sa drôle de robe-combinaison et son drôle de cardigan. Je l'ai regardée, braquant son nez vers le miroir, les cheveux à nouveau plaqués en arrière, trempés, et se remettant aux cils du Rimmel. Je l'ai photographiée ainsi, devant le miroir, avec sa petite brosse posée sur son œil. On voit sa tête de dos, et son visage reflété de face. Sur la photo les laborantins de la FNAC colleront une étiquette « *Non facturé* ».

– Tu fais le trottoir jusqu'à quelle heure ce soir, Ginette ?

Continuant de se maquiller, elle répond :

– Jusqu'à une heure du matin.

– Je passe te prendre après, et on va danser. On fait la fête avec l'oseille que t'auras ramassée.

– L'oseille, c'est quoi ?

– Le fric.

– Le fric que les putains gagnent ?

– Non, le fric en général, la thune !

Sur la table à téléviseur sans téléviseur, elle a pris son sac en tulle. J'ai remarqué, accrochée à l'anse, la paire de cerises vertes qu'elle avait mise à son oreille, impasse de l'Ermitage. Et, à l'intérieur du sac, le paquet de pralines.

On est sortis.

J'ai lu le numéro de la chambre : 2.

– Plus tard, Ginette, tu diras à tes enfants : « C'est là qu'avec Marcel, on s'est aimés pour la dernière fois, c'est là qu'on s'est vus la dernière fois... »

– Vous êtes content, hein ? dit-elle, l'œil inquisiteur.

Je l'ai laissée avec ses deux amies « qui ne sentent pas l'homme » sur le parvis de Notre-Dame.

– Notre-Dame, on l'a pas faite, ai-je dit, en les quittant.

– Ni le Sacré-Cœur, a-t-elle répondu.

– Ni le XIVe arrondissement...

– Ni la Joconde...

Elles devaient rejoindre l'Administrateur, au restaurant. J'ai longé l'église, par la rue du Cloître-Notre-Dame, passant devant le Vieux Bistrot où, neuf mois auparavant, j'avais dîné... J'ai franchi la passerelle de l'île Saint-Louis, retrouvant les pas que nous y avions perdus. Je suis entré dans la Brasserie de l'île Saint-Louis, comme nous y étions naguère entrés, comme plus longtemps auparavant encore, j'y entrais, lorsque j'étais étudiant.

La cigogne, avec le poupon en Celluloïd pendant de son bec, au bout d'un fil, était toujours là. Et les garçons, les mêmes, étaient là. J'ai trinqué avec l'un d'eux, Yvon, dont les cheveux sont blancs désormais.

Deux demis.

– Il y a vingt ans, a-t-il dit.

C'est trente ans qu'il eût dû dire.

Je me suis souvenu d'une jeune femme, « une amie », avec qui je venais ici, si souvent... Je me suis souvenu d'un très vieux monsieur qui nous avait offert un soir le champagne, et qui nous avait chanté, ivre, des airs de *La Vie parisienne*.

Je me suis assis à une petite table, près d'une fenêtre par où je voyais, au loin, le carré noir de la tour Jussieu, le dôme illuminé du Panthéon. Et sur mon carnet, que j'ai posé à côté d'une assiette de jarret-lentilles, j'ai noté, j'ai croqué, j'ai épinglé les instants déjà ensevelis de cette journée. Je l'ai écrite – ou réécrite ? car ne l'avais-je pas écrite, d'abord, en la vivant ? – d'une traite. Puis j'ai traversé le pont Louis-Philippe, j'ai remonté la rue François Miron. Un vieux café, Les Chimères, avait été modernisé. Une fille, une Française, y chantait, micro en main, devant un écran télé, muet lui, où on voyait chanter, son coupé, une jolie Japonaise. C'était un karaoké.

Il n'y avait plus une seule cerise sur la table basse de mon salon. Assise sur le canapé couleur terre, elle venait d'achever de me traduire la journée du Terminus (tout juste une semaine et deux jours après que nous l'avions vécue). Elle m'a alors demandé de lui lire les pages de mes carnets concernant cette même journée. Ce que j'ai fait.

Lorsque j'ai eu terminé, elle a dit :

– Vous avez le sens du détail. Mais vous êtes si cartésien, si français... si... carré... Je ne me reconnais pas dans celle dont vous parlez, ça pourrait être n'importe qui d'autre.

– N'est-ce pas là le mystère de l'homme ? de l'amour ? de la littérature ? Chacun voit les choses à sa façon, de son propre point de vue. L'Autre est fatalement perçu de l'extérieur... chacun est seul. Tout est malentendu.

– Mais vous êtes si... cartésien, répéta-t-elle. Nous autres, Japonais, nous saisissons les choses dans leur écoulement, leur fuite infinie : la fuite du Temps.

Elle me quitterait bientôt. Elle avait rendez-vous. J'ai regardé, penché sur la cage d'escalier, sa tête surgir, rituellement, à chaque palier, sa main d'ivoire glisser, filer, voler tout au long de la spirale de la rampe.

– *Sayonara*.

Et j'ai retrouvé mon salon. L'assiette aux cerises sans cerises : et cette pyramide de noyaux qui s'y empilaient, où restaient accrochés quelques lambeaux de chair rose.

(A suivre...)

Anzière, 18/11/97, il neige.

RÉALISATION : I.G.S. - CHARENTE PHOTOGRAVURE À L'ISLE D'ESPAGNAC
IMPRESSION : FIRMIN-DIDOT AU MESNIL-SUR-L'ESTRÉE
DÉPÔT LÉGAL : JANVIER 1999. N° 30293 (45158)